BEST SELLER

Juan Miguel Zunzunegui (1975) es músico, poeta, loco y académico. Nació en México, pero prefiere ser ciudadano del mundo y mestizo de todas las culturas. Es licenciado en comunicación, especialista en filosofía, geopolítica y religiones, investigador, maestro en materialismo histórico y doctor en humanidades. Ha trabajado en diferentes medios, en publicidad y como PR, pero en 2009 optó por la aventura del mundo de las letras, que alterna con clases y conferencias.

www.lacavernadezunzu.com
Twitter: @JMZunzu

JUAN MIGUEL ZUNZUNEGUI

Los cimientos del cielo

DEBOLS!LLO

Los cimientos del cielo

Primera edición en Debolsillo: agosto, 2015

www.megustaleer.com.mx

Comentarios sobre la edición y el contenido de este libro a:
megustaleer@penguinrandomhouse.com

ISBN 978-607-313-376-0

Impreso en México/*Printed in Mexico*

Cuando éramos niños mi papá
siempre nos contaba muchas historias.
Crecí escuchando historias... Quizás por eso ahora
me gusta contarlas. Siempre habrá algo de él en mí
y en mis libros.

Dedicada a la princesa de la ciudad de los cuentos,
cuya esencia impregna cada página de esta novela.

Agradezco a María José Codesal por haberme
conseguido un interesante descenso
a las entrañas más profundas de la catedral de México
y a la Tenochtitlan que aún existe ahí abajo.

Orgullosa de sí
se yergue la ciudad de Meshico Tenochtitlan
donde nadie teme morir por la guerra.
Ésta es nuestra gloria.
¿Quién podría sitiar y conquistar a Tenochtitlan?
¿Quién podría sacudir los cimientos del cielo?
Con nuestras flechas, con nuestros escudos,
está existiendo la ciudad.

Cantar mexica

PÓRTICO

Las misiones divinas

Castilla, 1487

Dios estaba en guerra contra Dios. El único dios, en su verdadera y única forma de ser venerado, tenía aniquilados, sitiados y rodeados a los infieles de Málaga, a los que decían adorar al mismo dios pero sin aceptar la existencia de su unigénito. La población árabe, berebere, e incluso los cristianos mozárabes que habían vivido siglos de paz en la taifa de Granada, corrían desesperados de un lado al otro en busca de refugio, o rumbo a las murallas almenadas para proteger su ciudad del yugo de la terrible alianza entre Castilla y Aragón, los reyes que estaban conquistando todos los reinos de la Península Ibérica.

Isabel de Castilla y Fernando de Aragón en persona presidían los ejércitos cristianos sitiadores. Ya no eran los adolescentes de futuro incierto que contrajeron nupcias en 1469; eran la pareja monárquica más consolidada de Europa, los iniciadores de una nueva era, dispuestos a crear un nuevo reino sobre los despojos de una gran cultura árabe a la que habían ido aniquilando poco a poco. Europa era para cristianos y Fernando e Isabel se encargarían de que la puerta de entrada al continente no fuese un puente para la herejía.

Los dos, con 26 años de edad, estaban dispuestos a no dejar un solo vestigio de islam o de judaísmo dentro de lo que consideraban su península y, desde luego, su misión divina: formar el más católico de los reinos europeos, bastión definitivo de la única y verdadera fe, el reino de Dios en la Tierra, los mismísimos cimientos del cielo.

Tres culturas que veneraban a la misma divinidad comenzaron la más sangrienta de las batallas, pero Dios fue como siempre un pretexto: judíos, mozárabes católicos y árabes musulmanes resguardaban su Málaga, no por cuestiones de fe sino para dejarla fuera de los dominios de ese par de fanáticos que eran los reyes católicos de Castilla y Aragón, quienes ya habían instalado en sus territorios a esa temible máquina de guerra y asesinato que era el tribunal de la Inquisición. No se libraba una batalla por la religión; más bien se libraba una batalla por la defensa de una ciudad libre que prefería pagar tributo al rey de Granada que ser absorbida por el nuevo reino que construían los católicos.

Boabdil el Chico sufría en Granada. Málaga era el último bastión de defensa del reino nazarí que él gobernaba. Si Málaga caía frente a los católicos, era cosa de algunos años, tal vez de algunos meses, antes de que capitulara Granada, la última gran taifa, resguardo de siete siglos de cultura islámica en la Península Ibérica, el antiguo califato de Córdoba, el Sefarad de los hebreos. ¿En qué momento esos bárbaros cristianos del norte se habían hecho tan poderosos? Habían vivido en paz durante muchos siglos, pero siempre bajo mandato árabe y presencia hebrea. Eran sus dos culturas las que tenían el conocimiento, las matemáticas, la astrología, la ciencia... Los cristianos siempre habían sido los fanáticos y los salvajes... Y ahora estaban a punto de dominar todo el territorio. ¿Qué había cambiado? ¿Cuándo giró el mundo sin que Boabdil lo notara? ¿Dios estaba del lado de los católicos?

Boabdil mandó refuerzos a Málaga, pero el frenesí cristiano tenía totalmente sitiada a la ciudad. Las tropas estaban sedientas de sangre sin importar su religión; los soldados de a pie, la turba de fanáticos, babeaban ante el inminente saqueo; los edictos de excomunión y muerte estaban listos en las manos de los perros de Dios, de los *Domine Cannis* que lideraban la terrible Inquisición, formada ese mismo año con el pretexto de defender la fe, aunque en realidad siempre fue una herramienta de represión política.

Fernando e Isabel se encontraban en la mejor posición para girar la orden de ataque total contra una Málaga aterrorizada. Los cristianos lograron abandonar la ciudad con salvoconductos mientras que los musulmanes y los judíos permanecieron encerrados.

Era evidente que se preparaba una carnicería humana en nombre de Dios.

Entre los que lograron salir desde el año anterior se encontraba Gil de Ávila, quien con su esposa y su hijo recién nacido, llamado Alonso en honor de su abuelo, huyeron a la región de La Mancha a establecerse en un páramo desolado conocido como Ciudad Real. Ese y otros pueblos habían surgido de la nada como consecuencia de las guerras contra los árabes del sur. Y la población de cristianos desempleados que huía, hacía que sobrevivir fuese algo casi imposible... Ésa fue la razón por la que el pequeño Alonso, cuando tuvo la edad suficiente, dejara La Mancha para dirigirse a Extremadura donde, según contaban las leyendas, salían los más valientes hombres en busca de la aventura y la riqueza de ese Nuevo Mundo recién descubierto.

Pero América no era siquiera un sueño cuando Málaga cayó en 1487. La conquista de la ciudad por parte de los Reyes Católicos supuso una de las masacres más sanguinarias, violentas y vengativas contra los árabes y los judíos que vivían ahí y contra cualquier católico que los hubiese honrado con su amistad. El asedio a la ciudad duró seis meses, por lo que al entrar las tropas cristianas no se encontraron con soldados dispuestos a morir en su defensa, sino con hombres famélicos suplicando un mendrugo de pan y piedad... ¡En el nombre de Dios todo misericordioso, piedad! Picas y balas aniquilaron a los penitentes malagueños, mientras Boabdil el Chico preparaba la ciudad de Granada y su majestuosa Alhambra para un eventual e inevitable ataque final.

Dios se impuso contra Dios en aquel episodio de la guerra final contra el reino nazarí de Granada. La ciudad se rindió el 13 de agosto de 1487 y los reyes aceptaron la capitulación el día 18, para entrar triunfantes a la ciudad al día siguiente, con el ánimo de derribar todo icono religioso del enemigo, que para mayor frustración de los católicos no acostumbraban la adoración de las imágenes. A falta de ídolos que derribar, el castigo se centró en la población, que en gran medida fue reducida a la esclavitud; los cristianos fueron ahorcados por traición... y para musulmanes y judíos el tribunal de la Inquisición dispuso piras alrededor de toda la ciudad.

En cuatro días, miles de cuerpos ardieron para mayor gloria de Dios, en uno de los sacrificios humanos más grandes que haya registrado la historia, particularmente de una civilización y de una religión que prohibía dichos sacrificios, así como el asesinato, a menos que tuviesen al todopoderoso como respaldo, juez, parte y cómplice. El gran sacrificio humano vio caer una ciudad y atestiguó el nacimiento de España, la católica y poderosa España, el reino destinado a conquistar el mundo, a propagar la única fe... A construir los cimientos del cielo en la tierra.

Tenochtitlan, 1487

Al otro lado del orbe, cuando dos mundos totalmente distantes y distintos, pero muy similares a la vez, ignoraban mutuamente la presencia del otro, el *huey tlatoani* Ahuízotl, gran señor de los mexicas, preparaba el ritual más grande jamás concebido para otorgar vida al universo: el sacrificio de veinte mil personas en cuatro días, algo nunca antes llevado a cabo y que simplemente parecía inverosímil.

Los dioses estarían agradecidos y tanto el nuevo Templo Mayor como el reinado de Ahuízotl quedarían asegurados contra la mala fortuna. Sin embargo, los malos augurios estaban presentes y los consejeros de Ahuízotl no dejaban de recordárselo.

—No se ha guardado el debido respeto a Tizoc, sus honras fúnebres no han sido lo suficientemente fastuosas y su muerte sigue en la sospecha. Era un rey fuerte y sano que murió de manera misteriosa tras menos de cinco años de reinado.

—Sus honras fúnebres carecieron de sacrificios —argumentó tenazmente Ahuízotl— debido a que en todo su tiempo no fue capaz de ganar una sola campaña militar... Por el contrario, el inicio de mi mandato, que para mayor gloria de los dioses coincide con la inauguración de su Templo Mayor, cuenta con más de cuarenta veces cuatrocientos prisioneros, que entregarán su sangre para que nuestro dios sol siga triunfante su marcha.

Los consejeros no estaban de acuerdo entre sí, ni seguros con la decisión del recién electo *huey tlatoani*, pero en términos religiosos su decisión era inapelable. Todo sería más simple si el gran Tlacaelel, cihuacóatl o gran consejero de los últimos señores, estuviera con vida, pero había muerto la misma semana que Tizoc... Para muchos, otro mal augurio... Y otra sombra de sospecha.

Ahuízotl rumiaba para sus adentros. Tampoco estaba muy convencido de comenzar tan magnos festejos tras las muertes sucesivas de un señor tan mediocre como Tizoc y del grande entre los grandes, Tlacaelel, quien sin embargo fue el que dio su voto de confianza, tiempo atrás, para la elección de Tizoc en vez de la suya. Ambos debían morir. Tlacaelel había sido el artífice del gran poderío mexica, pero ya era muy viejo para seguir siendo una sombra detrás del trono, mientras que, por azares del destino, a Tizoc le había correspondido el honor de terminar la construcción del Templo Mayor a Huitzilopochtli... Un guerrero fracasado y sin victorias no debería consagrar los cimientos del cielo, además de que sería incapaz de conseguir la sangre exigida por el dios sol para el sacrificio inaugural.

En el caso de Tlacaelel, siempre se diría de él que fue el forjador del imperio, junto con Itzcóatl y Moctezuma, el Flechador del Cielo, pero su tiempo había llegado a su fin y era momento de que una nueva generación de guerreros mantuvieran erguida y gloriosa a la ciudad.

Tlacaelel fue quien tiempo atrás recomendó utilizar la sangre para alimentar a los dioses. No obstante, él mismo comenzó a mostrarse en contra de esta práctica al final de sus días... Quizás por eso su voto, el más importante de todos, había sido para Tizoc; por eso los dos habían muerto y ahora el gran colibrí de la guerra, el sol Huitzilopochtli, tendría el sacrificio merecido para derrotar de nuevo a las fuerzas de la oscuridad, para seguir derrotando a su hermana traicionera, Coyolxauhqui, y dar vida y movimiento al universo. Ahuízotl se consolaba a sí mismo con esa idea: ambos debían morir.

Coyolxauhqui, representada en una magnífica escultura circular, yacía al pie del nuevo Gran Templo, para representar en cada sacrificio la lucha que libró con Huitzilopochtli, en la que él surgió armado y victorioso del vientre de su madre Coatlicue, luchó contra su hermana y la arrojó por la montaña, a cuyos pies quedó muerta y desmembrada.

Ahora el Templo Mayor representaba aquel cerro de Coatepec. Coyolxauhqui estaba postrada en la base en señal de su derrota. Y los cuerpos de los sacrificados eran arrojados por las escalinatas, siempre con manchas y hedor a sangre, para representar la caída de las fuerzas malignas. Toda una ceremonia dedicada a la vida.

Cuautlanextli, el águila que se eleva en el alba, era apenas un guerrero aprendiz del calmécac que tenía quince años de edad, listo para cualquier guerra. Al ser de los que capturaron prisioneros con vida, tenía un lugar de privilegio en el recinto ceremonial, entre el gran templo de Quetzalcóatl y el flamante Templo Mayor.

Además, poseía el honor de haber sido uno de los últimos soldados, sin duda un futuro guerrero águila, en escuchar las lecciones de Tlacaelel, quien se mostraba un tanto arrepentido del camino sanguinario que había emprendido su imperio y quien, en sus últimos años de vida, compartía la idea de los príncipes de Texcoco acerca de buscar la unión de las provincias dominadas, por medio de la paz y la igualdad, particularmente con el reino jamás sometido del todo: los poderosos tlaxcaltecas, y con los más lejanos metzcas, contraparte mexica, que tenían como principal divinidad a la Luna y no al Sol.

A su lado estaba la que con el tiempo debía de ser su eterna compañera, Citlalnextlintzin, la estrella noble de la mañana, sencillamente Citlalli para él. Ambos contemplaban estremecidos los festejos. Se había preparado toda una logística para poder extraer tantos corazones en tan pocos días.

No bastaría con las cuatro piedras de sacrificio del Templo Mayor, por lo que se habían dispuesto por toda la ciudad-isla diecinueve altares más. Durante cuatro días, desde el primer rayo del sol hasta el último, en veintitrés altares, los corazones aún latientes serían arrancados de los cuerpos todavía vivos, que tenían como última visión su órgano vital moviéndose en las manos del sacerdote.

—Por lo que me has enseñado —comentó Citlalnextlintzin—, en realidad Huitzilopochtli es un dios sol usurpador… Por lo cual todas estas muertes son simplemente asesinatos.

—No necesariamente, Citlalli. No es que nuestro dios sea propiamente un usurpador. Es simplemente la forma y el nombre que usó nuestra casta sacerdotal para venerar al antiguo dios tolteca, que no es otro que Quetzalcóatl... Al final, todos son el sol, todos son Tonatiuh, tal como está grabado en nuestra Piedra del Sol... Finalmente todo procede de Ometéotl, diosa de la dualidad.

—¿Estás diciendo que hay un solo dios, una sola divinidad a la que hay que adorar?

—No lo sé. Los mexicas siempre hemos tenido muchos dioses que protegen nuestro mundo. Son los encargados de que nunca caiga Tenochtitlan, centro único del universo; así lo dictó Tlacaelel... Aunque en los últimos años de su vida comenzó a enseñar doctrinas muy distintas. Finalmente, por su encargo se hizo la Piedra del Sol.

—Una Piedra del Sol que evidentemente nadie recuerda en este frenesí de sangre; un sol que no exigía sacrificio.

—Eso no lo sabemos, Citlalli. No olvides que el propio Nanahuatzin, ahí en Teotihuacán, donde los hombres se convierten en dioses, se arrojó al fuego ardiente para convertirse en el sol que hoy nos alumbra, pero se negó a moverse y a generar el tiempo hasta que los otros dioses no se ofrendaran también para ser la luna y los astros, y de ese modo proporcionar movimiento y tiempo a nuestro mundo. Sólo la sangre divina puede alimentar a los dioses hoy. Y nosotros poseemos una brizna de esa divinidad gracias al hecho de haber sido creados con la mismísima sangre de Quetzalcóatl...

—Quien, a mi entender, se sacrificó para que nadie más tuviera que hacerlo. Y bien sabes que al final de su vida, ésa era la convicción de Tlacaelel. ¿Acaso los hombres deben sacrificarse eternamente por los dioses? ¿No podría alguna vez un dios sacrificarse por la humanidad?

—Creo que jamás verás eso en este mundo. Las convicciones cambian según las necesidades políticas. Por eso el sacrificio de sangre humana fue necesario para hacer de nosotros el centro del universo.

El primer rayo del alba iluminó el cielo. En veintitrés puntos de la ciudad-isla los corazones comenzaron a ser extraídos, los cuerpos humanos comenzaron a rodar por las escalinatas, y el pueblo, siempre atento, comenzó a recoger a las víctimas para darse un festín. Los señores de los otros pueblos, tanto aliados como sometidos, estaban ahí para presenciar ese gran baño de sangre y tener claro que los mexicas eran sus amos. La gran masacre del Templo Mayor daba vida al universo y al gran señorío mexica.

Haití, 1509

Los recursos de La Hispaniola estaban agotados, casi toda la población taína había muerto, los cañaverales languidecían y la prosperidad que tantos fueron a buscar al Nuevo Mundo evidentemente era una quimera. Un puñado de islas sin oro y sin recursos, ése había sido el legado de Cristóbal Colón a Castilla. Era increíble que antes de morir, Fernando de Aragón hubiese reconocido al infausto hijo del genovés, Diego Colón, los privilegios prometidos a su padre en las *Capitulaciones de Santa Fe*.

Pero lo hizo Fernando, lo ratificó su hija Juana al amparo del cardenal Cisneros, regente del reino. Y el heredero, Carlos de Gante, aún era un niño incapaz de tomar decisiones, además de que ni siquiera vivía en Castilla, Navarra o Aragón, sino en Flandes.

Diego Colón era virrey de los territorios descubiertos. Su autoridad, junto a la de una junta de frailes jerónimos instalados en Santo Domingo, era inapelable: virrey, almirante y capitán general... Y ni siquiera era castellano, además de que la eventual sombra judaizante de su padre no dejaba de empañar su dudoso linaje... Un judío escondido entre fieles, eso era para muchos Cristóbal Colón.

—¡Por las tripas del papa! —vociferaba iracundo Diego Velázquez ante Hernando Cortés—. Ese malnacido de Colón sólo se dedica a esquilmar la escasa riqueza de este estercolero que él llama "sus dominios". Valiente páramo descubrió su padre. Y, por si fuera poco, evita todo intento de explorar nuevas posibilidades... Los portugueses se están apoderando de todo. ¡Que Mefisto lo diezme!

—Diego Colón no conoce las leyes de Castilla, señor, en las que yo tengo el privilegio de ser versado —respondió el aludido Cortés—. Pero en su limitada mente sabe por qué le conviene evitar las exploraciones. Los portugueses han hallado tierra firme en los mares del sur. Y otros castellanos la han encontrado en los mares del norte. En consecuencia, es evidente que en algún punto hacia el poniente debe existir tierra firme… seguramente grande y abundante. Nada que haya descubierto él ni su padre.

Diego Velázquez comprendió de inmediato. Tierra firme más lejana aún que aquel conjunto de islas significaba territorio no descubierto por Cristóbal Colón y, por lo tanto, fuera de la jurisdicción heredada por el canalla de su hijo. Islas más grandes, quizás un continente entero donde nadie tenía autoridad alguna… La avaricia brilló en sus ojos.

—¿Quiere decirme, don Hernando, que si hallásemos tierra más al occidente podríamos dominarla fuera del alcance de Colón?

—Sólo hay un escollo legal que es abatible. Vuestra excelencia necesita que los frailes jerónimos le den una autorización para ir en calidad de "adelantado" en busca de nuevos dominios. Evidentemente necesitaremos llevar a algún fraile, ya que no debe olvidar vuestra merced que la salvación de las almas es uno de los argumentos legales por los que Su Santidad, Alejandro VI, legó hace tiempo estas tierras a los Reyes Católicos.

—¡Por la hostia! Si hay tierras con recursos, llevaremos frailes y hasta podríamos erigir un obispado. Sin embargo, parece que no hay más que islas inhóspitas en estos lares.

—La isla Fernandina es grande, está poblada por nativos pacíficos y debe servir de base para organizar nuevas expediciones. Desde ahí es posible desprenderse de la autoridad de Diego Colón —añadió Cortés.

Una tercera persona se había mantenido en silencio todo ese tiempo; escuchaba con idolatría a Hernando Cortés, a quien veía con admiración debido a su sagacidad, osadía y audacia. Alonso de Ávila finalmente rompió el silencio.

—Es muy arriesgada la empresa que propone don Hernando; pero si él cree que es posible, es porque así ha de ser. Si vuestras mercedes lo consienten, estaré encantado de buscar la autorización de la Corona con la venia de los jerónimos de Santo Domingo.

Finalmente se ha de actuar por la gloria de Castilla. Y ese Colón sólo busca la suya propia.

—Querido Alonso —agregó Cortés—, si consiguieses el permiso de los jerónimos, don Diego Velázquez bien podría ser nombrado adelantado y, más tarde gobernador. Yo por mi parte estaré encantado de poner todos mis recursos en esta empresa… pero sólo si los dos contásemos con la presencia de un hombre de tu valía en la isla Fernandina.

Diego de Velázquez tenía ambición de riquezas y gloria, pero no contaba con la ambición de aventuras necesaria para obtener ambas. En eso era distinto a Hernando Cortés y a Alonso de Ávila; pero precisamente por ello se había hecho de ese tipo de allegados. Velázquez tomó su espada y se encaminó a la salida de la casa de Cortés, donde se había llevado a cabo la conversación.

—Sois un par de aventureros y soñadores, por encima de toda lógica… Por eso gusto de su presencia. Sea pues. Esta isla nos ha quedado chica con la presencia de Colón en ella. Habrá que buscar nuevos horizontes.

Dicho esto se retiró y dejó solos a los aventureros.

—¿En verdad crees que exista algo más allá? —preguntó Ávila a Cortés—. Los portugueses no han explorado aún la tierra que han descubierto al sur, que parece no tener más que maderas diversas, y la isla de Bimini es totalmente desconocida. Puede ser que esa parte sea el fin del mundo o que medien miles de leguas para llegar a la China.

Hernando Cortés levantó el rostro hacia el cielo antes de responder. Su mirada quedó perdida en algún punto fijo de un imaginario horizonte lejano. Tomó de su cuello una larga cadena rematada por una cruz antes de responder.

—Tengo fe en los conocimientos y, por encima de todo, en Dios. El florentino Vespucci ha explorado la zona y ha emitido diversos reportes. El propio Diego Colón lo sabe… Son inciertos e imprecisos, pero está convencido de la existencia de un nuevo mundo. No lo sé, Alonso; siento que Dios tiene una misión para mí. Algo en mi interior me dice que este nuevo mundo existe y que está en nuestro destino —don Hernando besó su cruz y volvió a guardarla bajo sus ropajes antes de seguir hablando—. Nada hace el Señor sin una causa, Alonso; por eso nos ha juntado a ti y a mí, y por eso nos ha colocado al lado de alguien tan ambicioso pero tan incompetente como Diego de Velázquez.

—¿Me estás diciendo que no confías en Velázquez? —interrogó Ávila.

Hernando Cortés lo miró con ojos perdidos en la nada.

—Dios se sirve de los hombres como instrumento, incluso de aquellos seres que sólo desparraman estulticia, como Velázquez; es él quien puede conseguir el título de adelantado, pero seremos nosotros los que, gracias a eso, llevaremos a cabo la obra de Dios. Hay un nuevo mundo, Alonso; lo sé, puedo sentirlo, puedo percibir el llamado de Dios que me pide llevar su sagrada palabra más allá de los límites conocidos. Dios es único y es todopoderoso, Él hará lo que tenga que hacer para que su palabra llegue a cada rincón. Nosotros, como sus siervos, debemos resignarnos a cumplir con la misión que tenga para nosotros. Dios se impondrá, Alonso, Dios se impondrá con toda su gloria.

Tenochtitlan, 1509

El miedo recorría el centro del universo. Nadie osaba seguir en las calles tras la puesta del sol. La gran Tenochtitlan llevaba varios días sumida en la más profunda de las tinieblas. Un ambiente extraño por sus calles, la penumbra invadiendo sus canales y los gritos lastimeros de la muerte de los dioses llenaban el espacio nocturno.

Todos en la gran ciudad-isla, desde el centro ceremonial donde el Templo Mayor se imponía sobre los demás santuarios, pasando por las habitaciones del propio Motecuzoma, la casta sacerdotal, los barrios extranjeros, los canales, el propio lago y hasta la población del nivel inferior, establecida en las orillas del espejo de agua, todos se encerraban en las noches, con el último rayo de luz, para ocultarse del paso penitente de la madre de todos los dioses.

Cuautlanextli, el águila que se eleva en el alba, a sus treinta y siete años de edad, tenía el honor de residir a un costado del fastuoso Templo Mayor, en las habitaciones destinadas a los guerreros águila, cuyo recinto estaba en una de las laderas del gran santuario doble a Tláloc y Huitzilopochtli. Las constantes guerras del gran Motecuzoma, quien había tomado el trono mexica en 1502, lo habían colmado de todos los honores. Ahora era considerado un gran maestro de la orden águila.

Citlalnextlintzin, la estrella noble de la mañana, contaba ya con treintaiún años y no había podido dar hijos a su compañero en la juventud. Durante mucho tiempo se preguntaron qué falta habían cometido contra los dioses para no ser bendecidos con descendencia. Y ahora lo comprendían: ellos no habían fallado; eran los dioses los que estaban muriendo. Y en ese momento, más que en ningún otro era evidente que se acercaba el fin del mundo. Sin embargo, ya resignados y convencidos de la lenta agonía de sus dioses, Citlalli finalmente quedó encinta... Malos tiempos para concebir un hijo ahora que había comenzado la muerte de sus divinidades. Malos tiempos... o una misión divina.

El gran guerrero Cuautlanextli no le tenía miedo a nada, según se decía en el cálmecac y en el propio recinto de los guerreros águila; sin embargo, al llegar el ocaso entraba a su casa y oraba junto con Citlalli; trataba de hablar con los dioses mientras se tapaba los oídos. Así dormían. Todos en la gran ciudad-isla, el centro del universo, el único mundo, dormían aterrorizados ante el espectro que cada noche deambulaba por las calles de la ciudad.

Algunos lo habían escuchado; otros incluso lo habían visto de reojo, con su estela blanca sobre las aguas; otros más se habían topado con él y habían muerto al instante. Eran hallados al alba con la mirada de pánico aún reflejada en sus ojos inertes. El pueblo entero había pedido consuelo a su *huey tlatoani*, al gran Motecuzoma, quien, finalmente, mortal como era todo, nada podía hacer contra el destino y se sentía impotente, como todos, ante el ocaso de los dioses.

Cada noche el lamento era el mismo, acompañado de las tinieblas, de la niebla que se levantaba sobre el lago. Cada noche, hasta que llegaron los extraños. El frío se apoderó de la noche en la gran Tenochtitlan y el viento llevó por toda la ciudad el grito lastimero de la diosa madre. Cihuacóatl, la mujer serpiente, la madre del verdadero sol y de todos los dioses, nunca dejó de advertirlo: ¡Ay, mis hijos; ay, hijos míos! ¡Nuestros dioses se mueren y nosotros moriremos junto con ellos! ¡Ay, mis hijos, a dónde podría llevarlos para esconderlos!

Ya nadie recordaba los viejos cantares de gloria: quién podría sitiar Tenochtitlan, quién podría sacudir los cimientos del cielo. Los dioses morían, y con ellos morirían la ciudad y el imperio. ¿Habrían sido pocos los sacrificios humanos?, ¿habrían sido un exceso, como denunció siempre Nezahualcóyotl de Texcoco?

Los dioses eran inmortales. Sólo podían morir derrotados por otros dioses. Con los dioses morirían todos: el mundo conocido había llegado a su fin, se habían roto esos cimientos. El llanto nocturno de Cihuacóatl no podía ser más claro: ¡Ay, mis hijos, nuestros dioses mueren, y nosotros moriremos con ellos!

Sacro Imperio Romano Germánico, 1521

Era el 13 de agosto del año del señor de 1521. Jean Morell estaba sobre Paula en un éxtasis de placer que llegaba a su cúspide cuando dejaba que fuera ella la que estuviera sobre él... en una de esas pecaminosas posturas eróticas prohibidas por la Iglesia católica a la que habían abandonado, gozando del pecado y haciéndolo más pecaminoso en la medida en que lo hacían sólo pensando en el placer, y no en la sacrosanta obligación de procrear hijos para la mayor gloria de Dios.

Jean era escritor y maestro de reputación; un librepensador de aquellos que tenían la infernal manía de cuestionar las cosas, por cuya simple razón siempre estaba en la mira de la Iglesia. Era súbdito del emperador germánico Carlos V por el azar de que su ciudad natal, Worms, estaba bajo la jurisdicción imperial. Paula era nacida en Castilla, aunque sus remotos ancestros provenían de la zona de Bohemia —otro de tantos reinos que habían quedado sometidos a la autoridad del Sacro Imperio Romano Germánico—, pero habían huido tiempo atrás, en la época en que fue quemado en la hoguera el reformador religioso Jan Hus, en 1415, cuando los conflictos divinos incendiaron Praga.

La vida llevó a los ancestros de Paula a residir en suelo castellano, donde la familia siempre fue vista con recelo por las autoridades católicas, constantemente en busca de herejes, sobre todo a partir del reinado de los fanáticos y poderosos Reyes Católicos. La propia Paula, a pesar de sus nobles y cristianos orígenes, frecuentemente era observada con desconfianza y malicia, quizá por la eventualidad de que por sus venas corriera sangre de herejes, quizá por su exótica hermosura y su impresionante cabello rojizo… Ese tipo de belleza que siempre odiaban y temían los inquisidores.

No obstante, su vida había sido relativamente normal y pacífica, en particular desde que contrajo nupcias con un hidalgo español de intachable genealogía, de familia conservadora, fervientemente religiosa, defensora de las buenas costumbres y enemiga de todas esas ideas novedosas que cuestionaban el orden eterno establecido por Dios, nuestro Señor.

Pero todo cambió en 1516, cuando conoció a Jean por casualidad, en uno de tantos viajes que el maestro Morell realizaba de universidad en universidad. Él visitó la de Salamanca, pero el azar los encontró en Madrid, donde quedaron prendados el uno del otro; así, a primera vista. Jean detectó desde el principio una chispa de inconformidad en los ojos de Paula, quien a su vez vio en la mente de Jean ese estímulo intelectual que siempre buscó y no había encontrado… Al final, también quedó seducida por su espíritu inconforme.

Pero la suya era una pasión prohibida. Paula estaba casada ante los ojos de Dios y la sociedad. Bien casada, como decían en Castilla. Casi un año y medio fingieron indiferencia Paula y Jean, hasta que definitivamente fueron derrotados por el amor. Él le propuso escapar y ella decidió dejarlo todo por él… No podían seguir en Castilla, así que huyeron del reino, de la Inquisición, y del esposo despechado, para residir en Worms, donde ella podía evadirse de su pasado y los dos podrían tener una vida promisoria. Pero en 1517 Martín Lutero clavó 95 tesis contra la venta de indulgencias en la catedral de Wittemberg… Y nada volvió a ser igual.

Una discusión elemental planteada por un doctor en teología prendió la mecha de un barril de pólvora que hizo estallar a todo el continente y amenazó con acabar para siempre con lo que quedaba de la unidad cristiana. Jean Morell adoptó la versión religiosa de Lutero, y más por amor que por fe, Paula, testigo del fanatismo religioso en su natal Castilla, también.

El papa y el emperador comenzaron la cruzada contra los herejes, y Paula y Jean tuvieron que ir peregrinando de ciudad en ciudad. No volvieron a conocer un solo día de paz desde entonces y hasta el 13 de agosto de 1521, cuando finalmente pudieron volver a yacer juntos y poseerse mutuamente, en Ginebra, donde los conflictos religiosos que prendían fuego a toda Europa parecían no llegar.

—Iremos a Ámsterdam —dijo Jean a Paula al tiempo que dejaba caer su rendida desnudez sobre ella—, una de las pocas ciudades libres de este mundo que se cae a pedazos; quizá después podamos ir al Nuevo Mundo.

—Pero incluso Ámsterdam está bajo el poder del emperador, como no tarda en estarlo el Nuevo Mundo completo.

—Nadie puede ser dueño del mundo, Paula. Y a Lutero lo asisten Dios, la razón y cada vez más príncipes alemanes... Además, Ámsterdam es una ciudad libre, de comerciantes y mercaderes que no permiten que el emperador se entrometa en sus asuntos.

Como castellana, Paula había sido educada como ferviente católica, obediente al papa; era una buena súbdita que sabía que su papel consistía en callar y obedecer, lo cual siempre atentó contra su espíritu libre. Por eso la enamoró Jean Morell, por su versión de la fe, por su libertad de cuestionar el *statu quo* y hacer uso de la razón.

Paula permaneció desnuda con la mirada perdida en el horizonte más allá de la ventana de la habitación que alquilaban en su peregrinar hacia los Países Bajos.

—Toda la fe se viene abajo, Jean, y con ella se vendrá abajo toda Europa... Es como si Dios hubiese muerto o nos hubiera abandonado.

Ciertamente la fe amenazaba con venirse abajo desde 1517. El papa León X mantenía una cruzada contra Lutero, a la que desde 1519 se sumó el nuevo emperador Carlos de Gante, rey de Castilla y Aragón desde 1516, electo como rey de romanos con el título de Carlos V. Sólo esperaba la venia papal y su propia coronación para que ese título temporal pasara a ser el de sacro emperador... Para conseguirlo, primero debía eliminar la herejía y a los herejes.

El 3 de enero de 1521 el papa excomulgó a Martín Lutero. Ese mismo mes, el emperador convocó a un congreso en la ciudad imperial de Worms, en un último intento de restaurar la fractura de la Iglesia y de que Lutero volviera al redil papal. Pero Worms recibió al doctor Lutero como cientos de años atrás Jerusalén recibió a Jesucristo; la ciudad eufórica lo había investido como nuevo profeta. Jean Morell fue uno de tantos que salieron a las calles a recibir al reformador.

Mientras Lutero intentaba exponer sus ideas teológicas, el emperador, mucho más interesado en política que en religión, sólo estaba ocupado en conseguir una retractación de aquél que le consiguiera la bendición papal.

El 18 de abril de 1521 Carlos V en persona examinó a un férreo Lutero que no modificó sus planteamientos: "Mientras no me convenzan, con los evangelios en una mano y con la razón en la otra, en vez de excomuniones y concilios que tan frecuentemente se equivocan, retractarme sería atentar contra mi propia conciencia. Y ése sería el peor de los pecados", respondió Martín Lutero al emperador, con lo cual se demostró que un humilde monje agustino estaba por encima del señor más poderoso del mundo. La multitud presente estalló en júbilo.

El calvario para Jean y Paula comenzó el 26 de abril de ese año, cuando Carlos V aprovechó ese congreso para poner precio a la cabeza del hereje. Y junto con Lutero, que salió de la ciudad para salvar su vida, salió más de la mitad de sus seguidores. La cacería religiosa comenzó en Europa y desató cien años de infierno en la tierra.

Los herejes ardieron en las piras inquisidoras por cientos de miles. Más aún desde el 25 de mayo, cuando a través del edicto de Worms, Carlos V declaró públicamente que Lutero, y con él todos sus seguidores, estaban fuera de la ley. Poco importaba a las autoridades la herejía de los pobres, los plebeyos o los iletrados, pues más les preocupaba que los pensadores y los maestros, como Jean Morell, hurgaran en los inescrutables designios de Dios.

Jean y Paula comenzaron su huida a los Países Bajos por el camino de Ginebra, donde creyeron tener su primer día de paz en varios meses aquel 13 de agosto de 1521; ese día que se prometieron estar juntos para siempre sin importar el asedio de autoridades civiles y religiosas, aquel día en que simbólicamente intercambiaron argollas con las que sellaron su promesa de amor.

Pero los métodos de los *Domine cannis*, de los terribles perros de Dios, eran aterradores: delatar a los sospechosos era la principal forma de salvar la propia vida y la fortuna. Así, unos acusaban a otros, y todo vecino o amigo era un espía potencial.

Aún no se reponían de los estertores del placer cuando una guardia mercenaria de castellanos irrumpió en su habitación con toda la violencia posible.

—Jean Morell —vociferó uno de ellos—, considérese preso ante la autoridad de Su Sagrada y Católica Majestad, el emperador germánico Carlos V, por la gracia de Dios nuestro señor, rey de Nápoles, de Sicilia, de Castilla, de Aragón, de los Países Bajos y rey de romanos. Se le acusa de blasfemia, herejía, apostasía y entendimientos con el demonio.

El mercenario volteó a ver a Paula, quien alcanzó a tapar con las sábanas su hermoso cuerpo. Los ojos de aquel hombre derrochaban odio y lascivia. La recorrió de arriba abajo con una mirada de repudio mientras añadía sin mirarla a los ojos:

—Qué vergüenza para los fieles que una castellana con su hidalguía se haya convertido en la puta de un hereje.

El interrogatorio a Morell se prolongó durante meses. Jean vivió con estoicismo su encierro en aquellas cuevas inmundas que los inquisidores llamaban cárceles. No sabía dónde estaba preso; sólo tenía la certeza de que tarde o temprano lo esperaban las llamas de la hoguera... Y la salvación del mártir en el cielo.

El 1° de diciembre del año de 1521 falleció el papa León X, lo cual no apagó las llamas de las piras purificadoras en Worms, donde Jean Morell vivió en carne propia el infierno para poder encaminarse a la gloria. Las hogueras católicas habían sido encendidas en gran parte de Europa; no obstante, príncipes y reyes en todo el norte del continente abrazaron la versión luterana de la fe, y la reacción desmedida del fanatismo papista no hizo más que lanzar a más cristianos a los brazos de la herejía.

Paula fue perdonada con el argumento de que los pactos de su amante con el demonio la habían seducido y engatusado y hecho caer en el engaño de los herejes; sin embargo, se prometió a sí misma no volver con el hombre que era su esposo ante la ley, quien probablemente había estado detrás de su captura. Además, cuando llegó el turno de su juicio se descubrió que debía tener unos tres o cuatro meses en estado de gravidez. Y la ley prohibía condenar a un nonato por los pecados de su madre, pues una criatura aún sin nacer no podía ir a parar al limbo por no haber tenido la oportunidad de recibir el santo sacramento del bautismo. La infinita piedad de la Iglesia no podía consentir semejante atrocidad.

Paula abjuró para salvarse y salvar el fruto del efímero amor que disfrutó con Jean Morell. Se retractó de su herejía, revocó sus creencias, renegó de su pasado y prometió arrojarse nuevamente a los amorosos brazos de la Santa Madre Iglesia Romana... pero lo hizo de forma artificiosa y fingida, carcomida por el odio y convencida más que nunca de las razones de Lutero y de su amor por Jean.

El auto de fe se llevó a cabo de manera pública. Junto a otros herejes, Morell fue atado a un poste de madera sobre leña seca, que ardería rápidamente por la misericordia de Dios. Entre la multitud que gozaba de ese espectáculo pudo distinguir a su preciosa Paula. Y agradeció a Dios por haberla salvado, ese mismo Dios en cuyo nombre sus falsos representantes lo arrojaban al fuego. Las llamas se elevaron a las alturas y consumieron el cuerpo de Jean Morell, quien en todo momento mantuvo la mirada puesta en los ojos de Paula, quien sonrió a su amado y se llevó las manos al vientre.

Horas después, únicamente Paula permanecía de pie ante el fuego exánime y los restos carbonizados del hombre al que había amado; ahí, entre las cenizas, distinguió la argolla que Jean llevó hasta su último aliento de vida. La recogió y la guardó con cautela.

Era el momento de buscar un sitio distinto para que el fruto de su amor creciera libre del odio sagrado. Quería purificar su corazón con el perdón, pero el rencor consumía sus entrañas. Ella, que sólo conocía la bondad, sintió la necesidad de cobrar venganza. Ante los restos humeantes de lo que había sido su amante derramó su última lágrima y se preparó para una nueva vida.

Tenochtitlan, 13 de agosto de 1521

Terminó la lenta agonía de los dioses; el grito lastimero de Cihuacóatl quedó acallado por el triunfo del único y verdadero dios. Don Hernando Cortés, acompañado de sus fieles Alonso de Ávila y Pedro de Alvarado, llegó hasta la cúspide del Templo Mayor de los mexicas y penetró adonde sólo los grandes sacerdotes podían hacerlo: los adoratorios de Tláloc y Huitzilopochtli.

Don Hernando sacó las esculturas de los dioses paganos para que la atónita y desesperada multitud pudiera verlos. Lo dudó, pero ya había comprendido el pensamiento de los mexicas: las guerras se libraban entre dioses y lo que pasaba en el mundo era tan sólo el reflejo de los encuentros divinos. Había que dejar en claro cuál era el único dios triunfante.

En 1519 los castellanos y los mexicas habían convivido en una tensa paz dentro de la ciudad-isla. Así lo había dispuesto Motecuzoma... Pero el pueblo se negó a reconocer la agonía de sus dioses. Por primera vez en su historia, los mexicas desconocieron la autoridad de su *tlatoani* y entronizaron al gran guerrero Cuitláhuac, quien derrotó a los castellanos en 1520, antes de ser derrotado él mismo por la viruela... esa peste desconocida que fue interpretada por muchos como el último signo de la descomposición de sus dioses muertos.

Todo el lago y los pueblos aledaños podían verse desde lo alto del templo de los dioses mexicas, incluidos los grandes volcanes protectores. El cerro que humea no dejaba de escupir bocanadas de ceniza quizá como un postrimero lamento de la derrota divina.

—Los ídolos de piedra caen porque son falsos —vociferó Cortés a todo pulmón, mientras Malintzin lo traducía al náhuatl—. Los ídolos de piedra se rompen —gritó el conquistador al mismo tiempo que arrojaba a Tláloc y a Huitzilopochtli por las escalinatas del templo, como en otros tiempos cayeran los cuerpos de los sacrificados.

Los ídolos de piedra fueron cayendo por su Templo Mayor haciéndose pedazos, hasta llegar hechos polvo al suelo. El gran colibrí de la guerra cayó derrotado sobre el disco de piedra que representaba a la Coyolxauhqui vencida... Ahora, todos los dioses antiguos habían perecido

Cientos de miles de tlaxcaltecas, cempoaltecas, mayas, totonacas, xochimilcas y hasta los antiguos aliados texcocanos eran ajenos al espectáculo, pues se ocupaban del saqueo y la destrucción de los restos de la ciudad de sus antiguos y eternos opresores, cientos de miles de indios sin los cuales don Hernando Cortés jamás habría podido tomar la gran Tenochtitlan.

—Sólo hay un dios verdadero —seguía gritando Cortés, al tiempo que Alvarado y Ávila levantaban una gran cruz de madera en la cúspide del templo, a los ojos de todos—. Y sólo a Él debéis adorar... Y también deberéis venerar a su inmaculada madre.

Mientras decía esto, Hernando Cortés clavó otra gran cruz de madera en la que colgó una imagen que llevaba consigo desde aquel lejano año de 1504, cuando dejara Castilla: la Virgen María, a la que siempre se había entregado en devoción; la Virgen de Guadalupe, la santa patrona de su tierra extremeña. De ese modo, el 13 de agosto de 1521 los antiguos dioses terminaron de morir y un nuevo dios se impuso en el Nuevo Mundo.

Cortés volteó a ver a Ávila con una sonrisa... Más de diez años atrás le había asegurado que Dios tenía una misión muy grande para ellos: acababan de conquistar todo un mundo nuevo.

"Nuestros dioses mueren y nosotros moriremos con ellos." La advertencia de Cihuacóatl no dejaba lugar a dudas. Sin embargo, el gran águila que cae, el valeroso Cuauhtémoc, siempre se negó a aceptar la fatalidad del destino y defendió palmo a palmo los restos de su ciudad, hasta que tuvo que entregarse a Cortés, cuando la guerra y la peste habían terminado casi con la totalidad de sus últimos guerreros águila.

Cuautlanextli, el águila que se eleva en el alba, había alcanzado más allá de la mitad de su vida, que había dedicado en su totalidad a la guerra, a la defensa de Tenochtitlan. Nunca creyó que vería el momento en que sus dioses perecieran; peor aún, jamás pensó ser testigo del tiempo en que su propio pueblo se rindiera ante el nuevo dios triunfante, representado por una cruz... Un dios que se había sacrificado para terminar con los sacrificios de los hombres.

No pudo evitar recordar las palabras de su querida Citlalli años atrás, casi proféticas: "¿Acaso los hombres deben sacrificarse eternamente por los dioses? ¿No podría alguna vez un dios sacrificarse por la humanidad?" Su propia respuesta giraba en su mente durante sus últimos instantes de vida: "Creo que jamás verás eso en este mundo". Efectivamente, ese mundo había acabado. Y uno nuevo, muy diferente, se levantaría sobre los escombros de Tenochtitlan.

Cuautlanextli agonizaba en los brazos de Citlalli, ante la mirada llorosa de su pequeño Chimal, de apenas doce años de edad. Había ofrendado su último aliento en la batalla postrera y ahora moría al lado de sus dioses. Acarició la mejilla de su hijo y le dijo:

—Orgullosa de sí se yergue Tenochtitlan, donde nadie teme morir por la guerra. Ésta es nuestra gloria; nunca lo olvides, pequeño Chimal.

—Nunca lo haré padre —sollozó el pequeño.

—Y tú, mi querida Citlalli, recuerda que nuestros dioses no han muerto. Ahora es nuestra labor... tú labor, la del pequeño Chimal y la de su descendencia... proteger a nuestros dioses... ocultarlos, defenderlos de la inminente destrucción que se prepara contra ellos.

Citlalli miró a su pequeño Chimal y asintió en silencio. Sería necesario sobrevivir al fin del mundo para llevar a cabo tan sagrada misión.

"¿Quién podría sitiar y conquistar a Tenochtitlan?"... Ésos fueron los últimos pensamientos de Cuautlanextli. Era increíble que un simple hombre lo hubiera hecho. Ese hombre blanco y barbado que vestía ropajes de metal había sitiado Tenochtitlan varios días atrás... Y ahora la tomaba, apoyado por la furia de decenas de miles de hombres de todos los pueblos sojuzgados.

Ahí, muy cerca del Templo Mayor, tomado ahora por los extraños blancos se erguía un nuevo símbolo: la cruz con la que ellos honraban y simbolizaban a su dios.

"¿Quién podría sacudir los cimientos del cielo?" Ése fue el último pensamiento del águila que se eleva en el alba. Cuautlanextli expiró junto con su mundo... derrotados por un hombre y un solo dios.

PRIMERA PARTE

Los ídolos de piedra

Ciudad de México, Nueva España,
18 de octubre de 1789

"Esta catedral nunca será terminada y jamás será el verdadero templo del usurpador dios de los opresores." Esa idea no abandonaba nunca la mente de Pedro Aguilar; estaba ahí cada día de su vida, una vida lenta y cansada, con una misión heredada de generación en generación, que cargaba como los cristianos se ufanaban de cargar la cruz de su dios sacrificado.

Cada día que iba a trabajar en la construcción de esa catedral, que pretendía dejar inacabada por siempre; cada día que se aprovechaba de ser parte del gremio de los constructores para entrar a las obras catedralicias, lo vivía exhausto pero satisfecho, fatigado de su encomienda, pero orgulloso de ser un eslabón más en una cadena de generaciones con una misión sagrada siempre bien cumplida.

—Éste siempre será el templo de nuestros dioses; siempre, porque fue edificado con las mismas piedras de nuestro Templo Mayor, porque fue levantado sobre el suelo sagrado de nuestras divinidades, porque usurpa el centro del universo y los cimientos de nuestros cielos... Porque en realidad nuestros dioses nunca han dejado de morar en el templo del dios sin nombre de los blancos y sólo han adaptado sus nombres para escapar a la destrucción de la Inquisición y, finalmente, querido Juan, porque ésa es nuestra misión, heredada desde la caída de la gran Tenochtitlan.

Pedro Aguilar tenía cincuenta y dos años de edad, pero en ese momento reflejaba más, por su rostro cansado, por su espalda encorvada y, aunque nunca lo aceptase él mismo o ante su hijo Juan, de once años, por su mirada sin esperanza, por saber en lo más interno de su ser que su misión estaba destinada a perecer algún día no muy lejano, seguramente con él mismo y en corto tiempo.

La realidad era que los antiguos dioses habían caído en el olvido hacía mucho tiempo. Ciertamente, en un principio se les cambiaron los nombres y adoptaron los apelativos de los santos cristianos, pero con el paso de los años, el trabajo de los frailes, los tormentos de la Inquisición y la inexorable labor del tiempo y el olvido, eran cada vez más los indígenas que efectivamente veían a Jesucristo, hijo de Dios, en aquella cruz, y a su madre, en aquella imagen venerada en el Tepeyac. Su mundo ya no existía más… Recordó el lamento que según algunos hombres aún emitía Cihuacóatl por las noches: "¡Ay, mis hijos; ay, hijos míos! ¡Nuestros dioses se mueren y nosotros moriremos junto con ellos!"

—La catedral nunca debe ser terminada, Juan. Yo heredé ese legado de mis ancestros y pronto tú te harás cargo de esa importante responsabilidad: mantener la memoria de nuestros dioses y evitar que sea concluido este nuevo templo. Eres un privilegiado y tendrás un lugar en el Tlalocan si cumples con tu misión.

—Pero padre…

—Sin peros, Juan. Nadie en esta familia ha abandonado esta sagrada encomienda desde el aciago año en que nuestra ciudad cayó ante los invasores de allende el mar, el año en que nuestros dioses fueron derrotados por un dios extraño y sin nombre, cuando fue capturado nuestro último *huey tlatoani* y cuando murió nuestro ilustre ancestro Cuautlanextli.

—Yo quiero ser arquitecto, padre, un constructor de verdad; quiero aprender a imaginar y a construir edificios grandiosos como éste en el que entramos todos los días… No se ofenda, padre, pero ya estoy en edad de hacer algo si quiero ser un verdadero constructor y no un simple picapedrero.

—No, Juan; nuestra familia ha sido parte del gremio de los constructores desde el principio de este reino, tan sólo para tener el derecho de estar en esta edificación, para proteger a nuestros dioses, que siguen morando en este lugar sagrado, escondidos, protegidos, en espera de un nuevo sol. Las piedras son nuestro trabajo y de piedra es la representación de nuestros dioses. Y nunca nadie, ¡escúchame bien!, nadie, en diez generaciones, se ha desentendido de su deber sagrado. Está en nuestra sangre. El espíritu de Cuautlanextli, de Citlalli y de su hijo Chimal, el primero en llevar a cabo nuestra misión sagrada, está dentro de nosotros. El llamado está dentro de ti.

—Padre, yo vengo aquí con usted todos los días y veo entrar a los grandes señores y a los más pobres de nuestros hermanos. Y soy testigo de que todos oran a Dios y todos reciben su consuelo. Los domingos sin excepción escucho a los franciscanos hablar de Dios. Y en cambio no sé nada de esos que usted llama nuestros dioses. El único llamado que yo escucho en mi corazón es el de ser arquitecto.

—Juan, siempre te lo he dicho: en este reino el nacimiento lo determina todo y los indígenas tenemos vetados trabajos como ése.

—No quiero contradecirlo, padre, pero usted sabe que nosotros somos mestizos... No tiene por qué gustarle padre, pero es la verdad; su propia piel y la de mi madre es más oscura que la de los españoles, pero considerablemente más clara que la de la gente del campo. Yo mismo, padre, no me distingo del todo de algunos criollos ni hablo la lengua de nuestros ancestros; mi madre tampoco la habla y usted mismo casi no la usa. Además, no sé nada de aquellos dioses que...

—Calla, Juan; no tienes que saber nada de ellos ni hablar su lengua, ni siquiera debes conocer su historia. Sólo tienes que jurar que serás su guardián, que dedicarás tu vida a protegerlos y que te encargarás de que este templo dedicado al dios de los blancos nunca sea terminado.

Juan Aguilar sufría. Su sueño era llegar a ser un verdadero constructor; no un trabajador, sino un maestro. Soñaba con construir edificios como el que su padre le exigía que nunca terminara. La verdad es que no creía en nada de lo que creía su padre. Y así como su progenitor fingía dedicarse a construir aquella catedral, mientras que en realidad la saboteaba, él mismo también fingía;

mentía ante su padre y lo acompañaba todos los días, pero no para heredar su misión, sino para aprender todo lo que pudiera asimilar de los arquitectos franciscanos, para ver a los maestros constructores aunque fuera de lejos y quizás un día ser su aprendiz.

No quería desobedecer a su padre, pero no tenía ningún interés en sus ideas. Sin embargo, los frailes le hablaban de los mandamientos de Dios, uno de los cuales precisamente era honrar a sus padres... Y aunque su progenitor aseguraba no creer en ese dios, en más de una ocasión lo había sorprendido rezando postrado ante la cruz y no sabía si seguía viendo en ese símbolo a Quetzalcóatl y a Huitzilopochtli, o si el peso de la tradición y la costumbre también lo habían vencido y ahora elevaba sus plegarias al dios de los blancos.

—Es hora de irnos, Juan; ayer tomó posesión el nuevo virrey, Revillagigedo, y hoy vendrá a rezar por vez primera a esta catedral inacabada. No debemos estar aquí cuando él llegue; lo tenemos prohibido. Recuerda que, sin importar lo que pregonen los frailes, no somos iguales a los ojos de Dios.

Una sonrisa se dibujó en el rostro del pequeño.

—¿Me puedo quedar a jugar en la plaza, padre?

Pedro Aguilar miró tiernamente a su hijo... En realidad aquello era lo que más le dolía: saber que todo había llegado a su fin, que no podía legar la misión sagrada a Juan, a quien no podía imponer un destino que en realidad no le correspondía. Los dioses son inmortales. Lo único que los mata es el olvido... Y tantos años escondidos sólo pueden generar ese olvido.

Él nunca dejaría de cumplir su misión, aunque en el fondo de su ser ya no tenía fe en esos dioses antiguos y estaba consciente de que aquellas divinidades yacían bajo la tierra de la Plaza Mayor y entre los muros de la catedral, de que el pueblo creía en el dios de los blancos, de que Tonantzin ya se llamaba Guadalupe... Y de que hacía casi trescientos años sus ancestros se habían negado a aceptar la caída de sus ídolos de piedra y el fin de su mundo... Pero a tres siglos de distancia quizás era momento de aceptar la realidad.

—Ve, Juan, pero no salgas de la plaza. Y no tardes.

Los dos Aguilar, padre e hijo, salieron por una puerta lateral de la catedral, casi al mismo tiempo en que el nuevo virrey entraba a rezar, acompañado por una pequeña comitiva. Pedro reconoció de inmediato a don Alonso Martín de Ávila y Rodríguez de Velasco y salió con su hijo como un ladrón que se oculta en la oscuridad.

La luz del exterior iluminó el rostro de Juan Aguilar, que no dejaba de levantar la mirada hacia la gran cúpula de la catedral, y hacia sus imponentes campanarios, los únicos con forma de campana, según había escuchado decir al mismísimo maestro constructor, José Damián Ortiz de Castro. La catedral sería terminada, no le quedaba duda. Y a pesar de todas las enseñanzas de su padre y no obstante que su origen le impedía ser un maestro constructor, soñaba con ser parte de esa gran obra. Una voz juvenil lo sacó de sus ensueños.

—¡Juan, Juan! Hola, Juan, ¿cómo estás?

Esquivando obstáculos, gente, mercancías y tiendas ambulantes, un niño de su misma edad se acercaba corriendo hacia él. Una sonrisa se dibujó en el rostro de ambos.

—Ángel, qué bueno verte. Pensé que mi padre no me dejaría quedarme en la plaza y no te encontraría.

—Tengo poco tiempo. Mi padre acaba de entrar a la catedral acompañando al nuevo virrey. Como fuimos a misa a primera hora de la mañana, lo convencí de que me dejara afuera... Además, me aburro mucho cuando habla de cosas de adultos.

Ángel Ávila no podía ocultar su evidente linaje español, aunque estaba destinado a sufrir cierta discriminación por haber nacido en América, a pesar de que su padre, Alonso Martín de Ávila y Rodríguez de Velasco, era uno de los hombres más ricos y poderosos de la Nueva España y se ufanaba de ser descendiente directo de uno de los primeros conquistadores.

Pero Juan tenía razón en una cosa: sus rostros no eran muy distintos; nadie diría que ahí había un niño español y uno indígena. Ángel era de piel morena clara, muy clara, de rasgos muy finos, cabello oscuro y ojos verdes; mientras que Juan tenía la piel tan sólo levemente más oscura, el cabello del mismo color que el de su amigo, los labios ligeramente más gruesos y los ojos negros como la noche. Había españoles andaluces que tenían la misma apariencia que él.

Aunque Juan siempre había parecido mayor, ambos eran de la misma edad; exactamente de la misma edad: cumplían años el 13 de agosto. Esa coincidencia fue una de las razones por las cuales habían estrechado su amistad desde tiempo atrás, cuando se conocieron mientras curioseaban en la plaza.

Los dos amigos se tomaron de la mano y comenzaron a saltar entre el lodo sin importarles quién de ellos, o quién de los que los rodeaban, pudiera resultar salpicado. Y así, entre risas, llegaron al centro de la plaza, indistinguible por la gran cantidad de caballos, mercancías y mercaderes que había allí.

—¿Cómo te fue? —preguntó Ángel—. ¿Hablaste con tu padre?

—Pues un poco. Le dije que quiero ser arquitecto, pero él sigue con esas ideas suyas de los dioses que yo no entiendo.... Creo que nunca me dará el permiso ni siquiera para intentarlo.

Una mueca de tristeza se dibujó en el rostro de Juan, quien de inmediato tornó en sonrisa.

—Y tú, ¿hablaste con el tuyo?

—Mucho... —respondió Ángel—. Nuestra casa está llena de plata, le dije. La plata es lo que hace famoso y próspero a este reino, le insistí. ¿Qué tiene de malo que yo quiera estudiar y ser experto en minas?, le pregunté

—¿Y qué te dijo?

—Ah, pues las mismas cosas de siempre: me asestó todo un sermón sobre nuestro antiguo linaje, nuestra nobleza y esas cosas. Luego posó la mirada más solemne que pudo sobre mis ojos y me dictó una perorata de la que no escuché nada, más que el final, que ya me sé de memoria: "Nuestro linaje puede rastrearse hasta los gloriosos tiempos de los Reyes Católicos. Uno de los primeros y más grandes e ilustres conquistadores es el origen de nuestra familia en la Nueva España. Tenemos el honor de ser de los poquísimos criollos miembros de la Sagrada Orden de Santiago de Compostela, defensores de la fe. Y podemos decir con orgullo, como lo establecen las normas de la orden, que ningún miembro de nuestra familia ha trabajado nunca".

Ambos rompieron en carcajadas a causa de la excelente imitación que Ángel hacía del adusto y arisco rostro de su padre y del acento castellano que utilizaba cuando daba un sermón que él consideraba de la mayor importancia.

—¿Que nunca han trabajado? ¿Entonces de dónde sacan el dinero?

—Ay, pues yo cómo voy a saber eso... Pero seguramente esa situación tiene que acabarse algún día, ¿no? Por eso yo quiero trabajar en una mina. Aunque él asegura que sólo los pobres trabajan en las minas y nosotros no nos mancharemos las manos como lo hacen ellos. Yo, la verdad, no entiendo nada. Si trabajan en las minas de plata, cómo pueden ser pobres...

Una plasta de lodo en el rostro de Ángel terminó con su relato. A un metro de distancia Juan se retorcía de la risa.

—¡Pues tú ya te manchaste la cara! Gracias a mí ya puedes trabajar en una mina.

No había terminado de hablar, cuando Ángel ya había contraatacado y ambos niños participaban en una gloriosa guerra de lodo que no tenía contentos a los vendedores y a los compradores de la plaza. Al poco tiempo los dos estaban cubiertos de barro de la cabeza a los pies mientras reían a carcajada suelta.

—Creo que nos van a regañar —dijo Ángel sin mucha preocupación.

—Qué importa, si siempre nos regañan, ¿no crees?

En un instante el rostro de ambos adquirió la mayor seriedad.

—¿Y qué vamos a hacer? —preguntó Ángel.

—Pues no sé; pero ya verás que todo saldrá bien. Yo voy a ser un maestro constructor y tú serás un importante minero.

—El más importante —añadió Ángel.

—El más importante —reiteró Juan con fingida voz de adulto.

Advino una ola de risas. Después el silencio. Don Alonso Martín de Ávila acompañaba al virrey a la salida de la catedral. Era momento de retirarse, pues el padre de Ángel se acercaba a él manoteando y vociferando estentóreamente.

—Creo que ya te metí en problemas otra vez, Ángel. Tu padre nos vio y no le gusta que juegues conmigo.

—Creo que me va tocar otra cantaleta sobre sangre, castas, nuestro papel como criollos ilustres y todas esas cosas.

—Lo más importante es que —aseveró Juan Aguilar a Ángel Ávila—, sin importar lo que pase, siempre seremos amigos.

—¡Siempre! —reiteraron ambos tomándose del brazo hasta la altura de los codos.

Pedro Aguilar ya conocía la amistad de su hijo con el vástago de Alonso Martín de Ávila y le había prohibido relacionarse con él. Esa noche tuvo que ser más enérgico que nunca, pues recibió una nota en su domicilio, un mensaje sin firma, que ni siquiera hacía alusión al destinatario: "Si vuelvo a ver a tu hijo con el mío, lo mataré a él o a ti. Lo que resulte más fácil. No hay olvido ni perdón".

Ciudad de México, Nueva España,
febrero de 1790

¡Un asqueroso estercolero!, era la único que Juan Vicente de Güemes Pacheco de Padilla y Horcasitas, segundo conde de Revillagigedo, y desde 1789 uno de los pocos virreyes criollos de la Nueva España, podía opinar al respecto de la Plaza Mayor de la ciudad de México. Aquello no era el corazón de un reino ni una plaza de armas, ni nada digno. Era, en toda la extensión de la palabra, una serie de mercados y establos rodeados de edificios en ruinas, en que hasta el propio palacio virreinal estaba derruido y servía como bodega de animales y mercancías. Ruido, bullicio e inmundicia imperaban en la plaza. El amplio espacio entre los edificios que la demarcaban era, literalmente, un lodazal en el que convivían todas las castas novohispanas y donde circulaban en desorden los más pobres y los más ricos, con carruajes, canoas y animales.

Por un lado, el palacio destrozado; por el otro, unos canales que aún conectaban la ciudad con Xochimilco, por donde los indios transportaban sus mercancías y los léperos desahogaban sus necesidades físicas, generando un ambiente hediondo. En el otro costado estaban los mercaderes; el Baratillo era un mercado de madera sin orden, y el Parián, una construcción de cal y canto atestada de mercancías y mercaderes orientales sin la menor alineación. El resto de la enlodada plaza siempre estaba llena de limosneros, quejosos, mercaderes sin licencia... Y pletórica de un caos en el que los aristócratas hacían circular sus carruajes, por lo que el lodo quedaba revuelto con el excremento de los caballos. Eso era el corazón de la Nueva España.

Había un rincón de la plaza que debía ser un derroche de dignidad: el rincón sagrado donde se alzaba la catedral metropolitana de México, la sede del principal arzobispado del reino, el símbolo de la Iglesia católica romana, la representación en esas tierras del papado... Pero incluso ese lado de la plaza estaba sumido en la suciedad y el vicio. Y ahí, entre semejante fandango, se alzaba relativamente majestuosa la eternamente inconclusa catedral.

Hernando Cortés colocó en 1524 la primera piedra de un modesto edificio catedralicio que fue derrumbado por orden real en 1552 para edificar en su lugar uno más digno, a la altura del reino que se esperaba llegara a ser la Nueva España, pero no fue sino hasta 1571 que se instaló la primera piedra de la nueva obra.

Desde entonces parecía que el destino se empeñaba en que la casa de Dios no fuera concluida: una revuelta popular en 1624 generó su destrucción y saqueo; en 1629 ocurrió una inundación y las aguas no se retiraron hasta cinco años después; otro motín en 1692 detuvo las obras, y un gran incendio en 1711 destruyó algunas capillas y buena parte de las obras de arte que ya albergaba el edificio.

Los techos se habían derrumbado y una torre se había hundido. Incluso la piratería en el Caribe y en el Pacífico habían interrumpido la construcción de la catedral, ya que los mercenarios de los mares habían robado, en más de una ocasión, tanto obras de arte como material que iba rumbo a América para ser parte de la casa de Dios. La corrupción virreinal, desde luego, siempre fue otro obstáculo, pues implicó el desvío de fondos que en vez de servir a la causa divina, sirvieron a las causas más mundanas de las autoridades del reino.

—¿Esto es el reino más rico de España? —clamaba el virrey Revillagigedo a su ayudante de cámara mientras terminaba de ajuarearse—. ¿Dónde, por la piedad de la santísima madre de Dios, está dicha riqueza? ¿Qué ha hecho España con esta parte del mundo en los últimos doscientos cincuenta años?

—Es culpa de los Habsburgo —respondió el secretario—. Nunca supieron sacar provecho de estas colonias, a las que dieron tanta autonomía, dejando que fueran administradas por criollos en los que no se puede confiar...

El secretario calló de inmediato. Juan Vicente de Güemes Pacheco de Padilla y Horcasitas era un virrey criollo, español de cepa y vetusto linaje, pero nacido en La Habana, en tiempos en que una anquilosada dinastía Borbón gobernaba el Imperio español y desconfiaba en absoluto de los criollos para ejercer cualquier cargo público importante. Pero España vivía una más de sus tantas bancarrotas y las finanzas públicas sólo podían subsanarse con una adecuada administración de los virreinatos, principalmente del más rico de ellos, la Nueva España, y el segundo conde de Revillagigedo, por muy criollo que fuera, le pareció al Consejo de Indias el candidato idóneo para establecer el orden de una vez por todas en la joya de la Corona.

—Pido disculpas, excelencia —balbuceó temeroso el ayudante—. A veces olvido que usted mismo... Bueno, en España siempre se ha acusado a los Habsburgo por permitir la intromisión de los criollos y, peor aún, de los mestizos con sangre india en sus venas.

—¿Y qué me dices de los Borbones?

—¿Su excelencia?

—La dinastía Borbón tomó el poder en España desde 1700 y no ha hecho nada desde entonces, siempre interesada más en Francia y en los conflictos europeos. Carlos III, a quien Dios guarde en su santísima gloria, ha sido el único monarca competente de la Casa Real. Y no temo decir que la burocracia y la corrupción no sólo no han disminuido con los Borbones, sino que incluso han aumentado, particularmente desde que Su Majestad Carlos IV se sienta en el trono. Para colmo, los aduladores me piden que ordene malgastar la metalurgia del reino en erigir una estatua ecuestre en su honor... Dudo de que Su Alteza sea capaz de mantenerse sobre el lomo de un caballo. Más aún, dudo de que exista corcel capaz de soportar su oronda figura.

El ayuda de cámara del virrey no daba crédito a lo que escuchaba. El propio Carlos IV había aprobado el nombramiento del conde de Revillagigedo como virrey, lo cual aseguraba su buena fortuna. Sin embargo, éste se refería al monarca con semejantes palabras. "A fin de cuentas es un criollo", pensó para sus adentros.

—Sé lo que estás pensando. Eres castellano y desconfías de los criollos, tan castellanos como tú pero nacidos en el Nuevo Mundo, con la misma sangre española, y quizá con más alcurnia de la que tú podrías tener. Pero yo no le debo mi puesto al rey sino a mi bien ganada reputación y, desde luego, a mi linaje; porque así son los peninsulares: siguen pensando que la virtud se lleva en la sangre. Además, yo no vine a la Nueva España a perseguir una fortuna mal habida sino a trabajar. Si así pensaran los habitantes de este país, todo sería diferente.

—¡Pero excelencia!, estos indios y estos mestizos por su cuenta serían incapaces de crear y gobernar un reino decente.

—¿Y a esto llamas un reino decente? Disciplina, eso es lo único que necesita este reino, colonia, o lo que sea, para prosperar. Y eso no se lleva en la sangre. Disciplina, trabajo y dedicación es justamente lo que yo voy a traer a este rincón olvidado por Dios y por el rey.

El virrey conde de Revillagigedo estampó su sello en una serie de pliegos que entregó a su ayudante con órdenes diversas.

—Por mi cuenta corre que la Nueva España se convierta en un reino próspero y ordenado. Estos pliegos son para esa burocrática y corrupta Real Audiencia. Y estos otros son órdenes que daré directamente. Terminará la corrupción y el caos. Acabaré con este desorden. Y comenzaré con esta asquerosa plaza. No pienso vivir en un palacio que apenas pasa de establo, ni toleraré el galimatías de los gremios de mercaderes. Convertiré este mugrerío en una plaza de armas de estilo europeo. Comenzaremos por desenlodarla, aplanarla, delimitarla, empedrarla. ¡Por Dios!... Y, lo más importante, si el tiempo y los recursos me lo permiten, acabaremos de construir de una vez por todas esa catedral.

Ciudad de México, 17 de diciembre de 1790

¿Cómo se habla con los dioses?, ¿cómo se pide su consejo o se siguen sus ordenanzas? No importa cuántas generaciones hayan pretendido transmitirse un legado divino y un conocimiento encriptado. Uno nunca piensa que será el elegido ni que será en su tiempo cuando llegue el momento. Pedro Aguilar fue educado por su padre, Pedro Aguilar, del mismo modo que éste fue educado por su propio padre, también de nombre Pedro Aguilar, y así hacia el pasado hasta llegar a los tiempos de la muerte del quinto sol.

Todos habían recibido un legado, una orden, una misión. Y todos transmitieron lo mismo a sus hijos, por décadas, por siglos, por doscientos cincuenta años... ¿Pero acaso alguno había pensado que le tocaría ver el renacer de sus dioses? ¿Podía interpretarse lo ocurrido ese día como su renacimiento? ¿Los ídolos de piedra habían despertado para pelear de nuevo? ¿O advendría la derrota definitiva? Finalmente, los blancos descubrieron el escondite de los dioses antiguos por un capricho del azar mientras embellecían la plaza. ¿Decidió Tonatiuh salir de las entrañas de la tierra para ver de nuevo el mundo o la tierra lo había escupido como símbolo final de la derrota?

Pedro Aguilar lo sabía. Tenía que dirigirse a las propias puertas del Mictlán para buscar las respuestas, descender a los cimientos donde se unía el inframundo con los cielos. Debía hablar con ella. La multitud abarrotada y sorprendida afuera de la catedral que contemplaba los inmensos monolitos surgidos del lodo y la inmundicia le permitieron entrar al templo vacío sin que nadie lo viera... La novedad del hallazgo de los dioses antiguos provocó que de momento todos se olvidaran del dios crucificado.

Pedro llegó hasta el altar mayor, dobló a la izquierda, comprobó que nadie lo observaba y descendió por unos inclinados escalones de piedra que lo llevaron justamente debajo del altar; prosiguió su camino hasta llegar a la cripta donde reposaban los arzobispos muertos. Los más viejos, convertidos ya en cenizas, estaban depositados en pequeños cubículos; los muertos hacía poco tiempo —como el ladrón Juan Antonio de Vizarrón y Eguiarreta, quien envió toda la producción de plata de un año para reconstruir el Palacio Real de Madrid— yacían en los pudrideros, esperando a que el tiempo y los gusanos tornaran sus restos en polvo, como lo estipulaba la Iglesia.

Allí, en medio de tantos muertos, yacía fray Juan de Zumárraga, el primer arzobispo… y también el primer inquisidor. El primer representante del dios cristiano, que paradójicamente reposaba sobre el antiguo altar de los dioses de piedra. Pedro Aguilar estaba en el lugar más sagrado del mundo, justo en el centro del universo, donde tiempo atrás se levantara el templo circular de Quetzalcóatl, con cuyas piedras Hernando Cortés comenzara la construcción de la vieja y destruida catedral.

Pero la Serpiente Emplumada no estaba ahí; se había marchado mucho tiempo atrás para no volver. Junto a los pudrideros, al lado derecho del mausoleo de Zumárraga, había una pequeña reja de tumbaga, el mismo material de oro y plata con que fue construida la reja del coro. Pedro sabía cómo abrirla.

Algunos rumores indicaban que túneles secretos unían a la catedral con el palacio virreinal. Las autoridades, por supuesto, lo negaban. Aguilar no lo sabía con certeza, pero vaya que conocía pasajes secretos, túneles laberínticos que conducían al pasado, a la vieja y derruida Tenochtitlan que yacía bajo la Nueva España.

Pero existían pasadizos que incluso para Pedro Aguilar eran leyenda: los escondrijos en los que sus ancestros habían ocultado muchos ídolos de piedra. Tenía instrucciones que nunca había llevado a cabo. Desde luego, no buscaba los aposentos virreinales, sino algo mucho más profundo, sepultado por varios metros cuadrados de tierra y siglos de olvido por debajo del recinto de los guerreros águila.

Rockwall County Library

1215 E. Yellowjacket Lane

972-204-7700

Date: 11/6/2023

Time: 10:28:58 AM

Name: Williams, Maria

Fines/Fees Owed: $3.00

Total Checked Out This Session: 6

Ahí la encontró tras un penoso recorrido por un laberinto de roca, tal como había sido arrojada del cerro de Coatepec, inerte, desmembrada, inmóvil, pétrea. Ahí estaba degollada la diosa con la cara pintada de cascabeles, la madre del gran colibrí de la guerra. Pedro Aguilar se tiró al suelo. Sabía que los mortales no debían entrar a los recintos de los dioses; pero estaba convencido de que aquello no era un recinto, sino un escondite... Y las circunstancias exigían que él estuviera allí.

Permaneció postrado durante horas en la húmeda y salitrosa tierra, orando, suplicando, buscando alguna respuesta, alguna palabra de Coyolxauhqui: "Ollin Tonatiuhtlan ha sido descubierto —no dejaba de suspirar— con toda la historia de nuestros dioses, el sol del movimiento, de la tierra... Ha sido hallado precisamente al mover la tierra".

Pero la hermana de Huitzilopochtli permanecía muda, quizá muerta, acaso desinteresada... Tal vez tan sólo de piedra. Sin embargo, Aguilar necesitaba una respuesta; todos los Aguilar, desde hacía más de doscientos cincuenta años la necesitaban, y éste no se iría de ahí sin una señal divina. Permaneció inmóvil en una oscuridad casi total, bajo tierra, en el corazón del que aseguraba era su mundo, entre alimañas, hongos y agua putrefacta que aún se filtraba de lo que había sido el gran lago de Texcoco, hincándose las espinas como exigían los dioses. "Ollin Tonatiuhtlan ha sido descubierto", no dejaba de repetir, a veces en suspiros, a veces en silencio. Y ahí, finalmente, en medio de esa pútrida y fétida penumbra, escuchó la voz divina.

—¿Ha terminado una nueva era? ¿Ha llegado a su ocaso un nuevo sol?

La voz, sin género, sin emociones, sin sentimientos... incólume y pétrea, resonaba como si atronara el mismo Mictlán, el lugar de los muertos, la caverna sin retorno. Pedro Aguilar no ubicaba su procedencia, pero la escuchaba retumbando en su interior.

—No... no... no lo sé —balbuceó temeroso—. Sólo por curiosidad he tenido el atrevimiento de despertarte. Tonatiuh salió de las entrañas de la tierra. Ha sido encontrado por los hombres blancos.

—¿La Piedra del Sol?

—Estaba bien escondida, pero los extraños removieron el seno de la tierra.

Advino un silencio sepulcral. Pedro Aguilar temblaba de hambre, frío y miedo... Quizá, también, por la impresión.

Toda su vida se había preguntado si aquella leyenda tenía algún sentido y ahora estaba ahí, en los cimientos del cielo, con la diosa lunar, la líder de los cuatrocientos surianos, dioses de la noche y de la oscuridad y de las estrellas del sur. El silencio era absoluto y sepulcral. Aguilar no se atrevió a violarlo. La diosa había despertado y él no era digno de dirigirle la palabra si ella permanecía muda.

—¿En qué año estamos?

—No lo sé —respondió Aguilar—. Los años ya no se cuentan... Al menos no como antes.

—¿Dónde está el dios Tláloc?

Pedro Aguilar titubeó antes de contestar, pues no estaba seguro de la respuesta que daría a continuación.

—Tláloc ha desaparecido... Aún mucho tiempo después de la muerte del quinto sol, atacó con inclemencia a los desconocidos con lluvias terribles e inundaciones... Pero ahora ha desaparecido. Por lo menos ha cambiado de nombre. Ahora se llama san Juan Bautista y lo veneran con otra imagen, pero sigue siendo el señor de muchos pueblos y el responsable del agua.

Silencio. Miedo. Luego, la voz volvió a cimbrar la cabeza de Pedro Aguilar.

—¿Dónde está Xochipilli?

—También cambió de nombre... y de imagen. Algunos lo llaman san Isidro.

Oscuridad tenebrosa. La humedad carcomía a Aguilar. Su sudor se confundía con el salitre que se respiraba en el ambiente.

—¿Y dónde está el dios de la guerra?, ¿dónde está el que debía protegerlos, al que ofrendaron tanta sangre? ¿Dónde está el colibrí Huitzilopochtli, mi hermano... mi asesino?

—Él también ha desaparecido, se ha ido para siempre... O al menos eso parece.

El silencio sepulcral volvió a invadir la tenebrosa caverna que resguardaba a Coyolxauhqui.

—Entonces, ¿sólo yo sobrevivo... a pesar de haber sido desmembrada por él?

Aguilar pensó mucho para responder aquella pregunta. Respuestas era lo que buscaba y hasta el momento sólo surgían más preguntas que nunca estuvo preparado para responder.

—Nuestros guerreros jaguar y águila pelearon. Cuitláhuac y luego Cuauhtémoc se enfrentaron a los hombres que llegaron del mar... Los extraños peleaban de noche y mataban en batalla sin hacer prisioneros. Vinieron bajo la protección de un dios muy poderoso, sin nombre. Nuestros enemigos se unieron a ellos.

—¿Peleaban por la noche... como mis cuatrocientos surianos, todos muertos por mi hermano, en el que ustedes quisieron ver al sol?

—Los dioses de piedra murieron. Fueron derrotados por el dios de los blancos y lanzados de sus templos por su líder. Yo... he tenido la misión de proteger a los que no fueron destrozados.

—¿Dónde está Coatlicue?

—Todos se han ido. Coatlicue, tu madre, la mujer del regazo de serpiente, fue descubierta hace poco, también bajo la tierra... No pude cumplir mi misión y ahora la resguardan los inquisidores, los guerreros del nuevo y único dios.

—¿Te refieres a Quetzalcóatl? Entonces, ¿regresó al fin?

—Al único dios los nuevos hombres no le dieron un nombre. Simplemente es Dios, el creador que envió a su hijo a redimir a los seres humanos.

—Ése hijo es Quetzalcóatl.

—No para los nuevos hombres, aunque así lo creemos muchos de nosotros.

—¿Por qué hablas de los nuevos hombres? ¿Acaso finalmente otro sol destruyó el mundo?

—No entiendo lo que dices, pero los dioses antiguos han muerto. Yo conservo sus piedras, he ocultado sus altares... la gran piedra del sacrificio. También resguardaba a Tonatiuh y a Coatlicue.

—¿Y la madre de todo y de todos? ¿Dónde está Tonantzin?

—Ella sobrevivió y nos cuida, aunque ahora la llaman Guadalupe. La seguimos visitando en el Tepeyac, como lo hacíamos desde antes de que llegaran los hombres blancos.

—¿Y qué fue del templo de los dioses? ¿Qué ocurrió con el lugar de veneración de Huitzilopochtli y de Tláloc? ¿Qué ha pasado con el adoratorio de Quetzalcóatl?

Una lágrima rodó por la mejilla de Aguilar.

—Todos han desaparecido. Con sus piedras construyeron el Templo Mayor del nuevo dios de los nuevos hombres.

—¿Y dónde está ese templo?

—Sobre nosotros, construido justo encima de nuestros templos, en el mismo sitio... Es la catedral.

Pedro Aguilar sentía que su corazón se hallaba sumergido en la oscuridad. Qué podía hacer él si los dioses de piedra que custodiaba tenían más preguntas que respuestas. Qué seguía ahora, ¿aceptar la realidad? Ya alguna vez se lo había dicho su hijo: la verdad no tiene que gustarle; sólo tiene que asumirla. La voz divina volvió a retumbar en las entrañas de la tierra. Aguilar la escuchaba perfectamente dentro de sí mismo.

—¿Y Tezcatlipoca... sus hechiceros y sus brujos?

Pedro Aguilar no dudó en dar una respuesta a ese cuestionamiento.

—Ellos también han muerto; se han ido para siempre.

Se levantó lleno de fango, sudoroso, viscoso; cubierto de sal y tierra, húmedo y triste. Desconcertado, atisbó lo poco que se podía observar de ese gran disco que representaba a la desmembrada hermana de Huitzilopochtli. No sabía si estaba frente a una diosa o ante una simple piedra. Comenzó a caminar sin dar la espalda a esa imagen. Su mente estaba perturbada. El oxígeno del recinto era escaso.

—¿Y tú quién eres? —retumbó la voz en sus adentros.

—Soy el único hijo de uno de los últimos cuatrocientos guerreros águila que defendieron a la gran Tenochtitlan con sus lanzas y sus escudos. Él era el águila que se eleva en el alba, pero no se elevó. Pereció igual que el águila del ocaso, nuestro último señor. Me llamo Chimalpopoca. Los hombres blancos llamaron Pedro a casi todos los que llevábamos ese nombre. Yo mismo he decidido llamarme Pedro Aguilar, águila en honor a mi padre, quien antes de morir me encomendó una misión sagrada.

Pedro Aguilar dio la media vuelta. Estaba anegado en sudor, casi asfixiado y más confundido que cuando tuvo el atrevimiento de bajar al punto donde se unen el cielo y el inframundo. Antes de encorvar su cuerpo para poder pasar por el estrecho túnel de piedra, escuchó resonar la voz divina.

—Chimalpopoca, hijo de Cuautlanextli, las misiones sagradas son eternas.

—Esta catedral no será terminada y los dioses de piedra serán resguardados —sentenció Aguilar.

Y en silencio, sin hablar, para sí mismo, añadió: "No será éste el templo del nuevo dios, como no lo es ya de los dioses antiguos".

La catedral estaba llena de fieles, para sorpresa de Pedro Aguilar, que esperaba salir de las entrañas de la tierra a un templo vacío. Tuvo que cuidarse de ser descubierto, pues la gente estaba en los asientos mientras se celebraba una misa. Sus ojos tardaron en acostumbrarse a la luz del interior del templo y quedaron casi cegados al salir a la plaza. Fue entonces que se sintió desfallecer. ¿Cuánto tiempo había estado privado de agua, comida y de oxígeno puro?

Salió por la fachada del poniente, la menos frecuentada. Se sorprendió al ver ahí un gran e inexplicable tumulto. Caminó arrastrando los pies mientras sus ojos seguían acostumbrándose de nuevo a la luz del sol. Su asombro pasó a turbación y absoluto desconcierto cuando finalmente entendió la razón de aquel gentío. Ahí, en la pared exterior de la torre poniente de la catedral, se hallaba empotrada la Piedra del Sol.

—Tonatiuh —alcanzó a decir débilmente al tiempo que sus pies dejaban de soportar su peso.

—Pedro —exclamó una voz femenina en la lejanía.

—¡Padre, padre! —gritó una voz que no podía ser más que la de Juan.

—Don Pedro —exclamó otra voz que le resultó familiar pero que no pudo identificar antes de sentir que su cuerpo se rendía. Esperaba un duro golpe contra el suelo, pero sintió unos brazos fuertes que lo sujetaron... y la oscuridad.

Pedro Aguilar despertó. Estaba en su cama, su cabeza a punto de explotar; sentía un sudor frío en la espalda y gotas que escurrían por su frente, provenientes de paños mojados y fríos que su mujer cambiaba de manera diligente. Estaba desorientado, pero inmediatamente reconoció a Ana María. Hacía mucho tiempo que la relación con su esposa había sucumbido en muchos sentidos, menos en lo que se refería al cariño que aún se profesaban y a los cuidados que, aunque mutuos, solían ser casi siempre de ella hacía él. No sólo era doce años más joven, sino que la vida, sin misiones divinas que cumplir, se había ensañado mucho menos con ella.

Sentado un poco más atrás, recargado en la pared, medio oculto por la oscuridad, portando sombrero, se encontraba un hombre al que no reconoció al principio, hasta que escuchó su voz que lo saludaba, aquella misma voz que, aunque familiar, no había reconocido en la plaza.

—¡Morell! —alcanzó a balbucear Aguilar.

—Don Pedro —fue la única respuesta de aquel hombre.

—Morell, ¿qué hace usted aquí?

—Del Moral, don Pedro, por favor. Recuérdelo bien: Del Moral.

—Claro Morell... Es decir, señor... Del Moral... ¿Juan?

Andrés del Moral se levantó de su silla y se acercó a la cama donde yacía Pedro Aguilar. La luz le dio de lleno en el rostro y el susodicho se descubrió para ser identificado plenamente. Era un hombre alto, quizá de un metro con ochenta centímetros, lo que no ayudaba mucho a pasar inadvertido en la Nueva España, como intentaba hacerlo siempre. Su cuerpo era fuerte y robusto y su rostro reflejaba a lo sumo treinta y dos años. Lucía extrañamente joven, casi tanto como cuando Pedro lo conoció, aunque éste sabía que debía tener por lo menos cuarenta años. Su piel era clara, sus ojos verdes y su cabello castaño oscuro.

—Soy Andrés, don Pedro. Mi hermano mayor, Juan, como usted sabe, no se puede dejar ver mucho, menos aún en la capital del reino. Además, el muy necio insiste en seguir usando nuestro apellido, a pesar de…

—De la Inquisición —interrumpió Pedro.

—Así es. Al parecer no le teme a la Inquisición. Es valiente y arriesgado; a veces creo que excesivamente temerario. He llegado a pensar que quiere ser capturado y convertirse en un mártir.

—¿Qué lo trae por aquí, don Andrés?

—Lo mismo que casi lo mata a usted, don Pedro: Tonatiuh. La noticia me llegó en seguida y salí de inmediato de Veracruz para verlo. Interés de anticuario nada más, desde luego.

Por la mente de don Pedro Aguilar volvieron a pasar todas las imágenes vividas unas horas antes. Podía escuchar la voz cavernosa de Coyolxauhqui, sus preguntas. Sentía el calor, la humedad, el sudor de aquel recinto.

—¿Matarme?

—Matarte —atajó su mujer—. Matarte por esa necia y absurda idea tuya. Matarte por ídolos de piedra. Estaba tan preocupada, Pedro; pasaste tres días enteros ahí adentro. Ahora ya casi es la víspera de la Natividad. No sabía nada de ti, aunque supuse que estarías metido en esa maldita catedral que tanto te obsesiona.

—Tú mejor que nadie deberías entender mi misión, Ana María… Eres una Salazar, sobreviviente de una matanza de la Inquisición, descendiente directa de Cuauhtémoc.

—Yo entiendo que vivas en el pasado, Pedro, pero también entiendo que el último *tlatoani* de los mexicas no se apellidaba Salazar. Mis ancestros fueron enjuiciados por esa maldita Inquisición, entre otras cosas por sostener la idea de que eran descendientes de Cuauhtémoc, de lo que no puedo estar segura que sea cierta. Y de serlo, insisto Pedro, Salazar es un apellido tan español que deja en evidencia que mis tatarabuelos, o lo que fuesen, eran tan mestizos como el que más. No creo que deba morir más gente de esa manera tan absurda por culpa de aquel pasado. Pensé que nunca ibas a despertar. Llevabas inconsciente dos días. ¿Qué no piensas en… —volteó de reojo a ver a Andrés del Moral—… tu hijo?

Pedro levantó bruscamente la cabeza para mirar alrededor de la habitación en que no estaba Juan.

—Juan estaba en la plaza, junto a la catedral... ¡Ávila!... ¿Dónde está Juan? ¿Está bien?

—Juan está bien —lo tranquilizó Morell.

—Y tú no puedes tenerlo encerrado todo el tiempo por temor a las amenazas de Alonso de Ávila. Si tienes la nota que te envió debes presentarla ante las autoridades.

—Sabes bien que no puedo hacerlo, mujer... Y también sabes que de nada serviría.

—Mátalo, entonces, si lo prefieres. Siempre se han querido matar ustedes, sus padres, los padres de sus padres. Mátalo, si eso le sirve de algo a tu alma; pero Juan no puede ser una víctima de sus rencores y menos aún vivir encarcelado en su casa por miedo.

—¿Dónde está? —volteó a ver a Morell, quien le respondió con una sonrisa.

—Está en la habitación contigua, don Pedro. Y déjeme aprovechar la oportunidad para presentarle a mi hija Paula... Paula, Juan, vengan acá, por favor.

Juan Aguilar entró a la habitación de la mano de una hermosa niña de tez color miel, ojos verdes y un cabello que a primera vista parecía rubio pero que ocasionalmente parecía tornarse rojo. Los dos niños avanzaron sin soltarse de la mano, sonriendo, hasta llegar a la cama de don Pedro.

—Padre, mire usted, su amigo don Andrés trajo a una princesa... O a un ángel.

Pedro hizo una mueca a la que no le alcanzó el gesto para ser sonrisa.

—Don Pedro, permítame presentarle a mi hija, Paula del Moral —volteó a ver a la niña—. Hija, te presento al señor don Pedro Aguilar. Ha sido un buen amigo mío y de Juan. Se ha portado muy bien con nosotros... Le debemos mucho.

Pedro volteó a ver a Juan y a Ana María, su esposa, con la preocupación reflejada en la mirada.

—¿Qué lo trae por aquí, don Andrés?

—No se preocupe, don Pedro, sólo asuntos de trabajo. La curiosidad por el descubrimiento de ese gran monolito, desde luego; algunas cuestiones de imprenta, ya sabe, uno que otro trámite de aduana para un cliente… y una noticia que quizás le pueda interesar a Juan.

Tanto Pedro como Juan Aguilar voltearon a ver a Andrés del Moral; el primero con preocupación, el segundo con curiosidad. Andrés se dirigió a Juan:

—Entiendo que te interesa la arquitectura. ¿No es así, pequeño?

Juan volteó a ver a su padre antes de responder.

—Sí, señor Del Moral… Quiero ser un constructor de verdad, un arquitecto.

Andrés del Moral se paseó despacio por la habitación para quedar un poco alejado de la cama, tomó la mano de Paula, y desde una perspectiva de la que podía ver a padre e hijo, dijo:

—Pues bien, el cliente por el que estoy aquí, realizando trámites de aduanas, es un hombre muy importante: es español, valenciano para ser exactos, un artista muy reconocido en la corte madrileña que hace cosa de pocos meses ha sido nombrado maestro de escultura en la Academia de San Carlos, aunque también es pintor y arquitecto. Por todo lo que está enviando, estoy seguro de que tendrá mucho trabajo y de que necesitará muchos aprendices. Te puedo recomendar con él. Se llama Manuel Tolsá.

Ciudad de México, 7 de abril de 1791

Brujerías, sortilegios, nigromancias, rituales paganos y demoniacos. ¡Paparruchadas! Ese tipo de cosas era lo último que le interesaba al virrey Revillagigedo en su apretadísima agenda. Llevaba unos quince meses al mando de la Nueva España, que parecían quince años en virtud de todo lo que se había logrado. Ese tipo de supersticiones medievales las dejaba para el tribunal de la Inquisición, mientras él se dedicaba a lo que consideraba vital: administrar y construir.

Casi año y medio atrás había llegado a una ciudad de México insalubre, pútrida, sucia, maloliente, caóticamente desordenada, sin ley alguna que se respetase e insegura. Y ahora finalmente comenzaba a tomar la apariencia de una ciudad medianamente decente de corte europeo.

La plaza se había convertido en una plaza mayor grande, espaciosa, empedrada, limpia y ornamentada; las calles ya tenían nombres y las casas números; los primeros desagües comenzaban a funcionar y el corazón de la Nueva España había dejado de ser el destino final de interminables ríos de orines que circulaban por las calles de la ciudad. Los maleantes ya no asolaban la urbe por las noches… Y aún había muchos planes para mejorar la ciudad. El virrey era una máquina nunca antes vista en la lentitud de la burocrática y corrupta administración virreinal. ¡Él no estaba para atender denuncias de pactos con el demonio!

—Yo lo respeto, don Alonso —dijo el virrey—; a usted, a su familia, a sus ilustres ancestros, a sus altas dignidades y a sus títulos. Sé que es un fiel súbdito y, por encima de todo, un devoto creyente… Pero esas supercherías diabólicas y oscuras déjeselas a los dominicos y al Santo Oficio. No es mi trabajo atender acusaciones de herejía.

—Los asuntos del rey y los de Dios, su excelencia; los de la Corona y los del altar, son los mismos, ¿no lo cree así?

—¡Por supuesto que sí! —era prácticamente una obligación para Revillagigedo responder de esa manera al cuestionamiento de don Alonso Martín de Ávila, pues conocía de sobra el celo religioso de los miembros de la Orden de Santiago… y las influencias que ejercían sus miembros en la corte madrileña—. Pero si yo persiguiese a todos los indios de este reino que aún creen ver a sus dioses tras nuestras santas imágenes, no habría calabozos de la Inquisición para encerrarlos a todos y el reino entero sería una pira funeraria.

—Todos estos indios son algo paganos y algo cristianos —continuó don Alonso—. Eso lo sé y lo entiendo. No han bastado los siglos de evangelización de las órdenes mendicantes. Y también entiendo que debe tratárseles con amor cristiano y educación, no con tormentos.

—En eso estamos de acuerdo.

—Pero este caso, excelencia, no tiene que ver con el Santo Oficio ni con idolatrías. ¡Dios me libre de pretender encarcelar a los indios del reino! Yo me refiero a uno solo… a quien no acuso de delitos contra la fe, sino contra el reino: sedición, conspiración y sabotaje. Pedro Aguilar y todos sus ancestros se han dedicado a esos delitos por varias generaciones. ¿No le parece extraño que en más de dos siglos haya sido imposible terminar de construir la catedral no obstante los cuantiosos recursos que se destinan a esa obra?

—Con todo respeto, don Alonso, sin considerar la lentitud y la corrupción de este reino…

—Admitido, excelencia. Pero a eso sume los sabotajes de esa estirpe de malditos: robos, incendios, destrucciones inexplicables, muertes repentinas. Insisto en que es una familia de alimañas que ha dedicado su existencia, desde los tiempos de mi ilustre ancestro, el conquistador Alonso de Ávila, a conspirar contra la fe y la Corona. ¿Ha escuchado usted algo sobre la familia Salazar, por ejemplo?

—Una leyenda, a mi entender, un caso muy mal tratado por el Santo Tribunal. Un abuso de poder, según mi humilde opinión.

—Toda la familia fue acusada ante el tribunal, excelencia. Todos eran miembros de una gran conspiración contra España, tramaban la independencia del reino, se decían descendientes directos de Cuauhtémoc. Apoyaron el intento del príncipe de Orange, de los Países Bajos, de tomar el puerto de Acapulco; estaban relacionados con un truhán y tunante de sobrenombre Garatuza, que ofició misas en nuestra santa catedral como falso sacerdote, y con un mercenario de apellido Lampart. Seguramente usted conoce ambos casos. Además, han estado aliados con luteranos y judaizantes y apoyaron una rebelión de portugueses contra el reino. ¡Fueron descubiertos, todos confesaron!

—Confesaron bajo tortura, don Alonso, conozco la historia... Además, eso ocurrió hace casi ciento cincuenta años... ¿Qué tiene que ver con lo que ocurre en nuestros días?

—Que no murieron todos los Salazar, que no todos fueron capturados, y que Pedro Aguilar, quien dice ser un guerrero águila mexica, está casado con una mujer de esa casta de malditos, una Salazar.

—Muy bien, don Alonso, eso sí es de mi incumbencia; pero necesito pruebas de acusaciones tan graves. No me malinterprete... Pero también tengo entendido que la familia de usted ha estado enemistada con los Aguilar, desde el siglo XVI.

—¿Va a conceder más crédito a unos indios rijosos y pérfidos que a un caballero de Santiago?

Don Alonso Martín de Ávila y Rodríguez de Velasco tocó el espinoso tema que don Juan Vicente de Güemes, segundo conde de Revillagigedo, había querido evitar: la eventualidad de que don Alonso hiciera uso de sus influencias, tanto en la Nueva España como en Madrid. Pero no se dejó intimidar y respondió con adustez.

—Sólo pretendo servir a la justicia, caballero, no a las venganzas ancestrales. Voy a tener que pedirle que se abstenga de hacerse justicia por propia mano. Mientras su caso es revisado, lo cual se hará con prontitud, usted no debe pretender hacer daño alguno al señor Aguilar.

Don Alonso sacó de sus ropas un legajo de documentos que entregó al virrey.

—La venganza es parte de la justicia, excelencia. Esa familia no sólo ha dañado a la mía, sino también los intereses del reino y de la Santa Madre Iglesia. Pero sea como su excelencia dispone; juro a usted que no pondré una mano sobre Pedro Aguilar en espera de su justicia —don Alonso Martín de Ávila hizo una reverencia respetuosa, se despidió del virrey y se encaminó hacia la puerta de la habitación del palacio donde se había llevado a cabo el encuentro; la abrió y, antes de salir, se dirigió de nuevo a Revillagigedo—. He visto su trabajo, excelencia, y confío en usted. La Inquisición tardaría años en revisar lo que acabo de entregarle. Por eso lo traje a su presencia.

Don Alonso abandonó la habitación y Revillagigedo quedó a solas en aquello que, finalmente, y debido a sus esfuerzos, comenzaba a parecer un palacio. No estaba conforme con aquella entrevista en la que seguía vislumbrando una simple cuestión revanchista; pero Ávila era un caballero de Santiago, un defensor de la fe, y no podía ignorar su petición. Echó un vistazo al legajo. No tenía muchas fojas, pero a Ávila le asistía la razón en una cosa: a la Inquisición podía llevarle algunos años antes de actuar. Y si las acusaciones de sabotaje, conspiración y asesinato eran ciertas, debía hacerse justicia.

Entonces escribió una orden de arresto en contra de Pedro Aguilar.

La Plaza Mayor reflejaba el espíritu del virrey. Allí todo era movimiento y comenzaba a reflejarse cierto orden. El gran espacio entre la catedral y los canales, y entre el palacio virreinal y el mercado, al fin estaba limpio y despejado; los mercaderes se constreñían a su espacio, los indios llegaban en canoas a ofrecer sus mercancías, los carruajes se paseaban en orden siguiendo veredas trazadas sobre una superficie empedrada. Cientos de trabajadores atestaban el lugar.

Canteros, picapedreros, cargadores, maestros y artistas se daban cita a diario en ese lugar. Una vez que estuvo terminado el empedrado de la plaza, en la que salió a la luz la impresionante Piedra del Sol de los mexicas y la escalofriante escultura de Coatlicue, el virrey había ordenado la reconstrucción total del palacio, que nunca fue restaurado del todo después del fatídico incendio provocado por una revuelta popular en 1692. Para mayor felicidad de Juan, trescientos constructores trabajaban día a día en la catedral cuyas obras, finalmente, según se aseguraba con suma certeza, serían concluidas.

La multitud que se daba cita en la plaza todos los días, para trabajar, negociar, intercambiar mercancía, rezar o simplemente para pasear, se acostumbraba paulatinamente a cumplir la ley, algo insólito en aquella gran urbe; también se familiarizaba con el gran movimiento constructor y con aquel gigantesco disco de piedra que representaba la cosmogonía mexica y que, por decisión del virrey, quedaría empotrado al pie de la torre poniente de la catedral; como un vestigio histórico, decían los académicos; como una obra de arte, afirmaban algunos estudiantes de la Academia de San Carlos, y, para la mayoría de los devotos y creyentes, como una señal más del sometimiento de los dioses paganos ante el único y verdadero Dios.

Juan Aguilar cumpliría trece años el 13 de agosto de aquel 1791. Entonces se convertiría en un hombre, lo cual lo hacía sentirse capaz de desafiar, de ser necesario, la voluntad de su padre. La noticia que le había dado el señor Andrés del Moral era justamente lo que su vida estaba esperando: una verdadera oportunidad para ser aprendiz de un maestro constructor.

Ahora faltaba que Manuel Tolsá lo aceptase, porque, por otro lado, trece años era una edad muy avanzada para ser admitido como aprendiz. Él, sin embargo, no era un neófito en la materia, pues durante varios años entró todos los días a la catedral para ver cómo trabajaba Ortiz de Castro y los canteros y conocía casi de memoria la historia de aquel edificio. Así, la vida lo colocaba en esa terrible situación en la que se debe elegir entre dos caminos totalmente opuestos: obedecer a su padre en esa misión que él consideraba absurda, de evitar que se terminara la construcción de la catedral, o perseguir su sueño de ser constructor y colaborar en su conclusión.

Juan estaba con Paula del Moral afuera del mercado del Parián, mostrándole absolutamente todo y compartiendo con ella sus sueños imposibles, al mismo tiempo que esperaba encontrarse con su amigo Ángel. Desde hacía mucho tiempo sus encuentros eran muy escasos. Pedro no le permitía a su hijo que jugara con Ángel. Y el padre de éste también se oponía a esa amistad; aun así lograban comunicarse a través de un sistema que habían ideado, dejándose mensajes escondidos en la capilla de Nuestra Señora de la Antigua, donde se veneraba al famoso Niño Cautivo. Les parecía algo muy apropiado, puesto que ambos, de alguna forma, se sentían cautivos, tanto en su amistad como en sus sueños, y cautivos de sus padres, de las antiguas tradiciones y del pasado.

—¿Por qué le dicen el Niño Cautivo? —preguntó Paula.

Juan conocía todas las historias y todas las leyendas de la catedral, verdaderas y falsas. Iba a comenzar a contarle una historia a su nueva amiga cuando distinguió a Ángel Ávila entre la multitud, quien se acercaba al lugar en el que habían acordado encontrarse en el último mensaje custodiado por el Niño Cautivo.

—¡Ángel!

—¡Juan!

Ambos jóvenes se abrazaron con alegría. Juan no dejaba de ver la imponente catedral mientras seguía pensando en su sueño de ser aprendiz de Manuel Tolsá. Por su parte, Ángel fue incapaz de quitar la mirada del hermoso rostro angelical de Paula.

—Hola, señorita —dijo Ángel, al tiempo que hacia una forzada caravana ante Paula.

Era todo un señorito.

—Ángel —dijo Juan—, quiero que conozcas a Paula, mi nueva amiga. Vive en el puerto de Veracruz, es hija de un amigo de mi padre que se dedica a los negocios, a los viajes, a las antigüedades y a cosas así. ¿No es así, Paula?

Paula pareció no dar importancia a los ademanes de gran señor que Ángel había desplegado frente ella. Finalmente, vio a un niño, en apariencia menor que Juan, jugando a ser un caballero, mientras que ella, con sus quince años, era toda una mujer.

No obstante los saludó cortésmente con ademanes propios de una señorita.

—Mi padre y mi tío son impresores y anticuarios, aunque se dedican a muchas otras cosas en la aduana de Veracruz. Hola, Ángel; mucho gusto en conocerte —dijo ella bajando la cabeza y sin mirarlo a los ojos, como dictaminaban las buenas costumbres, aunque coquetamente le dirigió una mirada furtiva al final del saludo.

—No me extraña que hayas querido presentarme a esta encantadora señorita —dijo Ángel a Juan, prosiguiendo con sus falsos modales de adulto—. Es verdaderamente encantadora. Mucho gusto, Paula. Soy Ángel Martín de Ávila Rodríguez de Velasco y Cárdenas Manrique, a sus pies.

Juan dirigió una mirada seria a su amigo.

—Sigo pensando que usas demasiados apellidos. ¿No te cansas de decir tu nombre cuando te presentas?

Tras un pequeño e incómodo silencio Juan comenzó a reír y tanto su amigo como Paula lo secundaron.

—Además, ella no es la razón por la que quería verte... Aunque sí tiene alguna relación con el asunto que me tiene aquí. Su padre va a recibir al nuevo director de escultura de la Academia de San Carlos y me va a recomendar para que yo sea su aprendiz. Si me acepta podré comenzar a ser un arquitecto.

Juan esperaba una reacción de felicidad de parte de su amigo por el eventual cumplimiento de sus sueños. Y si bien Ángel esbozó una sonrisa, ésta le duró poco en los labios, antes de bajar la cabeza como mostrando desinterés.

—¿No te da gusto por mí?

—Sí, Juan, me da mucho gusto por ti y espero que tengas suerte... Lo que pasa es que yo no tengo buenas noticias.

—¿Qué ocurre?

Ángel miró seriamente a su amigo, triste.

—Mi hermana María del Carmen partirá a España en dos meses. Ya tiene quince años y mi padre quiere casarla en Madrid. Dice que es mejor para todos si su marido es español y no un criollo de la Nueva España. Y que para eso debe terminar de educarse como una señorita allá, casarse bien y tener hijos peninsulares para que puedan volver como grandes señores a la Nueva España.

Paula no pudo evitar una mueca y expresar en tono burlón:

—¡Oh, grandes señores de España!, importantes señoritos católicos que nunca han movido un dedo.

Nadie esperaba que una mujer se expresase de esa manera en la Nueva España, mucho menos para manifestar una opinión, y mucho menos todavía en ese sentido. A Juan le pareció jocoso y sonrió, pero a Ángel no pareció divertirle el comentario. Paula lo notó y no quiso enemistarse con el amigo de Juan.

—Disculpa, Ángel, fue una broma... Siento mucho que vayas a extrañar a tu hermana.

—No se preocupe, señorita —respondió Ángel sin dar mayor importancia al asunto—. Y no, el problema no es que vaya a extrañar a mi hermana.... Desde luego, la extrañaré; pero no es eso lo que me acongoja.

—Entonces, ¿de qué se trata? —preguntó Juan.

—Pues de que pronto me tocará el turno a mí, estoy seguro. Ya sabes cómo se discrimina a los criollos en la Nueva España, y mi padre, al igual que todos mis ancestros, han sido enviados a educarse a la corte española... como importantes señoritos católicos que no mueven un dedo —añadió, mientras esbozaba una sonrisa dirigida a Paula, en un intento de ganar su simpatía.

El de la mirada seria ahora era Juan Aguilar.

—¿Tú me estás hablando a mí de discriminación en la Nueva España? Pero si tu familia es una de las más importantes de este reino. Tu padre siempre ha tenido acceso incluso al virrey y al arzobispo. Yo sí puedo hablarte de discriminación... Ni siquiera estoy seguro de que Manuel Tolsá quiera aceptar a un mestizo como su aprendiz. ¿Y tu preocupación es que posiblemente seas enviado a la corte en Madrid? Ya quisiera tener yo tus problemas.

Ángel Ávila miró seriamente a su amigo Juan. Poco a poco habían ido dejando de ser los niños que jugaban en la plaza sin entender sus diferencias sociales. Ambos se estaban convirtiendo en hombres y sobre los dos comenzaba a caer el peso de la realidad. Además, hacía más de un año que, por instancias de sus respectivos padres, casi no se veían. Y el tiempo siempre hace su trabajo. El tiempo trae olvido y el olvido puede acabar con todo.

—Lo siento, Juan, no quise ofenderte —dijo Ángel—. Ni siquiera sé si me voy a ir, ni cuándo... Lamento que no entiendas mis problemas y que olvides que también tengo sueños difíciles de lograr. Yo no quiero ser un aristócrata holgazán, como crees que soy, ni pedí serlo. Tú sabes que quiero ser ingeniero en minas, aunque las tradiciones familiares me lo impiden. Por el momento es mi hermana la que se va. Saldrá de Veracruz hacia Cádiz en la fragata *Santa Paula*, en julio o en agosto. Yo la acompañaré al puerto durante los próximos días, para ayudarla a ordenar su equipaje y despedirla.

—Yo también me voy a Veracruz en los próximos días —atajó Paula sorpresivamente; ambos muchachos voltearon a verla—. Bueno, ya saben, ahí vivo... Y debo regresar para seguir recibiendo el material del señor Manuel Tolsá.

Ángel sonrió.

—Parece que coincidiremos en el puerto algunos días, señorita. Será un gusto visitarla allá.

Juan Aguilar tomó del hombro a su amigo.

—Lamento no haberme interesado en tus asuntos, Ángel. Estaba muy concentrado en mi propia felicidad. Siento mucho que vayas a extrañar a tu hermana y que tú mismo debas partir si ése no es tu deseo... Si lo haces, te voy a extrañar.

Ángel miró fijamente a los ojos a Juan Aguilar, con suma seriedad. Permaneció en silencio por un tiempo que pareció interminable hasta que finalmente habló:

—Ésa no es la mala noticia que quería darte, Juan.

—¿De qué se trata entonces?

Nuevamente el silencio invadió el ambiente.

—Como dijiste, mi padre siempre ha tenido acceso directo al virrey, a los inquisidores, a los arzobispos... Y bueno... Ayer lo escuché hablando con alguien; no sé bien con quién. Dijo que hoy vendría a ver al virrey Revillagigedo para presentar una acusación seria. Habló de una familia de conspiradores, herejes, saboteadores y asesinos de la que el propio virrey debía tener noticia.

Las puertas del palacio virreinal se abrieron para permitir la salida a don Alonso Martín de Ávila y Rodríguez de Velasco, quien de inmediato encontró a su hijo con la mirada y se dirigió hacia él. Al mismo tiempo, Pedro Aguilar llegó a la plaza, precisamente por el mercado del Parián, y vio a su hijo. Ambos hombres se encaminaron a toda velocidad hacia sus vástagos.

—Creo que debemos irnos, Ángel —afirmó Juan mientras tomaba la mano de Paula para retirarse de aquel lugar.

—Espera. Debo terminar de decirte la mala nueva.

Juan se detuvo mirando fijamente a su amigo.

—¿De qué se trata?

—Justamente ahora mi padre debe estar saliendo de hablar con el virrey y de presentar dicha acusación.

Los progenitores de ambos muchachos seguían acercándose hacia sus hijos. Don Alonso, acompañado por un pequeño séquito, vestido de negro, con capa y sombrero, portando en su jubón la cruz roja de Santiago, caminaba sin acelerar el paso. Por su lado, Pedro, vestido como cantero, corría hacia Juan al tiempo que se llevaba la mano a la cintura y empuñaba el machete que llevaba oculto. No olvidaba la amenaza de don Alonso.

—¿Qué sucede, Ángel? Dímelo rápido.

—Escuché a mi padre hablar de toda una historia de atrocidades cometida por esa familia desde hace más de doscientos años, Juan.

—¿Y eso qué tiene que ver conmigo?

Ángel se aclaró la garganta. No sabía cómo proseguir. Alonso y Pedro estaban por llegar al lugar en que se encontraban los dos amigos. Advino un largo silencio.

—Al final dijo el nombre de la persona a la que iba a acusar… Se llama Pedro Aguilar; tu padre, Juan, tu familia. Tenía que decírtelo en honor a nuestra amistad. Debes entender que una cosa son las diferencias sociales que se marcan en este reino y que nunca nos importaron Juan… Pero esto es muy diferente.

—¿No creerás que eso es cierto? —gritó Juan.

No había terminado de expresarse cuando él mismo se quedó pensando en la obsesión de su padre en relación con la misión sagrada heredada de generación en generación, de la que tanto le hablaba.

—Juan, estoy traicionando a mi padre al venir a decirte esto... Y es la última vez que lo haré.

Pedro Aguilar llegó junto a su hijo con el machete en la mano al mismo tiempo que don Alonso, sin mostrar ninguna actitud violenta y sin desenfundar su espada, arribó al mismo sitio. Los tres muchachos quedaron inmóviles. Pedro se colocó delante de Paula y Juan. Don Alonso hizo lo propio al frente de su hijo. Podía sentirse la tensión. Pedro estaba listo para asestar el golpe fatal si era necesario para defender su vida o la de su hijo, pero don Alonso de Ávila simplemente lo miró con altivez de arriba abajo y mostró sus dos manos inermes.

—Vámonos, Ángel. He hecho una promesa al virrey. Y un caballero de Santiago siempre cumple sus promesas; siempre. No lo olvides.

Acto seguido dirigió una mirada fulminante a Pedro, quien seguía protegiendo con su cuerpo a Juan y a Paula.

—Nos volveremos a ver, Aguilar. Se hará justicia. Recuerda que no hay olvido ni perdón.

Esa noche, antes de dormir, Pedro Aguilar entró al dormitorio de su hijo y lo miró de manera seria y desafiante. El muchacho se adelantó a hablar:

—Lo he desobedecido, padre, lo sé; lo acepto, le pido disculpas y aceptaré su castigo sea el que sea. También le prometo que no volveré a ver a Ángel Ávila.

La mirada de Pedro Aguilar se relajó. Tomó asiento en la única silla de la habitación e hizo un ademán para que su hijo se sentara en la cama.

—En efecto, Juan, me has desobedecido al volver a ver al hijo de Alonso de Ávila; pero no es eso lo que quería decirte. Hay algo más importante —el silencio llenó la habitación; Juan esperó a que su padre terminase de hablar—. El señor Andrés escribirá una carta al maestro Manuel Tolsá; se la entregará a su llegada a Veracruz. En ella te recomendará como su aprendiz. A ti te dejará otra carta para que se la presentes al maestro cuando tome su puesto en la academia. He hablado con tu madre y me ha hecho entender que no debo interponerme en tus sueños... aunque no los apruebe. Tu vida es tu vida y, desde hoy, quedas libre de toda misión divina... Pero a quien no quiero que vuelvas a ver, Juan, es a Paula Morell... Quiero decir, a Paula del Moral. Te lo prohíbo.

—Pero, padre... Pensé que el señor Del Moral y tú eran buenos amigos.

—Sin peros, Juan. Ya he hablado con él, tendrás tu recomendación, serás aprendiz; Andrés del Moral me lo ha garantizado, pero no debes volver a ver a esa mujer.

Ciudad de México, 13 de agosto de 1791

Durante muchos años, a escondidas de sus padres, Ángel y Juan habían celebrado juntos su cumpleaños, aunque fuera sólo unos minutos. Cumplir la misma edad el mismo día era uno de sus vínculos especiales, aunque los padres de cada uno de ellos daban a la fecha del cumpleaños de sus hijos significados completamente opuestos. Fue el 13 de agosto de 1521 cuando, defendida heroicamente por Cuauhtémoc y sus últimos cuatrocientos guerreros, Cuautlanextli entre ellos, cayó la gran ciudad-isla de Tenochtitlan en manos de Hernando Cortés, ochocientos españoles y más de cien mil indígenas de otras naciones sometidas por el yugo mexica.

Don Alonso Martín de Ávila y Rodríguez de Velasco veía en esa fecha una gran gloria, ya que fue su ilustre ancestro, Alonso de Ávila, uno de los grandes conquistadores que ese día acompañaron a Cortés en su victoria. De hecho, Alonso de Ávila aseguraba en sus memorias que el día de la victoria la cruz de Santiago se había aparecido en los cielos como señal definitiva del triunfo del único dios contra los dioses paganos. Doble era pues la celebración para don Alonso. Por un lado, el día en que su ancestro consolidó el triunfo; por el otro, como caballero de la Orden de Santiago, el día en que su santo patrono bendijo de manera especial a su ancestro y, por lo tanto, a toda su descendencia.

Triple festejo desde el 13 de agosto de 1778, cuando el Señor lo bendijo con el nacimiento de su primer hijo varón, aunque tiempo después perdería a su segundo pequeño, de nombre Alonso, muerto justamente después de nacer… junto con su esposa. Pero ese primer hijo recibió el nombre de Ángel… aunque ese ángel no quitaría de la mente de don Alonso la sed de venganza contra el culpable de dichas muertes posteriores: Pedro Aguilar.

El 13 de agosto simbolizaba la victoria para don Alonso, mientras que para Pedro Aguilar significaba el día del fin del mundo. El día que, mientras Alonso de Ávila veía en los cielos la cruz de Santiago, Cuautlanextli escuchaba el llanto lastimero de Cihuacóatl: "¡Hijos míos, nuestros dioses mueren y nosotros moriremos con ellos!" El día glorioso de uno era el día aciago de otro. Y mientras que junto con el cumpleaños don Alonso celebraba una victoria del pasado, Pedro Aguilar lamentaba una derrota, pero también, deseoso de encontrar símbolos divinos por doquier, el hecho de que Juan llegase a su hogar un 13 de agosto era interpretado por el viejo cantero como una señal. Mientras los niños fueron amigos, y niños, sólo festejaban su cumpleaños y su amistad, hasta que el tiempo, sus padres y la realidad se interpusieron entre ellos.

Muchas cosas habían pasado, pero Juan no podía olvidar la amistad de Ángel ni dejar de lamentar todos los extraños sucesos que se habían interpuesto en su destino. Sabía muy bien que aquel 13 de agosto de 1791, Ángel Ávila, ahora un hombre, despedía a su hermana en el puerto de Veracruz. Ella abordaría la fragata *Santa Paula*, curiosamente la misma en la que un mes antes llegase el afamado Manuel Tolsá desde Cádiz y La Habana.

Lo que no sabía Juan era que una vez cumplida su misión, Ángel, junto con la servidumbre y la escolta que lo acompañaban, debía volver a la ciudad de México, lo cual no quiso hacer el señorito Ávila sin antes haber visitado a Paula del Moral, con quien había tratado de toparse todas las veces posibles en el puerto.

Por su lado, Juan esperaba festejar su cumpleaños a lo grande y comenzar una nueva vida. Se había vuelto un hombre y ansiaba conmemorar dicho acontecimiento convirtiéndose oficialmente en aprendiz de constructor. Estaba muy nervioso cuando, con la carta de Andrés del Moral en la mano, y sus mejores ropas, se presentó en la puerta principal de la Academia de San Carlos, donde el guardián de la puerta lo interrogó con la mirada. El niño extendió la carta al mismo tiempo que decía:

—Vengo a buscar al maestro Manuel Tolsá.

Puerto de Veracruz, 13 de agosto de 1791

La Sagrada Orden de Santiago de Compostela existe desde el siglo XII, según los registros, aunque hay quien asegura que sus orígenes se pueden rastrear desde el siglo IX. Surgió antes de que España fuese España, en la Cornisa Cantábrica, Reino de León, cuando la península había sido invadida por los infieles y cuando los caballeros cristianos recuperaban las tierras para la cristiandad y la mayor gloria de Dios nuestro señor.

El mismísimo apóstol Santiago yacía en Compostela. La sagrada misión de los caballeros de Santiago consistía precisamente en proteger el santo lugar donde el apóstol de Jesús encontró el descanso eterno y, desde luego, en cuidar a la inmensa cantidad de peregrinos que año tras año acudían a venerar tan santas reliquias. La mayor amenaza eran los moros. Por esa razón, los caballeros de Santiago consideraron una extensión de su misión divina el luchar contra los reinos musulmanes, lo cual hicieron desde sus orígenes hasta los tiempos en que los Reyes Católicos terminaron de santificar la Iberia y derrotar al último rey moro, Boabdil el Chico, en la ciudad de Granada, en el año de 1492.

Al año siguiente murió Alonso de Cárdenas, gran maestre de la orden, y los Reyes Católicos incorporaron el maestrazgo a las coronas de Castilla y Aragón, acto que fue ratificado por el papa Adriano VI en 1523, con lo que el rey, Carlos I de España y Carlos V del Imperio germánico, pasó a ser el primer monarca español que a su vez era líder máximo de los caballeros.

El símbolo de la orden es la Cruz de Santiago, roja como la sangre de los mártires, con forma de flor de lis, símbolo de nobleza, y afilada como una espada para dejar claro el carácter militar de dicha orden religiosa, única en su tipo que permitía a sus miembros el matrimonio. La forma de espada de la cruz también aludía a la forma de martirio del santo apóstol, quien fue decapitado con una espada... Y según quería ver don Alonso Martín de Ávila, era una especie de hado o destino que había acompañado a su familia, pues precisamente decapitado fue como murió, en 1566, otro Alonso de Ávila, sobrino del conquistador, por haber participado en la revuelta de criollos encabezada por el segundo marqués del Valle de Oaxaca, Martín Cortés. Ésa era la única mancha en la familia, según don Alonso, ese intento de traición a la Corona que no llegó a buen término.

Toda esta historia la sabía de memoria Ángel. Cada año, desde que tenía memoria, su padre se encargaba de repetírsela hasta el cansancio. De hecho, en cada cumpleaños le daba una lección extra sobre el particular.

"Siempre debes saber quién eres, Ángel, y sentirte orgulloso de ello —repetía cada año su progenitor—. No sólo eres descendiente directo del conquistador Alonso de Ávila, sino del cuarto gran maestre de la Orden de Santiago, Gonzalo Rodríguez y, por parte de tu madre, de Alonso de Cárdenas y Rodrigo Manrique, los grandes maestres números cuarenta y cuatro y cuarenta y cinco, quienes en persona comandaron parte de los ejércitos de los grandes Reyes Católicos en la reconquista de la cristiandad."

Pero ese año Ángel se había convertido en hombre y la misión de escoltar a su hermana a Veracruz parecía haberlo librado de la anual lección de historia sobre la Orden de Santiago. Por eso no pudo sino reír cuando abrió una carta de su padre, con la indicación específica de no abrirse hasta el 13 de agosto, y no encontrar una misiva de un progenitor para su vástago, sino precisamente un nuevo resumen, ahora por escrito, de la historia de la Sagrada Orden de los Caballeros de Santiago de Compostela.

Para colmo, la versión escrita con la historia de la orden y la importancia de su familia tampoco sirvió para el uso que Ángel quiso darle antes de marchar del puerto con rumbo a México: impresionar a Paula del Moral. El pretexto del regreso fue motivo suficiente para que Ángel visitase a Paula… Ninguna mujer podía negarse a una despedida. Ángel no le mostró la carta como pretendiendo pavonearse de sus vetustos y nobles orígenes, sino como compartiendo con ella de manera amistosa una misiva de su padre; aunque esperaba, desde luego, que la importancia de su familia la impresionara.

—¿Sabes? —le dijo Paula—. Mi padre y mi tío siempre me han contado la historia y los orígenes de nuestra familia que, como la tuya, es antigua y con historia. Pero al contrario de lo que parece pensar y enseñarte tu padre, nosotros no juzgamos a los demás por sus ancestros, sino por ellos mismos, por su trabajo, por lo que cada quien hace de su vida.

El plan de Ángel parecía desmoronarse. Poco importaba por lo visto que en su familia hubiera nobles, guerreros o conquistadores; eso no parecía impresionar a Paula en lo más mínimo.

—Yo quiero ser ingeniero —reviró Ángel un poco desesperado.

—Sí, ya me lo habías dicho. Y me resulta muy interesante ese sueño, sobre todo si viene de alguien que no tiene la necesidad de estudiar ni de trabajar. Los sueños de una persona lo ennoblecen más que sus ancestros; por lo menos eso me han enseñado a mí —Ángel sonrió ante el giro a su favor que daba la conversación, pero su efímera victoria se vino abajo en la misma frase—. Pero los sueños no sirven de nada sin acción. Los sueños, Ángel, sólo se cumplen si los perseguimos; no puedes simplemente esperar a que las cosas pasen. ¿Qué estás haciendo tú por tus sueños?, ¿cómo harás para tomar las riendas de tu vida en tus manos y quitárselas a tu padre?

Vaya que era ruda aquella mujer. De pronto Ángel extrañó la alta sociedad de la capital, donde toda su historia y sus credenciales lo hacían ser importante y deseado, un buen partido, como ya comenzaban a referirse de él las madres de las hijas en edad casadera. Él hubiese jurado que una provinciana sería fácil de impresionar; sin embargo, Paula era de un material muy distinto al de las demás mujeres que había conocido. Eso le molestaba un poco, ya que le resultaba menos sencillo; pero por eso mismo aquella extraña mujer le parecía encantadora.

—¿Y cuáles son tus sueños? —intentó revirar Ángel.

—No he tenido tiempo de tener sueños. Me he dedicado a trabajar con mi padre y con mi tío desde que tengo memoria. Me gustan los libros, las antigüedades. Me apasiona el conocimiento... Ése que está tan prohibido aquí en la Nueva España; me gustan las artes y las ciencias... cosas que están en libros que no llevan el sello de aprobación de la Inquisición.

Andrés del Moral había estado todo ese tiempo en la habitación contigua adonde Paula charlaba con su amigo. Eso hubiera sido muy mal visto por la alta sociedad novohispana, que jamás dejaría a una señorita decente hablar a solas con un hombre, pero Andrés del Moral tenía cosas más importantes en qué pensar que en los decires de la sociedad; sin embargo, entró para interrumpir abruptamente en ese momento.

—Paula —dijo amablemente—, es tarde. Tienes obligaciones y estoy seguro de que el señorito Ángel debe tener mucho trabajo para preparar su viaje de regreso.

Dicho lo anterior se retiró de la habitación y los dejó a solas nuevamente.

—Bueno, ya escuchaste a mi padre, es tiempo de volver al trabajo; pero antes dime, ¿qué noticias tienes de Juan?

De todos los finales posibles imaginados para esa conversación, ése era el único que Ángel no había visualizado, que Paula terminase preguntando por Juan Aguilar. Algo de color se le subió a la cabeza y sintió que le hervía la sangre.

—No sé nada de él, no lo he visto desde hace tiempo; como sabes, su familia tiene problemas con la ley.

—Justamente a eso me refería. Quería saber si ya todo estaba arreglado, pues el señor Aguilar me pareció una persona muy amable y Juan un chico muy interesante.

—Bueno, ya escuchaste a tu padre —dijo Ángel al tiempo que se levantaba y se encaminaba a la salida con la mayor dignidad que le era posible—. Es tarde, tú tienes obligaciones y efectivamente yo tengo que hacer los preparativos para el viaje de regreso.

Paula se levantó al mismo tiempo y acompañó a su invitado hasta la salida de la casa. Andrés del Moral vigilaba sigilosamente. Sin olvidar nunca sus modales, Ángel hizo una inclinación y el ademán de besar la mano de Paula.

—Hasta luego, señorita; ha sido un placer.

Ángel comenzó a caminar calle arriba hasta que la voz de Paula lo detuvo:

—Ángel... gracias por visitarme. Me ha dado mucho gusto. Espero tener noticias tuyas; no dejes de escribir.

Ángel Martín de Ávila Rodríguez de Velasco y Cárdenas Manrique se quedó plantado en la calle sin entender nada de lo que pasaba. Trataba de impresionar a Paula y cuando más fracasado se sentía en sus intentos ella hacía ese tipo de cosas. Se quedó mirándola mientras ella le mandaba un beso con la mano y cerraba la puerta de su casa.

No bien cerrada la puerta, Andrés del Moral se encontró junto a su hija, examinándola con mirada escrutadora.

—Supongo que te parece divertido, Paula; pero no debes olvidar quién es Ángel Ávila, quién es su padre y quiénes somos nosotros.

—No lo olvido, tío; pero también creo entender quiénes son Pedro Aguilar y Juan. Y en verdad quería saber acerca de ellos... Ahora, si no le molesta, iré a ver a mi padre.

Ciudad de México, 20 de agosto de 1791

Sería un aprendiz, aunque no sabía bien a bien de qué, pero sería un aprendiz en la Academia de San Carlos, al lado de muchos jóvenes que el nuevo director de escultura había aceptado. Al parecer habría mucho trabajo y, desde luego, mucha competencia. Eso le gustaba a Juan mucho más que molestarlo. Habría mucha exigencia y, por lo tanto, mucho más aprendizaje.

La semana previa se había retirado un poco decepcionado de la academia, cuando le notificaron que el maestro no podría verlo; pero de inmediato comprendió que a un señor tan importante no podía llegar a visitársele así nada más, sin una cita. Se lamentó de su torpeza.

—Que se presente en una semana, a la misma hora exactamente —le había indicado el guardián de la puerta de la academia.

—Claro, gracias —había balbuceado Juan—. Vendré a mi entrevista en una semana.

—No, joven; creo que no me ha entendido: el maestro me ha pedido que le diga a usted que se presente a trabajar, dentro de una semana, a la misma hora exactamente.

Juan no daba crédito. Por supuesto, no había tenido el atrevimiento de leer la carta lacrada que le dejara el señor Andrés del Moral. Y desde luego no sabía qué podría haber escrito, tanto en esa misiva como en la que le había dado al maestro en persona a su arribo a Veracruz el pasado mes de julio, pero en verdad parecía estar bien recomendado. Recordó que su padre se lo había dicho: "Serás aprendiz; Andrés del Moral me lo ha garantizado". Y en el acto también recordó el precio que debía pagar: no debería volver a ver a Paula... No entendía por qué, así como tampoco olvidaba que su padre había pronunciado otro nombre al principio: Morell.

No sabía cómo debía ir vestido ni si debía llevar algún tipo de herramienta, pues no había hablado con el maestro; pero eso poco le importó. Esa mañana, Juan salió de su casa a primera hora, muy emocionado; tanto, que no se percató de que a los pocos minutos de haber salido, una pequeña guardia de soldados virreinales se dirigía a su casa para llevarse a su padre.

La Academia de San Carlos era un sueño para Juan Aguilar. Lo recibieron amablemente. Esperó en el patio para ver por primera vez al maestro Manuel Tolsá. Mientras aguardaba, pudo ver cómo la academia se encontraba atestada de alumnos y aprendices. Al parecer, una buena cantidad de ellos llevaba pocos días o semanas allí. Y todos estaban ahí por solicitud de Tolsá... ¿Tanto trabajo tenía un maestro escultor?

Juan entabló conversaciones con varios de los aprendices nuevos. Todos parecían ser menores que él, lo cual lo decepcionaba un poco; pero intentó no desanimarse y hacer nuevos amigos. Desde el principio hizo buenas migas con un muchacho poco menor que él, aparentemente mestizo y con evidentes rasgos indígenas; se llamaba Pedro Patiño Ixtlolinque. Se hallaba a media conversación con él cuando le notificaron que el maestro deseaba verlo. Un temblor recorrió su cuerpo; pero se armó de valor y entró a la dirección de escultura.

A la distancia, Manuel Tolsá y Sarrión le pareció a Juan Aguilar un poco más francés que español. Vestía una levita larga de color azul, elegante y con poca ornamentación. Juan entró a la habitación justo cuando el maestro se quitaba una gruesa peluca, algo muy socorrido en Francia más que en España, y dejaba ver su rostro. El director de escultura parecía una efigie; su rostro estaba conformado por trazos rectos; su nariz era prácticamente una continuación de su frente, muy lisa; su rostro era totalmente recto y angosto, y tenía unos labios pequeños, unos ojos no muy grandes y poco cabello ensortijado. Estaba por sentarse junto a un escritorio que justo delante tenía un sillón vacío adonde, con un ademán, invitó a Juan a sentarse.

—Juan Aguilar —dijo Tolsá despacio—. El señor Del Moral te alaba desmedidamente en su carta, además de que me ha pedido como favor personal que te admita como aprendiz, a lo cual no pude negarme en vista de todos los servicios que tan amablemente me ha prestado.

No había ninguna pregunta en aquella frase, pero el silencio de Tolsá hacía evidente que esperaba una respuesta.

—No sé qué decir, maestro... Espero ser aceptado por mis méritos y no por una recomendación que quizás es exagerada en mi favor.

Tolsá sonrió y miró detenidamente a Juan.

—Muy bien, muchacho; lo primero que dices frente a mí, evidentemente nervioso, es algo inteligente. Eso me gusta. Háblame de ti.

Efectivamente Juan estaba nervioso. Sabía que se encontraba frente a una oportunidad única en su vida y no quería desperdiciarla.

—Maestro, mi padre y el padre de su padre, toda mi familia de hecho, ha sido de canteros. Conozco el arte de trabajar la piedra. Mi familia ha trabajado en la construcción de la catedral durante varias generaciones y yo he estado dentro de ella desde que tengo memoria.

—¿Cuántos años tienes?

—Trece, maestro.

—Vaya, te ves más grande; de hecho, pareces el mayor de los aprendices.

—Lo sé, maestro; siempre me han dicho que luzco mayor.

—¿Cuáles son tus intereses, Juan?

—Quiero ser arquitecto, maestro, un maestro constructor; deseo trabajar en la catedral, saber planear e imaginar los edificios, hacer su arte. Conozco toda la historia de la catedral metropolitana, y aunque nunca he hablado con él, siempre he seguido al maestro constructor Ortiz de Castro; lo vi concluir los campanarios y trabajar en retablos y fachadas.

—¿Te gusta esa catedral? —preguntó de manera tajante Manuel Tolsá.

Juan no sabía qué responder ni estaba seguro del sentido de aquella pregunta. Quizá su respuesta sería la definitiva y quería que fuera correcta. ¿La pregunta era artística, religiosa, técnica? Finalmente, decidió que no había nada más correcto que decir la verdad.

—Me gusta el edificio, maestro; es monumental. Es impresionante que se mantenga en pie. Su cúpula octagonal me parece magnífica; sus torres son majestuosas, sus campanarios con forma de campana me parecen sublimes y únicos. Los murales de Cabrera me resultan fascinantes... Y las obras de arte que dejó al maestro Jerónimo Balbás son exquisitas... pero...

—Tengo entendido que todas las alabanzas que se hacen antes de un *pero* no tienen sentido —dijo sonriendo el maestro Tolsá.

—No me malinterprete, maestro; lo que quiero decir es que cada una de las partes de la catedral me gusta en sí misma, pero siento que no hay un todo consistente. Es decir, creo que se han tardado mucho tiempo en construirla, lo cual ha propiciado que sea caótica, en cierto sentido, como si su construcción no obedeciera a una estrategia. Es como si cada maestro hubiera hecho con ella lo que quiso, sin un plan general.

Manuel Tolsá examinó detenidamente al muchacho que tenía frente a él. Hablaba con franqueza, no con los característicos rodeos que ya había notado en México. Eso le gustaba.

—¿Conoces el estilo neoclásico, Juan?

—Muy poco, maestro. Yo no he estudiado; sólo conozco lo que veo. Al parecer ese estilo no termina de tener buena fama aquí en la Nueva España.

—Eso es porque el arte está directamente relacionado con la política. Y en España y sus reinos parece que la política no cambia nunca. Pero todo cambia y el arte lo hará también. Un arte más adecuado para los nuevos tiempos es lo que necesita esta Nueva España.

—¿Arte y política, maestro?

—Ya habrá tiempo de hablar de eso. Aquí hay mucho trabajo, Juan; esta academia está muy necesitada de escultura neoclásica, de la cual traje yesos, moldes y diseños, pero parece que mi trabajo no se limitará a lo académico. El virrey me ha pedido que colabore con el embellecimiento de la alameda y con cosas más rústicas como drenaje, conducción de agua, diseño de caminos. Parece que tiene muchos planes. Quizás el más ambicioso sea la creación de un Colegio de Minería, para el cual quiere construir un nuevo edificio.

—Será un honor poder ayudar en lo que usted disponga, maestro.

—Sin embargo, veo que nada de esto te interesa a ti, Juan; percibo que tu pasión es ese interminable edificio catedralicio. ¿Por qué nunca intentaste trabajar en él?

Vaya que aquella era una pregunta difícil de responder con la verdad. "Porque mi padre tiene la obsesión de que nunca se termine y toda mi familia se ha empeñado en eso con aparente dedicación." Aun así encontró las palabras para responder sin mentir.

—Mi padre nunca me lo permitió, maestro. Mi familia siempre ha pertenecido al gremio de los canteros de la Nueva España; pero sólo para cargar, transportar y acomodar piedras. Hay muchas restricciones en este reino.

—Pues no las habrá en esta academia. Trabajarás conmigo, Juan. Tú y Pedro Patiño estarán muy cerca de mí... aunque a veces te necesitaré lejos...

—¿Maestro?

—Creo que no me equivoco al pensar que conoces bien al señor Del Moral. Aún tengo muchos pendientes con él; maneja libros que no pensé que se pudieran conseguir en las Américas —sonrió traviesamente antes de continuar—. Y tengo más asuntos en el puerto de Veracruz. Espero contar con tu ayuda.

—Puede usted contar conmigo, maestro.

—Pues bien, muchacho, comenzarás a trabajar hoy mismo. Ve al patio con los demás; en un momento estaré con ustedes.

Manuel Tolsá y Sarrión se acercó al escritorio y se dispuso a escribir una carta, mientras que el entusiasmado Juan Aguilar salió de la habitación; feliz, desde luego, pero con un pensamiento atravesándole el alma: había sido fácil prometer no volver a ver a Paula, pues ella vivía en el puerto y Juan nunca iría para allá. Ésa era la condición que le impuso su padre para permitirle ser aprendiz con Tolsá. Y ahora el propio maestro le imponía entre sus obligaciones viajes al puerto... ¡Y precisamente con encomiendas que tenían que ver con el señor Del Moral! Sonrió. La idea no le molestaba... Pero antes debía saber más sobre el nombre que escuchó decir a su padre por accidente: Morell.

Pétreo tanto en su rostro como en sus ideas, lo único que de pronto lo hacía parecer un ser humano era ese frondoso mostacho que portaba con tanto orgullo, negro y tupido, un tanto despeinado, que marcaba sendas líneas curvas por encima de su boca. Un sacro guardián de la ortodoxia y enemigo de las nuevas ideas que amenazan el orden establecido, así era y de ese modo se definía con orgullo el doctor Arango de la Villa y Salmerón, para desgracia del virrey Revillagigedo, miembro de la Real Audiencia, y por lo tanto noble caballero del reino al que no podía negar ningún tipo de entrevista.

Y ahí estaba una vez más ese virrey, que tanto gustaba del trabajo productivo y pragmático, envuelto en una discusión interminable, cuanto más desde el momento en que al doctor Arango no le interesaba discutir ideas, sino imponerlas. Paradójicamente, pensaba el virrey, estaba frente a un hombre que se decía amigo del progreso, pero que no dejaba de estar amarrado a las mismas ideas ancestrales del reino.

—Esas piedras son una ofensa, su excelencia —gritaba, furibundo como era, el doctor Arango—. Una ofensa para la Iglesia, para los fieles devotos; una ofensa para la fe, para Dios mismo y por lo tanto para el rey, a quien supuestamente usted representa. Esos monolitos son diabólicos, ídolos paganos que debieron haber sido destruidos desde el momento en que fueron encontrados.

En realidad, Revillagigedo estaba orgulloso de que, a causa de los trabajos realizados por sus ordenanzas, esos inmensos e impresionantes ídolos de piedra de tiempos de los mexicas hubiesen sido hallados. Él mismo apoyó la idea de empotrar la Piedra del Sol en la pared de una de las torres catedralicias, tanto para que pudiera ser vista por todo el pueblo, como para demostrar precisamente que esos falsos dioses habían quedado dominados por el único y verdadero dios.

—Esas piedras son historia, doctor, historia viva; algunos incluso sostienen que son obras de arte, pero de cualquier forma son vestigios del pasado de esta tierra. Son verdadera historia.

—A mí no me importa la verdadera historia, sino la que nos convenga, la que someta al pueblo, la que se ha contado siempre y la que estoy comprometido a defender le pese a quien le pese —bramó con las venas saltadas el doctor Arango de la Villa y Salmerón.

—Me temo que sólo puedo complacerlo a medias, doctor; esa piedra circular del dios solar se quedará donde está, empotrada en la catedral, como signo de lo que fue, pero ya no es; atrae a curiosos y gusta a la gente. Y si bien no le encuentro el menor valor estético, coincido con los académicos en que es una obra de valor artístico e histórico. El otro monolito descubierto, aquel que representa, según me han informado, a una antigua divinidad llamada Coatlicue, será alejado de la vista del público como usted lo demanda, pero de ninguna forma será destruido, sino que será enviado a los académicos de la Real y Pontificia Universidad de México para que lo estudien. El pasado no es inmóvil y siempre será bueno reinterpretarlo y conocerlo.

El rostro del doctor Arango estalla en frenesí; la cólera se reflejaba en sus ojos mientras aprieta los puños con impotencia: el virrey era el virrey. Como último recurso sacó un pliego entre sus ropas, lo extendió y le mostró su contenido al segundo conde de Revillagigedo:

EDICTO

Destruid los ídolos de piedra, echadlos por tierra, quemad, confundid y acabad con todos los lugares donde estuvieren; aniquilad los sitios, montes y peñascos en que los pusieron, cubrid y cerrad a piedra y lodo las cuevas donde los ocultaron, para que no vuelva al pensamiento su memoria. No hagáis sacrificios al demonio ni pidáis consejos a los magos y encantadores, brujos maléficos y adivinos. No tengáis trato ni amistad con ellos, ni los ocultéis, sino más bien descubridlos y acusadlos, aunque sean vuestros padres, madres, hijos, hermanos, maridos o mujeres. No oigáis ni creáis a los que os quieren engañar aunque los veáis hacer cosas que os parezcan milagros, porque verdaderamente no lo son, sino sólo embistes del demonio para apartarnos de la fe.

—Esto, su excelencia —señaló el doctor Arango al virrey—, es un edicto de la Inquisición que usted debería respetar. Es muy claro en sus ordenanzas: es imperativo destruir los ídolos de piedra. Así lo hizo su ilustre antecesor en el cargo, monseñor Juan de Palafox y Mendoza, en 1642, año en que además de la dignidad de arzobispo ostentó por unos meses la de virrey, y mandó destruir todos los restos paganos que quedasen de pie en esta ciudad. Estoy seguro de que si hubiese sabido de la existencia de estas dos monstruosidades las hubiera aniquilado en el acto.

Revillagigedo no daba crédito a todo lo que escuchaba; sabía de lo anquilosadas y retrógradas que eran las mentes de algunos de quienes se decían doctos en la Nueva España, pero jamás se había confrontado con alguien tan obstinado, tan anclado al pasado, como Arango de la Villa y Salmerón.

—Usted me presenta un edicto del siglo XVI, doctor. Aquellos eran tiempos de guerra; apenas se consolidaba la conquista de estas tierras y la fundación del reino.

—¡Las misiones sagradas son eternas! —atajó de inmediato Arango—. ¡Eternas, su excelencia!

—Me temo que no podré hacer nada más por usted. Puede presentar su queja, junto con este edicto antiguo, al gran inquisidor, si así le place, pero la decisión está tomada: el disco de piedra del dios solar permanecerá en la catedral y el monolito de la Coatlicue lo enviaré con los académicos. A nadie hace daño que se revise el pasado.

El doctor Arango se alejó a pasos agigantados del virrey para dirigirse a la salida de la habitación, con toda certeza para ir de inmediato ante la Inquisición; pero no se fue sin proferir una última advertencia:

—No confío en usted, Revillagigedo; no sólo es un criollo que nada tiene que hacer en semejante puesto, sino que evidentemente es todo un afrancesado. Se nota en sus palabras, en sus formas, en sus peinados, en sus ropas... Y, desde luego, en sus ideas. Ya ve usted lo que ocurre en Francia desde que esas nuevas ideas, presuntuosamente llamadas ilustradas, contaminaron las almas de plebeyos. Todo el orden de Dios nuestro señor se desmorona en aquel reino y aquella destrucción amenaza con contaminar al resto del continente. Pero créame que eso nunca pasará en España y, desde luego, en ninguna de sus colonias ultramarinas.

Arango de la Villa y Salmerón salió de la habitación azotando la puerta con violencia. Revillagigedo se dejó caer en un sillón, ciertamente afrancesado, exhaló un suspiro y dejó que en su rostro se dibujara una sonrisa. No era la primera vez que se enfrentaba a personas que, por muy cultas que fuesen, eran incapaces de admitir nuevas ideas, de entender que el mundo estaba cambiando y de que más valía cambiar junto con él. Su tarde de trabajo no había sino comenzado. Ahora era el turno de hacer comparecer ante su presencia a Pedro Aguilar, que había sido detenido en su casa aquella misma mañana.

Puerto de Veracruz, 21 de agosto de 1791

"Hay gente de ideas y hay gente de acciones, y rara vez la misma persona que piensa las primeras es quien las lleva a cabo. La mayor parte de las personas de acción, de las que persiguen ideales, en realidad van tras sueños que han tomado prestados, que no se han atrevido a pensar por sí mismas o que alguien pensó primero. Esa gente es muy activa, hace y grita mucho, pero casi siempre entiende muy poco; lucha, sin saberlo, por los ideales de otros, por los sueños de la gente de ideas.

"La gente de ideas es más lista; tanto, que siempre, en toda la historia de la civilización, ha conseguido que otros sean los que llevan a cabo las acciones, los que llevan a buen término las ideas, y eso siempre ha tenido protegidos a los pensadores. El problema es cuando pensar se convierte en un crimen.

"Así es como funciona la Iglesia católica y su grey. Algunos, pocos elegidos, son los que piensan; los demás son millones de seres humanos que se conforman con creer lo que se les ordena que deben creer. No lo cuestionan, ni lo razonan; no utilizan la lógica. De hecho, tienen prohibido hacerlo. Ése es el verdadero pecado que castiga la Iglesia, que no Dios, porque es el que le hace más daño a la institución: pensar. Por eso lleva siglos matando, excomulgando, condenando, anatemizando, persiguiendo o ridiculizando a los que piensan.

"Basta con leer la Biblia, algo que muy pocos católicos hacen; muchos porque no saben leer, otros tantos porque, aunque sepan hacerlo, no conocen el latín y la Iglesia ha prohibido de manera tajante la traducción de las escrituras; pero todos, en general, no la leen porque está prohibido hacerlo. Así lo dictaminó el papado en el siglo XVI en el Concilio de Trento: la Biblia no debe ser traducida ni leída por el devoto común, menos aún interpretada.

"Por si lo anterior no bastara, ese mismo concilio estableció un índice de libros prohibidos, conocido como el *Index*, donde figuran todos los libros que la Iglesia prohíbe leer so pena de excomunión, lo cual, para los que creen que Dios necesita la burocracia humana, significa un pase directo al infierno. Vaya, se trata de una religión basada en el hecho de que sus creyentes no lean sus propias escrituras. Y, si llegan a hacerlo, que no tengan el atrevimiento de sacar conclusiones propias.

"Eso fue lo que hizo tan especial a Martín Lutero, nombre prohibido en este país, que los católicos escuchan con celo y con horror, ya que aquel hombre es considerado el hereje que rompió con la unidad de la cristiandad.

"No obstante, la cristiandad nunca estuvo unida; por lo menos, nunca por la fe, sino siempre por el miedo y la violencia; por los caballeros templarios, por los teutones, por los caballeros de Santiago; por las persecuciones carniceras y por la Inquisición dominada por los dominicos... los *Domine cannis,* perros de Dios.

"Lutero era un hombre excepcional porque fue una persona de ideas y de acciones. Leyó, interpretó y tradujo la Biblia; peor aún, la cuestionó y la analizó. Así pues, no fue Lutero, sino el conocimiento humano, el que provocó un cisma en la cristiandad. Por eso el pecado original consiste en pensar. No lo saben los que no leen, pero lo cierto es que jamás aparece una manzana en el Génesis; menos aún se hace referencia al sexo. De hecho tampoco aparece Luzbel, sino sólo una serpiente a la que jamás en el texto bíblico se le relaciona con el Adversario.

"'Se os abrirán los ojos y seréis como dioses', eso es lo que la serpiente prometió a Eva cuando confesó que Dios les había advertido, a ella y a Adán, que si comían la manzana, morirían. ¿Y cuál era ese fruto? El fruto del árbol de la ciencia, del bien y el mal, el fruto del conocimiento. Eso es lo que prescribe la Iglesia a los hombres, el mandamiento supremo: 'No conocerás'. Los que no leen tampoco saben que en las escrituras es claro que Dios mintió a los hombres..."

—¡Alto ahí! —justamente en ese punto Paula interrumpió la lección que daba Juan del Moral… Juan Morell—. Explícame detalladamente ese aserto de que Dios mintió a los hombres.

Juan Morell sonrió. Nada le agradaba más que atestiguar la perspicacia que adquiría la mente de Paula día a día. Ella nunca estaba conforme; siempre pedía más conocimiento; siempre exigía y cuestionaba todo. Morell abrió un grueso libro finamente empastado en piel, la Biblia. Estaba en tres idiomas: el texto original, en griego; la traducción de san Jerónimo, en latín del siglo IV, y una traducción al castellano, hecha por él mismo.

Juan Morell era muy parecido a su hermano Andrés; un poco menos alto a pesar de ser el mayor. Su piel era más clara; sus ojos, azules, y su cabello un poco más rubio. Pero su rostro era casi idéntico en todos sus detalles: entradas pronunciadas, cabello abundante y ondulado, barba partida, cejas pobladas y mirada penetrante. La mayor diferencia entre ambos residía en su acicalado: mientras que Andrés llevaba el cabello corto y la barba perfectamente rasurada, Juan lo usaba largo, le cubría hasta los hombros, era ensortijado y un poco descuidado, y le cubría gran parte de la frente, hasta las cejas, las cuales estaban deliberadamente recortadas; llevaba barbas, no muy largas y sí muy limpias, y portaba unos anteojos que no necesitaba.

Para nadie en la casa era un secreto la razón de esa coincidencia: Juan Morell vivía escondido, pues huía de la Inquisición; de hecho, hacía poco que había podido volver. Su hermano Andrés, quien en realidad no se llamaba de esa manera, se había cambiado el nombre y adaptado su apellido a uno castellano y piadoso. Y evidentemente había cambiado de domicilio, se presentaba como comerciante y anticuario, no como librero, e incluso había cambiado su estatus social, pues de ser un hombre soltero había pasado a convertirse en un casto y abnegado padre viudo.

El que sí era viudo en realidad era Juan. Y la razón por la cual había escapado de la Inquisición, a pesar de su carácter de mártir, tenía que ver con su calidad de padre. Paula tenía tres años cuando Juan tuvo que huir. Entonces su hermano se convirtió en Andrés del Moral, progenitor de Paula, aunque ella jamás ignoró la verdad de su ascendencia.

Pensar no tenía por qué considerarse un delito. Juan huyó durante mucho tiempo. En años no supieron de él, hasta que finalmente un día, sin aviso y como si se hubiera marchado el día anterior, se presentó en la casa que entonces era propiedad de Andrés del Moral.

Por supuesto que resultaba sospechoso que de pronto apareciera un hombre desconocido y desaliñado en la casa del respetable comerciante Andrés del Moral, razón por la cual Juan vivió en el ático, rodeado de libros, escribiendo y traduciendo. Salía poco y cuando lo hacía procuraba hacerlo por otra puerta diferente a aquella que habitualmente utilizaba Andrés. Procuraban no dejar verse juntos... No obstante que éste le había suplicado hasta el cansancio a Juan que no lo hiciera, ocasionalmente aparecía en sociedad. Y aunque se hacía pasar por un profesor francés, tenía el descaro de presentarse como Juan Morell.

—Claro, hija —dijo Juan Morell mientras abría el libro en la página adecuada—. Léelo tú misma. Dios le dijo a Adán que si probaba el fruto del árbol del conocimiento, moriría. Y eso es lo que éste le comunica a Eva. La serpiente, por el contrario, les dice claramente: "No moriréis. Dios sabe que si comen del fruto, se os abrirán los ojos y seréis como dioses".

—Un tanto arrogante, ¿no?

—Eso depende de la interpretación, Paula. Pero sigue adelante, revisa la parte que nunca les cuentan a los fieles. ¿Ves? Dios expulsa a Adán y a Eva, pero éstos no mueren, y después se queda solo en el paraíso expresando un interesante soliloquio: "He aquí que el hombre ha probado el fruto del conocimiento, se le abrieron los ojos y ahora es como nosotros".

—¿Esto lo dijo Lutero?

—No, Martín Lutero se concentró únicamente en los Evangelios para sus alegatos contra las indulgencias. Fueron los Evangelios los que tradujo, no así el Antiguo Testamento. Éstas son otras interpretaciones. Recuerda que ésa fue la libertad que adquirieron los reformados: la libertad de cuestionar y analizar.

—¿Interpretaciones tuyas?

—Digamos que sí.

—¿Eso creen otros luteranos?

—No, esta interpretación es muy personal.

—¿Somos luteranos?

Juan Morell miró a su hija con una amplia sonrisa.

—Tú serás lo que quieras ser, hija; eres libre.

—¿Y tú?

—Desde tiempos del doctor Lutero, Jean Morell adoptó esa versión de la fe. Así lo hizo también su mujer, Paula, quien era católica pero se convirtió al luteranismo, y en esa fe educó a su hijo, llamado Jean en honor de su padre... con lo cual inauguró esa fatua tradición de no cambiar el nombre de la descendencia —añadió Morell con una sonrisa.

—¿Y tú? —insistió Paula.

—Yo admiro a Lutero por su inteligencia y por su osadía; por abrir una puerta de libertad que lamentablemente generó un siglo de matanzas en Europa, no porque él así haya querido, desde luego, sino precisamente por la necedad de la Iglesia a aceptar cualquier intento de reforma o de modernización. Yo, en realidad, no creo en nada, hija.

—¿Es decir que prefieres ser acusado de luterano que de ateo?

—Lo mismo da, Paula. En ambos casos el fin es la hoguera.

—¿Por qué vivimos aquí, escondiendo ideas, y no en un país libre? ¿Por qué no en Francia, ahora que allá la Iglesia no domina, o en Ámsterdam, donde hace mucho tiempo dejó de dominar?

—Porque el conocimiento hace falta justamente aquí.

—¿Y no es una cruzada un poco inútil?

—Quizá lo sea, Paula; quizás esta cruzada no tenga sentido, pero aquí nacimos y debemos hacer lo que esté en nuestras manos para esparcir un poco de conocimiento.

—¿Hasta la muerte?

Juan Morell se quedó pensativo... Definitivamente, su hija era más inteligente y más pragmática que él, pero él no dejaba de ser un soñador. Muchas veces habló en contra del lugar en el que le tocó nacer, de sus ideas retrógradas, de su sociedad inmóvil y apática; sin embargo, amaba a aquel país y quería hacer algo por él, como habían intentado hacerlo sus ancestros…

—No, Paula; no a ese precio.

La hija de Juan Morell sonrió.

—¿Y quiénes son los Aguilar?

—Nosotros somos gente de ideas, Paula… Ellos, gente de acción.

Ciudad de México, 21 de agosto de 1791

"Ocurrió a principios del siglo XVII, si la historia está bien contada, exactamente en el año de 1629 —comenzó a contar Pedro Aguilar—. La fecha es digna de recordarse, pues en esa época acontecieron varias cosas. La más recordada, desde luego, es la gran inundación de la ciudad de México. Más de cinco años la capital de la Nueva España estuvo anegada. En aquellos tiempos la gente circulaba en canoas, desde los más pobres hasta el arzobispo, quien se movía en una balsa con todos los lujos. Las misas se oficiaban desde los tejados. Además, más de cincuenta mil personas murieron de hambre, como consecuencia de diversas enfermedades y obviamente ahogados. Entonces, la ciudad quedó casi vacía. Hay quien asegura que sólo permanecieron en esos lares unas quinientas familias, la mayoría de las cuales se fue a Tacubaya.

"Otro evento ocurrido esa fecha fue la muerte, sin descendencia, de Fernando Cortés, último pariente directo del conquistador y cuarto marqués del Valle de Oaxaca. Ese hecho hubiese pasado sin pena ni gloria de no haber sido porque el gobierno del virrey Pacheco y Osorio decidió organizar grandes fiestas fúnebres. Sin embargo, como don Fernando no era un personaje que las mereciese con tal ostentación, el pretexto fue honrar el cuerpo de Hernando Cortés, cuyos restos fueron exhumados del monasterio de San Francisco en Texcoco, donde habían permanecido desde su llegada de España, y enterrados en un monasterio franciscano de la ciudad junto con los de su último descendiente.

"En aquel tiempo, la de Ávila fue una de las familias que permanecieron en la ciudad. La mayor de los tres hermanos, María, de quien se asegura era joven, virtuosa y muy bonita, se enamoró de un mestizo, quien quería casarse con ella para quedarse con su fortuna.

"En ese tiempo era muy complicado que un mestizo, más bien un indígena, enamorase a una blanca, pues entonces ya había sido prohibido el mestizaje por la Corona. Aun así, los intentos de este hombre fueron fructíferos: al parecer, María Ávila quedó perdidamente enamorada de él... Hay quien afirma que el hombre se valió de la brujería pagana para conseguir su objetivo.

"Los hermanos de doña María, Alonso y Daniel, supieron del romance de su hermana y de las malas artes de aquel hombre. Adivinaron sus malas intenciones y su falso amor y, obviamente, se opusieron a ese amorío. El mayor de los hermanos, Alonso, se entrevistó con ese que se hacía llamar Urrutia, y le prohibió que volviera a ver a su hermana; pero éste se negó a obedecerlo. Entonces, sabiendo que Urrutia perseguía la fortuna de su hermana, le ofrecieron mucho dinero para que la dejara en paz... Y él aceptó. O eso dijo que haría.

"Lo anterior aconteció dos años antes de que ocurriera la gran inundación. Lo que sucedió en 1629 fue la tragedia. Doña María de Ávila, despreciada por Urrutia, seguía hundida en la nostalgia, por lo cual sus hermanos decidieron enclaustrarla en el antiguo convento de la Concepción, para que dedicara su vida a la virtud y la oración.

"Para mayor deshonra de la mujer, cuando nada se sabía de Urrutia, éste reapareció una anoche en que brincó los muros del convento y llegó hasta la celda de doña María para hacerle nuevas promesas de amor. Urrutia ya tenía la fortuna, puesto que había tomado el dinero que Alonso y Daniel le habían ofrecido. Ahora sólo buscaba deshonrar a la mujer. Una vez que obtuvo lo que quiso, volvió a desaparecer y dejó a la pobre doña María sumida en la depresión

"Era tal su melancolía que una noche se ahorcó en un árbol del patio. Las religiosas no querían darle cristiana sepultura en el camposanto del convento puesto que se había suicidado, pero como todo se arreglaba con dinero en la Nueva España, sus hermanos dieron una cantidad generosa y, aunque no compartió la tierra con las monjas difuntas, fue enterrada con su hábito en los jardines conventuales, al pie del árbol donde se quitó la vida.

"A partir de esa noche el árbol se marchitó y el fantasma de doña María, vestida de monja, comenzó a aparecerse todas las noches en el reflejo de la fuente del convento. Más de una religiosa murió ahogada cuando intentaba ver su reflejo en las aguas quietas de dicha fuente. Se culpa al fantasma de esta mujer de haberlas arrastrado a la muerte, quizás en venganza porque no la enterraron en el camposanto y porque no le concedieron el descanso eterno.

"La madre superiora prohibió la salida de las novicias por las noches y mandó tapar el pozo y arrancar el árbol marchito. El fantasma de la monja dejó de aparecerse en el convento, pero algunas personas aseguran que comenzó a rondar por las calles en busca de su amado, para matarlo con el propósito de que él la acompañara en la muerte... Claro que como éste no la amaba, seguramente no hubiera estado de acuerdo con esa idea; además, el fantasma de la monja nunca pudo encontrar a Urrutia, porque el hombre no se llamaba así y porque siempre se disfrazó para poder acercarse a doña María... En realidad, él se llamaba Pedro Aguilar."

El virrey Revillagigedo escuchó pacientemente toda la historia que le contara Aguilar, a quien veía con total perplejidad.

—Se trata de su ancestro, supongo.

—Así es, señor.

—¡Lo acusan a usted, y a varias generaciones enteras de su familia, de actos de sedición, conspiración y herejía!, ¿y usted me cuenta la leyenda del fantasma de la monja? Señor Aguilar, ésa es una leyenda bien conocida y muy parecida a tantas que hay en España.

—Pero ésta no es una leyenda, señor; el fantasma sigue apareciéndose en las calles de la Nueva España. Lo sé porque yo soy Pedro Aguilar... Y le temo. Yo estoy convencido de que no es una leyenda, pues fue uno de mis ancestros, de nombre idéntico al mío, quien intentó enamorar a esa mujer, de la familia de don Alonso, pero por un motivo más importante que su fortuna... Por el odio que entonces ya existía entre nuestras familias. No dudo de que

Pedro Aguilar codiciara la fortuna de doña María, pero ante todo deseaba lastimarla, para herir de esa manera a sus hermanos y a toda su familia.

Para ese momento Revillagigedo se movía de un lado a otro de la habitación completamente desesperado.

—Señor Aguilar, ayer lo traje a este palacio y desde entonces se le ha ofrecido un buen trato. Aquí pasó la noche, ciertamente como preso, pero con todas las comodidades y sin ningún tipo de maltrato, tal como se lo aseguré. Esto no es la Inquisición ni pretendo involucrar al Santo Tribunal en este asunto; menos ahora que tanto usted como don Alonso sólo vienen a contarme leyendas diabólicas y cuentos de fantasmas. Sí, esta historia, palabras más, palabras menos, se halla consignada en los documentos que me entregó don Alonso. Muy bien, usted asegura que desde entonces sus familias ya se odiaban... ¿Me puede decir cuándo y cuál es el motivo de ese odio ridículo?

—No podría decirlo, señor... No estoy seguro, es casi como una obligación. Aunque supongo que tiene que ver con lo que cada familia ha considerado... una misión divina.

Muy tarde se dio cuenta Pedro Aguilar de que no debió haber llevado la conversación por ese camino, pues la siguiente pregunta del virrey fue inminente:

—¿Y se puede saber de qué misiones hablamos?

Pedro Aguilar permaneció en silencio algunos segundos antes de hablar.

—Como usted bien sabe, don Alonso afirma ser descendiente del conquistador Alonso de Ávila, y su familia siempre ha prometido defender la Corona y, ante todo, la religión cristiana.

—¡Demonios! Eso lo sé muy bien. Pero, ¿y? —el silencio volvió a irrumpir en el ambiente con violencia—. Créame, señor Aguilar, que usted es el principal interesado en que esto se dirima aquí y no en el Santo Oficio... En el caso de su familia, ¿cuál es esa misión divina que creen deben cumplir?

—Proteger a nuestros dioses, señor... Salvaguardar a los ídolos de piedra que usted encontró.

Bien se cuidó Pedro Aguilar de hablarle al virrey de todo el pasado pagano que aún subsistía, y del que él, sólo él, conocía su existencia: Tláloc, Coyolxauhqui, los portaestandartes de los caballeros águila, la Gran Piedra Gladiatoria y, desde luego, la entrada al Templo Mayor. Revillagigedo se detuvo a unos pasos de Aguilar y lo miró frente a frente, mientras realizaba la siguiente pregunta:

—Señor Pedro Aguilar, ¿usted cree en Dios, suma bondad, creador de todo, y en su hijo redentor nacido de su madre virgen?

La pregunta fue fácil para Pedro. Aunque no estaba muy seguro de sus creencias, de la veneración a los ídolos de piedra, sí creía en Quetzalcóatl y en Tonantzin. Así que simplemente respondió:

—Sí, señor.

El virrey se encontraba en un laberinto del que no sabía por dónde salir. Trató de seguir con un interrogatorio que llevara a algún lado.

—Me parece difícil creer que esa tontería de sus respectivas misiones divinas haya sido el origen de todo este problema. Tiene que haber algo más.

—Lo hay, señor. El 13 de agosto de 1521, el día en que cayó Tenochtitlan, nuestro último señor, el gran y valeroso Cuauhtémoc, dio la batalla final contra Hernando Cortés al mando de cuatrocientos caballeros águila. Uno de ellos, Cuautlanextli, el águila que se eleva en el alba, mi ilustre ancestro, cayó asesinado por don Alonso de Ávila, uno de los generales de Cortés. Su hijo Chimalpopoca juró venganza.

Las cosas comenzaban a tener más sentido para el virrey, por difícil que fuera la idea de encontrarse frente a dos descendientes de familias cuyos orígenes se remontaban a la caída de Tenochtitlan, que uno hubiese caído asesinado en el asedio final, y que aún guardasen ese odio ancestral. Era improbable pero no imposible.

—Su ancestro, Chimalpopoca, ¿cobró venganza? ¿Mató a Ávila y ése es el origen de todo este embrollo?

—No exactamente. Chimalpopoca, hijo de Cuautlanextli, llamado por ustedes Pedro Aguilar, siguió, como muchos, venerando a nuestros dioses. Ávila, como todos los conquistadores, tomó posesión de algunas tierras en el centro de lo que fue nuestra gran plaza ceremonial, donde nos encontramos en este momento, en este palacio, en esta catedral, en estos mercados... Y también, como muchos otros, se valió de las piedras de los templos antiguos para construir su casa, con lo cual él mismo causó parte de su desgracia... Nuestros dioses estaban heridos, pero no habían terminado de morir. Ávila usó piedras del recinto de los caballeros águila, lo cual representó una ofensa más para Chimalpopoca y para su padre; pero tuvo el mal tino de construir su casa sobre uno de los ídolos de piedra que el mismo Chimal había escondido, uno de los más peligrosos: la terrible Coyolxauhqui.

Revillagigedo estaba atónito con aquellas historias de dioses, demonios y fantasmas, aunque no podía negar que estaban captando su interés.

—Discúlpeme, pero no sé casi nada acerca de los dioses antiguos.

—Coyolxauhqui era la hermana de Huitzilopochtli; murió asesinada por él y fue descuartizada y decapitada. Así estaba representada al pie de nuestro Templo Mayor: decapitada.

—¿Y eso qué tiene que ver?

—Chimal, Pedro Aguilar, creció y juró honrar a su padre y cumplir con la misión que le había sido encomendada... y cobrar venganza. Siguió venerando a los dioses antiguos, hizo sacrificios y ofrendas a Coyolxauhqui e invocó su ayuda para obtener esa venganza. Al poco tiempo, el sobrino de Alonso Ávila, del mismo nombre, fue ejecutado por las autoridades al descubrirse una conspiración en la que participaba... Murió decapitado... Esa muerte fue parte de las ofrendas a nuestra diosa. Después, la casa de los Ávila fue derribada y el sagrado espacio de Coyolxauhqui dejó de estar mancillado.

Pedro Aguilar dejó de contar la historia en ese momento, sin agregar que entonces su ancestro, también Pedro Aguilar, pudo, con ayuda de muchos mexicas que aún creían en sus dioses, recuperar el disco sagrado de Coyolxauhqui y, junto con otros ídolos de piedra, esconderlos bajo tierra.

—Fascinante —dijo Revillagigedo—. Pero, por la piedad de Dios, señor Aguilar, aquel Alonso de Ávila fue ejecutado por las autoridades de la Corona acusado de traición. Lo demás son coincidencias.

—Yo no creo en coincidencias... Mi ancestro tampoco lo hacía... Y al parecer, los ancestros de Ávila tampoco. ¿Sabe?, aunque la Iglesia y el Santo Oficio prohibían las supersticiones, aquellos españoles eran muy supersticiosos, justamente como lo son los de ahora. Y créame cuando le digo que le temían a nuestros dioses. Hasta el día de hoy siguen temiendo al llanto eterno y lastimero de Cihuacóatl, que aún clama por sus hijos. En el intento castellano de cristianizar todo, han convertido a nuestra diosa en una leyenda y le han cambiado el nombre: ahora le dicen la Llorona.

—Ésa es otra leyenda, Aguilar, otra leyenda.

—Otra diosa, señor, otra diosa. Uno más de nuestros dioses, que no terminan de morir porque algunos de mis hermanos aún los siguen venerando tras sus imágenes cristianas. Cambiaron ídolos de piedra por ídolos de barro. El punto es que un Ávila mató a Cuautlanextli y otro murió por culpa de su hijo. El asunto pudo haber quedado así, pero ellos decidieron vengarse. Entonces, un hijo de aquel Pedro Aguilar fue acusado ante la Inquisición, por los Ávila, de rendir cultos paganos, por lo cual murió en la hoguera.

—Acusación cierta —agregó Revillagigedo.

—Seguramente; sin embargo, los Ávila no buscaban justicia ni perseguían la herejía, sino que querían venganza... Así comenzó todo. A continuación sigue la historia del fantasma de la monja... Y la historia de odio se siguió regenerando generación tras generación. Ávila contra Aguilar, católicos contra paganos.

La historia era fascinante, pero el virrey tenía que tomar una resolución y dictar un veredicto, de preferencia uno que satisficiese las expectativas de Ávila. No obstante, Revillagigedo sabía que no se podía hacer justicia con base en leyendas, ni acusar a un hombre y condenarlo por los crímenes de sus ancestros.

—¿Qué más puede agregar, señor Aguilar? —preguntó el virrey, visiblemente cansado, seguro de que sus propias preguntas no lo llevarían por ningún camino nuevo.

—Ya he dicho todo lo que sé, señor —dijo Aguilar secamente.

—Entonces, ¿es cierto que alguno de los Pedro Aguilar de esta historia fue cómplice de Martín Garatuza en su rebelión contra la Corona?

—Fue su escudero.

—¿Apoyó al príncipe de Orange en 1621, cuando intentó tomar Acapulco?

—Fue una misión fallida; pero sí, lo intentaron.

—Y otro de esos Pedro Aguilar, o el mismo, me da igual, ¿fue cómplice de Guillén de Lampart?

—Fue quien lo ayudó a salir de la cárcel de la Inquisición en 1649, y quien intentó hacerlo por segunda ocasión, sin éxito, cuando lo volvieron a encarcelar y finalmente lo quemaron vivo. Ustedes los llaman autos de fe, pero yo digo que ésa es otra forma de sacrificio humano, por más que afirmen que sólo los condenan.

—Don Alonso los acusa de estar detrás de la gran inundación de 1645.

—Sí, Pedro Aguilar obstruyó el drenaje. Intentaba inundar la catedral, tan incompleta entonces.

—En consecuencia, es cierto, supongo, lo del incendio de 1711.

—Las piedras no se encienden solas, señor virrey. La torre de la catedral se incendió aquel año porque mi padre inició el fuego. Yo estaba con él. Sólo tenía once años de edad, pero lo recuerdo como si hubiese sido ayer.

—¿Ha tenido trato con luteranos?

Pedro Aguilar pensó inmediatamente en Juan y en Andrés del Moral, los Morell. No podía decir nada sobre ellos. Por primera y única vez mintió conscientemente en esa entrevista.

—No conozco a ninguno, señor… Y no estoy seguro de saber qué son exactamente los luteranos.

A estas alturas del interrogatorio, Revillagigedo estaba convencido de que trataba con un loco… o con un hombre sumamente inteligente cuyas declaraciones eran inverosímiles y sólo pretendían despistarlo. Sonaba ridículo que un solo hombre, o una sola generación de hombres que ostentaban el mismo apelativo, fueran los culpables de algunas de las mayores desgracias del reino en muchos años. Y así se lo hizo saber a Pedro Aguilar.

—En realidad no lo entiende, ¿verdad, señor? —replicó Pedro Aguilar—. Todo lo he hecho yo; yo, señor virrey, Pedro Aguilar, hijo de Cuautlanextli y de Citlalnextlintzin, llamado Chimalpopoca por mis padres; acertadamente nombrado Pedro por ustedes los españoles, y apellidado Aguilar por mi voluntad para honrar a mi padre.

Cada palabra de Aguilar hacía que el virrey Revillagigedo se decantara cada vez más por la opción de la locura, aunque no podía descartar la genialidad del relato.

—Ambos sabemos que eso que usted relata es imposible. Sea serio y no se burle de mí, Aguilar, que por eso bien sabe que puedo encarcelarlo.

—Usted no puede encarcelar a Pedro Aguilar, excelencia —aseveró Aguilar mientras pronunciaba por primera vez el tratamiento honorífico del virrey con tono burlón—. Yo soy Pedro Aguilar, el águila de piedra; águila como mi padre, de piedra como nuestros ídolos. No puede encarcelarme ni puede matarme; sin duda moriré algún día, probablemente muy pronto, pero eso no lo decidirá usted ni la Inquisición.

A estas alturas, Revillagigedo sabía que se enfrentaba a un demente, a un hombre que había perdido el juicio, a un pobre personaje que había sumado decenas de historias en él y en sus ancestros, si es que esa larga historia de antepasados era cierta. Lo único que lo hacía tener certeza de la eterna presencia de un Pedro Aguilar tras otro, cada uno descendiente del anterior, eran las acusaciones de Ávila y los documentos que éste le había entregado, en los que constaba la ubicua presencia de alguien con ese nombre. Un loco, inteligente, pero loco... Loco, pero inteligente. Y por primera vez en dos días, Juan Vicente de Güemes Pacheco Padilla y Horcasitas, segundo conde de Revillagigedo y virrey de la Nueva España, sintió miedo de ese hombre.

—Simplemente no puedo creerle; menos aún por la facilidad con la que acepta absolutamente toda la responsabilidad de aquellas tragedias.

—No tiene caso negarlo, virrey; siempre ha habido un águila de piedra, un guerrero mexica, inconforme con nuestra situación, que no se resigna a la derrota, que lucha por sus dioses. No importa cuánto tiempo pase. Todos mis ancestros han sido Pedro Aguilar... Y si yo soy el hijo del último guerrero águila, qué importancia tiene. Somos un solo espíritu: el espíritu de un pueblo que nunca aceptó derrota alguna.

Mientras hablaba Pedro Aguilar, ahora el virrey Revillagigedo veía frente a sí a ese guerrero y a ese espíritu del que hablaba Aguilar con tanta pasión. De alguna forma hasta podía comprenderlo. ¿No se habían negado los cristianos de Hispania, durante siete siglos, a aceptar el gobierno de los moros? ¿No habían resistido como un solo espíritu en las guerras de reconquista?

—Independientemente de sus peculiares creencias, yo no puedo castigarlo por los crímenes de sus ancestros, ni puedo dictar una condena sobre un espíritu. ¿Cuál es su papel en todo este asunto?

—El mismo desde que murió Cuautlanextli: proteger a los ídolos de piedra que usted descubrió, salvaguardarlos... —la siguiente frase la pensó con cuidado antes de expresarla, pero finalmente la descargó de su alma—... y evitar que se concluya la construcción de la catedral. Ese edificio que se levantó con las piedras de nuestros templos sobre el gran adoratorio a Quetzalcóatl, por ser nuestro dios con más similitud respecto del suyo.

Esa última declaración de Pedro Aguilar dejó atónito al virrey. En efecto, lo que acababa de decir implicaba sedición y sabotaje, como sostenía la acusación de don Alonso de Ávila.

—Trate de responder sin evasivas, señor Aguilar, sin metáforas y sin espíritus. Usted, ser humano de nombre Pedro Aguilar, ¿ha llevado a cabo alguna acción concreta para evitar que la construcción de la catedral llegue a buen término? ¿Ha robado, ha destruido, ha incendiado, ha matado?

—No, señor.

—¿Por qué?

El rostro de Pedro Aguilar reflejó un cansancio en el que se podían identificar todas las generaciones, todos los siglos de una misión que poco a poco se iba colapsando en el fracaso.

—Porque a pesar de todo no me queda más remedio que aceptar que nuestros dioses están muriendo, porque cada piedra que mis hermanos indios ayudan a colocar sobre esa catedral los mata un poco más.

—Dos preguntas más, señor Aguilar. Usted tiene un hijo. ¿Qué papel desempeña él en todo este asunto?

Pedro pensó en Juan, en sus sueños de ser constructor, en que en ese mismo instante trabajaba con el maestro Manuel Tolsá y en las sospechas que ese asunto podía hacer recaer sobre él después de todo lo que le había contado al virrey.

—A mi hijo no lo involucre, señor virrey; él no tiene nada que ver en esto, ni tendrá que ver con esto nunca.

—¿Y eso por qué?

La tristeza se reflejó en el rostro de Aguilar.

—Porque él no tiene el mismo espíritu ni la misma misión.

El virrey escrutó con mucha atención el rostro de Pedro Aguilar. Vio en sus rasgos el cansancio, la decepción, la tristeza y la melancolía. Descubrió la furia guerrera y la honestidad. Contempló un espíritu de cientos de años y a un ser humano de casi sesenta años de edad sumamente abatido. Vio a un hombre que respondió su interrogatorio con la verdad.

—No sé si usted está loco, Aguilar; si es un idealista o un inconforme. Y no veo en usted a un hombre peligroso. No estoy seguro de descubrir herejía en sus actos… ni es algo que me incumba. Además, nadie puede juzgarlo por los crímenes de sus ancestros… sean o no sean el mismo espíritu. No obstante queda pendiente contra usted la acusación más terrible que formula don Alonso de Ávila —Pedro Aguilar sintió cómo se le helaba la sangre—. Don Alonso de Ávila lo acusa de ser directamente responsable de la muerte de su primogénito y de su esposa…

Revillagigedo guardó silencio. Pedro Aguilar permaneció mudo durante algún tiempo, mientras su mente viajaba al pasado en un abrir y cerrar de ojos, después de lo cual una lágrima escurrió por uno de sus ojos.

—Eso, señor virrey, eso fue un terrible accidente. Él… él no quiso creerme… Estaba desesperado; su alma necesitaba sosiego y un culpable siempre es bueno para obtenerlo. El odio de nuestras familias parecía estar de su lado… Pero aquello, créame, fue un terrible accidente. Nunca quise que ocurriera de esa manera.

—¿Y cómo ocurrió?

—Mi esposa, señor, Ana María… como muchas mujeres de nuestro pueblo, tradicionalmente se ha dedicado a la herbolaria, a los remedios que nos da nuestra tierra a través de sus plantas… Además era partera. Desde entonces ya no lo es. Yo estaba en la catedral, y ahí también se hallaba Ávila, el hombre que me odiaba por obligación y al que yo tenía la obligación de odiar. Lo vi entrar anegado en sollozos… Eso, al principio, lo confieso, me alegró: ver a ese gran hombre, tan arrogante, con lágrimas en los ojos. Lo seguí y escuché sus oraciones; lo vi entrar a la capilla de las reliquias y arrodillarse frente al Santo Cristo de los Conquistadores, y fui testigo de que pidió por su mujer y por su hijo que estaba por nacer. Todos sus recursos, sus sacerdotes y sus parteras habían sido incapaces de hacer algo por la vida de sus seres queridos. Entonces tuve la osadía de acercarme a él y pedirle que permitiera que mi mujer atendiera el parto de su esposa; le aseguré que si alguien podía salvar a alguno de los dos, a su mujer o a su hijo, o quizás a ambos, era ella. No quiso creerme, pero en su impotencia tal vez no tuvo otra opción. Yo recé señor, recé honradamente. Y Ana María hizo su mejor esfuerzo: preparó un brebaje que mejoró por momentos la salud de la mujer de Ávila… El niño nació, pero al salir del vientre de su madre murió. Ella estaba muy débil y a la postre también murió. Ávila me acusó de haber ofrendado esas muertes a nuestros dioses y de que el brebaje de Ana María fue el que debilitó hasta la muerte a su esposa… Siempre lo ha creído así.

El virrey estaba atónito. La versión de Pedro Aguilar coincidía básicamente con lo que don Alonso había dejado por escrito. Claro que Ávila abundaba en descripciones de rituales paganos en los que Aguilar aseguraba haber rezado y mencionaba pociones diabólicas en la parte del relato en que Aguilar hablaba de herbolaria.

También explicaba Ávila por qué entonces no había matado a Aguilar: para cobrar venganza, como siempre había ocurrido entre sus familias… Venganza cuando hubiera un hijo en quien ejercerla, y cuando más le doliera a Pedro Aguilar.

—Si usted odiaba a Ávila, ¿por qué le ofreció ayuda?

Aguilar tuvo que tomar fuerzas para responder.

—Porque yo no odio a don Alonso de Ávila. No de manera personal. Lo puedo odiar del modo en que lo hago con cada uno de ustedes, los conquistadores, pero no a él, personalmente. Si le ofrecí ayuda fue porque mi mujer estaba conmigo, escuchó todo y me pidió que interviniera para que ella pudiera atender aquel parto. Creyó que era capaz de salvar a la madre y a la criatura y pensó que la vida nos ponía ante la oportunidad de acabar de una vez para siempre con ese odio ancestral de nuestras familias. Entonces yo no podía negarle nada a mi mujer. No tengo nada más que contarle, haga conmigo lo que crea más conveniente.

El virrey creyó la versión de Pedro Aguilar. Aún si no lo hubiera hecho, el propio don Alonso afirmaba en su documento que su mujer había estado grave durante todo su embarazo y hacía constar el mal estado de salud en que llegó al parto. Era imposible demostrar un accidente o una acción deliberada con base en una historia de más de doscientos años de odio. Pero, sin importar lo anterior, el virrey creyó aquella versión. Conocía los problemas a los que se enfrentaría con Ávila, pero estaba convencido de la inocencia de aquel hombre. No había nada de qué acusar a Pedro Aguilar.

Ciudad de México, junio de 1792

"Hay quien piensa que el arte es desinteresado —explicaba detenidamente Manuel Tolsá—, pero eso nunca ha sido así. El arte monumental cuesta grandes o pequeñas fortunas y es el dueño de dichas fortunas quien determina el sentido que debe tener tal arte. El artista quizá puede tener un espíritu libre, pero su arte difícilmente puede serlo. El arte siempre ha sido una extensión de la situación política y, por extensión, de la económica.

"Pericles el Grande patrocinó el gran arte que embelleció a Atenas en los tiempos clásicos; pero la belleza no fue su motivación, sino el poder. Atenas lideraba a toda una liga de ciudades, y los edificios monumentales, las grandes esculturas, las columnas ornamentadas, los grandes palacios y los jardines, todo eso hablaba de la importancia de la ciudad de los artistas y los filósofos. Nada de aquella grandeza artística hubiese podido levantarse sin el patrocinio de Pericles y dicho patrocinio hubiera sido imposible si previamente Atenas no se hubiera convertido en la *polis* que dominaba y cobraba tributos a las demás.

"Durante la Edad Media se conocieron poco los nombres de los artistas, pues para entonces se consideraba que sus obras no eran personales ni individuales, sino una inspiración del Espíritu Santo. El artista era sólo un vehículo, una herramienta de Dios para mostrar toda su gloria. ¿Y cuáles eran los temas y los motivos de aquel arte? La religión, evidentemente. Sólo la fortuna que la Iglesia era capaz de amasar, gracias a su dominio político, podía sufragar los gastos de una imponente catedral románica o gótica. La pintura y la escultura no eran independientes, sino que estaban supeditadas a la arquitectura; eran ocupaciones secundarias y servían para ornamentar los grandes templos de Dios.

"El Renacimiento trajo un nuevo tipo de arte, libre de la Iglesia en muchos casos, pero no independiente en su totalidad. En aquellos tiempos, una nueva clase social rivalizaba en poder económico con la Iglesia y la nobleza: los mercaderes, después conocidos como la burguesía. Ahora, estos nuevos grandes señores podían patrocinar artistas; les llamaban mecenas y mantenían a pintores, escultores, constructores, músicos y pensadores. Vivían con ellos en sus palacios; conformaban la corte de los burgueses... Y su arte, desde luego, estaba a su servicio.

"Ésa es la razón por la que en aquella época la pintura vio el auge del retrato, porque esos grandes señores, que patrocinaban a los artistas, querían la inmortalidad artística y pagaban para que se pintaran retratos de ellos, de sus hijos, de sus esposas y de sus queridas.

"Más tarde, los artistas comenzaron a firmar sus obras, pero seguían trabajando para la Iglesia, para la burguesía... O eran libres... y pobres. ¡El propio Miguel Ángel no quería pintar la Capilla Sixtina!, pero haberse negado a hacerlo ante la petición del papa no era una opción.

"Cuando el hereje Lutero, henchido de arrogancia y vanidad, con falsas pretensiones de sabiduría, escindió para siempre la unidad de la cristiandad, la Santa Madre Iglesia convocó a un concilio, en Trento, con la intención de evitar el cisma; no obstante, aunque el demonio Lutero ya había muerto entonces, sus diabólicas enseñanzas habían emponzoñado para siempre a sus seguidores y la fractura de la Iglesia fue inevitable.

"Entre muchas santas resoluciones emitidas para apuntalar la fe, se tomaron algunas disposiciones para su promoción. Una de ellas fue impulsar el arte barroco.

"El barroco, con toda su desmedida y abigarrada ornamentación con oro, debía mostrar a las ovejas la magnificencia del Dios católico. Un paso acertado para la divulgación de la fe, sin duda alguna, aunque un terrible accidente para el arte, que perdió todo decoro, toda mesura. Las formas armónicas heredadas por los griegos y los romanos se perdieron en un laberinto de líneas curvas sin ton ni son, que desde luego requerían técnica y oficio, pero que perdieron el rumbo de lo que debía ser el arte: orden, disciplina, rectitud. Fidias, que nos legó el gran templo del Partenón, volvería a morir si hubiera visto tantas garigolas.

"El barroco fue relativamente pasajero en gran parte de Europa, pero arraigó en España y se adueñó de la Nueva España, donde adquiere una ornamentación aún más compleja y se le agregan más retruécanos y más colores.

"Los franceses comenzaron a refinar el estilo y después de ensayar varios géneros menos desafortunados, finalmente, gracias a los ilustrados, volvieron a ordenar el arte a través del neoclásico. ¡Ese estilo sí que posee armonía! Se funda en las ideas de los griegos, pero llevadas a cabo con las capacidades técnicas del mundo moderno. La proporción áurea de la que hablara el mismísimo Aristóteles, la proporción de la propia naturaleza, está presente en todas las obras del neoclásico. Hasta la Iglesia comenzó a comprender que ese arte, por encima del barroco, también podía hablar de la gloria de Dios, con templos tan grandilocuentes pero, ¡por piedad!, bien ordenados.

"Pero la política y la economía siguen sin separarse del arte. Aún es necesario el patrocinio de grandes burgueses, de casas reales, de nobles señores o de la propia Iglesia para llevar a cabo tan grandes obras. Pero ahora los ateos que han tomado el poder en Francia y que tienen al neoclásico como bandera artística, amenazan el arte más puro que se ha visto en la historia, pues se corre el riesgo de que este maravilloso estilo se relacione con la herejía, la blasfemia y la apostasía de los franceses.

"En esta academia, jóvenes, buscaremos desarrollar y perfeccionar el arte neoclásico y demostrar que también puede servir a fines nobles y piadosos. Grandes templos, palacios y esculturas deberán dominar el espacio novohispano, imponerse sobre ese desorden barroco que prevalece hasta el día de hoy y convertirse en el espíritu de estas tierras... Eso es todo por hoy, muchachos. Pueden retirarse."

Juan Aguilar no dejaba de repetir en su mente la lección que acaba de impartir Manuel Tolsá. Estaba de acuerdo en aquella evidente relación entre arte y política. La idea le quitaba toda la grandeza al arte, pero los argumentos del maestro eran contundentes. Sin embargo, no coincidía con el desprecio que en más de una ocasión Manuel Tolsá había manifestado en torno del arte barroco, que quizás es un estilo exagerado, pensaba, pero precisamente por eso le parecía original. No es fácil buscar más adornos cuando ya todo está adornado. Se disponía a retirarse cuando lo detuvo la voz del maestro.

—Juan, no te vayas aún; necesito hablarte.

El joven se acercó al estrado del maestro mientras éste se despojaba de parte de la vestimenta que utilizaba en su calidad de preceptor, un atuendo incómodo dado el clima que prevalecía en la capital novohispana y que era muy inapropiado para volver a los talleres.

—A sus órdenes, maestro —sonrió Aguilar.

Eran muy pocos los que tenían el privilegio de sostener pláticas personales con el maestro. Por fortuna, él era uno de ellos. Había tenido largas pláticas con el artista, que valoraba por encima del trabajo de la academia.

—Y bien, ¿qué te pareció la lección?

—Sumamente interesante, maestro, aunque sigo pensando que hay mucho que apreciar en el barroco.

—Ah, eso es porque aún no has tenido la oportunidad de trabajar en una obra monumental —sonrió Tolsá—; pero lo harás, tarde o temprano. El virrey Revillagigedo nos ha tenido ocupados con obras más útiles aunque menos hermosas... ¡Ese hombre se ha dispuesto remodelar el rostro entero del reino! ¡No sabes cuánto me alegro!

—Muchas personas aseguran que nunca se había visto tal energía en un virrey y que Revillagigedo ha sido el mejor gobernante de la Nueva España.

—No lo dudaría, muchacho, aunque por desgracia por ese motivo nos haya tenido tan ocupados con drenajes, acueductos, empedrados y jardines. Sin embargo, finalmente ha oficializado la creación del Colegio de Minería. Y si todo sale bien, nosotros construiremos su nueva sede con base en un perfecto neoclásico, desde luego.

—Quiera Dios que así sea, maestro.

—Juan —añadió Tolsá—, tus avances en todas las materias son destacados; por eso me atrevo a pedirte que te separes algunos días de tus deberes, porque necesito encomendarte un asunto personal. Quiero que vayas al puerto de Veracruz.

Aquel era el momento que Juan Aguilar había temido que llegara desde que comenzó a estudiar y a trabajar en la Academia de San Carlos. Ya se lo había anunciado Manuel Tolsá desde el principio, pero en todo ese tiempo no le había vuelto a hablar sobre el particular. Ahora, cuando pensaba que nunca ocurriría, se lo pedía.

Juan tenía muy claro que el encargo se relacionaba con el señor Del Moral y, por añadidura, con Paula, a quien había prometido no volver a ver, no obstante que no comprendía las razones de esa nefasta prohibición.

—¿A Veracruz? —balbuceó.

—No te preocupes, irás con la servidumbre de la academia que se encargará del transporte y del trabajo pesado; pero necesito a alguien de mi confianza para los detalles delicados.

—Usted dirá, maestro.

—Como dije en la lección de hoy, Juan, esos endemoniados franceses han hecho que el arte neoclásico sea visto con resquemor; peor aún, esos revolucionarios han provocado que gran parte de los libros de los ilustrados, incluidos los manuales de arte y hasta su maravillosa *Enciclopedia* sean libros... no recomendados por la Iglesia. Entiendo que en las mentes inadecuadas pueden ser objetos peligrosos, pero no por eso dejo de necesitarlos.

—¿Necesita que vaya a ver al señor Del Moral?

Manuel Tolsá sonrió con complicidad.

—Así es Juan. Del Moral no sólo tiene en su poder esos libros sino que me ha conseguido algunas traducciones al castellano. Necesito que te encargues de recogerlos, de llevar el dinero y de que los tengas todo el tiempo contigo... No quiero que nadie más los vea y que pueda haber malas interpretaciones.

—Se hará tal como usted lo solicita, maestro.

—Una cosa más, Juan. El correo es uno de los servicios que Revillagigedo no ha podido ordenar del todo, así que quisiera que aprovecharas la visita al puerto para entregar esta misiva. Va dirigida a la señorita Luisa Sanz Téllez Girón. Estoy seguro de que Andrés del Moral podrá indicarte cómo encontrar su domicilio.

—Muy bien, maestro —dijo Juan mientras recibía en sus manos la carta.

—Sobra decir que es una misiva muy confidencial.

Juan Aguilar dirigió una sonrisa de complicidad al maestro, con quien de manera ocasional compartía algunas familiaridades. Tolsá rio nerviosamente.

—No hagas preguntas, muchacho... Ya se ve que eres muy despierto. Te encargo encarecidamente que Luisa... la señorita doña Luisa, reciba esta carta.

—No se preocupe, maestro; todo se hará como me lo ha encargado. Agradezco su confianza.

Juan Aguilar se retiró del salón y de la academia con rumbo a su casa. Tenía que pensar qué le diría a su padre, o qué preguntas debía formularle. Conocía muy bien lo reservado que era para abordar ciertos temas. "Sin peros...", le había dicho tiempo atrás, lo cual significaba que debía abstenerse de hacer preguntas. Desde luego, Juan no tenía el derecho de interrogar a su padre; algo que, por otro lado, no tenía deseos de hacer desde aquella vez que éste volvía del palacio virreinal y le contó a su hijo todo lo que le había dicho al virrey... Juan sabía qué pensar de su padre desde entonces. Simplemente se repetía a sí mismo lo que alguna vez él mismo le dijo a su progenitor: "La realidad no tiene que gustarte; sólo tienes que asumirla".

Pedro Aguilar tampoco era el mismo desde aquel día. Se veía menos cansado, como si efectivamente se hubiera quitado una carga de encima. Al final de cuentas para eso servían las confesiones, fuesen frente a un sacerdote o ante el señor virrey. Pero también se veía apagado, sin pasión alguna por la vida. El espíritu de siglos moriría con él, había dicho alguna vez, y al parecer efectivamente esa idea lo estaba consumiendo.

Juan no tenía ese espíritu ni era suya esa misión, como lo había dicho su padre... pero no dejaba de reconocer la deuda que todo hijo tiene con su padre cuando éste se ha entregado en cuerpo y alma a su vástago durante toda la vida. De alguna forma, Juan sentía que traicionaba a su padre, que lo decepcionaba y que dejaba con él una deuda sin pagar que nunca podría ser compensada.

Se sentía peor al saber que estaba firmemente dispuesto a romper su promesa. Iría a Veracruz, cumpliría los encargos de Manuel Tolsá, y era un hecho consumado que vería a Paula del Moral... o Morell. Por otra parte, no podía olvidar aquel nombre del que casi nada había podido indagar, sino sólo que se hallaba en los archivos secretos de la Inquisición, por lo cual cualquier otra pesquisa era imposible. Todas, excepto una: ir a Veracruz, ver a Paula y preguntarle a ella el significado y la historia que se escondían detrás de ese nombre.

Puerto de Veracruz, agosto de 1792

Finalmente había llegado la hora para Ángel Ávila. Marcharía con rumbo a España a educarse como un caballero en la corte de Madrid; posiblemente conocería a Carlos IV en persona. No era, desde luego, el mejor momento para realizar ese viaje debido a la revoltosa situación política que los revolucionarios franceses habían provocado ya en todo el continente. Pero hasta entonces España había logrado mantenerse alejada de los conflictos y contener fuera de sus fronteras las ideas rebeldes; además, no podía pasar más tiempo el señorito Ávila sin ir a la corte española para prepararse y ser un caballero, en todos los sentidos. Ahí recibiría su educación cortesana, ahí se codearía con la nobleza, pues sólo en España podía recibir la dignidad de ser nombrado, como su padre y sus ancestros, caballero de la Real Orden de Santiago de Compostela.

Pocas noticias llegaban sobre la revolución en Francia. Carlos IV ocupó el trono cuando los vientos de sedición ya soplaban en aquel país, en 1788. Al principio, el monarca gobernó con un carácter abierto a la Ilustración y a las ideas modernizadoras, como lo hiciera su padre Carlos III, pero el estallido de la violencia en la nación gala al año siguiente, precisamente como consecuencia de dichas ideas, provocó un cambio de actitud del rey. Aquellos eran tiempos difíciles para ser un emperador; más aún, para serlo al estilo absolutista, y definitivamente peor para ser un Borbón, como lo fue su desdichado primo francés Luis XVI.

Las ideas ilustradas podían ser un motor de progreso, pero sólo en las mentes adecuadas, las de la nobleza y los grandes señores, y no en las del pueblo, que sólo veía en ellas razones para la rebeldía. Eso pensaba Carlos IV y por esa razón la política del rey español consistió en impedir, en la medida de lo posible, todo vínculo de comunicación con Francia, restringir la entrada a extranjeros y prohibir libros y periódicos franceses con la ayuda del tribunal del Santo Oficio; el objetivo era hacer creer que no había revolución en Francia.

Pero ni los Pirineos ni el Atlántico eran fronteras que pudieran contener las noticias en su viaje tanto a España como a la Nueva España. Nada viaja con mayor velocidad y más obstinación que las ideas que, en este caso, se conocían vía Inglaterra o los Países Bajos, de donde viajaban fácilmente a Portugal y a los recientemente creados Estados Unidos de América, donde eran recibidas con algarabía y de dónde fácilmente se transmitían a los virreinatos españoles.

Ángel viajaría, en vísperas de su cumpleaños número catorce, hacia un destino lleno de incertidumbre. Frente a su padre fue valiente, pues se comportó justamente como él lo esperaba. No obstante, le provocaba muy poca ilusión el hecho de embarcarse al otro lado del océano, sobre todo en aquellos tiempos tan inciertos. Y aunque hacía tiempo que había dejado el tema por la paz, en el fondo de su ser seguía latente su sueño de estudiar, de convertirse en ingeniero, de descubrir grandes vetas minerales y de construir minas impresionantes... Pero también, de poder cambiar la historia y dejar de ser uno más de una larga sucesión de señoritos Ávila que hacían de su vida exactamente lo mismo que el que lo precedió.

Llegó la fragata inglesa *Reina Elizabeth*, en la que partiría. La nave traía consigo las últimas noticias de la situación del Viejo Mundo, al que se encaminaba. Desde 1789 los representantes del pueblo francés se habían proclamado Asamblea Nacional. De ese modo comenzó la rápida caída de la monarquía absolutista más tradicional y quizá más antigua de Europa, y de una dinastía, los Capeto, que en diferentes ramas de la familia había logrado mantenerse casi novecientos años en el trono.

Los privilegios de la nobleza y del clero fueron abolidos en Francia en 1789, y el movimiento, que en principio parecía que terminaría por transformar una monarquía despótica en una monarquía constitucional, terminó persiguiendo al rey, a quien consideró, primero, un ciudadano más, y poco después, un delincuente, un traidor al reino. Con el monarca huyendo de su pueblo, todos los cimientos del antiguo régimen se desmoronaban, según describían los folletos, los libelos y los periódicos que Ángel pudo conocer gracias a Paula del Moral.

En 1790, en aquella nueva Francia se había instaurado una nueva Constitución, la cual fue aceptada con renuencia por el rey, pero condenada con determinación por la Iglesia, de la misma manera que reprobaba todas las nuevas ideas de igualdad, libertad y fraternidad que proclamaban los franceses. El propio pueblo hizo prisionero a su rey en 1791 mientras los rebeldes tomaban el poder.

El mundo estaba cambiando, aunque España no lo aceptase. Y Ángel Ávila veía en esa coyuntura la oportunidad de llevar a cabo su propio cambio, a pesar de que él había sido educado, como hijo lo mismo que como súbdito, en el arte de callar y obedecer. Y eso era justamente lo que se disponía a hacer: callar, obedecer y marcharse de la Nueva España en contra de sus deseos a una Europa al borde de la guerra total, ya que otras monarquías absolutas, como Prusia y Austria, habían amenazado con atacar al gobierno rebelde de Francia y reinstalar a Luis XVI en el trono. Ésa fue la última noticia que llegó a bordo de la *Reina Elizabeth*. ¿Quién le diría a Ángel que el día de su cumpleaños, mientras navegaba hacia Europa, la familia real francesa sería encerrada en la Torre del Temple? Debido a ese imponderable, Ángel desembarcaría en una Europa y en una España totalmente distintas de lo que eran el día que zarpó a su encuentro.

Juan Aguilar llegó a Veracruz y se dirigió de inmediato a la casa de Andrés del Moral, a quien le solicitó los datos necesarios para llegar con la señorita Luisa. Antes, le entregó la carta en la que Manuel Tolsá le pedía la entrega de los libros que le había prometido.

El señor Del Moral acompañó a Juan a la casa en la que debía entregar la misiva confidencial y le dijo que por la tarde fuera a recoger los libros, mientras preparaba el paquete para el maestro Tolsá. "Además —agregó don Andrés—, tendrás que quedarte algunos días en Veracruz y no consentiré que sea en otro lado que no sea con nosotros. Ésta es tu casa."

Por su parte, Ángel Ávila se despidió de Paula con mucho pesar. Había llegado la hora de dirigirse al puerto y abordar la nave que lo llevaría a su destino.

—Te vas porque así lo deseas —dijo Paula al despedirse.

—Nunca entenderías mis razones, Paula. Es algo que simplemente tengo que hacer.

—Entiendo que soy más libre que tú, señorito Ávila; menos noble pero más libre.

No terminaba Paula de decir aquella frase cuando ya la estaba cuestionando en sus adentros. ¿En verdad era libre? Ahora veía partir a un muchacho que se disponía a cumplir con una tradición que le había sido impuesta por personas que él nunca conoció, pero cuyos nombres y hazañas le inculcaron desde que tuvo uso de razón... Lo anterior le recordó a Juan Aguilar. ¿Qué habría sido de él?

Paula siempre se había sentido libre, pero en ese momento se dio cuenta de que tampoco estaba viviendo la vida que deseaba, de que también pesaba sobre ella una maldición de aquellas que sus ancestros confundían con una misión, de que también era heredera de una larga tradición de promesas y venganzas, de que en su caso también los fantasmas del pasado, de una forma o de otra, regían gran parte de su vida.

—No tengo opción —sentenció Ángel Ávila.

Y evidentemente no tenía opción en ningún sentido: no podía quedarse en la Nueva España, no podía aspirar a ser un ingeniero en minas, no podía vivir la vida que él deseaba sino sólo aceptar la que estaba predestinada para él... Después de una larga plática con su padre supo que tampoco podía desentenderse de su misión, con todas sus implicaciones: el deber de odiar a quien había sido su mejor amigo de la infancia. Tampoco podía —de eso estaba completamente convencido— soñar con Paula, una mujer que, por más que él lo deseara, jamás sería parte de su vida.

—Si algo he aprendido, Ángel, es que siempre tenemos opciones. De hecho, es lo único con lo que siempre contamos. Nos pueden quitar todo, menos las opciones. Si realmente lo quisieras, podrías desobedecer la orden de abordar la nave, renunciar a lo que te ata, quedarte en tierra, contemplar cómo se aleja el barco y tomar las riendas de tu vida.

—¡No lo entiendes, Paula! No puedo.

—Sí puedes hacerlo. Nada te detiene. Lo que ocurre es que simplemente no quieres elegir. Recuerda que nosotros decidimos a quién odiar y a quién amar, qué camino tenemos que seguir, que decisión debemos tomar y qué acciones debemos abstenernos de realizar. Ésa es la única y verdadera libertad. Pensar que no tienes opción es más cómodo.

Una campana interrumpió su diálogo. La voz de Andrés del Moral se escuchó a lo lejos pidiéndole a Paula que abriera la puerta. Era mejor así. Ángel supo entonces que era el momento de partir y que, por más que quisiera prolongar esa conversación, su barco, su futuro y su destino lo esperaban. Sin embargo, no se quería despedir de aquella mujer a la que tal vez diría adiós para siempre. Se preparó para retirarse mientras Paula se adelantaba para abrir la puerta.

Todo hubiese esperado Ángel Ávila menos lo que ocurrió en ese momento.

—¡Juan! ¡Juan Aguilar!... ¿En verdad eres tú? No te reconocí... Estás tan cambiado... tan elegante... tan alto... tan... Estás muy guapo, Juan.

Juan Aguilar estaba seguro de que tarde o temprano se encontraría con Paula; no sabía si en la casa o en la oficina del señor Del Moral. Toparse con ella en la puerta fue una agradable sorpresa, pero más aquel recibimiento efusivo y caluroso que definitivamente no esperaba. Paula ya era toda una mujer, mucho más hermosa que cuando la conoció, con su cabello rojizo, sus grandes ojos verdes, su mirada y su sonrisa. Sus mismos rasgos de antes, pero mucho más encantadores.

Disfrutó su abrazo caluroso, el aroma que desprendía su cuerpo. Juan no pudo evitar la sensación de que conocía a esa mujer de toda la vida, de que los unía un fuerte vínculo aunque se conocieran tan poco. Se quedó impávido. Simplemente no sabía qué decir. Sin embargo, la realidad lo sacudió terriblemente y lo despertó de su aturdimiento.

—¡Ángel!... pero ¿Ángel Ávila?... ¿Qué haces aquí... en Veracruz... en esta casa?

Ángel Ávila se había acercado hacia la puerta al escuchar los gritos efusivos de Paula. Tampoco podía creer lo que estaba ocurriendo.

Había intentado olvidarse de Juan Aguilar y de toda aquella historia que escuchó contar a su padre y que después, finalmente, le contara a su amigo. Ahí estaban otra vez frente a frente, de nuevo la víspera de su cumpleaños. Hacía año y medio que no se veían. Juan sabía que Ángel ya no era su amigo; simplemente ya no podía serlo. Escrutó en lo más profundo de su mirada y descubrió que, de hecho, se había convertido, por arte de magia, en su enemigo.

Los tres permanecieron en silencio, petrificados. Ellos se miraban fijamente, y ella, en medio, no supo qué hacer. Ambos hombres poseían un gran porte: Juan vestía al estilo francés, con un pantalón por debajo de la rodilla, zapatos elegantes, chaleco por debajo de la cintura y amplias mangas, mientras sostenía un sombrero de tres picos con su mano izquierda. Por su parte, Ángel lucía un estilo español, con capa larga y, ahora que estaba dispuesto a retirarse, asía con ambas manos un madrileño sombrero de ala ancha.

Juan dio un paso hacia adelante y notó con satisfacción que era mucho más alto que el que había sido su amigo. Le llevaba por lo menos una cabeza. Ángel también lo notó, pero no se dejó amedrentar y también dio un paso al frente. Estaban a un cuerpo de distancia el uno del otro. La tensión llegó al máximo, hasta que Juan rompió el silencio.

—Yo aún te estimo, Ángel, aunque nunca podamos volver a ser amigos.

—Yo te odio —respondió Ángel, que no estaba seguro de abrigar ese sentimiento en contra de Juan, pero sintió que era su obligación ofrecer esa respuesta—. ¿Qué haces aquí? Paula, ¿qué hace aquí este delincuente?

—¡No! ¿Qué haces tú aquí, Ángel Ávila? Nada tienes que hacer en esta casa, con esta mujer.

—¡Se callan los dos, por favor! —interrumpió Paula—. Se callan... Y se comportan como los caballeros que son...

Los dos hombres no se quitaban la vista de encima, como dos fieras listas para pelear. Paula extendió sus brazos alzando de ese modo una barrera entre ambos.

—Ángel se va a España. Por eso está en el puerto, Juan. Zarpa hoy y vino a despedirse —a continuación volteó a ver a Ángel—. Y Juan está aquí porque... —en ese momento se dio cuenta de que no tenía respuesta para esa circunstancia; entonces reviró su mirada hacia Juan—. ¿Por qué estás aquí, Juan?

—Vine en la mañana. Pensé que tu padre te lo habría dicho —giró su cabeza para dirigir su explicación a su rival—. Vine a cumplir un encargo de mi maestro Manuel Tolsá, Ángel. Soy su aprendiz, estudio escultura y arquitectura con él en la Academia de San Carlos. Estoy cumpliendo mi sueño.

La última parte la pronunció con un especial tono hiriente. Muchas veces habían conversado sobre sus sueños; muchas veces se habían lamentado de que sus respectivos padres tuviesen otros planes para ellos y se interpusieran en su destino. Y muchas veces habían planeado desafiarlos y perseguir sus propias metas. En todas esas ocasiones Juan estuvo seguro de que si alguno de los dos debía cumplir un sueño en la Nueva España, ése sería Ángel.

Y ahora estaban ahí, una vez más, frente a frente. Sin embargo, Juan estaba en camino de alcanzar sus ideales mientras que Ángel se aprestaba a realizar el viaje que nunca había querido hacer.

Juan no pudo evitar sentir un culposo placer, una sensación de triunfo. Él era el que cumplía sus sueños mientras Ángel se iba del reino... y se despedía para siempre de Paula.

Evidentemente la misma idea cruzó por la mente de Ávila, en cuyo corazón se anidó la impotencia y la frustración de la derrota. Tiempo atrás hubiera compartido la dicha de su amigo, pero ahora sentía que el odio, que sólo alentaba por obligación, se hacía real. Le hervía la sangre al saber que su antiguo compañero triunfaba, lo cual sobredimensionaba su fracaso. ¿Por qué él, un gran señor, no podía tomar las riendas de su vida? Si por lo menos se hubiese largado de la Nueva España sin haberse enterado de la suerte de Juan... Pero no sólo se había enterado de ella, sino que lo hacía ahí, en la casa de Paula, que, para colmo de males, recibía a Juan de forma tan efusiva.

—Yo me voy a Madrid y me convertiré en lo que tú nunca podrás ser: un caballero.

—El virrey ha decretado oficialmente la apertura del Colegio de Minería —reviró Juan—. Es posible que mi maestro planee su sede... Si es así, yo trabajaré en su construcción.

Juan no supo por qué había dicho aquellas palabras. Por un lado, sabía que tiempo atrás hubiera sido una alegría compartirlas con quien entonces era su amigo. Ahora, sin embargo, la frase era una última puñalada que asestaba a su rival antes de que partiera. Con ello pretendía hacerle saber que finalmente en la Nueva España habría estudios oficiales para que él se convirtiera en lo que siempre había soñado ser, justamente ahora que se marchaba del reino en contra de sus deseos... Y para hundir más hondo ese puñal, quiso hacerle saber que él mismo, cumpliendo sus sueños como aprendiz de Manuel Tolsá, colaboraría en la construcción de la escuela en la que Ángel jamás estudiaría.

—No está en mi condición social ser minero —dijo Ángel con toda la arrogancia que le fue posible mostrar—. Como ya te he dicho, voy a la corte, con el rey, con tu rey. Está bien que personas como tú construyan los edificios a los que sólo gente como yo podrá acceder. Tú nunca estarás a mi altura.

Instintivamente Juan dio un paso al frente mientras sacaba el pecho y levantaba la cabeza para dejar clara su superioridad física y su altura. Al mismo tiempo, Ángel llevó su mano derecha al cinto donde guardaba un puñal.

—¡Basta ya! —intervino Paula al mismo tiempo que se volvía a interponer entre ambos y los empujaba con toda sus fuerzas, para mantenerlos separados—. Ángel, tienes que irte. Tu barco te espera. Ya te has despedido, así que adiós... Tú, Juan, pasa a la librería y espera allí. ¡Padre, Juan Aguilar está aquí y el señor Ávila se ha despedido y se retira!

Juan obedeció y dio unos pasos más hacia el interior mientras Andrés del Moral comenzaba a bajar por las escaleras.

—Ángel —dijo Juan—. Como dije, aún te estimo, aunque sé que nunca volveremos a ser amigos. Comprendo el odio que abrigas en tu alma y el desasosiego de tu padre, pero debes saber que el virrey interrogó a mi padre y lo encontró inocente. Nada les ha hecho él y nada les he hecho yo.

Andrés del Moral llegó a la habitación y de un solo vistazo pudo entender la situación que prevalecía. Se impuso con todo su tamaño y su autoridad en el centro de la habitación.

—¿Hay algún problema?

—Ninguno, señor —respondió Ángel—. Le agradezco que me haya permitido visitar tantas veces a su hija —recalcó las últimas palabras mientras miraba a Juan—. Es hora de partir y no quiero ser inoportuno ahora que tiene usted un cliente a quien atender. Adiós, caballero.

—Tenga buen viaje, señorito Ávila... Y cuídese mucho, que las cosas en el Viejo Mundo no están en su mejor momento.

Paula se acercó a Ángel Ávila y le ofreció su mano, que él besó con delicadeza.

—Buen viaje, Ángel, te deseo lo mejor... —se apuró a decir Juan—. Hubiera querido que esta despedida fuera distinta.

—Hasta pronto, Paula. Gracias por tu conversación y por tu hospitalidad.

La última mirada se la dirigió a Juan Aguilar.

—Volveré, Juan... No lo olvides.

"La construcción de la catedral —sostenía Juan Aguilar— concluirá muy pronto. Todo el esfuerzo del virrey Revillagigedo está concentrado en esa tarea. Prácticamente está culminada; sólo faltan los detalles, que son los que llevan más tiempo. Además, han sido necesarios algunos trabajos de reconstrucción, pues José Damián Ortiz de Castro, el maestro constructor, es un apasionado del estilo neoclásico, igual que el maestro Manuel Tolsá, y está rehaciendo los retablos y las fachadas para darle más unidad artística a la obra, pues el edificio era muy caótico por la mezcla de diversos estilos utilizados en más de dos siglos de construcción.

"Las naves exteriores, las que sirven como soporte de las torres, han quedado absolutamente sobrias, con pequeñas ventanas. Y la cantera gris está recién pulida. Parece brillar, junto con todo el edificio, con la luz del sol. La portada propiamente dicha está conformada por la nave principal y por las dos naves adyacentes. En esta portada predomina el neoclásico. En ésta, y en la fachada poniente, el maestro Ortiz de Castro ha tenido que trabajar con especial dedicación. A mí no me disgusta del todo el barroco, pero debo aceptar que el neoclásico le ha dado una imagen de orden a la obra.

"Sin embargo, aunque a muchos no les termine de gustar, sigue habiendo detalles que recuerdan al barroco. Aún hay columnas salomónicas —ésas como retorcidas— que dan una magnífica idea de movimiento. También los altorrelieves de la portada de la nave central son un poco rebuscados. En Europa no dirían que es neoclásica, pues no posee suficientes líneas rectas como lo querrían los artistas más puristas del neoclásico. Sin embargo, eso la hace especial... Es 'nuestro' neoclásico, una aportación de la Nueva España al mundo, así como 'nuestro' barroco de talavera ya no es un estilo europeo sino más bien americano.

"Los campanarios, no me canso de decirlo, son únicos. La idea de su concepción es tan simple que, por eso mismo, es tan original.

"Ortiz de Castro, novohispano de Veracruz, obtuvo el puesto como maestro constructor precisamente por el proyecto de los campanarios. Participó en un concurso en el que contendieron otros maestros, todos españoles y les ganó de calle. Los campanarios tienen la forma de gigantescas campanas de piedra que resguardan los bronces de la catedral. Su construcción concluyó en 1791; obviamente, sus líneas curvas no tienen nada que ver con el neoclásico. Más bien son el remate perfecto para una catedral pletórica de estilos arquitectónicos.

"Y ahora, esas campanas resguardarán algunos secretos de la historia. El virrey tuvo una gran idea al inaugurar los campanarios, pues ordenó la integración de una 'cápsula del tiempo', la cual consiste en una pequeña caja de plomo en la que se colocaron diversos objetos para que en el transcurso de varios años, quizá de algunos siglos, nuestros descendientes conozcan cómo eran algunas cosas que utilizamos en la actualidad.

"El propio virrey guardó incluso en dicha cápsula medallas de oro, cruces, joyas, monedas con la efigie del rey y algunos pergaminos. Después, la caja fue sellada y recubierta con calcio, sobre el cual se grabó la fecha del acontecimiento: 14 de mayo de 1791. La cápsula quedó guardada en el campanario oriente. No puedo dejar de especular cuándo la encontrarán, qué pasará entonces, cómo será la gente que realice el hallazgo, cómo se encontrará la catedral, cómo será la Nueva España, y si el reino habrá cambiado mucho o poco.

"Además, ahora la catedral luce en toda su grandiosidad, porque finalmente tiene una plaza. El conde de Revillagigedo será recordado por haber construido una plaza tan hermosa, totalmente simétrica, plana y bien empedrada... ¡Es enorme! La domina la catedral. Y el palacio del virrey luce soberbio. Por si fuera poco, los canales que aún llegan a la plaza están limpios y la zona de los mercaderes está delimitada por una hermosa arquería.

"En el centro de la plaza habrá un pedestal de mármol que apenas se encuentra en construcción. Allí se erigirá una estatua de Carlos III y otra de Carlos IV. Aunque por el momento serán de madera, la idea es mandar a hacer unas esculturas de bronce. Lo mejor del proyecto es que serán elaboradas en la Academia de San Carlos.

"Por otro lado, el virrey Revillagigedo afirma que la catedral debe ser de todos, sin importar castas, porque sostiene que todos somos iguales ante los ojos de Dios. Por esa razón, desde al año pasado ordenó que se derribaran los muros que delimitaban el atrio del cementerio. Ahora sólo hay cadenas decorativas que señalan el límite entre los dos espacios. De esa manera, la fachada luce desde cualquier punto y el espacio sagrado para escuchar la misa se extiende hasta el exterior de la catedral."

Andrés del Moral y Paula no se atrevieron a interrumpir a Juan durante toda su alocución. Era evidente su pasión por la catedral, sus conocimientos sobre el particular y su sensibilidad artística. Andrés, en lo personal, se sentía absolutamente satisfecho de que su recomendación con Manuel Tolsá hubiese rendido tan buenos frutos.

—Bueno, Juan —dijo finalmente don Andrés, con una sonrisa en los labios—; pero, ¿qué hay de ti? No nos has hablado de tu trabajo. Es evidente que te apasiona la catedral. Deberías trabajar en su construcción.

—Hay trescientos hombres haciéndolo. Y el maestro Ortiz de Castro ya tiene a todos sus aprendices, que saben perfectamente qué hay que hacer. A mí me encantaría trabajar ahí, pero sólo estorbaría. Sería feliz si el maestro pudiera, como todos aseguran que lo hará, terminarla por fin. Además, mi trabajo con el maestro Tolsá es muy interesante: hemos embellecido la Alameda y lo he auxiliado en la elaboración de los planos de otros edificios de distintas ciudades: el altar de la catedral de Puebla, del templo de Santo Domingo, el templo de la Profesa... Jamás pensé ser parte de toda esa obra.

—Pues me da mucho gusto saber que eres feliz, Juan... Ya tengo listos los libros para el maestro Tolsá, así que puedes partir cuando quieras, aunque espero que te quedes y convivas con nosotros algunos días.

El maestro Tolsá no le había señalado la fecha en que debía volver a la ciudad de México. A su padre, Juan tampoco le dijo cuándo volvería. Aunque era claro que debía regresar pronto, pues no obstante que Andrés del Moral le había ofrecido hospedaje, era responsable de una comitiva que se había hospedado en un hotel del puerto y el dinero para sufragar esos gastos sólo le alcanzaba para algunos días. Por otro lado, se había propuesto romper la promesa que le había hecho a su padre. Y estaba dispuesto a obtener las respuestas que necesitaba esclarecer.

—Estaré encantado de aceptar su hospitalidad, señor Del Moral. Pero me temo que tengo una condición para hacerlo.

Paula y Andrés miraron a Juan con incredulidad. No dejaba de ser extraño que alguien estableciera condiciones cuando se le ofrecía hospitalidad.

—Claro, Juan —respondió Andrés, sin dudar—. Tú dirás.

Juan guardó silencio unos segundos, mientras encontraba las palabras adecuadas para realizar su petición.

—Me gustaría que me dijera quiénes son ustedes, en realidad… ¿Señor Morell?

Ciudad de México, 13 de agosto de 1793

Doblaban las campanas de la catedral. Su sonido se propagaba por la plaza y por toda la ciudad. Para Juan Aguilar aún repicaban a luto, pues aunque ya habían pasado cinco meses, para él tañían lenta y pausadamente en homenaje postrero por el eterno descanso del alma del hombre que les diera su resguardo final. José Damián Ortiz de Castro había muerto en su casa de Tacubaya el 16 de marzo de ese año, y descansaba, no podía ser de otra manera, en la catedral, en la capilla de los arcángeles, una de las más hermosas de aquella construcción.

Mucho hizo el maestro constructor número cuarenta y dos de la catedral metropolitana de la ciudad de México por el arte novohispano en general, por el desarrollo del neoclásico en particular, y muy especialmente por el edificio catedralicio, que ahora quedaba prácticamente huérfano.

Para Juan Aguilar doblaban las campanas por Ortiz de Castro, pero para mucha gente de la alta sociedad novohispana, de la gente de bien, de los buenos y devotos creyentes, tañían por el orden establecido por Dios nuestro señor. Quizá también doblaban las campanas de la catedral por el fin de toda una época y por el comienzo de otra que era imposible imaginar, pero que los nobles señores aguardaban con consternación y espanto.

Doblaban las campanas por el fin de un mundo, por la caída del antiguo régimen. La noticia no se pudo encubrir por más que lo ordenase el rey Carlos IV: su primo, Luis Augusto de Borbón, Luis XVI, rey de Francia, había sido decapitado al iniciar aquel año, que ya no parecía del Señor, de 1793. Los herejes dominaban Francia y el resto de los reyes europeos, impuestos por Dios como bien dictaminaba la ley del derecho divino, se disponían a acabar con la herejía de los burgueses de Francia. Europa se hundía en la guerra.

La cabeza de Luis XVI se separó abruptamente de su cuello ante el golpe fatal de la guillotina el 21 de enero de 1793. El tribunal revolucionario, creado en agosto del año anterior a instancias de Maximilien Robespierre, había tenido la osadía de juzgar al monarca, quien sólo debía dar cuentas ante Dios, cosa que evidentemente haría ahora. Enemigo del pueblo y traidor a Francia, ésos eran los epítetos para el rey.

Pero a quien más le dolió el cuello con el tajo de la guillotina fue a Carlos IV de España. Los Borbones habían tomado el poder en Francia por medio de Enrique de Borbón, rey de Navarra desde 1572 y de Francia desde 1589. Los Luises de Francia —XII, XIV, XV y XVI— eran sus descendientes directos. Los Borbones ocuparon el trono de España en 1700, cuando el último Habsburgo español, Carlos II, murió sin descendencia el 15 de noviembre de 1700 y heredó el trono español, en testamento, a Luis Felipe de Borbón, nieto del Rey Sol, el afamado Luis XIV.

Desde aquel año de 1700, la Borbón era una de las familias más poderosas de Europa, pues gobernaba Francia y España juntas. Carlos IV era descendiente en línea directa del Rey Sol y primo del monarca decapitado. Las nuevas ideas a las que había querido dar cobijo en su reino enviaron al cadalso a su pariente. Era hora de reaccionar, pues el orden eterno no debía ser cuestionado.

El inicio del reinado de Carlos IV, en 1788, parecía dejar en claro su talante reformista y moderno, al estilo de su padre. En principio designó al conde de Floridablanca como su primer ministro. Era el susodicho conde un hombre partidario de las ideas ilustradas, que llevó a cabo algunas providencias que tendían a terminar de una vez por todas con el sistema feudal que aún imperaba en España; por ejemplo, restringir la acumulación de bienes de manos muertas, es decir, de propiedades improductivas.

Pero el estallido de la revolución en el vecino país generó nerviosismo en el monarca. Fue en la asamblea francesa, conocida como los Estados Generales, donde comenzó todo. De esa manera, Carlos IV ordenó cerrar las cortes españolas, cancelar las sesiones y cerrar las fronteras. Ante la incertidumbre de quién tenía el verdadero poder en París, el gobierno español optó por no reconocer ninguna autoridad francesa que no fuera la de Luis XVI. El reinado que había comenzado como progresista y reformador, por reacción y por miedo se volvió intempestivamente represor y conservador.

En 1792 Carlos IV destituyó a Floridablanca e impuso en su lugar a un hombre de probada reputación de estadista, quien ya se había desempeñado como ministro con Carlos III y como embajador en París, así como encargado en operaciones secretas destacadísimas, como la relativa a la expulsión de los jesuitas: Pedro Pablo Abarca de Bolea, conde de Aranda, hombre ilustrado, amigo de Voltaire y de otros pensadores franceses, así como de algunos revolucionarios destacados. La principal encomienda del conde de Aranda fue interceder por la vida de Luis XVI.

La cabeza del conde de Aranda rodó simbólicamente antes que la del rey de Francia, ya que el fracaso de su misión fue evidente desde que el monarca fue hecho prisionero en la Torre del Temple. Además, el puesto del ministro era ambicionado por muchos hombres, entre ellos, por el duque de Alcudia y de Suecia, cuyo título no oficial más importante era el de amante de la reina, a través de cuya influencia se convirtió en ministro universal y plenipotenciario del rey en noviembre de 1792: Manuel Godoy.

La sangre de Luis XVI fue la primera que se derramó en una guerra que dejó de ser francesa para ser europea: Austria, Rusia y Prusia se lanzaron al ataque contra el gobierno revolucionario. Posteriormente, España se unió a dicha coalición. Veinticinco mil españoles fueron enviados a combatir contra un ejército superior en número, equipamiento y estrategia, que contaba con todo el impulso de la revolución, pero ante todo con hombres del pueblo que luchaban motivados por la promesa de la libertad y dispuestos a morir en su defensa. Por su parte, el ejército español estaba conformado por súbditos, callados y obedientes, pero sin ninguna motivación para cruzar los Pirineos.

Poco le importaba a Juan Aguilar una guerra europea, aunque mucho le dolió la muerte de Ortiz de Castro, el hombre que tenía como misión terminar la construcción de la sempiterna obra de la catedral. Lo peor de todo era que, como lo había dicho Tolsá, el arte tiene un costo… Y ningún Estado gasta en la edificación de iglesias cuando se encuentra en guerra.

El presupuesto para la construcción de la catedral se destinó a la conflagración en ambos lados del océano, pues era imperativo defender todos los puertos y las islas españolas de América del asedio de las pocas pero aguerridas colonias francesas de ultramar.

Peor aún, el estado de guerra hacía poco transitable el océano Atlántico, y pocos había que quisiesen arriesgar su vida en dicha travesía si no era estrictamente necesario. Sin presupuesto y sin comunicaciones era imposible pensar en la llegada de un nuevo maestro constructor que terminase la obra de la casa de Dios.

Por si fuera poco, España iba perdiendo la guerra, pues lo que había comenzado como un ataque preventivo a Francia, ahora se había convertido en una defensa desesperada del territorio español, que incluía Figueras, San Sebastián, Vitoria y Miranda de Ebro. Era cuestión de tiempo, se decía, para que España pidiese la paz a Francia, una vergonzosa circunstancia, tanto más en la medida en que Carlos IV tendría que pedir clemencia al gobierno asesino de su primo.

Entonces Juan Aguilar cumplía quince años y los festejaba con el alma desasosegada. Recordaba con melancolía los tiempos en que conmemoraba su cumpleaños con júbilo, cuando era amigo de Ángel… ¿Cómo estaría Ángel en medio de aquel conflicto? Éste sería el tercer aniversario que pasaba lejos de su antiguo amigo. Parecía que la vida no podía ofrecerle todas las bondades juntas. Había gozado la amistad de Ángel durante varios años, mientras compartían sus sueños irrealizables. Paradójicamente, cuando se enemistaron él comenzó a realizar el suyo… Sin embargo, ahora no tenía nada. Ahí estaba, solo, frente a la majestuosa catedral inconclusa.

Buen trabajo había realizado Ortiz de Castro. Nadie que no fuera experto en la materia diría que estaba sin terminar. Vista por fuera se aprecia un enorme edificio de cinco naves, con una portada neoclásica, dos torres completas con campanas y campanarios y una cúpula octagonal que remataba la obra, donde se cruzaba el cuerpo principal con el transepto, lo que le daba la tradicional forma de cruz de toda catedral que se respetase.

Por dentro parecía, como bien decía Tolsá, una obra sumamente desordenada, pero todas las naves habían sido techadas, las capillas laterales concluidas, dos órganos impresionantes funcionando, una sillería para el coro primorosamente labrada, la reja de tumbaga limitando la sillería, los retablos de Jerónimo de Balbás y los grandes murales de Miguel Cabrera, el Miguel Ángel de la Nueva España.

Pero el diablo está en los detalles, decía la gente, y detalles, muchos detalles, era precisamente lo que le faltaba a la obra.

Curiosamente, la catedral ostentó el adjetivo de *metropolitana* desde antes de existir, el cual le fue conferido por el papa Paulo III, en 1547. En aquella época lo que estaba en pie era la pequeña construcción que comenzara a erigir el mismísimo Hernando Cortés en 1524 con las piedras de los templos mexicas; pero ese modesto edificio catedralicio, que nunca tuvo dos torres, como corresponde a una catedral, fue derrumbado en 1552 por orden real, para hacer uno nuevo desde los cimientos que correspondiese a la dignidad y la riqueza que desde entonces se sabía que tendría la Nueva España.

No fue, sin embargo, hasta unos veinte años después de que fuese derrumbada la pequeña catedral, cuando en realidad comenzó la construcción de una nueva, en 1572, dedicada desde entonces a la Asunción de la Virgen María.

Mucha actividad constructiva vio la catedral a lo largo del siglo XVII, que incluso fue dedicada dos veces: la primera en 1656 y la segunda en 1666, pero también vivió mucha actividad destructiva: robos, saqueos, incendios, inundaciones... que, según sabía ahora Juan, en gran medida fue obra de sus ancestros.

Y fue sólo hasta el siglo XVIII que pareció tomar forma, ya con cinco naves, con el inicio de las torres, con el cerrado de la bóveda y los techos, y con todos los altares y los retablos.

En la primera mitad de esa centuria, Balbás vertió todo su arte en la catedral, cuando se instalaron los órganos, el coro, la reja, los retablos... Pero también en esa época se cayó una de las torres y el antiguo lago de Texcoco comenzó a recuperar sus dominios desde los cimientos del edificio corroyendo de tal manera la estructura que comenzó a hundirse.

No fue sino hasta que llegó Ortiz de Castro, y luego el virrey Revillagigedo, cuando finalmente se habló de su culminación. Ahora el primero había muerto y se circulaban los rumores en torno a la destitución del segundo.

Alguna vez Juan escuchó a su padre referirse a su antiguo Templo Mayor como los *cimientos del cielo*... Precisamente eso le parecía ese monumental y gigantesco edificio catedralicio. Hay quien aseguraba que el templo mexica era más alto, pero aquel era el edificio más grande y monumental que él había visto en su vida. Aunque sabía que en España se podían encontrar templos más grandes, como los de Sevilla, Juan se conformaba con lo que sus ojos podían ver. Ahí estaba Juan, a media plaza, repasando su corta vida y sus grandes sueños, inconclusos también. Se entristeció tanto por una catedral que, como vaticinaba su padre, nunca sería concluida, pero se alegró de que la vida lo hubiera puesto en el camino de Manuel Tolsá... Ahora todos los trabajadores catedralicios estaban sin trabajo y los aprendices de Ortiz de Castro sin ocupación, mientras que él trabajaba en planos y dibujos para erigir otras catedrales, aunque nunca las hubiese visto; además, trabajaría en la construcción del Colegio de Minería y en otros proyectos en los que se involucraba su maestro cada vez con mayor frecuencia.

Una mano en el hombro lo sacó de su nostálgica meditación.

—Algo me dijo que estarías aquí —expresó Manuel Tolsá y Sarrión.

—Discúlpeme, maestro —dijo Juan Aguilar, apenado—. Sé que me he retrasado. Le prometo que no volverá a suceder. Lo que ocurrió es que visité la tumba del maestro Ortiz de Castro y, una vez en la plaza, no pude evitar detenerme a contemplar esta maravillosa obra inconclusa. Ahora será imposible que haya dinero para terminarla y que tengamos un nuevo maestro constructor.

Manuel Tolsá se colocó entre Juan y la catedral, justamente frente a él, y lo miró a los ojos mientras esbozaba una sonrisa.

—El virrey está empeñado en terminarla, Juan. Será difícil obtener el dinero, pero no imposible. El gobierno virreinal podrá disponer de un poco y el propio virrey se ha comprometido a aportar dinero por su cuenta. Habrá que pedir a los gremios que donen una parte de su tiempo y su trabajo, y a los grandes señores, que pongan algo de su fortuna. Lo harán para comprar un pedazo de cielo. El trabajo del pueblo y el dinero de los nobles deberán ser suficientes para terminar la obra de Dios... Así, la catedral le pertenecerá a todo el pueblo. Ése será parte de nuestro trabajo ahora, Juan: conseguir el dinero.

—Pero, ¿y la dirección, maestro?

—No es el primer trabajo mal remunerado que Revillagigedo me pide que realice desde que llegué... Y supongo que no será el último, Juan. Pero ¡por Dios, que esta catedral está urgida de un poco de orden neoclásico!

Juan se quedó mirando escrutadoramente al maestro. No estaba seguro de entender lo que le estaba queriendo decir. Tolsá sonrió.

—Sólo lamento que sea casi imposible tenerla lista en un año. Hubiera sido extraordinario contraer matrimonio en mi propia obra terminada.

Juan Aguilar brincó de júbilo.

—¿Quiere decir, maestro...?

—Sí, Juan —interrumpió Tolsá—, eso te quiero decir. Me casaré el año que entra con doña Luisa Sanz Téllez Girón.

Juan se detuvo en seco y ahora fue Tolsá el que soltó una carcajada.

—¿No te alegras por mí, muchacho ingrato?

Juan se quedó mudo, no estaba seguro de lo que debía decir.

—Desde luego que sí, maestro. Me alegro por usted, pero... Yo creí que...

—Sí, Juan —rio Tolsá—; has entendido bien. Revillagigedo me ha pedido que termine de construir la catedral metropolitana de la ciudad de México. Necesitaré muchos ayudantes. Habrá poco dinero, pero creo que en tu caso lo puedes compensar con lo que ganas en la academia. Y, bueno, como sabes, hay muchos pendientes que…

—No hay dinero que pague los sueños, maestro. Puede contar conmigo.

—Me da gusto saberlo, Juan, pues no sólo necesito ayudantes, sino a los mejores… y de toda mi confianza.

Los dos hombres —Tolsá de treinta y seis años y Aguilar de quince— permanecieron en silencio observando la majestuosa obra que se resistía a ser terminada. Ambos con la mirada perdida en su silueta y con la ilusión evidente en la sonrisa. Tolsá dio unas palmadas en la espalda de Juan Aguilar. Comenzaba una nueva etapa y los dos iban a cumplir el sueño de su vida.

TRANSEPTO

Azares y destinos

Ámsterdam, 1552

Intempestivamente, la ciudad del Río Amstel, conocida como Ámsterdam, comenzó a poblarse de mercaderes que huían de diversos lugares que se hallaban bajo los dominios de la autoridad de los Habsburgo y sus políticas de intolerancia religiosa. La llegada de estos disidentes religiosos, casi todos luteranos, y de otros cristianos seguidores de las reformas de Calvino, comenzó a dar un auge económico nunca antes visto en aquella pequeña ciudad que apenas siglos atrás era una humilde y pequeña villa de pescadores.

Una leyenda aseguraba que Ámsterdam había sido fundada por dos pescadores y su perro, que llegaron de la provincia de Frisia, al norte, como consecuencia de la más absoluta casualidad y de las corrientes del río. Pero los cristianos reformados, tanto luteranos como calvinistas, no creían en las casualidades sino en el destino, ya que, según ellos, ni una hoja se movía al viento sin que mediara la voluntad de Dios.

De este modo, los disidentes religiosos que comenzaron a hacer de Ámsterdam su ciudad estaban convencidos de que habían sido los designios divinos los que, desde el siglo XIII, habían llevado a estos pescadores al punto donde fundaron la villa, que con el tiempo, y siempre con la voluntad divina de por medio, sería un refugio de tolerancia religiosa.

Lo cierto es que la ciudad fue fundada en 1275 y para 1300 había adquirido su reconocimiento de ciudad, lo que en pleno auge del feudalismo la convertía en un refugio de hombres libres, comerciantes todos, que huían de la servidumbre señorial. La situación histórica se sumó a la situación geográfica para hacer de Ámsterdam un nido de prosperidad, pues era un puente entre

Inglaterra, el Mar del Norte y el Mar Báltico con el centro y el norte de Europa. Con el tiempo se convirtió en una de las salidas más importantes hacia el Atlántico y al recientemente descubierto Nuevo Mundo, mientras que los mercaderes de la ciudad, siempre en busca de rutas, mercados y productos, también comenzaron a explorar desde ahí las costas africanas y, más adelante, las llamadas Indias orientales.

Durante la época de Carlos de Gante, conocido como Carlos I de España y Carlos V del Sacro Imperio Germánico, la ciudad era un puente comercial entre las ciudades alemanas e Inglaterra, lo cual propició la llegada masiva de cristianos reformados, ya que las ciudades del norte alemán habían adoptado la versión luterana de la fe, muchas de ellas desde 1521, mientras que Inglaterra se había separado de la Iglesia romana desde que Enrique VIII fue nombrado líder supremo de la Iglesia británica, en 1534.

Pero los conflictos religiosos que incendiaban a Europa no tardarían en llegar a Ámsterdam, pues por más que tuviera el estatuto de ciudad libre, no dejaba de ser parte de las provincias de los Países Bajos, cuya soberanía recaía precisamente en Carlos V.

El sacro emperador germánico había nacido en 1500, en Gante, en el condado de Flandes. Era flamenco y sus súbditos neerlandeses lo reconocían como soberano; sin embargo, desde 1540 el cansado emperador había delegado casi todas las funciones de gobierno en su hijo Felipe, quien tras la abdicación de su padre a todos sus tronos, en 1556, pasó a ser Felipe II de España y nuevo soberano de los Países Bajos. Así fue como de pronto aquellas provincias se vieron unidas al gran imperio español de los Habsburgo.

Felipe II había sido criado en Castilla, sus intereses siempre fueron los de Castilla y sus hombres de confianza siempre fueron castellanos. Así, de improviso, en 1556 los neerlandeses amanecieron gobernados por un monarca extranjero que veía a aquellas provincias como una colonia, como una simple fuente de ingresos, muy jugosa, que pondría al servicio de la quebrantada economía española.

La historia daba una extraña voltereta. Cuando Carlos de Gante fue nombrado heredero de Castilla y Aragón en 1516, enfrentó el rechazo de las cortes españolas, que lo veían como un extranjero que ni siquiera residía en la península y que no podía entenderse con sus súbditos castellanos en castellano. Lo mismo le ocurrió al ser nombrado emperador germánico en 1519 y recibir la férrea oposición de la nobleza alemana, que veía con recelo a un emperador alemán que no hablaba alemán.

Y de pronto su hijo Felipe II, de origen flamenco y alemán como su padre, pero educado en Castilla, enfrentaba la oposición de flamencos, neerlandeses y alemanes, que veían en él a un monarca extranjero, español, incapaz de comunicarse con sus súbditos en alemán o en flamenco. La situación lingüística se complicó con la religiosa pues, como Habsburgo que era, Felipe estaba comprometido con la defensa del catolicismo, mientras que la población de los Países Bajos era protestante y no estaba dispuesta a aceptar una imposición religiosa.

El odio sagrado del que huyeran Jean y Paula Morell parecía perseguirlos a donde quiera que fueran. Tras la muerte de Jean en la hoguera de Worms en 1521, Paula prosiguió su camino a la ciudad del Río Amstel, para que su hijo naciera libre y pudiera, como su padre, dedicarse al conocimiento sin temor a la Inquisición.

Pero España y los Habsburgo españoles se levantaban como la gran potencia dueña del mundo, y los grandes impositores de la fe católica, a sangre y fuego. La provincia de Holanda se hallaba bajo la jurisdicción española. El odio sagrado perseguía a los Morell.

El hijo de Paula y Jean vio la luz en 1522 en una Ámsterdam tolerante y suficientemente libre, a la que poca importancia daban los Habsburgo; sin embargo, con el paso de los años, la ética laboral de los protestantes, tanto calvinistas como luteranos, partidarios de la modestia, la frugalidad, la austeridad y el trabajo duro y arduo como camino al cielo, había generado un crecimiento económico sin precedentes, que de inmediato atrajo las miradas codiciosas de los Habsburgo.

Paula Morell llegó a Holanda en 1522 con esperanzas, pero sin ninguna otra cosa que ofrecerle a su recién nacido. Viuda, hereje, perseguida y mujer, bien se guardó de decir que en realidad el padre de su hijo era un apóstata con el que había huido de su castellano marido; la vida le ofrecía pocas oportunidades. Sin embargo, supo cómo sobrevivir. Hablaba y escribía con fluidez el castellano, el francés y el alemán, en una ciudad de mercaderes donde además abundaban cada vez más las imprentas; así pues, las necesidades económicas se impusieron a los prejuicios sociales y siempre encontró buen trabajo.

De Jean se había llevado lo más importante: conocimientos y varios libros valiosos que pudo conservar y a los que de inmediato encontró buenos compradores. Necesitaba que su hijo tuviera la mejor educación que el dinero pudiera pagar, en una provincia cuyos maestros, filósofos y pensadores tenían buena fama. Vendió o empeñó todo lo valioso que poseía, menos las argollas que simbolizaban su amor, y trabajó arduamente, como su fe se lo indicaba.

Había encontrado la forma de dar buen cauce a todo su odio. Tenía una cruzada contra los asesinos de su amado, contra la Iglesia y sus inquisidores; pero entendió que, por encima del catolicismo y sus tribunales, habían sido la intolerancia y la ignorancia las causas de su desgracia. Su misión era muy clara: contra la oscura ignominia de la Iglesia de Roma, ella y su hijo Jean, así como sus sucesores, promoverían la expansión del conocimiento.

Paula jamás se arrepintió de haber renunciado a su vida de comodidades para huir con Jean. Por el contrario, sentía que había cumplido su misión en la que estaba en paz consigo misma, con Dios y con su amado. Su hijo, Jean Morell, era un erudito de las artes, las ciencias, las letras y las lenguas, que culminaba su exitosa vida al contraer matrimonio con Ann, una joven inglesa cuya familia de libreros e impresores se había instalado en Ámsterdam pocos años atrás, cuando el odio sagrado comenzó a recorrer Inglaterra.

Jean tenía treinta años. Era la viva imagen de su padre, un hombre dedicado a combatir la ignorancia. Por su parte, Ann era una mujer hermosa, inteligente, virtuosa y de espíritu libre, que complementaría perfectamente la felicidad de Morell. Sólo esperaba que los aires de intolerancia no soplaran en aquella dirección y que la guerra continental se mantuviera lejos de esas fronteras. Ámsterdam eran un puerto seguro y, en caso de una emergencia, una excelente salida para huir de las persecuciones, aunque en realidad no hubiese hacia dónde fugarse: Inglaterra estaba en medio de los disturbios, y el Nuevo Mundo, de hecho casi todo el mundo, estaba en poder de España.

—Te he dado todo lo que he podido darte, Jean, y sé que tu padre estaría orgulloso de ti, de tu vida, de tus logros, de tu mente, y de la mujer que has elegido como compañera. Sólo me resta entregarte esto.

Mientras hablaba, Paula Morell extendió el brazo hacia su hijo y depositó en su mano dos argollas de una extraña mezcla de oro y plata, en una de las cuales se podían distinguir las huellas de la hoguera asesina. Jean conocía la historia de sus padres: la huida de su madre con el profesor Jean Morell, la persecución religiosa y la muerte de su progenitor entre las brasas de la pira inquisitorial.

—Estas argollas, como bien lo sabes, son el símbolo del amor que tu padre y yo siempre nos tuvimos... Y que aún nos profesamos. Quiero que tu mujer y tú las porten como símbolo de su amor.

El hijo de Jean Morell, del mismo nombre que su padre, sentía que conocía perfectamente al autor de sus días, pues su madre se encargó de que la memoria de su hombre, y su espíritu, vivieran siempre. Jean recibió los anillos y tomó las manos de su madre.

—Es un honor, madre; un honor al que me haré merecedor todos los días. Ann y yo sabremos honrar la memoria de mi padre y cumplir a cabalidad la misión que tú misma heredaste de él. Llevaremos el conocimiento ahí a donde haga falta, sin importar cómo y sin medir las consecuencias.

Nueva España, 1552

¡Alonso de Ávila fue un conquistador de méritos incluso superiores a los de Hernando Cortés! Eso no puede ser puesto en duda. Y a diez años de su muerte era importante dejarlo claro. La vida de ambos, desde luego, no podía entenderse la una sin la otra, y aunque Ávila vivió y creció a la sombra del conquistador, él fue tan conquistador o más que aquél. Cortés conquistó una ciudad y sembró la semilla de un nuevo reino llamado por él mismo la Nueva España, pero Alonso de Ávila fue pieza clave en la caída de aquella ciudad y luego, por su cuenta, fue conquistador de nuevos territorios y fundador de nuevos reinos, como Yucatán y la Nueva Galicia.

Sin embargo, el pasado de Ávila era un poco más oscuro que el de don Hernando; afortunadamente para él, ya que también estaba un poco más entintado. Cortés nació hidalgo, al fin y al cabo de cuna noble aunque empobrecida; Martín, su padre, peleó en una de tantas guerras de reconquista, al igual que su abuelo, y ése era el origen de su hidalguía. Fueron los ancestros de don Hernando Cortés unos de tantos caballeros andantes de las luchas contra los moros, que recibieron por ese simple hecho títulos de nobleza que de nada servían, ya que un título sin tierras era un título sin rentas... Pero así era aquella Castilla: más valía un título que la riqueza.

Y, sin embargo, tan poco valía esa supuesta nobleza de Martín Cortés y Pizarro, que mandó a su hijo a estudiar leyes a Salamanca, lo cual no podía significar sino que el pequeño Hernando debería trabajar... labor tan indigna para un noble. Paradójicamente, fue el trabajo de toda una vida, desde que huyó de Castilla en 1504 hasta el momento mismo de su muerte, lo que dio valía, méritos, riqueza, tierras y títulos a don Hernando Cortés Monroy Pizarro Altamirano, nombrado marqués del Valle de Oaxaca por el emperador Carlos V.

¿Y Ávila? ¿No había dado don Alonso de Ávila tanta riqueza o más que la que dio Cortés a la Corona? Ingrato fue el destino de muchos conquistadores, como ingrata fue la España a la que enriquecían arriesgando su vida, para que fueran los grandes señores que nunca se aventuraron los que comenzaran a disfrutar el fruto de toda la riqueza obtenida por los conquistadores. Por eso el sueño de hacer riqueza en América y volver con ella a España se esfumó en todos ellos, por eso se quedaron a hacer la América, porque sólo en el Nuevo Mundo podrían ser ellos más grandes que los señores de España.

Con la importancia que tiene en España el pasado y los ancestros, bien podía don Hernando presumir sus orígenes, pues en ese sentido el título sin tierras no dejaba de ser noble. Y haber dado guerra a los infieles siempre enaltecería a sus ancestros. No era igual el caso de Ávila: su propio padre estuvo envuelto en el final de las guerras de reconquista, pero no como conquistador sino como conquistado; no luchó contra los infieles sino que vivió en una de sus ciudades, en la Málaga de Boabdil, situación que tanto su padre como él mismo se encargaron de callar. De modo que los orígenes de don Alonso se fijaron para la historia en Ciudad Real... Pero no había nobleza en su origen, y él lo sabía.

Menos de un año de edad hacía mayor a Cortés respecto de Ávila, nacido el primero en 1485 y el segundo en 1486; el nacimiento hizo extremeño al primero y la migración al segundo. Pero de ahí, de esa tierra extremeña, seca y desolada, surgieron los grandes conquistadores del Nuevo Mundo.

El azar colocó juntos a Cortés y a Ávila en Haití, en Cuba y, finalmente, en el Imperio azteca. Ávila siempre admiró a Cortés, y éste siempre respetó a Ávila; lo necesitó en sus hazañas y lo hizo depositario de su confianza.

De hecho, la aventura recorrió las venas de Ávila antes que las de don Hernando. En 1509 él y Cortés planearon la aventura hacia la isla Fernandina, que luego se llamaría Cuba, donde el superior de ambos, Diego de Velázquez, premió los méritos de Cortés con la alcaldía de la recién fundada ciudad de Santiago... Santiago, el apóstol al que todos en la península consideraban su gran patrón y protector. Ávila, en cambio, recibió tierras, pero una vez más no los honores. Por esa razón, mientras don Hernando fungía como alcalde y notario, don Alonso siguió en el camino de las exploraciones. Por eso Alonso de Ávila vio el continente americano antes que Cortés.

En 1517 Diego de Velázquez organizó desde Cuba una expedición en busca de lo desconocido. Fue así como Francisco Hernández de Córdoba llegó a Yucatán en una accidentada expedición que no generó riqueza, pero sembró la semilla de la ambición. Esa ambición movió a Velázquez a organizar una segunda expedición en 1518: cuatro naves salieron de Santiago y cuatro grandes aventureros iban al mando de sendas embarcaciones: Pedro de Alvarado, Francisco de Montejo, Alonso de Ávila como segundo al mando y, en la nave capitana, don Juan de Grijalva.

Mientras don Hernando Cortés disfrutaba de comodidades, riqueza y amoríos en Cuba, Alonso de Ávila vio Cozumel, a sus habitantes y a sus templos, navegó el Caribe, vio de cerca a los mayas, bordeó Yucatán cuando parecía una ínsula, se enfrentó a los guerreros de Chakán Putum y participó en la batalla en la que el líder Moch Couoh fue quizás el primer señor indígena que cayera muerto a manos castellanas.

La expedición de Ávila navegó antes que Cortés las costas de Tabasco, donde más adelante el Señor Malinche, como lo llamaron los mexicas, recibió en un golpe de suerte a esa Malintzin que le sirviera de intérprete. Antes que Cortés, costeó Ávila frente a las tierras donde don Hernando fundaría al poco tiempo la Villa Rica de la Verdadera Cruz. Y mientras en ese punto Alvarado se volviese con su nave a Cuba, fueron Grijalva, Montejo y Ávila los primeros en plantearse la posibilidad de dejar un asentamiento permanente.

De todo esto se sirvió Cortés cuando convenció a Velázquez de ponerlo al mando de una tercera expedición, en la que don Hernando llevó consigo a Alvarado y a Ávila, precisamente para aprovechar todo el conocimiento que ya tenían ellos y fue don Alonso de los fundadores de la Vera Cruz y miembro de aquel primer ayuntamiento castellano en América, ayuntamiento que, con su voto, entre otros, nombró a Cortés como capitán general y justicia mayor. Habría que entenderlo así: Cortés triunfó porque era un gigante, pero un gigante trepado en hombros de gigantes.

Tan de confianza era don Alonso de Ávila para Cortés, que fue justamente él quien recibiera la encomienda de ser tesorero y llevar las cuentas del quinto real que debería enviarse al rey don Carlos. Fue Ávila quien apoyó a Cortés en el arresto de Motecuzoma. Más importante aún: mientras Cortés lloraba su derrota bajo un árbol, fue Ávila quien le dio aliento para que siguiera adelante; fue él quien tuvo la encomienda de ir por refuerzos, no a Cuba, sino a La Hispaniola, y fue él uno de los hombres de mayor valía en el asedio final a la ciudad lacustre de Tenochtitlan, ya que bajo su cuchillo cayeron varios de los últimos guerreros águila que defendieron a muerte su ciudad.

Cortés declaró la fundación de un reino al que llamó la Nueva España, pero el corazón de dicho reino siempre fue la ciudad de Tenochtitlan, también llamada de Meshico. Y fue Alonso de Ávila quien recibió de Cortés el encargo de ser alcalde mayor de la ciudad. Y, una vez más, mientras Cortés disfrutaba de la comodidad de la tierra en la que se convirtió en el gran señor, fue Ávila quien volvió a hacerse a la mar, ahora para llevar al rey su quinto real, ese que tan celosamente contó siempre don Alonso.

Así continuaron las aventuras interminables de don Alonso de Ávila, quien en su camino a Europa se enfrentó a las tropas del corsario francés Jean Fleury, bucaneros malditos que le robaron el oro, la plata y los tres barcos, y que, no conformes, conociendo la eterna rivalidad del rey francés, Francisco I, con el rey don Carlos, lo enviaron prisionero a París, donde estuvo dos años pudriéndose en una mazmorra hasta que se pagó por él un rescate.

Ya no había un quinto real que entregar a Su Majestad, pero así se presentó don Alonso de Ávila en Valladolid a dar cuentas. Y fue ahí, de nuevo en Castilla, donde tuvo el encuentro que menos hubiese esperado; por increíble que le resultase, ahí estaba don

Hernando Cortés, compareciendo ante su rey, acusado por Diego de Velázquez de corrupción, de abuso de confianza, de malos manejos del dinero real... Y ahí fue don Alonso a presentar testimonio a favor de su amigo, testimonio que sirvió para que Cortés no sólo quedase libre, absuelto y con la venia real para volver a la Nueva España, sino para que se le colmara de honores y recibiera de Carlos V el título de marqués del Valle de Oaxaca.

Cortés volvió a las Américas a vivir su gloria que jamás hubiese tenido de no ser por la colaboración de don Alonso de Ávila desde los tiempos de Haití, cuando no eran nada ni nadie. Así, mientras el marqués del Valle volvió a ser gran señor de un marquesado que ocupaba la mitad de lo que entonces era la Nueva España, y que generaba más de la mitad de las rentas, don Alonso estaba como en el principio: sin tierras, sin títulos, sin riqueza y sin glorias.

Pero otro encuentro inesperado tuvo en Castilla y fue con Francisco de Montejo, con quien decidió volver a la mar, a las aventuras, a las Américas y a las conquistas. Montejo tenía el nombramiento real de adelantado para la exploración de Yucatán, y Ávila fue nuevamente tesorero, pero ahora nombrado por el rey en persona; finalmente también consiguió que se reconociera su papel en la conquista y que se le entregara una generosa encomienda que incluía todas las tierras y rentas del señorío de Cuautitlán.

Bien pudo Ávila volver a gozar de la riqueza que le daba su encomienda, pero la sed de aventura y de mayor gloria lo llevó a acompañar a Montejo a Yucatán, donde fue pieza clave en la conquista de dicho reino. Entre 1527 y 1529 recorrió Cozumel y la costa oriental de Yucatán, y después de la victoria en Tulum se lanzó a la Hibueras centroamericanas. Fue hasta después cuando decidió asentarse ya en la Nueva España, por ahí de 1535.

Para ese año llegó al reino la noticia de que Carlos V había decidido establecer formalmente un virreinato, y la noticia llegó de la mano, de hecho, de don Antonio de Mendoza, el primer virrey, quien también llevaba la misión de mermar el poder y la riqueza, primero de Cortés, y después de todos los encomenderos. Así, cuando finalmente Ávila se disponía a regocijarse con el fruto del trabajo de toda una vida al servicio de la Corona, ésta le arrebataba lo que había ganado.

Hernando Cortés fue muy perjudicado por las nuevas disposiciones de ese ingrato monarca que fue Carlos de Gante. Y decidió buscar nuevos territorios para conquistar. Para 1536 había descubierto la California. Siguiendo su ejemplo, Ávila se lanzó de nuevo a la conquista y fue piedra angular en la creación del reino de la Nueva Galicia, en toda la costa americana que ve al océano Pacífico. No descansó el ilustre don Alonso hasta que su cuerpo decidió exhalar el último aliento, en el Potosí, en el año de 1542, cinco años antes de que un frustrado Hernando Cortés expirara en España sin poder cumplir su sueño de ver nuevamente su Nuevo Mundo.

Ésos eran los alegatos de los herederos de Alonso de Ávila ante el virrey Luis de Velasco y Ruiz de Alarcón, sucesor en el puesto de Antonio de Mendoza, quien después de quince años al mando de la Nueva España, fue enviado al virreinato del Perú, territorio conquistado, por cierto, por un primo del propio Cortés: Francisco Pizarro.

No exigían nada sino justicia; no reclamaban nada que no les correspondiese en estricto derecho: la encomienda de Cuautitlán, con sus siervos y sus rentas, y la propiedad que el propio Alonso de Ávila había tomado en la plaza de la ciudad desde el año de la conquista; la propiedad frente a la pequeña catedral donde, con piedras del propio Templo Mayor, habían levantado su pequeño palacio.

En realidad, un gran conflicto yacía en el seno de los herederos de Ávila, un conflicto que, ahora que casi todos los conquistadores habían muerto, afectaba precisamente a sus descendientes. Aventureros como Cortés, Ávila, Montejo, Alderete y Beltrán de Guzmán, habían dado a España nuevas tierras y riquezas, y su rey pretendió recompensarlos porque sabía la importancia de tener a esos hombres de su lado. Pero ahora era Felipe II quien tomaba las decisiones, y no reconocía deuda alguna con los herederos que nada habían dado a la Corona y sólo exigían beneficios por el trabajo de sus padres.

El régimen feudal, que tanto poder mermaba a los monarcas, estaba desapareciendo en Europa. Los grandes reyes se estaban encargando de hacerlo; entre ellos, el propio Felipe II. Centralizar el poder y ejercerlo de manera absoluta era la tendencia de las monarquías. Y si se respetaban en la Nueva España las grandes tierras dadas en encomienda a los conquistadores, sería como establecer un nuevo feudalismo en el Nuevo Mundo, justamente cuando estaba desapareciendo en Europa.

No se trataba de conceder o no unas cuantas tierras a un puñado de herederos de los conquistadores, sino de evitar que surgieran nuevos grandes señores del otro lado del océano, que rivalizaran en poder con la propia Corona, como había ocurrido en el caso de Cortés. Por el momento, los hijos varones de don Hernando permanecían en España, pero se esperaba el inminente regreso a América del segundo Martín Cortés, heredero del gran marquesado del Valle de Oaxaca, y se temía, con razones, que aquella primera generación de criollos buscase elevar su poder por encima del monarca.

Luis de Velasco, segundo virrey de la Nueva España, falló a favor de los herederos de Ávila, como en su momento lo tuvo que hacer con los de Cortés. Pero sabía el virrey que todo era un engaño, que ya se preparaba desde España el ataque final contra los hijos de los conquistadores, que se buscaría despojarlos de todo aquello que habían ganado sus padres.

Entonces los Ávila mantenían su encomienda de Cuautitlán, y los Cortés, el marquesado del Valle… Pero todo cambiaría muy pronto. Mientras aquellos primeros criollos se protegían de las rebeliones de indios que no se conformaban aún con el fin de su mundo, era su propia madre, la España, la que preparaba contra ellos la puñalada por la espalda, el estoque final de muerte: despojar a todos los hijos de los conquistadores de sus tierras y sus encomiendas.

Tenochtitlan, 1552

¡Esta catedral debe ser derribada desde sus cimientos! Ésa era la orden real que llegaba por autoridad del regente español y futuro rey Felipe II. Tal había sido la recomendación de la Real Audiencia, del virrey Mendoza y, en su momento, del primer arzobispo e inquisidor fray Juan de Zumárraga desde muchos años atrás. El pretexto oficial: la mala ubicación, la falta de planos y el reducido tamaño de la pequeña iglesia que comenzó a levantar el mismísimo Cortés. La dimensión de la riqueza novohispana no podía sino augurar que muy pronto sería un reino principalísimo en el orbe; por eso su catedral metropolitana debía ser una muestra de la majestuosidad de Dios, por eso era necesario comenzar desde el principio, con nuevos materiales, con nueva ubicación y con la orientación adecuada.

No bastaba ampliar el humilde templo de piedra existente. Lo que había era del todo inútil. Nuevos planos serían enviados desde España junto con un maestro constructor que se hiciera cargo de la obra, nuevos planos basados en la impresionante catedral de Sevilla, de siete naves. Tenía que ser la más grande y la más hermosa del Nuevo Mundo y competir en dignidad con cualquiera de las catedrales del planeta. La orden real era incuestionable: la catedral debería desaparecer desde sus cimientos. Y así fue pregonado en la plaza frente a los curiosos que veían sobrecogidos cómo comenzaba a caer el edificio.

Los oídos y los ojos de Pedro Aguilar escuchaban y veían complacidos la orden. Ellos seguían llamando Anáhuac a su mundo y Tenochtitlan a su ciudad, por más que se intentaba imponer el nombre de Nueva España. Además, ellos sabían la verdad, lo que no se podía decir públicamente por miedo a pecar de superstición: la catedral estaba maldita. Maldita por haber sido levantada en tierra sagrada de los antiguos dioses; por estar hecha con las piedras de los templos mexicas; maldita por contener en su interior lo más importante de los dioses antiguos: no las piedras que los representaban, sino su esencia inmortal.

La catedral estaba maldita porque no era la casa del dios de los blancos sino el templo de todas las divinidades del Anáhuac; maldita porque el colibrí de la guerra la seguía habitando aunque ahora tuviese forma de cruz; por estar levantada sobre la casa de Quetzalcóatl; por estar en el lugar en el que los cielos se comunicaban con el Mictlán; por estar construida donde la sangre de tantos guerreros diera vida al sol desde el inicio de los tiempos mexicas.

La catedral estaba maldita porque los indios seguían venerando en cada imagen de su interior a sus dioses protectores; maldita porque cada piedra resguardaba el recuerdo de Tláloc; porque Tezcatlipoca seguía siendo adorado en ella; eternamente maldita por los dioses por usurpar tierra sagrada, por haber sido levantada sobre la temible Coatlicue... Maldita por estar construida sobre Coyolxauhqui.

La catedral estaba maldita porque Chimalpopoca, hijo de Cuautlanextli y de Citlalnextlintzin, él y sus hijos, llamados Pedro Aguilar por los blancos, habían orado a sus dioses y habían hecho sacrificios en su honor; porque los dioses no habían terminado de morir, porque el Jesús de los blancos era Quetzalcóatl, porque Juan Bautista en realidad era Tláloc, porque la madre de aquel Cristo al que había sido dedicada seguía siendo Tonantzin Cihuacóatl. Maldita porque Ometéotl seguía siendo el único creador de todo y no necesitaba piedras para existir; porque Mictlantecuhtli la habitaba y seguía siendo el portal para entrar a sus dominios del inframundo.

Los blancos no podían aceptarlo. La superstición estaba prohibida y declarada un gravísimo pecado, pero todos eran pecadores, porque todos temían a los lamentos de la que ellos llamaban la Llorona, porque veían con espanto al dios de la guerra, porque creían en el poder de los agoreros y los brujos de los antiguos dioses.

La catedral debía ser derribada desde sus cimientos porque era la casa de los mismos dioses que habían conducido a los mexicas desde Aztlán hasta Texcoco. La catedral estaba maldita porque Chimalpopoca, hijo de Cuautlanextli, ahora de cuarenta y dos años de edad, y con tres hijos, de veinte, diecisiete y quince, respectivamente, honraban a sus ancestros y cumplían su misión divina.

—Necios son estos blancos que no entienden nuestra religión... ni la suya. Pregonan a un solo dios mientras nos obligan a adorar a decenas de imágenes que no lo representan. Sólo hay un dios, hijos; sólo hay un inventor de sí mismo; sólo hay un Señor del Cerca y del Junto, amo de lo que está cerca y de lo que está lejos. Sólo hay un *tloque nahuaque*. Ometéotl es el origen de todo y adonde todo regresa.

Pedro Tomás, Pedro Diego y Pedro Santiago, los tres de apellido Aguilar, escuchaban con atención a su padre, que insistía en seguir haciéndose llamar Chimalpopoca y quien sólo ante la presión de los blancos aceptaba su nombre cristiano. Los tres habían sido educados en el orgullo de ser depositarios de una misión de los dioses, los tres habían aprendido a invocar a Tezcatlipoca o a Tláloc, según fuese necesario; los tres seguían aprendiendo de su padre el arte de los nahuales, de cambiar de forma y de hacerse pasar por animales, como el propio Chimalpopoca lo hacía, capaz, según aseguraban, de adoptar la forma de un coyote o de un águila, tal como sabía hacer su padre.

Pero ese poder dependía de la fuerza de los dioses antiguos; por eso estaba desapareciendo del Anáhuac, porque los dioses bajo tierra y sin sangre están dormidos y porque el único creador de todo, Ometéotl, era dios pero era inmóvil; observaba pero no intervenía. No lloraba, no se congratulaba ni se lamentaba, no juzgaba ni tomaba partido. No residía en ningún templo, pues habitaba en todo; no recibía sacrificios porque no los necesitaba; no se le elevaban plegarias porque no las atendía. Simplemente existía.

—¿Y los dioses principales, padre? —preguntó el mayor—. ¿Qué pasa con los dioses rectores, con Tezcatlipoca, Quetzalcóatl, Tláloc y Ehécatl?

—¿Y qué hay de los otros? —preguntó el segundo Pedro—. ¿Qué pasa con el Sol y la Luna, Tonatiuh y Meztli? ¿Qué ocurre con Tonacatecuhtli y Tonacacíhuatl, que nos dan fertilidad, o con Mictlantecuhtli y Mictlancíhualt, que guardan a nuestros ancestros?

—¿Y Tonantzin, padre? ¿Qué hay de la madre de todos? —preguntó el menor.

El hijo del águila que se eleva en el alba y de la estrella noble de la mañana veía con orgullo a sus tres vástagos. Conocían bien toda la cosmología y la teogonía de su pueblo náhuatl; si se hubiese terminado el mundo estarían arriba de los demás en el calmecac y los sacerdotes ya habrían comenzado a iniciarlos en el conocimiento verdadero y profundo de la divinidad. Ya estaban en edad de comprender la verdadera profundidad de lo sagrado, de trascender los simbolismos que los propios hombres blancos, que hablaban de un solo dios, no habían trascendido.

—El *tloque nahuaque*, el Señor del Cerca y del Junto, Ometéotl, es la divinidad dual originaria de todo. Es imposible pensarlo y representarlo; no se puede concebir como varón ni como hembra, pues contiene en sí mismo todo lo existente. Es Señor y Señora de la dualidad que domina todo lo existente: del Sol y de la Luna, del día y de la noche, de los cielos y de la tierra… Y de eso que los hombres blancos llaman el bien y el mal. Es el único dios, un dios que los blancos no han comprendido, pues ellos no respetan la dualidad del universo; ellos ven lo oscuro, lo nocturno, lo femenino, lo tenebroso, lo muerto, como algo negativo, y como no lo comprenden, lo niegan y le llaman pecado.

Los arietes, cargados e impulsados por los indios, seguían en su trabajo de derribar las piedras de la pequeña catedral, y Chimalpopoca sonreía. Era un niño cuando dejó de existir su mundo, el mismo día que dejó de hacerlo su padre, cuando su madre comenzó con él la misión sagrada, para lo cual lo más importante era educarlo en las cuestiones más profundas de la divinidad.

Citlalnextlintzin había muerto pocos años antes, orgullosa de haber transmitido las obligaciones divinas y eternas a su hijo, de ver en él el espíritu de Cuautlanextli, que era el espíritu de todo un pueblo; complacida de ver a su hijo tomar una mujer fuerte y altiva para proseguir con su encomienda, de haberla elegido en el pueblo de Cuautitlán, en las tierras de aquel don Alonso de Ávila que diera muerte al águila que se eleva en el alba. Tranquila de saber que los dioses serían guardados, que sus ídolos serían protegidos, que el nuevo templo de los blancos nunca vería su fin, y de que su marido sería vengado. Cerró los ojos por última vez llena de plenitud.

Ahora Chimalpopoca debía transmitir toda su herencia a sus tres hijos, verlos casarse con las mujeres adecuadas para mantener viva su herencia y su legado. Había llegado el momento de cobrar venganza... No obstante, él era un guerrero que ya no podía pelear.

Además, el honor le impedía matar a cualquier descendiente de Alonso de Ávila y limpiar la afrenta. Serían los ídolos de piedra los que llevarían a cabo la venganza... los que hicieran justicia, los señores de los elementos, de los cielos y de la tierra, los téotl que neciamente los blancos confundían con dioses. De alguna manera el propio Alonso de Ávila fue quien determinó el destino de sus herederos al construir su casa con piedras sagradas, justo encima de donde había quedado escondida bajo tierra Coyolxauhqui.

Coyolxauhqui haría justicia. La diosa degollada se encargaría de verter la sangre de algún Ávila, de la misma forma en que Huitzilopochtli derramara la suya. No sabía Chimalpopoca cuándo ocurriría aquello, pero sabía que así sería. Él y sus hijos habían hecho ofrendas a la mujer de los cascabeles, a la patrona de las estrellas y de la noche, a la líder de los cuatrocientos surianos que se encargarían de que Ávila, el que fuera, muriese degollado, para honrar a los dioses. La justicia la harían los dioses al tomar aquella vida; la venganza la llevaría a cabo él mismo, al hacerle saber a los demás Ávila que quien muriese lo había hecho porque él, hijo de Cuautlanextli, se lo había pedido a los dioses:

—Nuestra misión se cumple, hijos míos. La catedral será derribada por orden del rey de los blancos. Nosotros sabemos la verdad: será derribada por recomendación de sus propios religiosos. Nosotros sabemos que le temen, que aún ven en ella a nuestros ídolos, que sienten su poder entre las piedras que robaron para levantar su templo. Nosotros sabemos que llevan más de veinte años intentado levantarla y que sus cimientos siempre se hunden, sus piedras siempre se caen, sus retablos siempre se incendian, porque así se lo hemos implorado a nuestros ídolos, quienes aún viven gracias a nosotros.

—Nuestros dioses están resguardados y protegidos, padre —habló el mayor de sus hijos—. La muerte de tu padre encontrará justicia. Lo que no comprendo es por qué es parte de la misión que la construcción del templo de las blancos no se concluya, si siempre hubo en el Anáhuac templos para todos los dioses.

—Porque en aquellos tiempos, hijo, todos los dioses eran respetados y vivían en el equilibrio que exige el universo. Los blancos impusieron a su dios asesinando a los otros, mancillándolos, profanándolos, negando su existencia, rompiendo el orden de la naturaleza. Muchos templos se están levantando a ese dios por todo el Anáhuac... Pero no éste. No este que ocupa el territorio sagrado de nuestras divinidades, no este que pretende erigirse en el corazón del mundo, en los cimientos del cielo, con piedras profanadas. Los blancos dicen que el suyo es el verdadero dios. Nosotros sabemos que el verdadero dios no necesita templos.

Ámsterdam, 1585

La intolerancia de la que habían hecho gala los Habsburgo se hizo sentir en los Países Bajos españoles en el año de 1565, cuando a instancias de Felipe II se intentó establecer en aquella región de tolerancia un tribunal de la Inquisición. El Santo Oficio en tierras neerlandesas sólo podría significar una carnicería o un saqueo absoluto de bienes de casi la totalidad de la población.

La Inquisición perseguía la herejía. Y para el Santo Tribunal eran herejes todos los luteranos y los calvinistas, o sea, casi toda la población de Holanda y de las provincias aledañas, lo mismo que la mayoría más próspera, lo cual no dejaba de ser interesante para una Inquisición que, por la simple acusación, ante la más mínima sospecha, precedía a la incautación, sin devolución, de todos los bienes de la gente. Era claro el objetivo del monarca: saquear la riqueza de los Países Bajos para solventar la bancarrota de España.

Las guerras de religión desolaron el Sacro Imperio Germánico de Carlos V desde 1521, cuando fue excomulgado Lutero, hasta 1555, cuando el emperador se vio obligado a firmar la Paz de Augsburgo, el tratado que garantizaba la libertad de culto para los luteranos en los dominios imperiales... No obstante, los Países Bajos no formaban parte de dichos dominios imperiales, sino que eran directamente soberanía española, por lo que dicho tratado no tenía efectos en esa región. Y la monarquía española estaba comprometida con el papado a combatir la herejía en el resto del continente.

Que los herejes fueran prósperos hacía que defender la verdadera fe fuera un buen negocio. La Inquisición no tenía asignado un presupuesto. Y la realidad era muy simple para los inquisidores: si no quemaban no comían.

Así pues, en 1565 se ordenó establecer un tribunal inquisitorial en Ámsterdam, lo cual atentaba contra la libertad y las finanzas de los grandes señores de la zona. La guerra advino cuando el abuso del poder desató las ansias de libertad que tanto tiempo llevaban reprimidas en la zona, cuando el absolutismo se impuso sobre la negociación y cuando esa institución del asesinato, el despojo y la tortura, que era la Inquisición española, quiso establecerse por la fuerza en unas provincias en las cuales la libertad de creencias comenzaba a ser una cuestión común.

La libertad y la religión fueron, como lo son en todas las guerras, el pretexto para lanzar a las masas a aniquilarse entre sí... En realidad, los Países Bajos habían cobrado tal importancia estratégica, tanto en lo geográfico como en lo económico, que era fundamental para Felipe II de España tener el control de la región.

El sol no se ponía en el imperio de Felipe II de Habsburgo; el propio monarca se ufanaba de que así fuera, pues su autoridad alcanzaba todos los rincones del planeta y los dos hemisferios. De su padre, Carlos V, había heredado en 1556 las coronas unidas de Castilla y Aragón; además, era rey de Nápoles, de Sicilia y de los Países Bajos; dominaba el Mediterráneo occidental con todas sus islas, el norte de África, toda América y las islas que en su honor ahora se llamaban Filipinas y que fueron conquistadas desde el puerto de Acapulco, en la Nueva España, en 1565, por Miguel López Legazpi.

Pero además, Felipe era hijo de Isabel de Portugal, por lo cual se convertía en uno de los posibles herederos del trono. En 1585 ya sentía esa Corona sobre sus sienes. Un reino pequeño, sin duda, pero la Corona portuguesa incluía las costas de todo el continente africano, Madagascar, los litorales árabes e indios, algunos puertos de China, las islas de Formosa, Célebes, Java, Borneo y Sumatra, así como la entrada a esa zona rica en recursos: el Estrecho de Málaca. Por si fuera poco, Brasil también estaba incluido. Era Felipe de Habsburgo el rey del mundo... Y su mundo era cada vez más grande.

Diecisiete provincias conformaban los Países Bajos españoles, siete de las cuales, las más ricas y prósperas, en las que había anidado la herejía luterana y calvinista, se separaron de la Iglesia de Roma y se declararon en rebelión contra su soberano en 1568. Jamás pensó don Felipe que esos modestos mercaderes hubieran podido presentar batalla y sostener una guerra por su libertad durante ochenta años.

La guerra es muy perjudicial para el comercio. Por eso, en principio los neerlandeses no optaron por esa vía, sino por la de la negociación. Olvidaron que tenían enfrente a un Habsburgo, convencido como todos los de su ralea de su derecho divino, de que sólo debían dar cuentas ante Dios y de que los súbditos nacían para callar y obedecer. De manera que el 5 de abril de 1566 la nobleza local presentó una reclamación formal ante la hermana de Felipe II, Margarita de Parma, quien fungía como gobernadora. En dicho documento, conocido como el Compromiso de Breda, solicitaban libertad religiosa y abolición de la Inquisición en sus tierras.

Pero los tiempos en que un rey debía negociar y entenderse con sus nobles eran cosa del pasado. Ante la falta de respuesta formal, grupos de rebeldes calvinistas se lanzaron y tomaron por asalto las iglesias católicas y derribaron las imágenes, que ellos consideraban prohibidas. Esa pequeña revuelta fue el pretexto que necesitaba Felipe II para enviar toda su fuerza militar, al mando de Fernando Álvarez Toledo, tercer duque de Alba, con la orden de aplastar sin miramientos toda desobediencia. Asesinar antes que dialogar fue la respuesta española. Ante esa situación, la hermana del rey dimitió a su puesto como gobernadora.

Probablemente el ejército español entonces tenía más soldados que los Países Bajos habitantes. No obstante, desde 1568, refugiado en sus propiedades alemanas, el príncipe Guillermo de Orange destinó gran parte de su fortuna para subvencionar un ejército de mercenarios, conocido como los Mendigos del Mar, que frenó a las tropas del duque de Alba.

Entonces Felipe II designó a don Juan de Austria, hijo bastardo de Carlos V —su hermanastro—, como gobernador de los Países Bajos con la encomienda de negociar un acuerdo de paz. Sin embargo, los Habsburgo sólo conocían una forma de garantizarla:

con base en el acero. Con ese pretexto, las tropas españolas saquearon Amberes en 1576. Sólo entonces todas las provincias neerlandesas decidieron unirse en contra de la Corona española.

Visto el poderío económico que suponía mantener ejércitos mercenarios por tiempo indefinido, don Juan de Austria se mostró dispuesto a negociar. En primera instancia, se comprometió a retirar sus tropas a cambio de que el Parlamento lo reconociera a él como gobernador y a la católica como la religión oficial, y siempre y cuando el interlocutor de esa negociación fuera Guillermo de Orange, quien volvió de Alemania en calidad de estatúder de Holanda y Zelanda.

Entonces la tolerancia que tanto exigían los protestantes se convirtió en odio y los rebeldes calvinistas se dedicaron a la persecución de católicos. Las dos religiones se convirtieron en sendos partidos políticos. Por su parte, las provincias del sur de los Países Bajos, de mayoría católica, decidieron reconocer la soberanía española a cambio de protección, mientras que las provincias del norte, de mayoría protestante, se mantuvieron en rebeldía. Así surgieron dos Países Bajos distintos: las provincias de Hainaut, Douai y Artois reconocieron a Felipe II y formaron la Unión de Arras, mientras que las provincias de Holanda, Zelanda, Utrecht, Zutphen y Gueldres proclamaron su independencia como Unión de Utrecht, al mando de Guillermo de Orange, a cuya cabeza puso precio Felipe II desde 1581.

Una vez más, el odio sagrado perseguía a los Morell. Paula murió en 1556, después de que Carlos V reconoció el derecho de los luteranos en el imperio y luego de conocer a su tercer nieto. Murió en paz consigo y con los demás, creyendo que finalmente el mundo se encauzaba y que Dios dejaría de ser pretexto de matanzas y asesinatos.

Jean y su esposa habían rebasado la edad de los cincuenta años y podían presumir que habían cumplido su misión en la vida. Habían vivido en paz, disfrutando aquel breve periodo de tregua en la guerra que vivió Ámsterdam. Sin embargo, sus tres hijos estaban a la mitad de su vida y en esa coyuntura el mundo se había vuelto loco. El mayor, John, y el segundo, Paul, contrajeron nupcias en 1585, el primero a los treinta y uno y el segundo a los veintinueve años de edad. Andrew, el tercero de sus vástagos, de veintiocho años, se había comprometido en cuerpo y alma con la educación. Las letras absorbían su vida y la obsesión por el conocimiento ocupaba todo su tiempo. Aún no se había casado y pensaba no hacerlo nunca.

Los tres querían alejarse de la guerra; sin embargo, los tres, pero principalmente Andrew, sentían la obligación de cumplir la misión que les impusieron sus padres: la de llevar el conocimiento adonde la ignorancia y la intolerancia lo hicieran necesario. Pero en ese desquiciado mundo lo anterior significaba dejarse envolver por los tentáculos de la guerra y, en muchos casos, luchar contra ese monstruo imbatible y temible que era la Inquisición.

Los tres sabían que su abuelo había muerto en la hoguera y que su abuela había huido por media Europa por causa de sus ideas; los tres conocían la gran vocación de su padre y la misión heredada por Paula Morell... Pero ningún recién casado tiene sangre de mártir cuando lo que lo impulsa es la esperanza de vivir. Quizá por eso Andrew reveló un espíritu más contestatario y combativo que el de sus hermanos.

Cuando el enemigo es el rey del mundo, el hombre en cuyos intolerantes dominios jamás se pone el sol, la vida ofrece pocas opciones. Ámsterdam, un remanso de paz y conocimiento, también se convirtió en víctima de las matanzas religiosas. La hoguera de la Inquisición había llegado a los Países Bajos. Era hora de partir. Sin embargo, con todo el mundo bajo el dominio de los Habsburgo, la única opción viable era Inglaterra, donde al parecer la hija de Enrique VIII y Ana Bolena, la reina Elizabeth, finalmente había logrado pacificar y estabilizar un reino que parecía encaminarse a la prosperidad.

Tenochtitlan, 1585

La Nueva España no existía en su mente. Pasaba el tiempo y para él la ciudad seguía siendo Tenochtitlan. Chimalpopoca, el primer Pedro Aguilar, jamás esperó vivir tanto tiempo. De hecho, imploró a sus ídolos que ya se lo llevasen al descanso eterno, donde fuera que le correspondiese: en el Tlalocan, como guerrero eterno listo para reencarnar como Pedro Aguilar; en el Tlapallan, destinado a los que habían logrado comprender la sabiduría de Quetzalcóatl; en el Tonatiuhichan, si es que el dios sol le concedía el honor por haber cumplido su misión sagrada, o en el Mictlán, adonde iban todos los muertos condenados al olvido...

Sin embargo, Chimalpopoca tenía setenta y cinco años, una edad que sólo al legendario Tlacaelel había alcanzado. Pero mientras Tlacaelel tuvo una larga vida para ver el esplendor del imperio en gran medida creado por él, la larga vida de Chimalpopoca era una condena: sus dioses lo mantenían en un mundo que no era el suyo, en el que seguía atestiguando la muerte de sus antiguas divinidades y el triunfo de los blancos y de su dios.

¿Había hecho algo mal? ¿Aún tenía encargos para honrar la memoria de su padre? Había escondido bajo tierra los ídolos de piedra, había implorado justicia ante Coyolxauhqui. Y la obtuvo. Alonso de Ávila, descendiente del conquistador que diera muerte a su padre, fue ejecutado por participar en una rebelión contra su propio rey, en 1566. Murió en la plaza donde su ancestro profanara los sitios sagrados, degollado exactamente como la diosa.

Cuando Chimalpopoca nació, lo hizo en el imperio más poderoso del único mundo. Creció mientras escuchaba a su padre contar historias de la grandeza mexica, pero también mientras se lamentaba de un inminente fin del mundo, el cual advino cuando el Señor Malinche clavó la cruz de su dios en el adoratorio de Huitzilopochtli. Él nació en un mundo y escuchó hablar de él, pero creció en otro. Se le encomendó una misión divina y la cumplió lo mejor que pudo. Posteriormente la legó a sus hijos, uno de los cuales ya había partido, envuelto en llamas por defender a sus dioses.

Vivió para presenciar un efímero triunfo de sus divinidades cuando el templo del dios blanco fue derribado como consecuencia de su propia brujería. Estaba seguro de que había vivido para ver al heredero de Ávila morir degollado por los sacrificios que se encargó de ofrendar a Coyolxauhqui. Vivió para decirles a los hermanos del inmolado que él había propiciado esa ejecución con el apoyo de sus dioses... Y vivió también para ver partir a su hijo, sacrificado en la hoguera... Y vivió lo suficiente para ver cómo los blancos comenzaron a levantar su nuevo Templo Mayor: la catedral.

Lo peor de todo es que había vivido lo suficiente para ver crecer a su cuarto retoño, una niña preciosa, a quien vio convertirse en mujer, amancebada con uno de aquellos blancos malditos. Vivió para verla tener hijos de un color indefinido, para verlos recibir el agua bendita del dios conquistador. Vivió para ver a millones de sus hermanos arrodillarse ante las cruces... Y para cerciorarse de que efectivamente se había acabado el mundo, que su pueblo había sufrido una derrota y que sus divinidades los habían abandonado... O simplemente pagaron olvido con olvido. Ahora estaba bajo tierra, en el camino al Mictlán, en el sendero del olvido.

Vivió para ver cómo la madre Tonantzin se hizo llamar Guadalupe, madre del dios blanco. Vivió para atestiguar que sí existía aquel dios y que sí era más poderoso que sus dioses... Vivió como un castigo de ese dios triunfante, que lo condenó a presenciar el final absoluto de su mundo.

Mucho tiempo vivió Chimalpopoca. La vida le alcanzó para gozar la felicidad de que su primogénito, Pedro Tomás, tomara mujer; pero también para ver cómo, a sus cincuenta años, tenía cuatro niñas... Cuatro niñas que se harían mujeres, que dejarían de llevar su nombre y de asumir su misión, mujeres hermosas que quizá terminarían tomadas, por la fuerza o por su voluntad, por uno de los blancos o de sus hijos descoloridos.

Le dio la vida para ver a Pedro Diego perecer por lo que los blancos llamaban herejía, acusado por un heredero de los Ávila, y para ver a Pedro Santiago, el menor de sus hijos, tomar mujer y procrear tan sólo hembras, que sufrirían el mismo destino que las hijas de su primogénito. Le dio la vida para que se enfrentara a la peor de las humillaciones: la de ver a su pequeña María —así llamaban los españoles a la mitad de las mujeres indias— ayuntada con un conquistador con quien tuvo hijos varones. Chimalpopoca tenía setenta y cinco años, estaba cansado y decepcionado; se sentía humillado y derrotado. Sólo un consuelo le quedaba, que era el de morir, y ni eso le querían conceder los dioses.

Chimalpopoca no comprendía la realidad y por eso no la aceptaba. ¿Cómo era posible que un puñado de hombres blancos hubiera acabado con el imperio más poderoso del único mundo? El rencor, la antipatía y el odio de todas las naciones subyugadas por los mexicas fueron la clave para tomar Tenochtitlan. Jamás hubiera logrado el triunfo el Señor Malinche de no ser por la alianza de decenas de miles de guerreros de los pueblos sometidos...

Pero ¿qué pasó tras la caída de la gran Tenochtitlan? ¿Cómo fue posible que esos pocos españoles y sus decenas de frailes lograran someter a millones de habitantes de todos los señoríos? ¿Cómo fue posible que con tanta facilidad aceptasen todos la muerte de sus dioses y se rindiesen ante el nuevo dios sin nombre y ante el nuevo e invisible soberano rey Carlos que, según decían, vivía del otro lado del océano?

Siempre creyó Chimalpopoca que la misión divina la terminaría él... O quizá sus hijos. Pensó que era cuestión de tiempo para que señoríos y ciudades sometidos por los blancos se levantasen armados en nombre de sus dioses protectores y recuperasen sus tierras y sus vidas. Nunca creyó ver semejante docilidad. Ahora sabía que un nuevo sol había comenzado y que su misión sagrada debía ser legada de generación en generación...

Sólo una pequeña luz de esperanza lo hacía apreciar la vida con la que lo condenaban los dioses. Mientras que, por un lado, sus hijos le daban sólo niñas; por el otro, vio perecer a Pedro Diego entre las llamas, dejando desamparados a su esposa, que ahora él tendría que tomar como hija, y a su pequeño... el único descendiente que podría continuar su misión.

Así, a sus setenta y cinco años, Chimalpopoca debía cuidar a la mujer de su hijo inmolado y educar al más pequeño de sus herederos depositando en él el legado de Cuautlanextli.

Si no podía morir, entonces debía vivir para siempre. Si sus dioses no se lo llevaban y lo dejaban que atestiguara cómo se caía en pedazos su mundo, entonces debía ser inmortal. Pedro Aguilar debía vivir y cargar aquella maldición. No encontraría el descanso mientras su misión permaneciese sin ser cumplida.

Sólo uno de los cuatro dioses principales podía ayudarlo a llevar a cabo semejante prodigio. Y así fue que se encomendó a Tezcatlipoca... para vivir por siempre, para ser inmortal, para no descansar mientras los ídolos de piedra debiesen ser resguardados.

Nueva España, 1585

Por insigne que fuese construir una catedral para mayor gloria de Dios, muchos de los hijos de los conquistadores se vieron afectados por la obra divina, pues el espacio requerido para el nuevo monumento sagrado requería mucha tierra y esa tierra era precisamente la que, desde 1521, habían tomado para sí los conquistadores. Lo que había sido el centro ceremonial de la gran Tenochtitlan, con su Templo Mayor, su adoratorio a Quetzalcóatl, los santuarios de los guerreros y los palacios de los *tlatoanis*, se convertiría, por orden del rey Felipe II, en una gran plaza en la que sobresaldría por encima de todo una majestuosa catedral.

Entonces, aquello no era una plaza ni era nada. Aún podía distinguirse lo que había sido Tenochtitlan. El Palacio de Axayácatl, donde se alojaron Cortés y sus hombres, sólo era una silueta; en sus muros habían encontrado los españoles gran parte del tesoro real, que destruyeron en su búsqueda frenética de oro. Lo que había sido el Palacio de Motecuzoma se mantenía en pie, sin forma, tomado a la fuerza por los descendientes de los conquistadores. Los adoratorios habían sucumbido; más aún desde que se estableció de manera formal el tribunal del Santo Oficio, en el año de 1571, el cual ordenó en un edicto no dejar piedra sobre piedra de todo aquello que consideraban pagano y, por lo tanto, diabólico.

Los ídolos de piedra habían desaparecido antes de que la Inquisición pudiese dar cuenta de ellos. El Templo Mayor se había convertido en cantera. En una ciudad-isla con suelo de lodo, las piedras eran un elemento invaluable que no podía encontrarse en las cercanías, por lo que era más fácil desmontar los templos mexicas que acarrear dichas piedras desde lejos. Así se fue erigiendo la ciudad de México mientras que Tenochtitlan se iba reduciendo a ruinas.

Algunos españoles que residían de manera irregular en aquel espacio obtuvieron títulos legales de propiedad, por lo que la necesidad de un terreno extenso para construir la catedral los benefició porque el virreinato tuvo que adquirir sus propiedades. Ése fue el caso de la familia Ávila, que necesitaba el dinero, pero que también quería abandonar su casa en aquella zona que consideraba hechizada.

En 1585 el patriarca de la familia llevaba el nombre de Alonso de Ávila. Se ufanaba, sin poder demostrarlo claramente, de ser descendiente de Alonso de Ávila, el conquistador. Lo cierto es que en aquel año ya no quedaba con vida ninguno de los grandes aventureros que tomaron por asalto la ciudad, en 1521, junto a Cortés. Y tantos hijos habían esparcido por el Nuevo Mundo aquellos hombres, que era difícil demostrar de manera fehaciente que se era heredero de alguno de ellos.

Más de sesenta años habían pasado desde aquel glorioso día para Dios, el rey y Castilla. En aquel naciente reino de la Nueva España ya se podían distinguir con facilidad tres distintos y muy separados estamentos sociales; también ya era evidente que la distancia entre estos grupos sociales era tan grande que se antojaba imposible constituir con ellos una misma sociedad, por más que en teoría todos ostentaran la misma calidad de ser súbditos del rey.

Los conquistadores tuvieron hijos. Y desde ahí comenzó la división: los más procrearon a sus vástagos con mujeres indias, unas veces por la fuerza y otras veces con el consentimiento de éstas; los menos tuvieron descendencia con mujeres españolas. El caso de los primeros era incierto: no eran españoles ni eran indios. Los unos los veían con desprecio por tener sangre india; los otros los veían con recelo por tener sangre castellana. De ese modo se formó un reino de mestizos donde éstos eran despreciados por todos, inclusive por ellos mismos, que siempre renegaban de su condición.

El mestizaje fue prohibido oficialmente por Felipe II cuando ya había mestizos. Y fue prohibido en la Nueva España, donde escaseaban las mujeres españolas. Por esa razón se promovió la migración femenina, aunque los hijos de los conquistadores no estaban dispuestos a esperar y siguieron descansando entre los brazos y las piernas de las indias. En consecuencia, la ley no evitó la proliferación del mestizaje. Sólo propició que los mestizos se mantuvieran en un limbo legal y social.

Los que tuvieron hijos con las pocas mujeres españolas que ya desde 1524 habitaban el reino, no dejaron de regar su semilla entre la población natural, lo cual propició que hubiese unos hijos reconocidos y otros vástagos desconocidos, es decir, miles de hijos sin padre.

Pero la llegada de españolas dio a luz a la primera generación de una nueva clase social: el criollo, el español de sangre nacido en América; tan español como el que más, pero americano. Así, cuando llegó a su última fase el siglo XVI, había muchos indios, pocos españoles, algunos criollos y muchos mestizos.

¿Cuál era entonces la situación de don Alonso de Ávila en 1585? A sus veintiséis años era evidente que no podía ser hijo del conquistador del mismo apellido. Sin embargo, podía ser hijo de los hijos de aquél, o de sus sobrinos. En ese caso, ¿sería hijo de hijos o sobrinos habidos con una española o con una india?... incluso podía ser hijo descendiente de una mestiza. Si efectivamente era descendiente directo de aquel primer Ávila que pisó suelo americano, era muy probable que sangre india corriese por sus venas y, de hecho, que fuera hijo de un bastardo.

De ser heredero del sobrino del mismo nombre, Alonso de Ávila, era más probable que pudiese demostrar la pureza de su sangre y exigir la propiedad legal del pequeño palacio que éste tenía donde ahora se erigiría la catedral... Pero de ser así, era claro que descendía de un criollo traidor que se rebeló contra la Corona años atrás.

Por el lado que fuera, el pasado de los Ávila estaba mancillado. Y las manchas de ese tipo sólo se pueden ocultar si se altera la historia.

Tenía aquel don Alonso dos vástagos: el mayor, de apenas un año de edad, llamado como él, y el segundo, un recién nacido de nombre Daniel. Por ellos era necesario limpiar el pasado, hacerse de un buen nombre y borrar cualquier mancha comprometedora. Por ellos y por los que les sucediesen.

María, española desde luego, había quedado débil y enferma tras dos partos tan seguidos. Esperaba don Alonso, en vista de la juventud de ambos, que con el tiempo Dios los bendijese con una niña que pudiera llevar el nombre de la madre.

Además, él tenía una deuda de honor. No podía vivir en paz mientras no muriese un tal Pedro Aguilar, el maldito indio insurrecto e insubordinado que se jactaba de ser causante de la muerte del sobrino del conquistador, tiempo atrás, cuando fue descubierta aquella conspiración contra la Corona. El tal Aguilar aseguraba que había sido su trato con los dioses —pactos con el demonio los llamaba Ávila— lo que llevó a la muerte a aquel Ávila… Pero él sabía que aquello no era verdad. Ese descastado indio era un ladino que, en aquellos tiempos, pretendió apoyar dicha revuelta, pero luego traicionó y delató a los conspiradores. Eso, y no sus tratos demoniacos, fue lo que provocó la muerte de su ilustre ancestro.

Pero no era sólo la sed de venganza y la salvaguarda del honor lo que movía a Ávila para terminar con la vida del indio Pedro, sino también la necesidad de modificar su pasado, borrando toda mancha que comprometiera su destino. Y ese malnacido Aguilar era la única persona con vida que sabía de la participación de Alonso en aquella conjura contra el rey… Él y sus malnacidos hijos, uno de los cuales ya había sido devorado por las hogueras inquisitoriales. Así pues, era sobre todo la mentira lo que movía el odio de don Alonso por Pedro Aguilar.

La otra forma siempre útil de limpiar el pasado era sobornar a Dios a través de sus representantes, desde luego. Con una catedral por construir, los donativos le ganarían la amistad del arzobispo Moya Contreras, quien se mostraba entusiasta con el proyecto. Tenía Ávila fortuna heredada de sus ancestros, al igual que el dinero que el gobierno virreinal, entonces en manos del propio arzobispo Moya, le pagara por sus propiedades.

De una bolsa dio el virrey arzobispo el dinero a Ávila y en otra recibiría ese mismo dinero de vuelta, con lo cual Ávila limpiaría su pasado. Afortunadamente también contaba con las rentas de su hacienda.

La decisión de replicar la catedral de siete naves de Sevilla había sido descartada, tanto por lo elevado de su costo y las décadas que llevaría levantarla, como por la calidad del suelo donde sería erigida: un terreno salitroso y fangoso, excesivamente inestable. Alonso de Montúfar, arzobispo de 1551 a 1572, quien de la nueva catedral sólo pudo ver sus cimientos, propuso que se construyera una catedral de cinco naves.

Los cimientos de ese edificio era casi lo único que existía en 1585, tan mestizos como estaba destinado a ser aquel reino. Los mexicas habían levantado su templo en aquel suelo, por lo cual las autoridades tuvieron que reconocer sus habilidades constructivas y utilizaron su técnica: cientos de pilotes de madera para compactar el subsuelo, madera recubierta de cal y arena; a ese subsuelo compactado agregaron los españoles una capa de carbón y piedra pulverizada, sobre lo cual colocaron nuevos pilotes de madera.

Fue un natural de Burgos, Claudio de Arciniega, nombrado primer maestro constructor por el virrey Luis de Velasco, quien realizó la traza de la catedral sobre aquella cimentación, y un castellano, Juan Miguel de Agüero, quien en 1585 realizó la maqueta de aquel edificio cuya construcción pretendían concluir en un par de décadas. Eso era lo único que había en 1585: un subsuelo compactado y cimentado, una traza sobre la tierra, una maqueta, el trabajo de muchos indios de diversos rincones de las Nueva España, entusiasmados con la idea de construir el Templo Mayor del dios que los liberara del yugo azteca.

Sólo faltaba lo más importante: dinero, que la Corona en bancarrota no estaba dispuesta a poner, y que la Iglesia, siempre en espera de que las almas piadosas sufragasen sus gastos, solicitaba a los grandes señores. Cada piedra que un noble colocaba en un templo, era un paso que daba rumbo al paraíso. De ese mismo modo se financió la construcción de la Basílica de San Pedro. Y ése era el camino que había elegido don Alonso de Ávila para limpiar el nombre de sus ancestros y de sus herederos. Ése sería el mayor legado para sus descendientes: un apellido impoluto, sin mancha…

Puerto de Veracruz, Nueva España, 1610

El azar más que la voluntad llevó a la familia Morell a residir en la Nueva España. Y el odio sagrado, representado fielmente por la Inquisición, parecía perseguirlos a donde fuese, así fuera el otro lado del mundo. Los acompañó desde Ámsterdam a Inglaterra y de regreso, cruzó el Atlántico con ellos, sobrevivió junto a ellos un naufragio mientras buscaban las costas del norte de América y también con ellos llegó a la ciudad de México.

Finalmente la tragedia los llevó a instalarse en Veracruz, una vez más en un puerto para tener lista una salida si llegaba a hacer falta la huida; aunque esa misma tragedia los hizo comprender que los tiempos de huir habían terminado. La tragedia también les recordó su misión: el legado de Morell. Su fe luterana los hacía creer en el destino, en una voluntad de Dios escrita desde el principio de los tiempos, en que la causa divina siempre está detrás de los hechos, por aciagos y adversos que resulten. Habían cruzado el océano huyendo de un destino que evidentemente navegaría con ellos, un destino en el que las llamas de la hoguera estaban grabadas de manera ineludible.

Los hermanos Morell se habían marchado de los Países Bajos cuando los alcanzó la guerra, cuando Felipe II desplegó toda su furia en contra de aquellas pequeñas pero prósperas provincias y cuando los inquisidores comenzaron a llegar día con día. Marcharon a Londres, pero la guerra se embarcó con ellos; parecía seguirlos a donde fuesen. En 1585 tomaron la decisión de partir, después de que la flota española tomara Amberes en julio de aquel año. Cuando llegaron a Inglaterra los recibió la noticia de que precisamente la caída de Amberes había terminado por decidir a la reina Elizabeth a declarar la guerra a España.

Los ingleses habían vivido un siglo de temible agitación religiosa; Enrique VIII se separó de la autoridad religiosa de Roma, sin adoptar ninguna forma específica de cristianismo reformado. En realidad, dejó la religión con todas sus formas católicas, pero con él como líder supremo, único e indiscutible. Sus tres hijos fueron reyes. Bajo el reinado de su hijo Eduardo el reino se volvió calvinista por un breve tiempo, pero con la llegada al trono de su hija María, se impuso de nuevo la obediencia al papa y el catolicismo con tal frenesí que bien ganado tuvo el mote real de María la Sanguinaria. Finalmente fue Elizabeth quien optó por permanecer dentro del cristianismo reformado, pero con una versión propia de Inglaterra: la Iglesia anglicana.

Con cada rey y con cada cambio de religión, las matanzas y las persecuciones caían sobre los confundidos súbditos: los ingleses terminaron por adoptar ese anglicanismo, pero en señal de rebeldía a la Corona se mantuvieron firmes en su fe calvinista, lo cual terminó por ser tolerado. No obstante, los irlandeses se obstinaron en su catolicismo, hecho considerado una traición a la Corona; lo hicieron un tanto por rebeldía, otro tanto por identidad y mucho por la esperanza de que el papado los auxiliase para recuperar su independencia. Algunos, según parece, lo hicieron por fe.

Religión y política son una misma cosa: cambian los discursos que someten, pero no el hecho de que su función principal es controlar a un pueblo. Para aquellos tiempos la unión indisoluble entre religión y política era evidente. Portugal mantenía una estrecha relación con Inglaterra que se remontaba al siglo XIII; sin embargo, la nobleza católica del pequeño reino peninsular veía con malos ojos la herejía inglesa. Precisamente de esos férreos defensores de la fe se valió Felipe II de España para obtener el trono portugués, el cual usó para suspender el comercio portugués con Inglaterra y para prohibir a barcos ingleses atracar en sus puertos, que para entonces abarcaban aproximadamente todas las costas del mundo conocido.

Entonces intervino en la guerra otro factor: los corsarios. Un corsario no era otra cosa que un ladrón con permiso real. Este permiso, llamado *patente de corso*, autorizaba a los capitanes a atacar y a saquear cualquier barco que no llevase la bandera del país que le otorgaba las patentes. Lo anterior significaba para los piratas ingleses la posibilidad de asaltar los navíos españoles y, una vez que el rey Felipe se quedó con la corona de Portugal, también los barcos portugueses.

En consecuencia, una guerra contra España ahora era contra Portugal. Y por más que esa circunstancia agotase los recursos de la Corona, daba posibilidades ilimitadas de ganancia a los marinos ingleses. La península entera quedaba bajo dominio de los Habsburgo, quienes sometían a todas las zonas de recursos del planeta. Y al ser soberanos de los Países Bajos —lo cual reafirmaron con la toma de Amberes—, Inglaterra quedaba en una posición frágil, más aún si se considera su tradicional enemistad con Francia, que para colmo estaba envuelta en sus propias guerras de religión, con un disminuido rey católico, Enrique III de Valois, también apoyado por España en contra de los protestantes.

Por toda esa gama de factores, la reina Elizabeth rompió aquel estado de paz tensa e impulsó una guerra directa contra España, que veía la posibilidad de invadir la isla con el poder de su temida flota: la Armada Invencible. Felipe II de España, además, se había casado con María Tudor siendo reina de Inglaterra. Para complicar aún más la situación, María Estuardo fue ejecutada después de haber sido acusada de conspirar contra la Corona. En su testamento, legaba sus derechos al trono inglés a Felipe de España, por lo que el Habsburgo, dueño de casi todo el mundo, vio la posibilidad de hacerse dueño del único rincón que no poseía: Inglaterra.

De Felipe II huían los Morell cuando dejaron Ámsterdam con rumbo a Londres. Y ahora era justamente Londres la ciudad que estaba en la mira del más poderoso de los monarcas. Los corsarios hicieron su parte en la guerra; entre ellos, Francis Drake, quien en 1587 destruyó y saqueó el puerto de Cádiz, lo que retrasó la partida de la Armada Invencible y la inminente invasión a Inglaterra. Lo último que necesitaban los Morell era que incluso a aquella isla llegaran las piras funerarias de la Inquisición.

En 1588 la temible flota española tomó los mares. Europa fue testigo de cómo Inglaterra caía ante el poderío español. Sin embargo, un bloqueo naval holandés, que contó con la ayuda de una tormenta, derrotó a la otrora invencible armada española. Jamás la reina Elizabeth se sintió más segura de sí misma, por lo cual, en lugar de terminar con la guerra, la acentuó.

Inglaterra se había salvado. Era hora de recuperar Portugal, para lo cual la reina dispuso la invasión de Lisboa a manos de la Contra Armada, un ejército superior incluso a la Armada Invencible, en 1589, año en que moría Enrique III de Francia y su trono era ocupado, mediante designación testamentaria, por el protestante rey de Navarra Enrique de Borbón.

Un rey calvinista en Francia era como un aliado para los ingleses, que vieron en Enrique IV la posibilidad de apoyar a los protestantes neerlandeses para que terminaran de una vez por todas con su guerra contra España y obtuvieran su absoluta independencia.

Todo pintaba bien para Inglaterra, que además había comenzado a enviar colonos al norte de América con el objetivo de fundar establecimientos comerciales que proveyeran al país de tabaco, fibras textiles, madera y otros recursos... Sin embargo, la incursión en Lisboa fue un fracaso que costó millones de libras, miles de vidas y cientos de barcos. Como consecuencia de esa derrota y del costo de apoyar a los protestantes franceses y neerlandeses, la Corona inglesa entró en una crisis económica sin precedentes.

La crisis y la guerra impulsaron a los Morell a buscar la paz que América parecía ofrecer. La embarcación en que iban cruzó el Atlántico en medio de una serie de tormentas que casi la destruyeron, aunque, finalmente, maltrecha y todo, logró llegar a las aguas del Nuevo Mundo, donde españoles y franceses se peleaban el dominio de Florida. Entre batallas y piratas el barco terminó por ceder: sus vigas comenzaron a separarse y al agua se apoderó del navío que, con sus últimas horas de vida, logró llegar a Cuba.

Muchos españoles había en Cuba y todos desconfiaban de los protestantes que huían de Europa. Las guerras en torno a Florida hacían imposible alcanzar las costas del norte. Ante el miedo que la Cuba española infundía a los Morell, éstos decidieron embarcarse con rumbo a la Nueva España que, por muy española que fuese, era el lugar más alejado del mundo al que podían llegar. Y una ciudad con el tamaño y la población de México podía asegurar el anonimato que estaban buscando en esa época.

En 1595 John, Paul y Andrew Morell eran Juan, Pablo y Andrés. Además de castellanizar sus nombres hablaban el castellano por herencia familiar, aunque sus facciones, sus ideas, su acento y sus mujeres, evidentemente inglesas, hicieron imposible que pasaran inadvertidos.

El santísimo tribunal se había instalado en 1571. Una de sus principales herramientas para funcionar consistía en infundir el miedo en toda la población. Delatar a amigos, familiares, conocidos, e incluso a desconocidos, fue la principal forma de quedar al margen de sospechas. Ahí, a diez mil kilómetros de Castilla, se hallaba un brazo de la temible Inquisición que, más que asentarse en un lugar en que pudiesen detectarse actos de herejía, se instalaba en los lugares en que fuera ostensible la riqueza.

Los Morell siempre fueron sospechosos. Ser extranjeros los hacía susceptibles de los actos inquisitoriales en un país que por naturaleza le tenía miedo al extranjero. Eran diferentes, lo cual los hacía temibles. Tenían ideas, lo que los convertía en extraños en un lugar donde la circulación de las ideas no era algo común. Tenían libros, que los hacían oscuros en un pueblo que no conocía esos objetos. Pensaban diferente, lo cual los volvía aborrecibles en un país en que se consideraba enemigo al que pensaba de manera distinta.

Bien se guardaron los Morell de manifestar su fe, ya que profesar el catolicismo era una obligación en la Nueva España. No obstante, los vecinos eran suspicaces… Pronto quedó claro que no iban a misa, que leían la Biblia, que hablaban muchas lenguas, lo cual no podía ser más que cosa del demonio, y que compraban y vendían libros, lo cual era cosa de herejes. Además, las dos mujeres, las esposas de los señores Juan y Pablo, no hablaban bien el castellano.

Su pretensión de ser comerciantes franceses que huían de la guerra, siempre estuvo bajo sospecha. Además, desde 1589 un rey protestante gobernaba Francia. Y aunque Enrique IV se hubiese convertido al catolicismo en 1594, era obvio que esto no era más que una estratagema. Así pues, al ser franceses, también eran sospechosos.

Juan y Pablo comenzaron a hacer vida social, a dejarse ver entre los mercaderes, a pasear con sus esposas los domingos; incluso donaron una cantidad no despreciable para la construcción de la Capilla de Nuestra Señora de los Dolores, la más antigua de la catedral, que quedaría lista en 1601, dedicada a la archicofradía del Santísimo Sacramento, que la decoró suntuosamente y que recibió de buen gusto el dinero de los Morell... pero que comenzó a espiarlos; porque esa extraña familia, para colmo adinerada, tenía que ser culpable de algo.

Andrés era el sospechoso. Comenzó el siglo con cuarenta y cuatro años de edad sin haberse casado, lo cual por sí solo no era necesariamente mal visto. Había muchos santos señores que se abstenían de tomar mujer para ofrecer su castidad en sacrificio a Dios. Sin embargo, dichos santos señores pasaban gran parte de su tiempo en oración y a Andrés nunca se le había visto en un templo.

Además dedicaba mucho tiempo a leer libros que no eran precisamente la Biblia. Su única Biblia estaba en lengua inglesa, lo cual era una blasfemia. Para colmo, hubo quienes aseguraban que desde que se instaló en la ciudad, había tenido tratos con la desacreditada y abominada familia Carbajal, acusada de judaizante, algunos de cuyos miembros habían sido quemados vivos en 1596. Los herejes sólo tenían amigos herejes. Y alguien tan extraño como Andrés Morell no podía ser más que un hereje... Además, los apóstatas nunca andan solos; siempre se mueven con la familia completa.

Al principio, al llegar a México, Andrés Morell intentó acercarse a la universidad. Craso error del que se arrepentiría, pues al presentar sus credenciales, hablar de sus estudios y sus conocimientos, y de sus maestros neerlandeses e ingleses, no sólo fue rechazado, sino que desde entonces quedó bajo el ojo vigilante de las buenas consciencias. Desde entonces se dedicó a la traducción y a la escritura. Puras herejías debía estar divulgando aquel endemoniado que, para mayor sospecha, gustaba de conversar con mujeres sin recato. Ninguna buena intención podía tener un hombre así.

El año de 1601 trajo la desgracia sobre la familia, pues una flota neerlandesa destruyó los navíos españoles en el puerto de Cádiz, durante aquella interminable guerra en que los impenitentes herejes pretendían independizarse de los muy católicos reyes españoles Felipe II, hasta su muerte en 1598, y su hijo Felipe III. Una independencia que los condenados calvinistas sólo querían para poder renegar de Dios sin temor a la justicia. Si los Morell no eran neerlandeses, como aseguraba mucha gente, sino franceses, como ellos mismos se ostentaban, sin duda alguna eran hugonotes.

En 1604 un temblor y una inundación devastaron la ciudad de México; las aguas anegaron la plaza y la catedral, que entonces no era más que una serie de columnas y de arcos, con algunas capillas ya terminadas y techadas en lo que sería la fachada poniente, la cual sufrió algunos derrumbes.

No podía culparse de la tragedia a las fuerzas de la naturaleza, que al fin y al cabo eran las de Dios, por lo cual los culpables debían ser de carne y hueso. Quemados en la hoguera ya todos los Carbajal, las miradas se fijaron en el único pecador y hereje a quien podía endilgársele esa culpa, aquel que hubiese tenido trato con aquella familia de apóstatas antes de ser inmolada en la pira inquisitorial, el extraño, el de afuera.

De un día para otro, Andrés Morell dejó de estar en la lista de los sospechosos por ser holandés, o inglés, o hereje, o luterano… Ahora encabezaba la peor de las listas: la de los sospechosos de ser judaizantes.

El Santo Tribunal revisó la casa de los Morell y encontró todas las pruebas que necesitaba para endosar la culpabilidad de la catástrofe a esa familia maldita: la Biblia del rey Jaime; algunas obras de Giordano Bruno, aquel apóstata que aseguraba que Dios y el universo, por ser infinitos, eran una misma cosa, ese lunático que aseguraba que en el cielo podía haber otros mundos con otros habitantes y otros dioses, ese blasfemo que sostenía que no existía un centro en el universo y que la esencia de Dios se podía encontrar en cada elemento de la naturaleza. También encontró copias de la obra de Erasmo traducidas al castellano y una traducción del libro maldito de Copérnico, que se obstinó en afirmar que el centro del universo era el sol.

La familia Morell completa, que incluía a las esposas de Juan y Pablo y a sus hijos, fue llevada a las cárceles de la Inquisición, donde se estuvieron pudriendo hasta al auto de fe público que se llevó a cabo en la inconclusa catedral el 8 de marzo del año de 1607. Eran sospechosos de ser ingleses cuando había guerra contra esos herejes; sospechosos de ser neerlandeses cuando había otra guerra con aquellos otros herejes, y sospechosos de ser franceses —nacionalidad que siempre ostentaron— cuando había guerra con los galos, aunque no fueran herejes. Felipe II estaba en guerra con el poco mundo que no era de su propiedad, o contra los que querían dejar de serlo.

Al final eran sospechosos de ser sospechosos. Así de simple. Siendo estrictamente justos, por el hecho de vivir en la Nueva España eran culpables de muchas cosas que ahí se consideraban delitos: ser cristianos protestantes, lo que no admitieron ni se les pudo comprobar; de poseer y publicar libros no aceptados por la Iglesia, en cuya defensa no pudieron argüir nada. Eran culpables de tener pensamientos libres en un mundo en el que la ortodoxia consistía en no pensar; culpables de querer ser libres en un mundo dominado por el más absolutista de los monarcas.

Por increíble que parezca, los declararon culpables de ser sospechosos. Y eso bastó para que, ardiesen o no las piras purificadoras, se les incautaran bienes y fortuna. Eran culpables de no cumplir sus obligaciones con la Iglesia, como ir a misa los domingos (poca cosa) y no pagar el diezmo (mucha cosa). Culpables de cometer blasfemia y de promover ideas sediciosas y heréticas; por lo mismo, culpables de pactos con el demonio. Y ante la imposibilidad de demostrar si eran o no luteranos, aunque la sombra de sospecha los cubría por el simple hecho de poseer una Biblia del rey Jaime, también eran culpables de ser judaizantes.

Toda la familia podía arder en la hoguera en uno de esos despreciables actos públicos a los que la gente acudía a ver por diversión cómo la Iglesia del mandamiento "no matarás" quemaba vivas a las personas. Los gritos de dolor y de agonía, el crepitar de los cuerpos chamuscados entre las llamas y el olor a carne quemada eran parte de los atractivos para la muchedumbre que se daba cita en aquellos espectáculos promovidos por la misma Iglesia que presumía haber civilizado a los salvajes que practicaban los sacrificios humanos.

Sólo había una posibilidad de salvación. La Inquisición tenía prohibido quemar al que se arrepentía, al que pedía clemencia, al que clamaba por volver al santo redil del papado. Y también tenía la obligación de atender las declaraciones de culpabilidad.

Todo eso lo sabían los Morell, pero sobre todo el más erudito de ellos, el conocedor de la materia, el hombre de letras y ciencias, que era además el que no tenía esposa ni hijos que dejar en el abandono; el que no tenía ataduras y el que no tenía nada que perder.

Todo eso lo sabía el que confesó, el que se declaró culpable, el que asumió la responsabilidad por los demás, el que afirmó ser culpable ante la ignorancia de los otros, el que proclamó públicamente ser un judaizante que pactaba con el mismísimo Satanás. Andrés Morell decidió sacrificarse por la salvación de su familia.

Sus hermanos no querían que Andrés se inmolara para salvarlos, pero la lógica pudo más que los argumentos sentimentalistas. De no haber sido así, arderían todos. De cualquier manera, él iba a morir; pero al hacerlo de aquel modo salvaría la vida de los otros. Además, recurrió a las razones del pasado, a las razones olvidadas, a las razones del primer Morell que ardió en la hoguera, Jean, y Paula, su mujer: tenía la misión divina de esparcir el conocimiento donde la ignorancia tomara forma de intolerancia y fanatismo. El sacrificio de Andrés Morell les recordó a todos que tenían un legado, una encomienda eterna y sagrada que cumplir.

La familia Morell fue despojada de su fortuna, de sus libros, de su casa y de uno de sus miembros. El Santo Tribunal no tuvo más remedio que absolver a los demás. Al fin y al cabo se había hecho de las tres cosas que buscaba: una fortuna incautada, un culpable y el espectáculo que proporcionara al pueblo, por un lado, una tarde de esparcimiento y, por otro, una lección del sagrado alimento de la Inquisición: el miedo.

Los Morell fueron puestos en libertad, menos Andrés, quien a pesar de haber confesado sus culpas fue sometido a los tormentos de costumbre: el aislamiento, la garrucha, el ahogamiento, el potro. Confesó todo los pecados que los inquisidores quisieron escuchar; se declaró culpable de todas las faltas posibles para salvar a su familia. Y lo hizo así durante tres años, pues su condena a morir incinerado entre las llamas, en leña verde para su mayor sufrimiento y para la mayor gloria de Dios, se ejecutó hasta el año de 1610. Ardió Morell el mismo año en el que uno de los pensadores por cuyos libros fue acusado de herejía, Giordano Bruno, muriera condenado por la Inquisición romana.

Juan, Pablo, su esposa y sus hijos, simplemente no pudieron hacer nada… Nada, más que honrar su sacrificio y retomar la misión que dejaron en el olvido cuando decidieron abandonar el Viejo Mundo. Por eso, sólo por eso, no podían abandonar la Nueva España. Dejaron, eso sí, la ciudad de México, a la que nada los ataba, pues todo les había sido arrebatado, y en 1610 se instalaron en el puerto de Veracruz, puente comercial entre Europa y Asia a través de América, el único lugar en el que con base en el trabajo, como lo prescribía Dios, podían recomenzar su vida.

A finales de aquel año se llevó a cabo la ejecución pública de Andrés Morell: blasfemo, hereje, judaizante, demoniaco, brujo, idólatra y, ante todo, causante, gracias a sus malas artes, de las lluvias, de las sequías, de las inundaciones y de los temblores de tierra, específicamente de aquel que derribó parte de la catedral. Era 1610. Había pasado casi un siglo desde la caída de Tenochtitlan, y toda la población de la Nueva España —peninsulares, criollos, mestizos e indígenas— acudieron a la plaza frente al Palacio de la Inquisición a presenciar la inmolación de un hombre.

Entre la multitud estaban los Morell: hijos incluidos con sus mujeres. Todos acudieron a rendir postrero homenaje a quien sacrificaría su vida a cambio de la salvación de la familia, al hombre que les recordó cuál era su misión divina, al hermano que los hizo conscientes del legado de Jean y Paula Morell.

Las llamas se alzaron, los gritos de júbilo llenaron la plaza; repicaron las campanas de la catedral. Dios hizo justicia. El destino se había cumplido: ahí, en la plaza, por el terrible pecado de pensar, de poseer ideas libres, ardió entre las llamas el cuerpo de Andrés Morell.

Ciudad de México, Nueva España, 1610

Una vida plena tenía don Alonso de Ávila. Había rebasado los cincuenta años de edad y contaba con un buen nombre, de reputación intachable. Era un devoto cristiano, buen marido, español de cepa según se hallaba asentado en todos los registros y descendiente de ancestros impolutos, según lo certificaba la propia Iglesia. No podía dejar mejor legado a sus hijos, quienes con semejante palmarés podrían reclamar honores, adquirir nobleza, convertirse en grandes señores de las dos Españas y, como él siempre había soñado, en caballeros de la Orden de Santiago.

Era un padre orgulloso. Tenía dos hijos varones, Alonso y Daniel, y una hija, María, por la que mucho había suplicado a Dios. Los tres estaban bien casados y emparentados con familias españolas de antiguo abolengo y prosapia. Y los tres ya habían procreado un vástago que hacía de don Alfonso un rozagante abuelo: tres nietos con los mismos nombres de sus hijos: Alonso, Daniel y María.

Había dado el paso más importante para alcanzar la inmortalidad: ser el gran tronco, firme y saludable, origen de todo un linaje. Por muchos siglos que pasaran, lo recordarían como el pilar de la dinastía.

Vivían suntuosamente muy cerca de la plaza de la ciudad de México e iban todos los días a misa a la catedral, en la que también quedarían inmortalizados para siempre, pues con parte de su fortuna en 1601 había sido concluida —cerrada, techada y ornamentada— la construcción de la primera capilla: la de Nuestra Señora de los Dolores, suntuosamente decorada por la Archicofradía del Santísimo Sacramento, de la que Ávila tenía el honor de formar parte y por lo cual tenía el privilegio de escuchar misas privadas en ese recinto de la catedral.

No obstante, la fortuna de los Ávila, su nombre y su reputación, estaban empañados por una terrible realidad: habían tomado un generoso donativo de una familia francesa condenada por hereje, que intentaba limpiar su diabólico nombre subvencionando obras santas. Dinero de herejes en la mismísima catedral. No obstante, el arzobispo tranquilizó sus conciencias al dejar en claro que, sin importar la procedencia del dinero, por ilegítimo o ilegal que sea su origen, éste se purifica al ingresar a las arcas de la Santa Madre Iglesia para ser destinado a obras piadosas.

Por supuesto que para que la limpieza del alma fuera total, había que expiar esa venial culpa contribuyendo con más entusiasmo a la causa catedralicia, es decir, con más dinero. Fue así como Ávila y sus cofrades reunieron un generoso donativo que sirvió para que en el año de 1610, el platero Luis de Vargas fundiera una magnífica imagen en oro y esmalte que representaba a la Asunción de la Virgen, advocación a la que estaba encomendada la catedral.

Un solo asunto pendiente le quedó a Ávila: lavar su honor y cobrar venganza. Y de paso castigar los actos diabólicos de su rival. Bien hubiese disfrutado dando muerte a Pedro Aguilar, pero no podía convertirse en un vulgar asesino, por lo cual procedió a hacer con él lo mismo que el indio hiciese con su ancestro en el pasado: delatarlo ante la Inquisición, acusarlo de venerar a los viejos dioses, de idólatra y, por lo tanto, de hereje. Y, lo más importante, de entenderse con el demonio, aquel a quien el indio Aguilar llamaba Tezcatlipoca.

Pedro Aguilar fue llevado ante la Inquisición acusado de cosas terribles. Compareció en el auto de fe que se llevó a cabo públicamente en 1607, en el que el Santo Tribunal se conformó con ordenar la ejecución de un solo miembro de esa casta de malditos que eran los Morell. Pero Aguilar fue absuelto de todos los cargos. Absolutamente de todos.

Todos los hombres que acudieron a la catedral el 8 de marzo de 1607 estaban atónitos ante Pedro Aguilar, un hombre que dijo llamarse Chimalpopoca y ser hijo de uno de los últimos guerreros águila en defender Tenochtitlan aquel infausto año de 1521, el día del fin del mundo, como él se refirió a la fecha gloriosa, el día en que murieron los dioses. Pero era imposible que de lo que se vanagloriaba fuera verdad. De haber sido así, aquel hombre tendría que contar con más de cien años de edad para que su relato tuviese lógica... Efectivamente, era un anciano a quien algunas personas calculaban de sesenta a ochenta años. Era alto, grande y fuerte. Estaba algo encorvado; su cabello era cano, aunque no del todo, no más que el de cualquiera de los consultores y los calificadores inquisitoriales que se daban cita ese día frente a la catedral. Tenía arrugas en todo el rostro, pero no más que las de aquellos señores. Su mirada se notaba cansada. En lo profundo de sus ojos uno podía hallar la razón para creer que, indudablemente, aquel hombre tenía cien años de edad.

Él mismo validó su dicho: nació en el año que los hombres blancos señalaban con el número 1510. De acuerdo a como ellos medían el tiempo, el anciano debía tener algo así como noventa y siete años. Los murmullos de asombro, inquietud, incredulidad y hasta miedo recorrieron las caras de los asistentes.

Durante las primeras décadas tras la toma de Tenochtitlan habían muerto los indios, literalmente, por millones. La mayoría sucumbió ante las epidemias de la viruela; otros, envenenados por el mercurio con el que se contaminaban mientras trabajaban en las minas; muchos más por el trabajo excesivo; otros tantos por apatía, por la depresión que les produjo el fin de su mundo. Nadie podía vivir tanto tiempo como el que aseguraba haber vivido aquel anciano. En promedio, los indios no llegaban a los cuarenta años. Y los más nobles señores españoles, bien comidos y bien atendidos, eximidos de los rigores del trabajo, difícilmente pasaban de los sesenta.

Ése fue uno de los argumentos de Alonso de Ávila para concluir que aquella longevidad sólo podía ser atribuida a los pactos que Pedro Aguilar tenía con el demonio de Tezcatlipoca.

Tenían frente a sí a un hereje diabólico, a un pecador impenitente, a un rebelde insumiso que debía pudrirse en las mazmorras si el Santo Tribunal no disponía su purificación entre las llamas. La Santa Inquisición era muy estricta cuando dictaba sentencia. En general, todos los que eran sometidos a su juicio resultaban culpables, aunque fuese de una falta menor, pero culpables. Y todos, indefectiblemente, recibían algún castigo.

El mayor castigo era de hecho el más común: "relajación al brazo secular", la forma diplomática y chapucera de sentenciar a muerte a los pecadores. La Inquisición determinaba la culpabilidad del reo por herejía y lo entregaba a la autoridad secular correspondiente para que ejecutara su sentencia. De ese modo, el Santo Tribunal se lavaba las manos, como Pilatos, y mantenía incólume su santidad.

Los que no eran enviados con la autoridad secular para que ésta se manchase de sangre las manos, irremediablemente se hacían acreedores a alguna otra sentencia. El acusado podía ser reconciliado; es decir, se le permitía volver al seno de la Iglesia, desde luego después de recibir tormento expiatorio, hacer penitencias, pagar multas o entregar sus bienes. La reconciliación era muy costosa. Otra opción era que se le considerara penitenciado; es decir, se le encontraba culpable de haber cometido faltas que no ameritaban la hoguera pero que exigían una abjuración pública, después de lo cual podía recibir el castigo de permanecer durante años en galeras o en el destierro.

Mucho menos común era que el acusado fuera declarado suspendido. En ese caso se declaraba que era sospechoso de haber cometido una falta. Y ante la imposibilidad de demostrar fehacientemente su culpa, sólo se le despojaba de sus bienes y se le dejaba en libertad. Ésa fue la sentencia que recibió la familia Morell: quedó suspendida después de que Andrés fue relajado al brazo secular.

El menos común de los veredictos inquisitoriales fue el que se dictó en el caso de Pedro Aguilar: absolución total. No había en él ninguna culpabilidad. Alonso Ávila se quedó estupefacto ante aquella resolución. Pero buenas razones tenía el tribunal para absolver a aquel hombre, pues desde tiempo atrás se le había prohibido que declarara herejes a los indios, pues se consideraba que su herejía provenía no de la malicia sino de la ignorancia y la inadecuada evangelización. Esa decisión se tomó durante los primeros años del virreinato por dos razones: por un lado, para no desprestigiar a la Inquisición, ya que antes del establecimiento oficial del tribunal se habían cometido muchos excesos, y por el otro, porque en ese tiempo la mortandad de los indios era muy alta y provocaba escasez de fuerza de trabajo en el reino, y no podían darse el lujo de quemar a los pocos que sobrevivían a las epidemias.

Así pues, no había herejía en Pedro Aguilar. Cualquier falta que cometiera podía ser atribuida a la demencia provocada por su senilidad, a su avanzada edad que, en efecto, era sospechosa. Pero el Santo Tribunal no podía asumir que un pacto con un dios llamado Tezcatlipoca, cuya existencia no se consideraba posible, fuese la razón de la longevidad del acusado. Quizá se hallaban frente al último indio sobreviviente de la época de la conquista de Tenochtitlan.

La Inquisición no hizo justicia y no le concedió a Alonso de Ávila la venganza que anhelaba... Pero mucho tiempo, dinero y esfuerzo había invertido en limpiar las manchas de su estirpe como para comprometerse asesinando al apóstata redimido.

Pedro Aguilar fue liberado aquel 8 de marzo de 1607 ante la furia contenida de Ávila... Nunca lo volvió a ver. Pero como no hay mal que dure cien años, en 1610 era lógico que aquel relapso indio maldito tuviera que estar muerto. No podía un católico y noble caballero como Ávila creer que un dios pagano pudiese prolongar la vida de aquel ladino. Era imposible e irracional pensarlo. De hecho, podía ser una herejía solamente acariciar esa idea.

No obstante, don Alonso de Ávila no estaba seguro de que Pedro Aguilar hubiese muerto.

Tenochtitlan, 1610

Terminaba el año de 1610. Andrés Morell era atado en lo alto de un montículo de leña verde, húmeda, de esa que prende despacio y se consume lentamente. La multitud se arremolinaba para tener un buen lugar en el espectáculo, para escuchar el crepitar de las carnes carbonizadas de Andrés durante algunas horas... horas de un sufrimiento humano que sería el solaz de la muchedumbre. Para sorpresa de todos, incluidos los alguaciles de la Inquisición, en cuanto el fuego tocó la leña ésta ardió de manera intempestiva; las lenguas de fuego se elevaron voraces por los aires y el cuerpo de Morell se consumió con una rapidez que dejó frustrados a casi todos. Entre la multitud, Chimalpopoca presenciaba aquel sacrificio humano en el corazón de Tenochtitlan.

¡Sí, en la gran Tenochtitlan! Sin importar cuánto tiempo transcurriese, Chimalpopoca seguiría lamentándose de la conquista, la lloraría siempre, la recordaría toda la eternidad. Sin importar cuántos siglos pudiesen pasar, ni cuántos indios hablaran el castellano y veneraran al dios de los blancos y a su madre... por más que levantasen los adoratorios del nuevo dios y su gran Templo Mayor, aquello siempre sería territorio mexica.

Motecuzoma se sometió ante las demostraciones de fuerza del Señor Malinche y se reconoció como súbdito de aquel amo del mundo llamado rey Carlos. Pero la voluntad del pueblo, su espíritu, no estaba detrás de Motecuzoma el Joven cuando, impulsado por el miedo y la incertidumbre, reconoció a aquel señor.

Sin embargo, no puede haber más señor que el del centro del universo. Y por muy *huey tlatoani* que fuera, Motecuzoma no se mandaba solo y debió escuchar el consejo de los nobles y de los señores de Tlacopan, Texcoco, Tlatelolco e Iztapalapa, pero no lo hizo. Por eso no tenía autoridad cuando admitió la soberanía del Señor Malinche.

El espíritu del pueblo era la única ley y fue depositado en Cuitláhuac primero, y después en Cuauhtémoc. El primero derrotó a los blancos y los obligó a escapar de la ciudad-isla; los vio hundirse en el lago con el peso de la codicia que cargaban. El segundo fue capturado, pero nunca aceptó la autoridad del Señor Malinche. Por eso el infame lo colgó de un árbol en las Hibueras. El último soberano mexica jamás reconoció ningún tipo de vasallaje; así que, sin importar el peso de la realidad, aquella región siempre sería Tenochtitlan.

No hay mal que dure cien años, eso escuchó Pedro Aguilar en más de una ocasión de boca de los blancos. Y efectivamente, no lo hay, mucho menos si ese mal constituye la vida. Mucho tiempo vivió Pedro Aguilar, el suficiente para sentir que había cumplido su misión al constatar cómo comenzaba a ser desmontada la catedral, y suficiente también para ver cómo recomenzaba su construcción, más gloriosa, más imponente, más grande, usurpando el sueño, profanando las piedras sagradas y, peor aún, explotando el trabajo de cientos de indios.

Mucho tiempo vivió el hijo del guerrero águila, el suficiente para ver cómo Coyolxauhqui cobraba venganza en Alonso de Ávila, pero también para ser testigo de cómo se encumbraba esa estirpe de malditos; suficiente para ver crecer a tres varones y a una mujer, pero demasiado para ver cómo su linaje amenazaba con desaparecer con ellos. Vivió mucho y pudo comprobar que su mundo jamás renacería. Vivió tanto para ver cómo un nuevo mundo y un nuevo pueblo, con su nuevo dios, florecían de los escombros del señorío mexica.

Vivió mucho como para ser presa de la desesperación porque la muerte lo evadía, y tanto como para ser víctima de la impotencia y el desaliento que lo obligaron a invocar, a través de un sinfín de embrujos, la inmortalidad que podía concederle Tezcatlipoca. Vivió tanto como para constatar con terror que sus dioses no estaban tan muertos y aún podían concederle esa maldición de vivir mientras su misión no llegase a buen término. Vivió para sufrir la humillación de que un Ávila lo presentase ante el tribunal de su dios y lo suficiente como para verse exculpado por ese mismo juzgado.

Para su desgracia, vivió para ver crecer a las hijas de sus hijos, que efectivamente fueron tomadas por varones blancos, con lo cual se extravió su nombre y, en consecuencia, su misión divina; vivió para sufrir la desgracia de ver a su hija parir al hijo de un hombre blanco... No obstante, tuvo la fortuna de vivir para hacerse cargo del único heredero varón que podía continuar su estirpe y cumplir su encomienda: el hijo de Pedro Diego, que sucumbió consumido por las llamas de la pira inquisitorial. La mujer de aquél no fue lo suficientemente fuerte y dejó este mundo pocos años después. De ese modo Chimalpopoca tuvo un hombre, Pedro Aguilar, en quien depositó el legado de Cuautlanextli.

Pedro Aguilar se convirtió en cantero en las obras de construcción de la catedral, lo que le permitió permanecer cerca, vigilando los lugares secretos donde estaban resguardados los ídolos de piedra. Gracias a su oficio pudo seguir venerando a los dioses antiguos en el templo del dios blanco, para seguir invocándolos y exigiéndoles fuego, agua y movimiento, los tres elementos que, cada determinado tiempo, impedían la conclusión de la catedral.

Ese lugar, al que blancos, indios y descoloridos llamaban la Nueva España, estaba organizado en lo que ellos llamaban gremios: una especie de cofradías en las que quienes dominaban un oficio guardaban celosamente los secretos de su labor cotidiana, de manera que sólo sus hijos podían continuar dedicándose a ella. Las plazas de trabajo se heredaban de una generación a otra: orfebres, plateros, canteros, peleteros, constructores, maestros... Pedro Aguilar alguna vez escuchó decir que esa estructura social tenía visos medievales; él no sabía qué significaba aquello, pero estaba seguro que era algo positivo. De generación en generación, siglo tras siglo, sin importar lo que ocurriera, Pedro Aguilar siempre sería un cantero, eternamente trabajaría en la catedral, celoso de su misión. Nada cambiaría nunca.

Pero la catedral era mágica. Al parecer contenía el espíritu de un dios. Quizá no se puede fingir eternamente ser lo que no se es. La catedral fascinaba. Y Chimalpopoca vivió lo suficiente para ver cómo Pedro Aguilar se encariñó con ese edificio maldito y con su oficio de cantero, que cada vez realizaba con más celo y más devoción. Vivió para ver cómo Pedro Aguilar, sin dejar de resguardar a los ídolos de piedra, rezaba al dios de los blancos y, sobre todo, a su madre la virgen.

Tonantzin era la diosa venerada en el Tepeyac, pero su nombre fue cayendo en el olvido, lo mismo que su rostro de piedra al que iba unido. Pedro Aguilar y decenas de miles de sus hermanos comenzaron a llamarla Guadalupe y a admirar su mirada tierna plasmada en la pintura que la representaba.

Sólo dos cosas pueden matar a los dioses inmortales: otro dios inmortal... o el olvido. Y así, de pronto, Pedro Aguilar comenzó a experimentar el entusiasmo y la emoción de participar en la construcción de la catedral, el Templo Mayor de los blancos.

Vivió Chimalpopoca para ver que el hijo de su querido Pedro Diego se volvió cantero, para constatar que resguardara los ídolos, para atestiguar cómo los veneraba; pero también para verlo colocar las piedras, unas sobre otras, de la catedral, mientras hacía ofrendas a Tláloc y a Tonatiuh, gracias a las cuales a veces el agua y a veces la tierra se encargaban de que aquellas piedras sucumbieran, como ocurrió en 1604, cuando impidieron la continuación de la obra. Pero vivió para verlo tomar a una mujer descolorida y procrear a sus hijos, a quienes los blancos llamaron con desprecio castizos.

Para lo que no vivió Chimalpopoca fue para ver lo que no quiso ver, pues es imposible ver lo que no se quiere ver, aunque ocurra frente a los ojos. No vio Chimalpopoca crecer a su hija María, pues más que su hija la vio como la mujer de un hombre blanco. No la vio parir a un hijo de buen color en cuyos ojos hubiera podido descubrir el brillo que había en los de Cuautlanextli y Citlalnextlintzin. Y no escuchó a su hija hablar la lengua de sus ancestros con la misma soltura que el castellano ni la vio hacer ofrendas a los dioses de piedra.

No la vio aprender a dominar el conocimiento de las yerbas y las plantas que obsequia la tierra, ni la vio curar a su hijo con los brebajes preparados por sus manos... Tampoco la vio cuando ofreció otra de aquellas bebidas a su hombre blanco, quien murió veintiún días después. No la vio desconocer el nombre de su hombre y retomar el de sus ancestros para nombrar así a su hijo, que entonces era tan pequeño que nada recordaría con el tiempo. No la vio educarlo con todo lo que le permitía el castellano y con lo que le heredaba el náhuatl. No la vio nunca a pesar de que ella sí lo vio a él siempre.

María Aguilar vio a Chimalpopoca sumirse en la desesperación por una misión imposible de llevar a buen puerto; lo vio despreciar la vida que ya no podía llevar a cuestas; lo vio reprocharle a la muerte su tardanza, y lo vio pidiendo la inmortalidad a Tezcatlipoca. También lo vio hacerse cargo del hijo de su hermano que murió en la hoguera, a quien también vio cómo crecía, se volvía cantero y le rezaba a los dioses antiguos lo mismo que al dios de los blancos. Lo vio ayudar a levantar aquella catedral y lo vio tomar una mujer mestiza.

Vio María a Chimalpopoca cuando lo juzgaron ante el dios de los blancos y lo declararon inocente, convencido el tribunal de que estaba loco. Lo vio cuando a finales de aquel infausto año de 1610 presenció el sacrificio que se ofrendaba en la hoguera al dios de los blancos. Lo vio quedarse hasta el final del espectáculo, hasta que las llamas consumieron por completo el cuerpo del hereje inmolado. Y lo vio acercarse a aquellos extranjeros que lloraron la muerte del infortunado.

Y así fue: Chimalpopoca fue declarado inocente por el auto de fe; salió por su propio pie de la catedral, muy despacio, y desapareció. Tres años después, ahí estaba Chimalpopoca frente al Palacio de la Inquisición para presenciar todo. Sólo entonces agradeció que la vida se ensañara en seguir dando movimiento a su cuerpo y maldijo porque, en el proceso de cumplir su misión, había propiciado la muerte de un inocente.

Poco podía hacer, pero lo hizo. Con un bálsamo resinoso cubrió la que sería la pira del sacrificio que, sin importar la humedad de la leña, ardería como el infierno de los blancos. Poco podía hacer, pero lo hizo: el cuerpo de Andrés Morell se consumió con el menor sufrimiento posible a una velocidad vertiginosa.

Una hora después, sólo el olor de la carne chamuscada seguía presente en la plaza, mientras la familia Morell lloraba el sacrificio de Andrés. Juan y Pablo se encontraban de pie frente a los restos carbonizados. En sus caras se reflejaba la misma incertidumbre que había en los rostros decepcionados de los testigos por la celeridad con la que la leña verde se había convertido en una llama devoradora. Antes de que iniciara la inmolación, le habían pedido a Dios que abreviara el suplicio de su ser querido, por lo cual ahora elevaban una oración dándole las gracias.

Mientras oraban, una persona se acercó a ellos, quienes reconocieron su rostro inconfundible. Lo habían visto tres años atrás, durante el juicio. Alto, grande, fuerte, encorvado, encanecido, arrugado, con la mirada penetrante. No podía ser otro que el indio aquel de la edad incalculable... Y era sorprendente verlo en ese momento y, sobre todo, en ese lugar. El viejo se acercó lentamente, y así de grande como era, cuando estuvo frente a los hermanos Morell, se postró de hinojos y les dijo:

—Suplico su perdón. Les ruego que pidan por mí ante el dios que sea en el que creen. No hay nada que pueda reparar el daño que les he hecho. Podría ofrecerles mi vida para resarcirlo; pero como ven, nada vale. Podría ofrecerles mi muerte; pero como ven, una ofrenda de ese tipo no tendría sentido. Aun así, les entrego mi vida, mi muerte o mi persona, lo que ustedes dispongan, todo por que me concedan su perdón.

Toda la familia Morell se quedó pasmada, sin dar crédito a lo que acontecía ante ellos. Las mujeres tomaron a sus hijos y los alejaron de ahí, dejando a Juan y a Pablo Morell frente al extraño anciano que seguía postrado en actitud de súplica. Los hermanos Morell lo levantaron de inmediato.

—No sé qué daño crea habernos hecho, pero estoy seguro de que no hemos recibido injuria alguna de su parte —dijo Juan, el mayor.

—Lo que sucedió tenía que suceder —secundó Pablo—. Duele, pero le agradecemos a Dios que haya abreviado el sufrimiento de nuestro hermano.

Chimalpopoca los miró de frente con sus ojos profundos. Temblaba.

—Yo soy culpable de que haya ocurrido todo esto. Por eso les suplico su perdón. Les ruego que pidan a su dios que me perdone y a ustedes les ofrezco mi vida, mi muerte y mi persona, si de algo les sirve. He querido cumplir una misión sagrada, una encomienda de mis ancestros y de mis dioses. Y, al hacerlo, he provocado la muerte de un inocente. Sólo me alegro de haber podido abreviar su agonía.

Juan y Pablo se miraron extrañados.

—¿Quiere decir que usted... hizo arder la leña verde?

—Hice lo que pude. Conozco todas las yerbas, las plantas, los árboles: sus bálsamos y sus resinas. Nadie me vio cuando los dejé caer sobre esos leños.

—Dios obra de extrañas maneras, pero todo se hace según su voluntad. Nosotros pedimos que aminorara el sufrimiento de nuestro hermano y usted ha sido su vehículo. No podemos sino darle las gracias.

Chimalpopoca movió la cabeza, negando.

—Su hermano fue acusado de faltas que yo cometí. Yo recé a mis dioses y les hice ofrendas para que ocurrieran todas esas tragedias. Le pedí a Tláloc que trajera el agua, le pedí a Tonatiuh que moviera la tierra, le pedí a Huitzilopochtli que provocara fuego, le pedí a Tezcatlipoca que trajera la discordia sobre la catedral. Por eso se inundó, por eso se quemó, por eso se derrumbó... De eso culparon a su hermano.

Los hermanos Morell comenzaron a recordar el auto de fe de años atrás y a aquel misterioso indio viejo que fue acusado de herejía, entre otras faltas graves. Estaban frente a un hombre que se aferraba a su fe. No podían juzgarlo por más que consideraran que lo suyo era un antiguo culto pagano... Era un hombre que defendía sus creencias ante el poder de la Iglesia católica, como lo hacían ellos, como lo había hecho Jean Morell.

—No sé en lo cree usted —dijo Pablo—; pero la tierra se movió porque así ocurre en la naturaleza, la inundación advino por la misma causa, y el fuego se produjo por un accidente. Nosotros no creemos que esos fenómenos hayan ocurrido por obra de las plegarias que elevó a sus dioses.

—Pero yo sí lo creo —dijo secamente Chimalpopoca—. Yo pedí que vinieran esas tragedias. Y su hermano fue asesinado por causa de que así ocurrieron.

—Lo siento —atajó Juan—, no recuerdo su nombre; era un poco extraño, señor…

—Pedro, llámenme Pedro Aguilar.

—Señor Pedro —continuó Juan—, usted profesa unas creencias y nosotros otras. Nosotros creemos que no sucede nada si Dios no tiene una razón para que ocurra. Y si eso es así, todo ocurre por la voluntad de Dios. Por lo tanto, usted no nos debe nada. En cambio, nosotros sí le debemos nuestra gratitud por lo que hizo por nuestro hermano.

—No obstante, suplico su perdón.

Aquellos dos hombres, perseguidos por sus creencias, miembros de una familia hostigada por sus creencias, comprendieron que Pedro Aguilar necesitaba su perdón, pues estaba convencido de su culpa.

—Señor Pedro Aguilar —dijo Pablo—, usted sabe tan bien como nosotros que la Inquisición no necesita razones para aniquilar a los hombres que piensan distinto. Lo sabemos porque nos ha perseguido por siglos. Nos duele la pérdida de nuestro hermano: la sufrimos, la lamentamos… pero para nosotros no hay más culpable de su inmolación que la ignorancia, personificada por la Inquisición. Usted no es culpable de nada ante nosotros; sin embargo, si lo piensa así, nosotros, de todo corazón, lo perdonamos.

—Y le estamos muy agradecidos —agregó Juan—, pues nuestro hermano murió sin sufrir mucho, gracias a usted. Estamos en paz.

Los hermanos Morell querían marcharse de ahí y volverse a Veracruz lo antes posible, pero no podían ignorar el dolor que atormentaba a Pedro Aguilar.

—Estamos en paz —reiteró Pablo—. Entendemos el peso que representa una misión divina... pues una tarea parecida se encuentra en nuestro destino. Pero, ¿sabe una cosa, señor Aguilar?, si quiere paz en su alma debe comprender que ninguna misión que implique odio vale la pena. Si la Iglesia no respeta sus creencias, usted responda respetando las suyas.

Aquella era una idea muy extraña para Chimalpopoca, para quien las deudas debían ser saldadas a como diera lugar.

—Me he comprometido a resguardar las imágenes y el recuerdo de mis dioses —explicó.

—Hágalo.

—Me he comprometido a que la construcción de este templo nunca sea concluida.

—Eso es imposible.

—Además, debo cobrar venganza a los asesinos de mis ancestros.

—Si piensa de ese modo, señor Aguilar —se apresuró a decir Juan Morell—, va a condenar a sus hijos y a los hijos de sus hijos, una herencia de odio interminable.

—Las misiones divinas son eternas —dijo Chimalpopoca de manera tajante.

Mientras mantenían esa extraña conversación, un hombre, que era la viva imagen de Pedro Aguilar, pero algunos años más joven, se acercó a ellos y tomó del brazo al anciano, que se veía ostensiblemente cansado.

—Éste es mi... mi hijo —expresó Chimalpopoca—. Se llama como yo, Pedro Aguilar. Como mi vida ya no vale nada, la suya también les pertenece.

—Entonces nuestra gratitud también le pertenece a él —se apuró a decir Juan Morell—. Ustedes tienen una vida y una misión. Nosotros también, aunque la nuestra está lejos de aquí, en Veracruz, adonde partiremos mañana. Y si es verdad que sus vidas nos pertenecen, nosotros disponemos que ustedes se queden en este lugar y vivan el resto de su existencia sin odio. Ustedes tienen nuestra gratitud; si algún día necesitan de nosotros, pueden encontrarnos en el puerto.

—Y ustedes siempre podrán contar con nosotros; nunca lo olviden —dijo el joven Pedro Aguilar, quien se llevó del brazo a Chimalpopoca mientras los Morell se reunían con sus mujeres y sus hijos.

A lo lejos, como siempre ocurría, María observaba toda la escena.

Esa noche Chimalpopoca llegó a su casa más cansado que de costumbre, con el alma triste pero tranquila. Hizo lo que su honor le había exigido. Pidió perdón y lo obtuvo. Sin embargo, no estaba satisfecho. Se sentía culpable porque tenía la convicción de que sus dioses eran los causantes de la desgracia de aquellos inocentes, quienes lo redimieron de sus faltas porque no creyeron en la culpabilidad de sus deidades. Chimalpopoca les ofreció su vida, que sólo tomaron para pedirle que la viviera sin odio... Pero eso era algo que no podría hacer, ya fuera que le quedaran unos minutos o muchos siglos de existencia.

Comprendió que aquellos extraños creían en el mismo dios que los otros hombres blancos, aunque de manera distinta. Y ahora estaba en su casa no sólo con el perdón sino con la gratitud de aquellos hombres. Pero no era eso lo que esperaba de ellos, aunque le había sorprendido su capacidad de proscribir el odio de su alma.

Estaba de acuerdo con ellos en que la gran culpable de que hubiera tanta animadversión en el mundo era la Inquisición. E incluso estaba convencido de que detrás de todo ese odio estaba la ignorancia. Él mismo se dio cuenta de que se sentía menos sabio que en el pasado, de que sufría por una misión que comenzaba a parecerle absurda, y de que su propio nieto, al que había educado como un hijo, también la consideraba insensata.

De pronto se dio cuenta de que todo estaba mal encauzado desde el comienzo, de que había mezclado una misión divina y eterna —encomendada por su padre: la de custodiar los ídolos de piedra y resguardar a los dioses— con una venganza personal contra sus odiados rivales, los Ávila. Y cayó en la cuenta de que aquéllas eran dos cosas totalmente distintas.

Y lo de impedir la construcción de la catedral... eso lo había inventado él, pues aquella tarea jamás se la encomendó Cuautlanextli, que ni siquiera sabía que existían esos templos. Él enseñó a sus hijos que el único y verdadero dios, Ometéotl, era el mismo siempre en todo el universo: inmóvil, perfecto, eterno, y que no necesitaba un templo para ser adorado... En consecuencia, no tenía objeción en que existieran templos en los que se veneraba a otros ídolos...

Además, los dioses de piedra podían morar en cualquier templo, incluso en la catedral... Quizá los Morell tenían razón en lo relativo a poner freno al odio. Tal vez sólo era menester seguir creyendo en los dioses antiguos y venerarlos a través de las imágenes que imponían los seguidores del dios de los hombres blancos.

Chimalpopoca estaba cansado. Pedro Aguilar lo ayudó a recostarse en la cama y luego salió de la casa. El viejo estaba solo, dando rienda a sus pensamientos. No hay mal que dure cien años, se repetía. ¿Tenía Tezcatlipoca el poder de otorgar la inmortalidad o, al menos, una longevidad extraordinaria? ¿Sufría la maldición de sus propios dioses o la del dios de los hombres blancos? ¿Por qué lo repudiaba la muerte? De pronto, entre sueños, escuchó una voz de mujer:

—¡Eres un necio, Pedro Aguilar! —atendió aquel susurro con los ojos cerrados en espera de que los dioses se manifestaran; la misma voz femenina habló con mayor firmeza—: ¡Eres un maldito necio, Pedro Aguilar!

Entonces abrió los ojos. Ahí, frente a él estaba una mujer de piel morena, cabello oscuro, con unas arrugas que surcaban su rostro de edad indefinida, pero notablemente más joven que él. Junto a ella había un hombre joven, de no más de treinta años, con piel tostada, el cabello oscuro... y los inconfundibles ojos del águila que se eleva en el alba y de la estrella noble de la mañana. No daba crédito.

—¿María?

—María Aguilar, hija de Chimalpopoca, nieta de un guerrero águila. Hija ignorada por un hombre necio, obstinado y ciego. Esposa de un hombre blanco, asesina y viuda del mismo hombre. Madre de un guerrero águila.

Chimalpopoca se incorporó lo poco que sus fuerzas le permitieron y miró con detenimiento al joven, su nieto.

—¿Es...?

—Es mi hijo, tu nieto, depositario de un legado que yo le he transmitido, pues tu falta de sabiduría pretendió que sólo podían heredarlo los hombres. ¡Eres un necio, Pedro Aguilar! Cuautlanextli murió en batalla. Dime quién te transmitió su conocimiento, sus enseñanzas. Quién te educó para que fueras un sabio, un conocedor de los dioses y un guerrero águila... Una mujer, Pedro Aguilar; una mujer como yo, una mujer como las que te dieron mis hermanos. Tanto dices odiar a los blancos y a su religión y compartes el menosprecio por la mujer que trajeron a estas tierras.

Chimalpopoca se quedó mudo. Su hija tenía razón. Siempre creyó que sólo un hombre podía llegar a ser un guerrero águila y que sólo él podía ser depositario de la misión divina. Pero fue efectivamente su madre, una mujer, una gran mujer, la que le legó a él todos sus conocimientos.

Ahora se aclaraba su mente. El odio que albergó durante tanto tiempo por los Ávila había nublado su visión, y lo mantuvo confundido todos esos años.

Miró con detenimiento al hombre que acompañaba a su hija, que permanecía mudo.

—¿Cómo te llamas? —preguntó el anciano.

—Pedro Aguilar. Ése es su nombre —dijo María.

Chimalpopoca sintió un sosiego instantáneo en su alma al descubrir la mirada de sus padres en los ojos de aquel joven. Se recostó. Estaba cansado. No hay mal que dure cien años. Miró a su hija con orgullo, suplicándole que le concediese su perdón. Ella se lo otorgó, sin decir una palabra. Chimalpopoca cerró los ojos. Sintió cómo lo invadía la paz. Esbozó una ligera sonrisa... Y descansó.

SEGUNDA PARTE

El colapso del mundo

La Gaceta de Méjico,
12 de agosto del año del Señor de 1795

En presencia del excelentísimo señor, virrey don Miguel de la Grúa, marqués de Branciforte y grande de España; de su ilustrísima, señor arzobispo Ildefonso Núñez de Haro y Peralta; del oidor de la Real Audiencia, ilustrísimo señor doctor Arango de la Villa y Salmerón; de los comisarios, alguaciles, consultores, calificadores y procuradores de nuestro Santo Tribunal de la Inquisición, así como del acusador, el ilustrísimo señor, caballero de la Orden de Santiago, don Alonso Martín de Ávila, y de las buenas conciencias de nuestra sociedad, leales a su rey y a Dios, se llevó a cabo, el pasado día 9 del presente, de forma pública, un AUTO DE FE DEL TRIBUNAL DEL SANTO OFICIO, proceso en el que fueron declarados culpables de herejía, blasfemia, apostasía, deísmo, materialismo y sentimientos antihispánicos los señores Esteban Morell y Juan Lauset, cabecillas de un grupo de franceses que pretendían desestabilizar el reino y la Corona con ideas sediciosas, declaradas como herejía por la Santa Madre Iglesia. Encontrados culpables, fueron relajados al brazo secular, mismo que se encargará de llevar a cabo la sentencia correspondiente: purificar su alma en la hoguera. Como relapsos, insumisos e impenitentes, quemados vivos.

Madrid, España, diciembre del año del señor de 1795

Estimada y querida Paula:

Alegrías inmensas e intranquilidades terribles se dejan caer sobre mí de este lado del mundo. Las intranquilidades nos aquejan a todos, por lo que no tiene caso buscar consuelo en alguien que padece de lo mismo. Y las alegrías son tan personales que no he hallado en Madrid un amigo para compartirlas. Es por eso que te escribo a ti, incluso a sabiendas de que pueden pasar meses antes de que recibas esta carta, y hasta un año, si tú decidieses responder, para que yo tuviera una carta tuya en mis manos.

Aun así eres lo más parecido que tengo en el mundo a un amigo y un confidente. Y escribir apacigua mi alma. Me da gusto que podamos seguir en contacto ahora que todo está de cabeza y lamento no haber escrito antes, pero las cartas tardan cada vez más tiempo, pues el estado de guerra total en que está sumida Europa hace que el océano Atlántico sea una barrera casi insuperable.

Hace casi dos años que no sé de ti ni he podido escribirte; hasta la comunicación con mi familia ha sido limitada. Aquí en España sólo tengo a mi hermana María del Carmen, pero se ha casado con un noble y comerciante catalán y vive lejos de aquí, en Barcelona.

El mundo se cae en pedazos, Paula; ya no existe orden alguno ni temor de Dios. Y esos franceses siguen promoviendo ideas sediciosas por todo el Viejo Mundo. Pronto no quedará monarquía alguna capaz de poner en orden a los insurrectos.

La estadía en Madrid ha sido fascinante; finalmente, como te comenté hace ya tanto tiempo en mi misiva anterior, fui presentado en persona con el rey don Carlos IV y su ministro don Manuel

Godoy. Ahora soy como mi padre, un caballero de Santiago y un defensor de la fe. Tengo una misión divina, Paula, y eso da sentido a mi vida y me da felicidad. Estoy seguro de que te encantaría el entorno de la corte madrileña, llena de personas interesantes, de arte y de cultura, justo como a ti te gusta.

Pero las desgracias también se ciernen no sólo sobre mí sino sobre todos. Aquí se ha logrado mantener el orden, si bien el precio ha sido alto: nuestro monarca ha tenido que ser muy cauteloso en su relación con ese gobierno de apóstatas que domina Francia y ha tenido que reconocer a los rebeldes en el poder, un grupo de sediciosos que se hace llamar el Directorio.

Afortunadamente, los Pirineos son una barrera natural muy difícil de quebrantar. Y parece que el caos francés quedará fuera de nuestras fronteras. Eres afortunada de vivir en estos momentos en la Nueva España, protegida por un mar de por medio, y por la férrea decisión de la Inquisición de no permitir que las ideas en contra del orden establecido aniden en las mentes de los súbditos españoles.

Cuando llegué a España, los franceses ya habían guillotinado a su propio rey. ¿Te puedes imaginar esa barbarie? Hasta ahora han hecho evidente ante el mundo la imposibilidad de que un pueblo se gobierne por sí mismo, como pretenden hacer a través de la llamada República. Todo ha sido un caos. No hay ley que se respete; no sólo matan al rey sino que se matan entre ellos. Primero formaron un gobierno al que llamaron Convención Nacional, siempre con la idea de que el pueblo es soberano de sí mismo, y ese gobierno entró en guerra con España, una guerra que fue una terrible derrota para nosotros.

Muchos en Francia apoyan el restablecimiento de la monarquía con un orden constitucional y una cámara de representantes, algo parecido a lo que hicieron los ingleses, pero la mayoría es más radical y rechaza cualquier tipo de monarquía. La situación ya era grave al comenzar 1793, pero todo empeoró a mediados de dicho año, cuando los más radicales, que se hacen llamar jacobinos, se hicieron del control en el gobierno. Parece haber en ellos un odio absoluto contra Dios, contra la fe y contra la Santa Iglesia. Ha llegado a tal grado su fanatismo, que han dejado de contar los años a partir del nacimiento de Jesucristo y lo cuentan a partir de su revolución. ¡Cómo si con ellos hubiese comenzado un nuevo mundo!

El poder lo detentó un abogado de apellido Robespierre, pero no por ser jurista respetó la ley, sino que hacía las suyas y las acomodaba según sus necesidades. Entre la nobleza europea hay miedo, pero también la certeza de que los rebeldes terminarán matándose todos entre sí, tal como lo hizo el susodicho Robespierre desde que usurpó el gobierno, aniquilando a sus antiguos colaboradores, hasta que su propia gente lo asesinó a él a mediados del año pasado.

Fue entonces cuando el Directorio comenzó su mandato y cuando un teniente de apellido Bonaparte se sintió con el derecho de extender todo el caos francés al resto de Europa, e incluso impidió con las armas que la nobleza restaurase la monarquía para poder volver al orden. Se rumora que se prepara para atacar Austria y los territorios italianos. La guerra en todo el mundo parece inminente.

Nuestro monarca, a través de don Manuel Godoy, ha firmado la paz con Francia y parece que eso mantendrá la guerra fuera de nuestras fronteras. Incluso los franceses devolvieron los territorios que nos arrebataron tras la derrota. Confiamos en que Rusia, Austria, Prusia y el Imperio sean capaces de contener a los ejércitos revolucionarios.

No sé cuánto tiempo más permaneceré en Madrid. Ésta es, al fin y al cabo, la razón de que te escriba. Los deseos de mi padre son que permanezca en España más tiempo. Incluso, él insinúa la posibilidad de buscarme esposa castellana; pero el giro de los acontecimientos me hace pensar que lo prudente es volver a América. Recuerdo muy bien lo que alguna vez me dijiste: que yo podía tomar mis decisiones. Y finalmente he decidido no esperar las instrucciones de mi padre y emprender por mi cuenta el regreso a la Nueva España lo antes posible. Quizá no sea tarde para tomar las riendas de mi vida.

¿Cómo están las cosas por allá? Se habla mucho de que las ideas ilustradas finalmente han llegado hasta los virreinatos, y de que han existido algunas conspiraciones y rebeliones en contra de la Corona. En la Corte es un secreto a voces, pero se rumora que existe la posibilidad de que Carlos IV envíe a algunos de sus hijos, quizás a don Fernando o a don Carlos María, a gobernar la Nueva España desde allá. Eso supondría la eliminación del virreinato y la formación de un reino hispano americano que formaría parte de un gran Imperio español.

Evidentemente, la idea de don Manuel Godoy, de quien se dice que está detrás de todo esto, es formar un gobierno de criollos, que son los únicos que podrían encabezar una revuelta, pero con un monarca borbón al mando. Eso, como comprenderás, sería de gran beneficio para personas como yo, criollos educados en la Corte. Se rumora también que allá en América ya se ha ordenado la construcción de un palacio para don Fernando, manteniendo en secreto dicho destino. Si los vientos de guerra no soplan por España, mi futuro se ve promisorio. Estoy seguro de que muy pronto todo cambiará para bien.

Aún no sé cuándo volveré, pero espero que sea pronto. Extraño mi hogar, a mi familia y, disculpa el atrevimiento, también te extraño a ti.

Con mis mejores deseos, Ángel Martín de Ávila Rodríguez de Velasco y Cárdenas Manrique, caballero de la Orden de Santiago.

Puerto de Veracruz, agosto de 1796

Nueve meses tardó la misiva de Ángel en llegar a las manos de Paula. En realidad, fue un milagro que llegase, pues el corso inglés estaba más agresivo que nunca contra los navíos españoles que surcaban los mares. Y si los ingleses, los enemigos de siempre, eran una amenaza, ahora había que sumar a los corsarios neerlandeses, que en plena guerra de independencia contra España azotaban sus navíos en todos los mares del planeta. Sin olvidar, por supuesto, que España no se caracterizaba por la eficacia de la que sí se podían ufanar los ingleses... Para cuando la carta de Ángel llegó a sus manos, en agosto de 1796, Paula ya tenía más noticias de las que él le comunicaba.

Todo lo que tuviera que ver con Francia, y cada vez más con Napoleón, era de fundamental interés para los ingleses, quienes atravesaban el mar con mercancías y noticias casi todos los días, en viajes que les tomaban sólo tres semanas hasta sus posesiones coloniales en el Caribe.

Aquel artillero de apellido Bonaparte había sido un jacobino amigo de Robespierre, que logró salir ileso de las purgas que los revolucionarios realizaron después de guillotinar al líder revolucionario. Y aunque Napoleón defendiera al gobierno de la Convención Nacional, muy pronto logró convertirse en una pieza clave en el nuevo gobierno del Directorio, en tal medida que incluso contrajo nupcias con la que fuera amante de Paul Barras, líder de dicho gobierno: Josefina de Beauharnais. Mientras Ángel escribía sobre un eventual estado de guerra, cuando Paula leyó su carta ya sabía que Napoleón invadía la Península Itálica... La verdad es que los Morell tenían muchos contactos con neerlandeses e ingleses, por medio de quienes se enteraban de muchas de las cosas que ocurrían en el mundo.

Paula Morell —Del Moral para el mundo— tenía sentimientos encontrados con ese tipo de correspondencia de Ángel Ávila. Lo consideraba su amigo y lo tenía en gran estima, pero la vida la había colocado en una posición en la que debía elegir entre él y Juan. Y no tenía dudas al respecto: prefería a Juan; el vínculo que lo unía a él era más sólido; de hecho, imposible de resquebrajar.

Se congratulaba por las alegrías de Ángel, por lo que él consideraba que le produciría alegría, y no podía dejar de sentir empatía por lo que consideraba sus tristezas. Sin embargo, aquellas noticias que atormentaban a Ángel, Paula las veía como el advenimiento de un mundo mejor, aunque ese mundo promisorio llegase, como siempre sucedía, precedido por la violencia y el caos.

Paula siempre supo quién era Ángel Ávila. Por esa razón siempre se guardó de revelarle incluso el más inocente de sus secretos. Sus cartas le despertaban ternura y hasta un poco de lástima. A fin de cuentas, en él veía a un niño convertido en hombre que había abandonado sus sueños en el camino, a un hombre que se había conformado con un destino que le había sido heredado por sus padres, a un joven con una mente brillante desperdiciada... a otro noble holgazán procedente de España.

Evidentemente, lo más importante, Ángel lo ignoraba al escribir, pero las noticias que tan alegremente compartía con Paula, henchido de orgullo, implicaban que oficialmente, a partir de ese momento, se habían convertido en enemigos. Él, un caballero de Santiago, defensor de la fe... Ella y su familia, unos protestantes relapsos, que ocultaban su fe y sus orígenes en la Nueva España. Él, un campeón del catolicismo y su ortodoxia... Ellos, comerciantes de libros prohibidos por la Iglesia... Él, preocupado por las ideas heréticas que convulsionaban a Europa, mientras que el padre de ella traducía libros apóstatas al castellano en un lugar donde podían encender el fuego de la libertad: la Nueva España.

Ángel Ávila estaba dejando que el pasado y la tradición lo convirtieran en algo que supuestamente él nunca había deseado ser y estaba permitiendo que el peso de la costumbre lo alejara de lo que pretendía que eran sus verdaderos sueños. Peor aún, esa tradición y ese pasado que ya lo habían enemistado con Juan, ahora, aunque él lo ignorara, lo separaban absolutamente de ella, quien de pronto no sabía cómo interpretar las epístolas de aquel hombre que por momentos parecía un chiquillo enamorado.

Paula tomó papel y tinta y escribió una carta a Juan Aguilar, a quien se la envió junto con la que recibió de Ávila. Lo último sincero que Juan había dicho al que fuera su amigo, antes de que éste partiese, era que lo estimaba... Y así era. Por eso, aunque nunca volvería a gozar de su amistad, se complacía de recibir noticias de lo que acontecía a su amigo al otro lado del mundo.

Paula envió las dos misivas a la ciudad de México, incluidas las noticias de que Ángel Ávila era un señorito español sin oficio ni beneficio, pero lleno de títulos irrelevantes como ese de caballero de Santiago, que sólo reiteraría la animadversión que debía sentir hacia Juan, aunque sólo la tuviese que sentir por la obligación que le habían heredado sus ancestros de denunciarlo ante la Inquisición y de no descansar hasta verlo arder en la hoguera...

Ciudad de México, 13 de agosto de 1796

Tenía dieciocho años. Ya era un hombre en toda la extensión de la palabra; un hombre que debía estar orgulloso de sí mismo y agradecido con la vida, a pesar de todo. Se le había hecho costumbre a Juan Aguilar reflexionar sobre su vida, tanto de su pasado como de sus sueños futuros, justamente el día de su cumpleaños... Y ahí estaba, recibiendo clases de arte, preparándose para ser un arquitecto, como aprendiz de uno de los grandes artistas de su tiempo, trabajando en diversas obras que además de experiencia le reportaban un ingreso y colaborando en la construcción de la catedral, como siempre fue el sueño de su vida.

Pero al mismo tiempo veía cómo la maldición parecía actuar para que en efecto la construcción de dicha catedral no se concluyera. Además, estaba alejado de su padre y de su madre; alejado del primero, al que veía languidecer de nostalgia, y alejado de ambos, porque sentía como si viviesen en dos mundos diferentes; ellos en uno del pasado y él en uno del presente.

Ahí estaba, cumpliendo sus sueños, pero sumido en una soledad que acongojaba su alma. Su único amigo había sido Ángel y ése era el episodio de un pasado que a veces prefería no recordar y posiblemente parte de un futuro que esperaba que nunca llegase. Su mente, su alma y sus sueños parecían distintos a los del resto del mundo. Y por eso mismo el resto del mundo siempre le parecía tan lejano. Su maestro, Manuel Tolsá, a quien ya consideraba un amigo, ahora debía dedicarse a cumplir con su papel de esposo y padre, por lo cual su tiempo disponible para el trabajo era considerablemente menor.

Juan era un mestizo en un reino mestizo que discriminaba a los mestizos. Pero al verlo era difícil distinguir los rasgos de su origen racial. En efecto, tenía una piel morena clara y bien podía pasar por un indio, o por un criollo, como tantos españoles sevillanos de piel tan tostada como la suya. Era alto, más que la mayoría, y aunque de condición social baja, de pronto tenía aires de gran señor. Además, poseía unos estudios y un trabajo que normalmente estaban destinados a blancos y que habitualmente eran negados para gente como él. No obstante, contaba con el apoyo y la protección de su maestro y todo indicaba que, a pesar de todo, llegaría a ser un arquitecto.

Despertaba Juan las miradas curiosas de algunas mujeres cuando lo veían cruzar la gran plaza para adentrarse en la catedral. Pero él no tenía ojos para nadie. Se podía decir que sólo había dos mujeres en su vida. Una era su madre, con quien nunca tuvo una relación estrecha ni que se fundara en el apego. Y la otra era Paula Morell, una mujer apasionante, distinta, distante, extraña y envuelta en un halo de misterio; una mujer a la que, por promesa hecha a su padre no debía volver a ver; una mujer a quien en realidad había tratado poco, con la que mantenía una correspondencia ocasional y de la que no podía estar seguro de nada. No después de que Andrés Morell le contó su historia.

Andrés Morell era otro hombre importante en su vida, pues le consiguió su puesto de aprendiz con Manuel Tolsá, un hombre que fue una piedra angular en el edificio de sus sueños. La relación de su padre con esa extraña familia no terminaba de ser del todo verosímil para él. Ahora sabía que los Morell eran perseguidos, sobre los que pesaba la acusación de que eran herejes y quienes ocultaban su nombre y su vida. Y Juan no podía juzgarlos sin que hacerlo implicara juzgar a su propio padre.

Ahí estaba Juan, evitando calificar a su progenitor: ni por hereje, ni por idólatra... ni por nada de todo aquel pasado que a Juan le parecía la historia de un lunático... o de un mentiroso. Y ahí estaba Juan tratando de no juzgar a su padre. Debía honrarlo como ordenaba la ley de Dios. Pero ahí estaba Juan Aguilar dudando de ese dios, de sus leyes y de sus representantes terrenales, mientras vivía obsesionado en terminar la construcción de una catedral erigida en su honor.

Ése era otro asunto en el que Juan Aguilar tenía dudas. No estaba convencido con esa idea de destruir para construir. Toda la historia de la catedral parecía reflejar la historia del reino entero. Era imposible seguir adelante y avanzar en las obras arquitectónicas de aquel templo, porque cada maestro constructor parecía querer su propio templo. Nadie construía sobre las bases de lo que su antecesor había construido; todos destruían los cimientos de su predecesor y comenzaban a construir su propia obra. Así pasaba con el nuevo virrey, ese inepto y corrupto marqués de Branciforte, que no sólo no hacía nada bueno por el reino, sino que parecía querer destruir todo lo que había hecho Revillagigedo.

Y de pronto Juan pensaba que algo similar ocurría por momentos con Manuel Tolsá. Su obsesión por el neoclásico y su aversión por el barroco lo obligaban a planear la edificación de la catedral desde el principio, algo que afortunadamente se quedaría sólo en un proyecto, pues ni sería aprobado por el virrey ni por la Audiencia, ni era de interés de la Corona española. Y, lo más importante, las obras de la catedral se quedarían sin presupuesto, y su construcción dependería del dinero y el trabajo que el pueblo donase para tan santo fin.

Una vez más los trabajos de la catedral se volvieron lentos, por varias razones. El maestro Tolsá contrajo matrimonio en 1794. Tuvo un hijo y su esposa ya esperaba el segundo; evidentemente necesitaba ingresos para sostener a su familia. Y de las obras de la catedral no podría obtenerlos. Por si fuera poco, su sueldo de la Academia de San Carlos no era suficiente, por lo cual se había hecho cargo de varios proyectos particulares, entre ellos, uno que desagradó en demasía a Pedro Aguilar.

Trabajaba Manuel Tolsá en los planos para construir un gran palacio neoclásico para el marqués del Apartado, aunque el secreto a voces aseguraba que en realidad se pretendía erigir dicho edificio para cuando don Fernando, hijo del rey Carlos IV, llegara a gobernar la Nueva España desde la ciudad de México. No era esto, desde luego, lo que molestaba a Pedro Aguilar, sino la ubicación de aquel palacio: a un costado de la catedral, en un terreno baldío donde el olvido había hecho su trabajo en la mente de todos, pero no en la de Pedro, pues se proyectaba levantar la construcción de aquel edificio donde estuvo el Templo Mayor, el santuario de los guerreros águila... en cuyos cimientos aún permanecían enterrados algunos ídolos de piedra...

Para retrasar aún más la conclusión de la catedral surgió el proyecto del majestuoso edificio que albergaría al Colegio de Minería, obra arquitectónica que entusiasmaba a Juan y a la que Manuel Tolsá había dirigido la mayor parte de su atención. El maestro había recibido con orgullo el proyecto catedralicio, pero en el Colegio de Minería y en el Palacio del Marqués veía lienzos en blanco, espacios libres para comenzar a elevar un templo con su querido estilo neoclásico.

Además, claro, estaba la burocracia, la corrupción y la lambisconería de Miguel de la Grúa Talamanca de Carini, marqués de Branciforte, grande de España y quincuagésimo segundo virrey de la Nueva España, que en desafortunado momento ocupó el puesto que tan brillantemente ejerció Revillagigedo hasta el 11 de julio de 1794.

Revillagigedo nunca dejó de trabajar, mientras que Branciforte comprendió que las excesivas alabanzas al monarca eran la mejor forma de ganar su favor. Y así el nuevo virrey ordenó construir una gran estatua ecuestre del rey de España. Y ese proyecto también fue puesto en manos de Tolsá.

Difícilmente Juan podía estar más feliz. Su sueño había sido convertirse en un arquitecto y Manuel Tolsá lo tenía considerado para que colaborara en todos los proyectos que tomaba en sus manos... Pero la catedral languidecía. Juan Aguilar comprendió entonces que, más que llegar a ser un buen constructor, su sueño era ver concluida aquella catedral, la misma que su padre deseaba ver por siempre inconclusa.

¡Su padre...! A Juan le preocupaba su salud, pues se acercaba a los sesenta años de edad y, aunque no tenía ningún padecimiento, había perdido la alegría de vivir y el sentido de la vida. No sabía Pedro Aguilar quién era, ni si en realidad tenía una misión por cumplir, ni si el empecinamiento contra el Templo Mayor de los blancos era parte de dicha misión. Veía Pedro Aguilar cómo un nuevo mundo se había asentado por más que él se negara a aceptarlo. Aquella región ya no era Tenochtitlan sino la ciudad de México; el dios blanco recibía la veneración que debía prodigarse a los dioses de piedra. Su misión moriría con él... Quizá porque no era el hijo del último guerrero águila, sino un anciano nostálgico aferrado al pasado.

Que Juan supiera, su padre nunca llevó a cabo ningún atentado contra la catedral, tal como lo confesó en su tiempo al virrey. Además, era claro que había renunciado al odio eterno contra los Ávila. Por si fuera poco, reconoció que las piedras tan celosamente guardadas por sus ancestros durante varios siglos ya habían sido lanzadas por la tierra.

Eso tenía sin esperanza a Pedro Aguilar, quien dejó de asistir todos los días a la catedral. Ahora se encerraba durante varias horas en su casa y platicaba con sus dioses del pasado, suplicándoles la muerte a divinidades paganas y orando a Tezcatlipoca, a quien le rogaba que lo dejara vivir mientras no se cumpliese la misión que tenía encomendada su estirpe. Pedro Aguilar estaba perdiendo la razón. Y a pesar de todo, Juan no podía dejar de pensar en su padre y en todas las historias que le había contado cada vez que un temblor de tierra, una inundación o un incendio detenían la construcción de la catedral.

Un incendio inexplicable arrasó con una serie de retablos a principios de aquel año de 1796. Lo único bueno que Juan podía ver en ese hecho fue que su amigo Pedro Patiño Ixtlolinque, también aprendiz de Manuel Tolsá, también formó parte del equipo en el que el maestro había depositado toda la confianza para llevar a cabo la labor de reconstrucción de aquellos retablos. Evidentemente, aprovechando la tragedia, se realizaron en estilo neoclásico.

Aquel día era su cumpleaños y no podía quejarse. Tenía dieciocho años y estaba por cumplir sus sueños: era aprendiz de un gran artista, se hallaba en el camino de convertirse en constructor, poseía un buen trabajo, colaboraba en muchos proyectos y participaba en las obras de la catedral, algo con lo que ni siquiera se había atrevido a soñar por más que siempre hubiese sido su gran anhelo. Y aquellos retablos que remodelaría serían un regalo para sí mismo.

Además colaboraría en la remodelación de la fachada poniente y de la fachada principal pero, principalmente, en la destrucción de parte de la gran cúpula octagonal para hacer una más elevada, majestuosa y más simétrica en relación con las torres. Pero mientras faltaban muchas cosas para terminar de construir la casa de Dios, Manuel Tolsá trabajaba en el gran pedestal de la plaza mayor donde sería colocada la estatua de Carlos IV. Juan no podía creerlo: cómo era posible que el maestro abandonara la obra de la catedral para abocarse a la hechura de aquel gris Caballito.

Ciudad de México, septiembre de 1796

Había cosas de su educación que siempre cuestionaba Juan Aguilar. Aprendía de pesos y medidas, de cálculos, de cimentaciones, de historia, de arte, de técnicas diversas, de estilos a lo largo de los siglos... Pero no comprendía la razón de aquellas lecciones en las que debía memorizar los rangos de los diversos títulos que componían la nobleza española.

Para él todos eran nobles, todos eran holgazanes y todos eran socialmente superiores, por lo menos según ellos; pero, al parecer, hasta en la cúspide de la pirámide social había diferencias.

No le gustaban, pero incluso había lecciones de comportamiento social. Y es que al fin y al cabo un artista, como se lo dijo en varias ocasiones Manuel Tolsá, depende de patrocinios que provienen de los nobles, quienes son particularmente quisquillosos a la hora de recibir caravanas y adulaciones que deben corresponder con su rango. Así pues, en la preparación del artista y el constructor era fundamental conocer las diferencias que existen en el seno de la élite. Todos nobles, pero unos más que otros... Y, lo más importante, no era lo mismo ser noble de nuevo cuño que uno de viejo abolengo.

En la parte más baja de ese estrato social se encuentran los caballeros, que poseen un título y una dignidad, como en el caso de los de Santiago o de Calatrava, no obstante que su título no va unido a una tierra y a sus rentas. Por encima de éstos se hallan los señores, los barones, los vizcondes, los condes y los marqueses, todos los cuales reciben el título de ilustrísimos señores. Y en un estrato superior siguen los excelentísimos señores, dignidad adjunta a su título, por más que el individuo que lo ostente no tenga nada de excelencia. Los excelentísimos ascienden desde señor, barón, vizconde, conde y marqués hasta llegar a duque, el cual posee la calidad de miembro de la familia real.

Pero lo que hace diferentes a los señores excelentísimos de los ilustrísimos es que los primeros poseen, además de su título, la dignidad extra, concedida por el rey, de grandes de España: el más alto título de la nobleza española, superior al de los más grandes nobles de otros reinos. Ser grande de España implica tener la misma altura que el mismísimo monarca. Desde luego, se presume que dicha dignidad oficial debe ser respaldada por una calidad similar en el comportamiento cotidiano: la grandeza del alma.

Nunca un grande de España había sido virrey de la Nueva España, por lo que la llegada de Miguel de la Grúa Talamanca de Carini y Branciforte, quien ostentaba dicha dignidad, despertó muchas expectativas en la población del virreinato. Un gran ejemplo de honestidad y laboriosidad había dejado el virrey Revillagigedo, por lo que mucha gente había dado por entendido que enviar a un grande de España al virreinato sólo podía significar que el nuevo gobernante sería una persona de honestidad probada y cabalidad absoluta. Triste realidad la que le deparó a la Nueva España la llegada de este virrey, epítome de la corrupción y la decadencia.

De la Grúa había sustituido a Revillagigedo hacía ya dos años y nada había pasado en el virreinato desde entonces… Nada bueno por lo menos, porque la censura, el espionaje, el dispendio, la corrupción, la discriminación y la represión habían sido huella de su gobierno, de la mano del temido brazo de la Inquisición.

El puesto de virrey debía ser sugerido por el Consejo de Indias y aprobado por el rey; en este caso había sido una imposición directa de Manuel Godoy, quien entonces era un ministro omnipotente, la única persona que parecía capaz de llevar los rumbos del reino por donde Dios lo ordena. Y también el único hombre capaz de alejar de las fronteras españolas las guerras revolucionarias de los franceses y sus heréticas ideas. Miguel de la Grúa era su protegido y su cuñado. Casado con una hermana de aquél, María Antonieta de Godoy, desde 1790, De la Grúa necesitaba una fuente inagotable de riqueza. Y eso era precisamente el gobierno novohispano en manos corruptas: dinero sin límites.

Obtener riqueza fue la encomienda que dio Godoy a De la Grúa; riqueza para ellos, desde luego, y algunos ingresos extras para la Corona española, para protegerse económicamente ante las amenazas revolucionarias. Desde que llegó a Veracruz en 1794, el nuevo virrey dejó claro que todos los franceses eran objeto de sospecha, pues podían ser agentes del gobierno de aquellos sediciosos. Y aunque oficialmente España y Francia estaban en paz, aquello fue un pretexto para confiscar propiedades a los franceses que residían en la Nueva España, que solían ser pocos pero muy acaudalados.

De la Grúa despojó a cientos de franceses de sus casas, de sus tierras, de sus inversiones y de todo tipo de haberes, desde la Nueva España hasta la Luisiana; envió una ínfima parte a la Corona, cantidades algo mayores para Godoy, pero conservó para él una riqueza sin precedentes. Por si fuera poco, se hizo de ingresos extras poniendo a la venta gran parte de los puestos públicos del virreinato.

En 1796 era evidente que el virrey no haría nada por la Nueva España, pues su única misión era obtener dinero, esquilmar el virreinato y evitar, con toda la represión necesaria, que las nuevas ideas circularan por el reino. Fue famosa su intolerancia ante toda nueva idea cuando, en 1794, decidió desterrar durante diez años al doctor Servando Teresa de Mier, al parecer debido a dos discursos: uno, en el que exaltaba las cualidades de Hernando Cortés, y otro, en el que exponía una enmarañada teoría sobre el origen del manto guadalupano.

Quizás el único acontecimiento digno de reconocérsele fue el inicio de los cursos de mineralogía, que estuvieron bajo la dirección de Andrés del Río, aunque en realidad su concreción fue consecuencia de una de tantas iniciativas aprobadas por Revillagigedo. Por lo demás, la Nueva España de Miguel de la Grúa fue un lugar inmóvil, estático, cerrado al conocimiento, donde las hogueras se reavivaron y las ideas desaparecieron en medio del humo y las llamas purificadoras. Era plena Edad Media en la Nueva España.

Todos los extranjeros fueron víctimas de espionaje; en muchos casos, sujetos de falsas acusaciones y, desde luego, de juicios ante la Inquisición; principalmente franceses y estadounidenses, considerados ambos los principales revolucionarios de la época. La Inquisición dejó de preocuparse por los judaizantes, los protestantes y los herejes. En cambio se dedicó más a la persecución de científicos, intelectuales y, en general, hombres de ideas. Contra el orden establecido no había nada más peligroso que las ideas.

La llegada de Miguel de la Grúa resultó particularmente preocupante después de que, al poco tiempo de desembarcar en la Nueva España, recibió los honores de caballero de la Orden del Toisón de Oro, de caballero de Santiago y de caballero de la Orden de Carlos III, dignidades que se resumían en las siguientes calidades: defensor de la fe, inquisidor, perseguidor de pensantes y pensamientos, protector del orden establecido, campeón de la ortodoxia.

El nuevo virrey era un peligro tanto para aquellos que defendían las ideas anquilosadas y paganas, que era el caso de Pedro Aguilar, como para quienes sostenían ideas nuevas, modernas y desafiantes, como Andrés Morell.

Juan lo sabía perfectamente.

La Inquisición novohispana había permanecido adormilada hasta que vino a desperezarla el marqués de Branciforte. Ahora estaba en su apogeo, vigorizada por el impulso de aquella mente medieval que tomaba las riendas del reino. Juan Aguilar se preocupó fundamentalmente por dos hechos: uno que correspondía al pasado, y el otro que probablemente estaría en los anales del futuro cercano.

El hecho del pasado ocurrió el 9 de agosto de 1795, cuando se llevó a cabo de manera pública un auto de fe, donde uno de los condenados a la hoguera, que vivió sus últimos minutos envuelto en llamas, respondía al nombre de Esteban Morell, un francés, hombre ilustrado y de ciencias, quien por lo regular escribía en *La Gaceta de Méjico* y que además era profesor de medicina.

Esteban Morell fue procesado junto con otros franceses, acusados de toda una serie de cargos bautizados con palabras extrañas que sólo comprendía la Inquisición y que no eran más que pretextos para incautar las fortunas y encender las hogueras: blasfemia, herejía, apostasía... Y dos más, que eran nuevas a los oídos de Juan: deísmo y materialismo.

Juan no había encontrado la oportunidad de escribir, o mejor aún, de entrevistarse con Paula o Andrés del Moral para preguntarles sobre el particular. Estaba seguro de no que había muchas personas con aquel apellido; por otra parte, le inquietaba la coincidencia de la ascendencia francesa y el gusto por la ciencia de aquella familia. Sin embargo, nada le había confesado don Andrés a Juan tiempo atrás, cuando le preguntó quiénes eran los Morell.

Por su parte, el hecho probable del futuro cercano estaba relacionado con su propio padre, quien ya había sido acusado por Alonso de Ávila ante el virrey Revillagigedo, el cual ignoró el caso y lo dejó anclado en un interrogatorio que, a lo sumo, dejó claro que Pedro Aguilar no gozaba de cabalidad mental.

Pero el nuevo virrey era un perseguidor de herejes y, para colmo, caballero de la Orden de Santiago, razón por la cual no desoiría la petición de un cofrade como Ávila. Las llamas se encendían en la Nueva España y su crepitar amenazaba a los Morell, a Pedro Aguilar y, por añadidura, al propio Juan.

Ciudad de México, octubre de 1796

Don Alonso de Ávila se debatió un rato con su conciencia: como caballero de la Orden de Santiago prometió al virrey Revillagigedo no hacer justicia por mano propia contra Pedro Aguilar; sin embargo, como buen cofrade de la orden había cumplido a cabalidad y no obstante nunca vio satisfecho su deseo de justicia, de venganza… o de lo que fuera que lo movía contra el impenitente. Era don Alonso un buen hombre con el alma atormentada, con un dolor que no había superado y con la imperiosa necesidad de hallar un culpable en quien verter su odio… Y Pedro Aguilar, el eterno Pedro Aguilar, era el culpable perfecto para su propósito.

Sin embargo, don Alonso no estaba obsesionado con ese juicio contra Aguilar. Soportó que el antiguo virrey lo declarara inocente. Él, por su parte, se refugió en la oración y en la soledad y se ocupó de colocar a sus hijos en España.

Ahora había pasado el tiempo y era momento de volver a implorar la justicia divina. El nuevo virrey era un caballero de la Orden Santiago y ese simple hecho hacía que la suerte estuviera de su lado… Pero ¿podía acusar y orillar a que se le formarse proceso a la misma persona por la misma acusación? El sentido común le decía que no; pero el dinero y la red de complicidades del reino le garantizaban que sí.

Entró don Alonso a la sala del palacio virreinal adonde fue conducido por uno de los sirvientes: una amplísima estancia ornamentada con una serie de balcones y ventanas que daban a la plaza y a la catedral. No pudo evitar Ávila pensar que el virrey marqués de Branciforte podía disfrutar esos lujos gracias al dinamismo de Revillagigedo.

—¡Sin duda, el mejor virrey de este reino! —pensó en voz alta Alonso de Ávila—. A pesar de todo, no me hubiese molestado que permaneciera algunos años más en el cargo... Me pregunto, ¿por qué lo removieron?

—¡Por sospechoso! Por Abrigar ideas peligrosas, por no respetar el orden social que Dios ha establecido desde siempre... Por su calidad de criollo....

Ávila se quedó sorprendido. Pensaba que estaba solo mientras hacía aquellas reflexiones en espera del virrey, cuando fue sorprendido intempestivamente por el doctor Arango de la Villa y Salmerón, quien, mientras hablaba, caminaba desde un extremo hacia el centro de la habitación.

—Doctor Salmerón —saludó Ávila con una caravana—. Disculpe, no sabía que había alguien más en la habitación.

—Y así es mejor, caballero Ávila. Las buenas conciencias debemos tener ojos y oídos detrás de todas las paredes. El mundo está al borde del colapso y somos muy pocos los interesados en que prevalezca el orden.

—Puedo asegurarle con certeza que esas ideas revolucionarias y heréticas permanecerán del otro lado del océano, estimado caballero.

—¡Se equivoca usted, don Alonso! Se equivoca de pies a cabeza. Son muchos en este país los que están promoviendo nuevas ideas y cuestionando las doctrinas correctas que siempre se han enseñado. Por eso, fuimos muchos los que nos ocupamos de que Revillagigedo fuera retirado del virreinato. Ese hombre se creía moderno, pero muchos sabemos que para que este país progrese las cosas deben permanecer como están, con las masas en silencio. Ya ve usted lo que está ocurriendo en el Viejo Mundo por permitir a la gente que conozca ideas distintas a las del *statu quo*.

Don Alonso escrutó al doctor Arango de la Villa y Salmerón de pies a cabeza. Lo conocía muy bien, a él y a los hombres de su tipo. Era un personaje que se ostentaba como progresista pero dedicaba su vida y sus esfuerzos a perseguir denodadamente a todo aquel que no compartiera sus ideas, las que, en su opinión, eran las únicas correctas. Vestido completamente de negro, con una cruz en el pecho y su frondoso bigote arremolinado, incluso Ávila veía en el doctor Arango a un hombre del pasado, a una mente inflexible, a un icono de la intolerancia. Sabía que no tenía caso discutir con él.

—Hacía tiempo que no tenía el gusto de saludarlo, doctor, desde aquel auto de fe del año pasado. Qué feliz coincidencia volver a encontrarnos en el palacio del virrey.

—No hay ninguna coincidencia, don Alonso. Yo estaba con el virrey cuando recibió su carta hace unos meses y estoy enterado de su contenido. Solicité a su excelencia el virrey que me permitiera estar presente en esta entrevista.

—¿Y a qué debo al grato honor de que se interese en mi caso tan ilustre caballero?

—La defensa de la ortodoxia, don Alonso. Además, el nombre de Pedro Aguilar me resultó conocido. Y tras hacer un ejercicio de memoria recordé que una persona del mismo nombre fue juzgado por la Inquisición, hará unos ciento cincuenta años.

—No lo dudaría, doctor. Debe ser ancestro de este idólatra al que yo denuncio; pero ¿por qué le resultó tan importante asistir a esta diligencia?

—Porque he revisado muchos archivos, caballero, y ese nombre está relacionado con diversos delitos y faltas contra la fe. Además, y esto fue lo que avivó mi interés, en aquel juicio Pedro Aguilar fue encontrado no culpable. Sin embargo, en ese mismo auto de fe fue condenado a las llamas un hombre de apellido Morell, acusado de herejía, blasfemia, apostasía y de otros tratos con el demonio. Usted siempre ha estado atento a los asuntos divinos. Gracias a sus acusaciones el año pasado fue quemado en la hoguera un hombre de apellido Morell.

—Coincidencias, supongo.

—El mal no conoce coincidencias, caballero. Hace casi doscientos años Pedro Aguilar fue presentado ante el Santo Tribunal al mismo tiempo que la familia Morell... Y ahora, usted presenta un caso contra Pedro Aguilar y de nuevo un personaje con el apellido Morell ha sido expuesto a las piras purificadoras... Gracias a una acusación suya.

Ávila intentó ocultar su nerviosismo. Nunca había tenido en buena estima al doctor Arango. Quizás hasta sentía miedo de él. Don Alonso se consideraba conservador, lo presumía con orgullo, era parte de su estirpe... Pero aquel personaje que se pronunciaba a favor del progreso estaba lleno de ideas medievales que Ávila consideraba obsoletas.

Además, el doctor Arango de la Villa y Salmerón era peligroso. Una vez que se obsesionaba contra una persona, no la soltaba. Y vaya que había una relación entre la familia Morell y Pedro Aguilar... Pero don Alonso temía que aquel retrógrado oidor de la Audiencia lo supiera.

—¿Usted piensa que hay alguna relación entre ambas familias?

—No lo pienso, caballero; lo sé. Estoy seguro porque el día de la ejecución de aquel Morell del pasado, el tal Aguilar se presentó en la plaza y se reunió con los familiares del impenitente una vez que su cuerpo fue consumido por el fuego

—¿Asegura que esas dos familias tenían algún tipo de relación desde entonces y pueden tenerla ahora?

—Eso es lo que digo. Y hoy más que nunca hay que estar atentos al desorden social y a los enemigos del pueblo. Esteban Morell parece haber sido el último de esa estirpe de malditos; sin embargo, no estoy seguro de que así sea, aunque sí tengo la certeza de que, si aún prevalece su estirpe, tarde o temprano tendrá contacto con ese Aguilar a quien usted persigue.

Don Alonso permaneció en silencio y dio unos pasos por la habitación. No sabía qué pensar. Conocía la historia de su familia. Y debido a esa circunstancia también conocía la historia de Pedro Aguilar, en quien debía depositar el odio que había heredado de sus ancestros... Pero la historia de Aguilar era tan confusa, su presencia tan constante y sus misterios tan profundos, que el propio Ávila llegó a pensar más de una vez que la única explicación de aquel misterio, por más irracional que pareciera, consistía en que Pedro Aguilar era la misma persona que vivió desde los primeros años de la Nueva España hasta aquellos días. Al fin y al cabo era considerado un hombre que dominaba sortilegios y brujerías y que pactaba con los dioses diabólicos del pasado. Pero el solo hecho de pensar en aquella posibilidad era un delito contra la fe, pues los dioses paganos no existían.

—Pedro Aguilar es el jefe de una familia de malditos que durante toda la historia de este reino se han dedicado a la herejía. A lo largo del tiempo han estado relacionados con otras familias de apóstatas, como lo fueron los Salazar... Pero no veo cómo podría tener tratos con otros herejes como los Morell. Además, según sé, Esteban, que ardió en la hoguera fue, en efecto, el último de la estirpe.

—Los herejes nunca vienen solos, caballero —sentenció adustamente el doctor Arango.

—Pues si Esteban Morell fue el último eslabón de esa familia, tenemos la oportunidad única de acabar de una vez por todas con esa casta putrefacta. Pedro Aguilar, heredero de un linaje de blasfemos, casó hace tiempo con la última sobreviviente de los Salazar... Y tienen un hijo, un tal Juan, maldito por parte de padre y maldito por parte de madre; un réprobo que, como los Aguilar del pasado, trató de involucrarse con mi familia para hacerle daño y hoy es un lobo con piel de oveja que se oculta tras el inocente disfraz de aprendiz de constructor... Para colmo, en la obra de nuestra santa catedral. ¡Imposible saber qué tipo de perversidades esté planeando llevar a cabo por órdenes de su padre!

En ese momento la plática fue interrumpida por la llegada del virrey de la Nueva España, Miguel de la Grúa, marqués de Branciforte y excelentísimo grande de España. La puerta se cerró detrás su oficina, donde los tres hombres se abocaron a discutir el caso de Pedro Aguilar, su posible vínculo con la familia Morell y la posibilidad de acabar de tajo con toda esa estirpe.

Ciudad de México, noviembre de 1796

Juan Aguilar tuvo un día como cualquier otro. Acudió temprano a la Academia de San Carlos y trabajó en los talleres durante toda la mañana. La tarde la pasó en la catedral, dedicado a los retablos. Y tras ponerse el sol auxilió algunas horas al maestro Tolsá quien, por petición del virrey, estaba especialmente concentrado en terminar lo antes posible los trabajos de la estatua ecuestre del rey de España.

Era un día normal: mucho trabajo y poco avance. No estaba de buen humor; sin embargo, sabía que no tenía derecho a sumirse en la melancolía pues le sobraban razones para ser feliz. Todos los días se decía a sí mismo que debía recordar siempre que la vida le había dado mucho más que a la mayoría de los habitantes del reino en su misma posición racial y social. Pero no estaba de humor. Los días pasaban idénticos en la academia, iguales en la catedral e iguales en su casa, adonde intentaba estar el menor tiempo posible... Algo se había roto entre su padre y él, y no podía repararlo pues no tenía idea de qué era.

Pedro Aguilar recibió a su hijo en la puerta de la casa, lo que no ocurría desde hacía muchos años. Su rostro mostraba una extraña preocupación que Juan no fue capaz de descifrar. Permaneció en silencio hasta que su padre rompió el hielo.

—Me da gusto que hayas llegado, Juan. Tenemos visitas importantes. Creo que te alegrarán.

El joven entró sin decir palabra, lleno de incertidumbre, con una alegría guardada en aquella parte del corazón donde se aloja la esperanza. En general nunca recibían visitas, lo cual sólo había ocurrido una vez... y su vida cambió para siempre. La casa era pequeña, pero casi un palacio comparado con lo que otros hombres de su condición lograban tener. Antes que nada, y eso era muy importante, estaba en la ciudad, cerca de la plaza, por el camino hacia Xochimilco y muy próximo del lugar donde aún se encallaban las canoas para ofrecer sus mercancías.

Para Pedro Aguilar, desde el siglo XVI había sido fundamental tener una vivienda cerca de lo que fue el recinto ceremonial de Tenochtitlan y sede de sus templos. Para Juan, por su parte, siempre fue un lujo estar tan cerca de la catedral. La casa tenía dos pequeñas habitaciones y un salón un poco más grande que servía para todo lo demás que no fuese dormir, atestado de pliegos de papel, libros, amuletos, esculturas de piedra y un sinfín de cosas del pasado, todas propiedad de Pedro Aguilar desde aquel siglo.

Pero también poseían un pequeño jardín con muchos cultivos de Ana María, yerbas y plantas de todo tipo útiles para las curaciones... Además, un jacal vacío donde en otros tiempos hubo animales. Eran privilegiados en un país donde familias enteras hacían toda su vida en una habitación.

Juan entró al salón y descubrió allí a las dos personas que esperaba ver... Y a una tercera, cuyo rostro le pareció familiar pero a la que no había visto en toda su vida. Los visitantes se levantaron; los dos conocidos se acercaron a Juan mientras el otro permaneció de pie al fondo, mudo e inmóvil.

—Señor Andrés, siempre será un placer verlo y recibirlo en esta casa. Debo a usted la realización de mis sueños.

—Según me cuenta el maestro Tolsá, lo que has obtenido se lo debes a tu tesón y a tu talento. Yo sólo cumplí con la parte del destino que Dios me asignó.

Juan se acercó a Paula con una sonrisa en los labios.

—Paula, me da tanto gusto volver a verte. Sé que no he sido muy expresivo en mis cartas, pero desde la última vez que nos vimos... —de pronto se interrumpió al percatarse de lo que había revelado en un simple saludo.

Había prometido a su padre que no volvería a ver a Paula Morell, pero no estaba seguro si la contravención paterna incluía a

Andrés. Y sin pensarlo, había dejado en claro que mantenía correspondencia con aquella mujer (aunque había tenido el cuidado de recibir las cartas en la Academia de San Carlos), que se habían entrevistado y que, por si fuera poco, habían entablado algún tipo de conversación de la que Juan había resultado perjudicado, quien permaneció en silencio al descubrir su error.

—Muchacho —dijo su padre, al parecer sin notar la falta de su hijo—, quiero que conozcas al señor Juan Morell.

Hasta ese momento el desconocido salió de su mutismo y caminó hasta quedar a escasos pasos de Juan Aguilar, a quien tomó la mano de manera efusiva.

—Paula y Andrés me han contado tanto sobre ti, que tenía mucha curiosidad de conocerte... Siento tus alegrías como mías.

Juan Morell no soltó la mano de Juan. De hecho, no pudo evitar estrecharla con más fuerza y propinar unas palmadas en la espalda del muchacho. Antes de que este último pudiese reaccionar, Andrés intervino:

—Juan es mi hermano, de quien te hablé, pero a quien no pude presentarte en Veracruz.

Por un reflejo defensivo, Juan Aguilar miró a su padre. Andrés Morell no tenía por qué saber de la promesa que Juan había hecho a su padre; pero aunque éste no se hubiese delatado al saludar a Paula, Andrés terminó por comprender la situación.

Juan esperaba de su padre un reclamo firme, un sermón y, sin duda, un castigo por haber roto su promesa.

—Juan —dijo Pedro a su hijo—, estoy al tanto de todo. Sé que has mantenido correspondencia con la señorita Paula y que te entrevistaste con ella y con don Andrés cuando tus responsabilidades te llevaron a Veracruz. También sé que conoces su verdadero nombre, Morell, y que ellos te contaron su historia. No sé más... Pero lo que sea, está bien, Juan. Como sabes, nuestras familias se conocen desde los tiempos de nuestros ancestros, relacionadas de una u otra forma... Brindándose ayuda cuando la necesidad lo ha exigido y las circunstancias lo han permitido.

Juan Aguilar guardó silencio. Escrutó con la mirada a los presentes: su madre, al fondo de la habitación, en silencio, fingía preparar la comida para no intervenir. Paula sonreía y contenía el impulso de abrazar a Juan. Por su parte, Pedro Aguilar esbozaba un gesto de extraña preocupación, aunque podía descubrirse en su mirada un dejo de alivio. Andrés y Juan Morell estaban juntos, serio el primero, risueño el segundo. En aquel momento Juan Aguilar comprendió por qué le había resultado tan familiar el rostro de Juan Morell.

—Conozco parte de la historia. Aunque mi educación me obligó a no preguntar más de la cuenta, sé muy bien que tan sólo conozco retazos de un relato del que don Andrés y Paula... y usted, desde luego, padre, me ha ofrecido trozos de verdad y existen muchos huecos en los que se puede intercalar cualquier historia; cualquier verdad, cualquier mentira.

—Tienes razón —interrumpió Andrés—. No te hemos contamos todo. Nunca pensé que hubieras creído que la que conoces era toda la historia. No obstante, querías respuestas y yo te di las que te podía ofrecer sin comprometerme y sin comprometer a mi hermano, a Paula, a tu padre y a ti mismo.

—Supongo, Paula, que por esa razón has sido tan evasiva en nuestra correspondencia...

—Yo conozco toda la verdad, Juan. Y siempre he creído que la verdad es el mejor camino. Así me educaron mi padre y mi tío; pero no estaba en mí decirte cosas que mi padre y el tuyo habían decidido callar.

—Y usted —agregó Juan mientras dirigía su mirada a Pedro Aguilar— es quien menos información me ha dado. Alguna vez me contó la misma historia pletórica de ídolos, fantasmas, ancestros inmortales, misiones divinas y rencores eternos que le relató al virrey... Pero jamás me dijo nada de la familia Del Moral. Lo que sé, lo supe por mí y por ellos mismos.

—Lo sé, Juan. Yo nada te he dicho, pues he tratado de protegerte... Además, mis labios están sellados por una promesa que hice hace cientos de años a la familia Morell.

Juan miró con tristeza el piso antes de volver a mirar a su padre.

—Sabe muy bien, padre, que no es posible que haya sido usted el que empeñó su promesa a los Morell, a estos caballeros o cualesquiera otros. No puede seguir así, viviendo en el pasado. Nada hay ahí para usted. Si no le gusta el presente en el que vive, en lugar de atarse al pasado con un ancla, y para colmo, a un pasado falso, debería preocuparse por modificar el presente.

Pedro Aguilar permaneció callado, como lo hacía casi siempre frente a su hijo desde que lo liberó de su misión, desde que asumió que Pedro Aguilar moriría con él. Todos en la habitación permanecieron en silencio, un silencio muy incómodo para Juan, quien de pronto sintió que era el único al que se le había ocultado una verdad que todos conocían con detalle. Entonces se dirigió a Andrés Morell:

—Quiero saber lo que deba saber del pasado, pero sólo para superarlo y dejarlo atrás... No quiero ser la eterna víctima de las circunstancias. Señor Andrés, espero que me disculpe por el atrevimiento de interrogarlo: ¿sus ancestros llegaron a la Nueva España hace unos doscientos años?

—Así es —respondió aquel.

—¿Antes de que lo hicieran fueron perseguidos en Europa?

—Efectivamente.

—¿Desde entonces aseguran tener la misión de llevar el conocimiento adonde la ignorancia provoque intolerancia?

—Tal como ya te lo he contado.

—¿Y por eso murió uno de sus ancestros en la hoguera, aquí en la Nueva España, así como otro se consumió en las llamas en el Viejo Mundo? ¿Fue durante aquella ejecución cuando la familia Morell conoció a Pedro Aguilar?

—Como te lo he dicho, Juan. Desde entonces el azar unió en más de una ocasión a los Aguilar y a los Morell. Por causas muy distintas y a la vez muy similares, las dos familias siempre han sido perseguidas.

Juan guardó unos segundos de silencio antes de formular la siguiente pregunta. Sabía que estaba realizando un interrogatorio agresivo, pero necesitaba conocer la verdad.

—El año pasado fue condenado a la hoguera un hombre que tenía su apellido... Esteban Morell...

—Era mi padre —la voz profunda y grave de Juan Morell respondió aquella pregunta—. Nuestro padre. Tenía sesenta y seis años. Era hombre de ciencias, un médico que salvaba vidas con los métodos modernos y científicos que la mentalidad vetusta de este reino considera diabólicos. Murió en la hoguera, como parece ser el destino de los Morell. Un destino que no quiso heredarnos.

Juan se quedó boquiabierto. El padre de Andrés y Juan, el abuelo de Paula, eso era el señor Morell, consumido por las llamas. Quería respuestas, pero aquella que obtuvo lo dejó sin poder formular nuevas preguntas.

Andrés retomó la conversación.

—No conocimos a nuestro padre cuando éramos niños. Él nos abandonó, nos dejó al cuidado de otra familia con la orden específica de no decir nada hasta que cumpliéramos la mayoría de edad, para que tomásemos nuestras propias decisiones. Fue tu abuelo el que se encargó de nosotros, Juan: Pedro Aguilar, el padre de tu padre. Cuando finalmente conocimos a nuestro padre, nos contó la historia... Y decidimos continuarla, pero con otro apellido: Del Moral... Y fue decisión de nuestro padre, Esteban Morell, no volver a reunirse con nosotros. Oficialmente él es el último eslabón de la familia Morell, así lo confesó y así quedó asentado en el auto de fe que lo condenó. Lo hizo para salvarnos. Legalmente, nosotros no tenemos ningún vínculo con él.

Ana María seguía escondida tras los útiles de la cocina, pero cuando Andrés del Moral terminó su relato, ella se integró a la conversación:

—Y así se acaban todos los eslabones de esta estúpida historia de misiones divinas, de conflictos sagrados y de odios heredados. Todas las cadenas llegan a su fin. Ya no hay ningún Morell. Y del mismo modo dejará de existir Pedro Aguilar.

Ana María había tocado el delicado asunto que Juan Aguilar no había sabido cómo abordar: el de su nombre. Entonces quiso aclarar que él no era aquel Pedro Aguilar, ni de nombre ni de convicción; que no sentía como propia la misión divina que sus padres y sus abuelos le quisieron imponer; que no odiaba a la familia Ávila, y que se oponía a las pretensiones de su estirpe de mantener inconclusa la catedral a como diera lugar.

—Pero en realidad así no se termina la historia —dijo Juan Aguilar—. Andrés, Juan y Paula son Morell… Ésa es la verdad.

—No somos Morell —lo atajó Andrés—. Somos la familia Del Moral y nadie morirá en la hoguera.

—¿Y qué dicen de mí? Yo no siento como mía la misión de mis ancestros; sin embargo, no por ello dejo de ser hijo de Pedro Aguilar.

El silencio inundó la habitación. Una vez más habló Ana María desde la cocina:

—Yo soy la última sobreviviente de los Salazar; don Esteban fue el último de los Morell… Y Pedro Aguilar ya no será más que una leyenda —al decir esto fijó su mirada en Juan—. Tú ya no tienes una misión divina, ni eres un guerrero águila del pasado… Tú… Tú, mi querido Juan, en realidad no eres hijo de Pedro Aguilar.

Nadie habló, nadie se movió; nadie pareció sorprendido. Pedro Aguilar tampoco se inmutó ante aquella declaración ¿Qué significaba todo eso? Al parecer todos conocían una verdad que sólo estaba vedada para Juan. Nadie se mostraba dispuesto a dar las explicaciones que semejante confesión requería. Ana María volvió a su estado de mutismo; Pedro miraba fijamente hacia el suelo, mientras Paula lo miraba con algo que parecía ternura. Silencio sepulcral. "Tú no eres hijo de Pedro Aguilar". La frase seguía resonando en su interior… ¿Implicaba sólo a su padre o también a su madre? ¿Por qué nadie hablaba? Los segundos pasaron como si fueran horas, hasta que Juan Morell se atrevió relatar la historia que todos conocían pero a la que nadie le prestaba su voz.

"Nuestra familia llegó a la Nueva España en 1595, años más, años menos. No estoy del todo seguro ni es cosa que importe en realidad. Tres hermanos Morell huyeron del Viejo Mundo, y por azares del destino, que ellos consideraban designios de Dios, terminaron en el puerto de Veracruz y se instalaron en la ciudad de México. Dos de ellos ya estaban casados y llegaron con su familia; el tercero, Andrés, había optado por estacionarse en la eterna soltería y dedicar su vida al conocimiento. Pero para hacerlo en un país que le teme a las nuevas ideas, a los cambios y a la innovación, era muy difícil. Y para Andrés resultó simplemente mortal. Murió en la hoguera en el año de 1610, acusado de todo tipo de tonterías inquisitoriales... No obstante, murió para salvar a toda su familia. Andrés Morell se declaró culpable de todos los cargos que le imputaron. Y eximió a sus hermanos, con sus esposas y sus hijos, al atribuirse la responsabilidad de aceptar pactos con el demonio y al estipular que todo lo había hecho a escondidas de su familia. Y gracias a su sacrificio pudo subsistir la familia. En aquella ocasión mis ancestros, Juan y Pablo, conocieron a Pedro Aguilar.

"El señor Aguilar vivía lleno de odio, mientras que la familia Morell intentaba reorientar de forma positiva los sentimientos negativos que España, la Iglesia de Roma y su terrible Inquisición generaban en la gente. Pedro Aguilar había cumplido un siglo de vida cuando murió Andrés Morell, un siglo perseguido por sus creencias, un siglo negándose a aceptar que su mundo se había extinguido.

"Vivió muchos años más entre el odio, y entonces conoció a aquella familia de mestizos descendientes del señor Cuauhtémoc, los Salazar; se alió con ellos y con Martín Garatuza para ayudar al príncipe de Orange a atacar Acapulco en 1621. Las Provincias Unidas de los Países Bajos españoles mantenían un estado de guerra permanente contra España, que se prolongó durante ochenta años y recorrió todo el planeta. Peleaban en las Indias Orientales, en las Molucas, en las Filipinas... y en la Nueva España.

"Por eso ayudó a Guillén de Lampart a derrocar al gobierno virreinal para declararse rey, acto tan fallido como el ataque a Acapulco; por eso lloró de alegría al ver cómo caían los restos de la antigua catedral en 1624; por eso intentó robar los restos de Hernando Cortés en 1629, cuando eran trasladados de Texcoco a México.

Vivió Pedro Aguilar para participar en la sublevación de portugueses contra el virreinato, en 1642, una rebelión que se derivó del hecho de que, en Europa, Portugal se independizaba de España.

"Vivió Pedro Aguilar para ayudar a la dinastía Morell en aquel tiempo, cuando todo aquel que era señalado de ser extranjero resultaba sospechoso. Pedro Aguilar, junto con un grupo de rebeldes, incendió el Palacio de la Inquisición aquel año. Y lo hizo para salvar a uno de nuestros ancestros que, una vez más, fue acusado de poseer conocimientos que el fanatismo religioso de este reino consideraba demoniacos.

"En 1645 Pedro Aguilar obstruyó los cauces de drenajes y acueductos y provocó que la ciudad se inundara; el agua anegó la catedral, lo cual obligó a que las obras se detuvieran; pero, aun así, vivió para ver cómo el templo, inconcluso entonces, era consagrado, por primera vez en 1656 y por segunda vez diez años después. "Vivió también para intentar rescatar de las llamas a Sebastián Álvarez, a Pedro García de Arias y a Guillén de Lampart... Pero no logró su cometido y las llamas lo consumieron en 1659.

"Ese mismo año, el virrey duque de Albuquerque ordenó la demolición de todas las casas que se hallaban frente a la catedral... Era necesario para poner orden y para construir una plaza. Pero la destrucción de las viviendas se llevó a cabo sin indemnizar de manera justa a los agraviados; más aún, los españoles avecindados en la zona sí recibieron compensación, mientras que los indios mestizos fueron dejados a su suerte. La casa de Pedro Aguilar fue una de las que desaparecieron. Quizá por eso participó en el atentado contra el virrey al año siguiente; peor aún, logró que se culpara del crimen a otra persona.

"Pero los Morell ayudaron a Pedro Aguilar a hacerse de una nueva vivienda, mejor ubicada y más cómoda. Precisamente en la que estamos en estos momentos... Le debían la vida de uno de sus miembros y era lo menos que podían hacer. Vivió Pedro Aguilar para ser parte del gran tumulto de 1692, cuando fue destruida parte del Palacio Virreinal y de la catedral que, además, sufrió un nuevo incendio en 1711.

"Esteban Morell, nuestro padre, nació en el año 1730. Yo vine al mundo en 1750 y mi hermano cuatro años después. Entonces Esteban decidió dejarnos al cuidado de Pedro Aguilar, por lo cual dejamos de ser Morell, cuando quedó borrado nuestro pasado, cuando nuestro padre pretendió que con él terminase lo que ya consideraba una maldición más que una misión. No obstante, nuestra familia siempre ha educado a sus miembros con la verdad. Por eso, al cumplirse nuestra mayoría de edad se nos reveló nuestro origen, para que decidiéramos libremente nuestro destino.

"Andrés decidió que efectivamente era momento de romper con el pasado y hacer una nueva vida. Yo, por el contrario, al parecer heredé el espíritu rebelde del primer ancestro que llevó mi nombre, Jean Morell, aquel que ardió en Worms. Y así, tras la fachada de Andrés, dedicado al comercio de antigüedades, de libros, de piezas de arte, yo me dediqué a la traducción, especialmente y con ahínco, de los libros prohibidos... Pero todo cambió cuando el Santo Oficio puso sus ojos en mí.

"En diferentes circunstancias mi espíritu rebelde me hubiera llevado a disputar una batalla, que estaba perdida de antemano, contra la Inquisición, y morir entre las llamas como les aconteció a mis ancestros, morir en la defensa de las ideas y los ideales... Y del conocimiento. Pero ya no podía hacerlo... Yo podía morir... pero no mis hijos, a quienes tampoco podía abandonar.

"Entonces comprendí que Esteban Morell tenía razón; entendí que él había hecho un sacrificio para que nosotros fuésemos libres. Entonces me convertí en Juan del Moral y, con la complicidad de Andrés, modificamos toda la estructura familiar y mudamos de domicilio. Yo me escondí durante muchos años mientras pasó el peligro, que ahora nos amenaza de nuevo.

"Ahora la Inquisición ha quemado a nuestro padre. El virrey marqués de Branciforte ejerce una política de hostigamiento a los extranjeros... a los no hispanos en general. Muchos franceses, ingleses y neerlandeses en Veracruz fueron despojados de todo cuanto tenían. Nosotros estamos a salvo, al parecer. Somos los hermanos Del Moral, anticuarios, castellanos, sin relación alguna con Esteban

Morell... Pero aun así he tomado precauciones extras y por eso hemos venido a vivir provisionalmente en esta casa, para que la familia esté a salvo."

Juan del Moral terminó su relato. Guardó silencio en espera de recibir la aprobación de Juan Aguilar, quien permanecía en silencio absoluto, mirando con atención a todos los presentes. Sólo su padre no lo veía a los ojos, que mantenía fijos en el suelo.

Juan Aguilar no sabía qué pensar. Al parecer la suya era una familia de delincuentes, tal como lo había sostenido, años atrás, don Alonso Ávila. Por su parte, los Morell eran una dinastía de herejes obstinados. Y la relación entre ambas familias le resultaba más bien fantasiosa. Además, la forma en que Juan Morell, o Del Moral, como fuese, hablaba de su padre, tenía ese maldito dejo misterioso que ya había sumido a Pedro Aguilar en la locura, aquella forma de hablar que denotaba que siempre había sido la misma persona, desde hacía casi trescientos años.

—Aún no encajan muchas cosas en esta historia —dijo Juan Aguilar.

—Pregunta lo que quieras, muchacho; todo te será respondido —aseguró Juan del Moral.

—No sé por dónde comenzar. Si todo su pasado está borrado y desvinculado de los Morell, ¿por qué tienen que esconderse?

—Nunca sobran las precauciones. Menos cuando está de por medio una familia a la que hay que defender.

—Esteban Morell fue acusado por don Alonso de Ávila. Ese hombre me tiene en la mira, a mí y a mi padre. ¿Por qué tuvimos que reunirnos en esta casa?

—Porque por el momento es nuestra única opción. Y porque los Morell y los Aguilar siempre hemos contado unos con otros; quizá sea destino, no lo sé. De cualquier forma no estaremos aquí mucho tiempo...

—Dijo que usted y el señor Andrés, además de cambiar su nombre, su domicilio y su oficio, modificaron la estructura familiar... ¿Cómo se hace eso?

Juan Morell meditó antes de responder. Volteó a ver a Pedro Aguilar y a su mujer, en espera de su aprobación, que ambos concedieron con la mirada; ella aliviada, él apesadumbrado.

—Yo tuve una hija, Juan. Paula no es hija de Andrés, porque nunca se casó. Es mi hija y nació en 1775. Mis problemas con la Inquisición comenzaron en 1778, año en el que decidí dejar a Paula con Andrés, quien asumió el papel de un hombre viudo al cuidado de su única hija.

Juan volteó a ver a Paula, que en ese momento se acercó a su verdadero padre y le tomó la mano.

—¿Y qué más…? ¿Por qué huyó?, ¿adónde?, ¿quién es la madre de Paula?

—La madre de Paula murió… Dos partos tan seguidos fueron fatales. Justo un año después de que Paula vio la luz, tuvimos la bendición de otro hijo. La madre murió al traerlo al mundo. Dejé a Paula con mi hermano y hui con mi pequeño, de dos años de edad, al único lugar donde sabía que sería cuidado y protegido: a la casa de Pedro Aguilar.

Todos guardaron silencio. Juan Aguilar sudaba frío; volteaba en todas las direcciones. No sabía qué más preguntar, ni si quería más respuestas.

—Muy bien; su hijo nació en 1776 y lo trajo aquí en 1778… ¿Por qué no…? —se interrumpió bruscamente.

"¿Por qué yo no sé nada de él?" Ésa era la pregunta que se le había atorado en la garganta. Juan del Moral la respondió no obstante que no terminó de ser completada.

—Mi hermano Andrés se quedó en Veracruz, cuidando a Paula. Ella siempre supo la verdad. Yo hui para ponerlos a salvo, pero primero vine a la ciudad de México. Sabía que podía confiar en Pedro Aguilar; él era mi única opción. Además, parecía que el destino sabía lo que debía hacer: Pedro y Ana María no habían podido tener hijos, y él en particular lo deseaba como pocas cosas en el mundo… Y yo no podía andar de aquí para allá con un bebé de dos años. Lo recuerdo muy bien: fue el 13 de agosto de 1778… Ese día te dejé al resguardo de Pedro Aguilar, querido Juan.

Ciudad de México, 7 de diciembre de 1796

La última piedra de Sevilla

Cuando los hombres se reunieron hace miles de años, en Babel, para hacer el edificio más grande y majestuoso del mundo, con el afán de llegar al cielo, Dios separó las lenguas de las razas humanas y provocó el caos para que aquella obra, fruto de la soberbia, nunca quedara concluida. Los hombres pretendían llegar al cielo y Dios no podía permitirlo.

Miles de años después, los más católicos entre los hombre pretendieron hacer el más monumental de los edificios, pero en este caso, para la mayor gloria de Dios todopoderoso. Fue en Sevilla donde unos cuantos locos soñadores decidieron construir, para el creador, el templo más grande que jamás hubiese existido, la más imponente de las catedrales... como si con el pretexto divino no se hicieran también para alimentar la vanidad de los hombres.

Dios se encargó del abandono y la caída de la Torre de Babel porque la hicieron los hombres pensando en su autoalabanza. La catedral sevillana fue bendecida por Dios porque fue dedicada a la vanidad del creador, aunque la soberbia divina incluyera un poco la humana. Fue así como en 1401 algunos hombres, que se pretendían iluminados, idearon la más grande de las catedrales... Y cien años después el sueño divino se hizo realidad. Era 10 de octubre de 1506 y sólo faltaba colocar una piedra para concluir la mayor obra que se le hubiera ofrecido a Dios.

La obra sería terminada justo cuando el sol estuviese en el cenit, con el astro rey iluminando el centro del templo. La última piedra de la catedral más grande del mundo sería colocada en ese instante. La ceremonia estaba lista para comenzar desde las once, en el crucero, en el centro del edificio catedralicio, donde se levantaba una torre llena de esculturas y azulejos en la que sería depositada la piedra final, poco más de cien años después de haberse colocado los cimientos.

Sevilla estaba de fiesta. Todos los estratos sociales se habían dado cita para presenciar aquel acontecimiento, los léperos en la calle y la aristocracia en las alturas de las impresionantes bóvedas góticas. Nadie faltaba al acto más importante en la historia de la ciudad, ahora libre de musulmanes. Allí estaba el deán de la catedral con sus ropajes de gala, junto al duque de Medina Sidonia, gran patrocinador de la obra sagrada, y el invitado de honor, Alonso Rodríguez, el último maestro constructor, de quien se pensaba que no llegaría a ver la culminación de su obra, pero a quien Dios le concedió la gracia de contemplar el amanecer de aquel día.

La arquitectura árabe dominaba Sevilla; la influencia de siglos de dominio musulmán prevalecía en la ciudad, que era un mosaico cultural y artístico. La torre más alta era la Giralda, ahora gran campanario de la catedral, con sus más de cien metros de altura; aunque los dos primeros tercios de la construcción habían sido levantados por los moros, de hecho constituía el minarete de su antigua mezquita. Ahí, entre arbotantes, arcos moriscos, bóvedas y gárgolas, todos esperaban el momento cumbre de aquel evento. A las doce de aquel día de octubre, el deán de la catedral comenzó a impartir bendiciones, al mismo tiempo que dos canteros cargaban el último gran monolito que pondría fin simbólico a las obras divinas.

Habían transcurrido más de cien años, y al fin el templo gótico más grande de la cristiandad estaba concluido. Hubo momentos en que se pensó que sería imposible, que aquella obra sería eternamente inconclusa, pues aun tras su solemne inauguración sufrió derrumbes y hundimientos.

Sin embargo, ahí estaba la última piedra de la catedral como fiel testigo de que el edificio había sido terminado, a pesar de que aún era común escuchar a los hombres muy longevos o a los jóvenes que aún permanecían solteros, aquella frase: "Anda hijo, que vas a durar más que las obras de la catedral..."

Manuel Tolsá entregó a Juan Aguilar el pequeño documento en el que constaba la noticia de la conclusión de la catedral de Sevilla, después de haber conversado con él de ese tema durante mucho tiempo.

El maestro notó que su discípulo estaba cabizbajo y meditabundo, con la mirada perdida, desganado. Y ya llevaba así varios días. Sabía el maestro Tolsá que nada ilusionaba más a Juan que ver concluida la catedral mexicana y pensaba que lo que lo tenía en ese estado de letargo era precisamente constatar que las obras avanzaban poco.

—Como puedes ver, Juan, los sueños sí se cumplen. Nadie creía que aquella gran catedral sevillana fuera terminada. Tuvieron que pasar cien años pero al fin se colocó la última piedra, aquella que simbolizaba la conclusión de las obras. Nuestra catedral se inspiró en la de Sevilla, como bien sabes, aunque al final quedara sólo de cinco naves y no de siete. Como la de Sevilla, algún día las obras de esta catedral serán terminadas.

—Es posible, maestro. Cien años es mucho tiempo. Pero esta catedral, menor en tamaño que la sevillana, tiene mucho más tiempo inconclusa. Doscientos setenta y dos años, si consideramos como su origen aquella primera piedra que colocó Cortés en 1524; doscientos veinticuatro, si consideramos que aquella fue destruida para comenzar ésta... Más de doscientos años maestro, y parece que no tendrá fin.

Manuel Tolsá conocía a Juan desde hacía cinco años. La relación entre ambos se había estrechado cada vez más. Eran maestro y aprendiz, pero a veces también padre e hijo. Y por momentos parecían colegas, e incluso amigos. Mucha simpatía tenía Tolsá por su alumno, y no le gustaba verlo en ese estado.

—Terminaremos la obra de la catedral, muchacho. No comas ansias. Sé que no te entusiasman tanto los otros proyectos, pero de ellos aprenderás mucho más. Además, son trabajos que nos mantendrán en buenos términos con el virrey, lo cual es vital para continuar con los trabajos catedralicios. Te prometo que verás concluida esta catedral... Así que quita esa cara, que mañana es un gran día. Espero que no lo hayas olvidado: mañana inauguraremos la estatua ecuestre que tanto te disgusta porque nos distrae de los trabajos de la catedral.

Juan intentó sonreír pero no lo logró. Su alma estaba intranquila y no había nadie en el mundo que pudiera sosegarla... Hacía tiempo que pudo haber sido su padre, o el que pensaba que era su padre. Y hacía pocos días hubiese sido Paula... Pero ya no sabía qué pensar ni en quién confiar. Ahora comprendía muchas cosas: el vínculo que sintió hacia Paula desde el principio; su simpatía por Andrés Morell y el interés de éste en ayudarlo... El nerviosismo de Pedro Aguilar ante la presencia de aquel hombre... Y, claro, el hecho de no sentir en su corazón el llamado a cumplir una misión divina relacionada con los ídolos de piedra. Ahora comprendía que Pedro Aguilar le hubiera aseverado que él no tenía espíritu águila y que no le correspondía asumir como suya aquella misión.

Juan Aguilar se sentía liberado de aquella absurda misión que le quisieron inculcar los Aguilar y no sentía relación alguna con la misión de la familia Morell, tanto por el hecho de no haber sido educado con esa idea, como porque el propio Esteban pretendió liberarlos con su cambio de identidad, y luego con su muerte.

Los Morell —Del Moral— dedicaban su vida a proteger y a promover el conocimiento; Pedro Aguilar la dedicaba a recrear el pasado. Él no quería ser parte de eso. Antes confiaba en Paula, pero ahora no sabía qué pensar... Ella siempre conoció aquel secreto. El día que se conocieron, ella sabía que eran hermanos y nunca se lo contó. Cierto, quizá no era su responsabilidad, pero aun así se sentía traicionado.

Ana María Salazar no era su madre y eso explicaba muchas cosas. Juan nunca sintió una conexión especial hacia esa mujer que, de hecho, nunca fungió como madre. Y ahora lo entendía. Era una obsesión de Pedro Aguilar tener un hijo, pues Ana María parecía satisfecha de no dejar descendencia, ni de los Salazar ni de los Aguilar.

Entonces Juan comprendió al que fingió que era su padre: deseaba desesperadamente un hijo para heredarle su estúpida misión. Y había querido inculcársela a él, a sabiendas de que en realidad no era su hijo. Ahora no sabía qué sentir por aquel hombre... quien, a fin de cuentas, lo había cuidado y protegido.

¿Y los Morell? Le debía mucho a Andrés y ahora sabía que en realidad siempre había sido Juan, su verdadero padre, quien se encargó de vigilar el bienestar de su hijo y la realización de sus sueños. No podía odiarlo, pues había huido, abandonándolo, para protegerlo. Y por lo visto nunca dejó de estar al tanto de su vida... Pero ahora no podía considerarlo como un padre... Era, simplemente, un desconocido. Juan, así, sin apellido, como se sentía en ese momento, era un huérfano.

Todo esto daba vueltas en su mente; todo esto lo atormentaba y le dolía más por no tener con quien compartir sus cuitas. Por sangre, era un extranjero, descendiente de herejes y perseguidos de buenos sentimientos, hombres y mujeres dedicados a propagar el conocimiento por el mundo; sin embargo, por azares de la vida fue educado como un guerrero místico que debía heredar el odio hacia una familia, el cuidado de unas piedras que representaban dioses caídos y la misión de no permitir que se concluyera la construcción de la catedral. Era doblemente maldito, hijo de herejes y apóstatas...

Por un lado se sentía libre; pero por el otro se sentía solo, perdido en un laberinto. Sabía la verdad y no sabía qué pensar de ella, aunque se recordó a sí mismo, hablando con Pedro Aguilar: "La verdad no tiene que gustarte; sólo tienes que asumirla". ¿Qué debía asumir ahora? ¿Que su padre no fue su padre? ¿Que creció escuchando mentiras y leyendas ridículas? ¿Que su verdadero origen estaba del otro lado del mundo? ¿Que las llamas de la Inquisición estaban en su destino? ¿Que ni siquiera sabía a qué dios encomendarse?

¿Cómo debía actuar? La verdad le había caído encima como agua helada. Sabía que debía gratitud a Pedro Aguilar, quien sin ser su progenitor fungió como su padre, y que debía la vida, y hasta la salvación, al que nunca estuvo a su lado a pesar de ser su verdadero padre. Sabía que era dos años mayor de lo que siempre había creído. Y que tenía una hermana. Sabía que era su sueño ser constructor y terminar la obra de la catedral metropolitana de la ciudad de México. Pero también sabía que cada piedra erigida en esa obra implicaba el desfallecimiento progresivo de Pedro Aguilar.

No podía confiar en nadie, pues no tenía amigos. Y Ángel permanecía en España convertido en su enemigo… Y ahí, frente a él, estaba Manuel Tolsá, un hombre que siempre había sido amable con él, a quien consideraba su mentor y su amigo, un hombre de ideas modernas; pero no sabía si podía confiarle a él los asuntos que atormentaban su alma. No sabía si confesarle que era hijo de una familia de herejes prófugos e hijo putativo de un hombre obsesionado con que la obra de la catedral no fuera concluida, no obstante que su propio sueño era verla terminada. No estaba seguro de contarle que si él, Juan sin apellido, ayudara a concluir la catedral, aniquilaría el espíritu del hombre que lo había criado toda la vida.

—¡Juan, Juan! —la voz de Manuel Tolsá lo sacó de sus cavilaciones; seguía con él en su despacho sosteniendo entre sus manos el documento que le había dado a leer acerca de la última piedra de la catedral de Sevilla—. ¿Estás bien, Juan? —le preguntó Tolsá.

—Sí, maestro. Discúlpeme, por favor… He estado un poco distraído.

—No he querido entrometerme Juan, pero me he enterado que desde hace varios días duermes aquí en la academia, que ya no vuelves a tu casa después del trabajo y que quizás lleves días sin ir allá. ¿Hay algo que quieras contarme?

—¿Somos amigos, maestro?

—Pues supongo que sí, de alguna manera, Juan. Sabes que sólo con Ixtlolinque y contigo mantengo una relación cercana. Puedes confiar en mí. Sospecho que no es el destino de la catedral lo que te preocupa en este momento. Y conste que esa ha sido tu obsesión desde que te conozco.

Juan necesitaba descargar su espíritu y Manuel Tolsá era la única persona que tenía cerca. No podía contarle sobre los Morell, por no delatarlos, así que omitió los detalles... Pero sí le narró a grandes rasgos su historia, la historia de Pedro Aguilar, y de aquella eterna y absurda misión que consistía en evitar a toda costa que la construcción de la catedral fuese concluida.

Ciudad de México, 8 de diciembre de 1796

Finalmente la plaza tenía formas y líneas rectas, espacios vacíos y límites precisos, un palacio virreinal reconstruido y terminado, los mercaderes relativamente ordenados en los espacios asignados y una imponente catedral que dominaba todo el paisaje. Nadie hubiera podido afirmar que aquel templo estaba inacabado, de no ser por los andamios que colgaban frente a la fachada y en torno a la cúpula. En realidad, una persona distraída podría verla y pensar que estaba concluida... Así parecía. Lo que faltaba eran retoques, detalles y pequeñas reconstrucciones... A menos que se aprobara el proyecto de Tolsá de hacer una cúpula nueva, lo que definitivamente prolongaría más los interminables trabajos de la catedral.

Aquella era una mañana especial. Sin que nadie supiera bien a bien por qué, las campanas repicaban a todo lo que daban y su sonido invadía prácticamente a la ciudad completa. Todos los estratos sociales de la Nueva España se dieron cita en uno de esos pocos lugares donde había cabida para todos: la plaza central. Parecía un hormiguero.

Al pueblo pan y circo. Esa consigna funcionaba desde la antigua Roma y había sido una de las políticas del virrey De la Grúa, marqués de Branciforte: ofrecer un espectáculo popular y organizar eventos públicos, con los cuales aquel grande de España se llenaba los bolsillos de dinero.

En la zona junto a la fachada sur del Palacio Virreinal se había improvisado, desde el comienzo de su mandato, una plaza de toros, donde además de corridas se organizaba todo tipo de juegos y pasatiempos populares, a precios moderados, para que las personas no sintieran que eran despojadas, pero en cantidad suficiente para que, multiplicada por miles de personas, el señor virrey se hiciera de ingresos extras nada despreciables.

Claro que en la política el robo debe ser justificado. Y la justificación de Branciforte era el embellecimiento de la ciudad. Y la manía de Tolsá por el neoclásico era un excelente pretexto para el virrey: había mucho qué destruir y mucho qué reconstruir, una plaza por ornamentar, una catedral por terminar, y un real par de botas, el de Carlos IV, por lustrar.

Fue arreglado el piso de la plaza y levantado un pequeño muro ovalado al centro del cual se hallaba el pedestal creado por Tolsá tiempo atrás. Y sobre él, montado a caballo y vestido de romano, el mismísimo rey de España, don Carlos IV, en una majestuosa escultura ecuestre de madera. El proyecto era fabricarla de bronce, pero la cantidad necesaria de aquel metal era difícil de conseguir y la prisa del virrey por quedar bien con Su Majestad apremiaba, por lo que se procedió a realizar aquella versión provisional en madera.

De hecho, el virrey de Branciforte prometió a Carlos IV hacer dos grandes estatuas y una serie de ornamentaciones que, en el fondo, eran incosteables. Pero la promesa incluía que el dinero lo pondría el propio virrey, lo cual evidentemente no ocurrió. En cambio, don Miguel de la Grúa se dedicó a vender puestos públicos, a especular con precios y, principalmente, a organizar verbenas populares en el improvisado coso taurino junto al palacio. De ese modo el pueblo novohispano pagó la lambisconería virreinal. Incluso dejó dinero extra para que el marqués aumentara un poco su modesta fortuna personal.

El 8 de diciembre era el cumpleaños de la reina, fecha elegida para develar la estatua. A las ocho con quince minutos de la mañana, la plaza estaba ocupada por los soldados del nuevo ejército virreinal. La aristocracia tenía sus lugares junto a la escultura, donde los criados habían improvisado parasoles de tela para cuidar la blanca piel de sus amos. Atrás se arremolinaba la muchedumbre.

El lugar de honor junto a la escultura, cubierta por sedas, lo ocupaba Manuel Tolsá y, no muy lejos de él, algunos de sus aprendices,

Juan entre ellos. El virrey no se molestó en bajar a la plaza y presidió la ceremonia desde el balcón central del palacio, donde agitó un pañuelo blanco ante todos, el cual, una vez que todas las miradas estaban fijas en su excelentísima persona, dejó caer. En ese momento cayeron las sedas y la deslumbrante obra de Tolsá quedó al descubierto al tiempo que los soldados disparaban salvas, cuyo escándalo se fundía con el de las campanas a todo repique.

Aplausos, bullicio y vivas al rey de España llenaban el lugar. Y el gentío ahí reunido aprovechó para comenzar la fiesta popular, mientras el virrey, el maestro Tolsá, la aristocracia y, en general, los grandes señores del reino, entraron a misa a la catedral.

Entre la multitud —no hay mejor lugar para actuar de manera impune que entre la multitud—, algunos soldados que habían sido desplegados en la plaza para disparar salvas, sin ser vistos se acercaron a Juan Aguilar.

El aprendiz de Tolsá no tuvo tiempo de reaccionar ni de pensar, ni siquiera de darse cuenta de lo que ocurría... Mucho menos, evidentemente, de huir. El brazo alrededor de su cuello, la voz que le susurraba al oído que no se moviera, el golpe detrás de la cabeza... y la oscuridad.

Madrid, junio de 1797

Los rebeldes se rebelan contra los rebeldes; se levanta una revolución contra la revolución. El temor de Dios quedó en el olvido y el mundo amenaza con caerse en pedazos. Ya no hay pilares que sostengan el cielo y el orden establecido desde las alturas. Nobles y plebeyos, así dividió Dios al mundo. Y si ya bastante ofensa a la divinidad era que la burguesía francesa hubiese pretendido igualarse con su nobleza, ahora eran los campesinos y los artesanos franceses los que, con el título de igualitarios, pretendían expandir los alcances de esa nefasta revolución con la ridícula idea de una igualdad absoluta.

Napoleón Bonaparte, un donnadie nacido para ser un simple descamisado, quien sólo había podido elevarse gracias a la revolución, ahora actuaba como monarca al aplastar a los igualitarios por ser rebeldes al orden. Nada hubiese pasado si esos revoltosos franceses no hubieran cometido el crimen divino de decapitar a su propio rey, designado por Dios.

Del otro lado del océano, los rebeldes ingleses parecían consolidarse en el país que inventaron, sin rey, con un ciudadano al mando, George Washington, que no es otra cosa más que el Napoleón de aquella parte del mundo, un destructor del orden divino al que los ingleses no logran poner en cintura, porque los franceses son una amenaza creciente en Europa… Y los ingleses, eternos enemigos tanto de España como de Francia. Es menester decirlo: uno siente un poco de vergüenza al saber que Carlos IV ha permitido a don Manuel Godoy firmar un acuerdo militar con ese gobierno herético de Francia sólo para hacer frente común a los ingleses. Las enemistades del pasado deberían olvidarse para enfrentar al enemigo de toda la humanidad: el demonio, representado por Bonaparte, al que Dios guarde en el infierno.

Es imposible dejar de pensar que España está más débil que nunca. La católica España pacta con los herejes... hay que decirlo, por debilidad y por miedo. Rusia, Austria, Cerdeña, Inglaterra, e incluso antiguos territorios españoles como Nápoles y los Países Bajos, luchan en una coalición en contra del gobierno revolucionario de Francia... Y España se esconde tras los Pirineos; sus reyes, que deberían ser defensores de la fe, tan sólo defienden sus intereses ultramarinos, y Fernando, príncipe de Asturias, se rebela contra Carlos IV en una doble vertiente: desobedecer a su rey y no honrar a su padre.

Quizá las ideas no sean malas por sí mismas, pero son peligrosas en las mentes equivocadas. Algunos de los llamados ilustrados no plantean cosas descabelladas.

Llegó a mis manos el libro prohibido de un profesor prusiano de apellido Kant. Se llama *La paz perpetua*, un título que parece burla en estos tiempos en que se derrumban los cimientos del cielo, que están asentados en las monarquías.

Me atreví a leerlo... Que me perdone Dios por cuestionar al Santo Tribunal, pero no veo en dicha obra ninguna blasfemia. Al contrario, encuentro una filosofía de buenas intenciones. Si bien es cierto que el profesor Kant cuestiona la bondad intrínseca del hombre, se pronuncia por establecer un orden mundial donde la guerra sea considerada un acto ilegal. En nuestros días pareciera que lo ilegal es justamente la paz. No obstante, callar y obedecer es obligación de un buen súbdito. Por eso entregué el pequeño libelo a las llamas.

No es Dios sino la geografía la que nos protege, pues mientras nosotros vivimos una tensa paz en el rincón de Europa, Bonaparte derrotó a los austriacos al norte de la Península Itálica... ¡con una carga de caballería de 200 jinetes! Es un demonio suelto y parece que Dios nos ha abandonado a sus caprichos. Tenemos suerte de que nunca pisará España, pero representa deshonra e ignominia para nosotros por haber agachado la cabeza y doblegado la espada.

La esperanza muere. Los reinos que valerosamente lucharon contra la herejía francesa y el demonio Bonaparte se han rendido paulatinamente. ¡Hasta el santo padre Pío VI ha sido víctima de la malicia de aquel corso! Callar y obedecer. He sido un mal súbdito al juzgar a mi rey, pero lo hice cuando pensaba que la unión de las naciones piadosas y creyentes siempre podría terminar con las huestes del mal. Ahora veo al mismísimo representante de Dios en la tierra, rindiéndose ante las tropas de los herejes.

Roma, la ciudad sagrada, es atacada por Napoleón, y el papa cede territorio, fortuna y hasta obras de arte a esos rebeldes. Se acerca el fin del siglo. Le quedan unos pocos años nada más. Y quizá con la centuria se termine el mundo, pues no imagino que quede piedra sobre piedra después de esta revolución. Sé que nada bueno advendrá.

Ángel Ávila ya no enviaba sus cartas. Sólo las escribía. Nunca recibió respuesta de Paula, lo cual lo obsesionaba un poco y le molestaba otro tanto. ¡Quién se creía que era! Cualquiera otra en su lugar hubiera apreciado el honor que representaba que un señor como él posara sus ojos en ella... Muy hermosa, muy educada pero, al fin y al cabo, plebeya... Y sin embargo, había algo en ella que acaparaba sus pensamientos... Era absurdo: él en España y ella en América; él un noble y ella una plebeya; él de buen abolengo y prosapia y ella de orígenes inciertos... ¡Cómo se atrevía a no responder! Lo que más fascinaba al señorito Ávila de aquella mujer era la libertad que descubría en su alma, esa libertad que él nunca conocería, ese valor por vivir del que él carecía. La amaba, la envidiaba y la odiaba por esa circunstancia.

Ángel mantenía una escueta correspondencia con su padre en la que se limitaba a decir que, a pesar de todo, se encontraba bien. Se guardaba de verter sus opiniones personales en aquellas misivas, pues no sabía qué opinaría su padre acerca de sus pareceres... acerca de que tuviese opiniones y de que hubiese dudado de la integridad del monarca. Además, no podía mostrar debilidad en sus cartas. A don Alonso de Ávila tan sólo le informaba que todo seguía en orden, pero lo evadía cuando preguntaba por su situación sentimental y lo apremiaba a comprometerse con una castellana noble.

Su hermana ya era la esposa de otro hombre, al que se debía en cuerpo y alma, y él no era nadie para interferir en sus asuntos ni para desviar la atención de María del Carmen de sus sagrados menesteres de atender a su esposo. Así pues, Ángel Ávila no intercambiaba más correspondencia con Paula. Sólo dirigía escuetas epístolas a su padre y se mantenía al margen de la vida de su hermana. Estaba solo. Aun así, escribía sus divagaciones y algunas veces las guardaba; pero otras tantas ocasiones sus palabras y sus ideas eran lanzadas al fuego.

Don Alonso también se comunicaba con su hijo a través de breves misivas; en realidad sólo daba instrucciones y preguntaba por el estado de la guerra. Aunque en su última carta, recién llegada a Madrid, se extendió más al contar algunas otras vicisitudes: su cansancio y su soledad, su buena relación con el virrey, el embellecimiento de la ciudad, la develación de una escultura ecuestre en honor de Su Majestad... Y la captura de ese maldito, hijo de malditos, Juan Aguilar, en compañía de aquella mujer tan endemoniada que llevaba en sus cabellos el rojo del infierno.

Ciudad de México, 13 de agosto de 1797

Coyolxauhqui no habló. La diosa permaneció muda. Quizá porque las piedras no hablan. Sin embargo, la divinidad de los cascabeles no emitió ningún sonido ante la desesperación de Pedro Aguilar, quien entró de nuevo a la catedral, se escurrió por los pasajes secretos hasta llegar bajo tierra; caminó por los pasadizos ocultos bajo el altar del dios blanco hasta llegar a los antiguos cimientos del cielo, a los restos de los templos antiguos y a la subterránea cámara secreta donde descansara el gran disco de la hermana de Huitzilopochtli.

Lo había pensado mucho antes de volver a tan siniestro lugar, pero estaba desesperado. Primero visitó a Tonantzin, en el lugar donde se le veneraba desde un siglo antes de la llegada de Cortés, en el Tepeyac. Se postró debajo de aquella pintura elaborada mucho tiempo atrás por orden de los franciscanos. Increíble que haya sido uno de los suyos, Marcos Cipactli, quien se prestara para aquel engaño. La diosa de piedra, madre de los dioses, fue sustituida por una pintura que ahora era la más venerada del reino.

Pero Pedro Aguilar no oraba a la pintura, sino a la escultura de piedra que yacía bajo tierra, en el templo que los blancos construyeron para aquella diosa a la que llamaban Guadalupe. Tonantzin, como tantos dioses paganos del pasado, descansaba en un sueño que parecía eterno. Él lo sabía, pues se había encargado de esconderla y protegerla desde muchos siglos atrás.

Pedro Aguilar lloró sobre Tonantzin y suplicó su ayuda. La diosa no habló. Todo un día aquel hombre permaneció postrado en espera de un indicio que no llegó nunca, mientras miles y miles de hermanos indios circulaban en el atrio de la catedral para pedir consuelo a Guadalupe. Pedro nunca la escuchó hablar. Sin embargo, todos los penitentes que se postraron ante su imagen salieron satisfechos del templo. ¿Se engañaban a sí mismos aduciendo que escuchaban una voz que provenía de la pintura inerte?

Ante el silencio de la madre de los dioses, Pedro Aguilar acudió, una vez más, como lo hizo durante los últimos cientos de años, a la oscuridad de Tezcatlipoca, una oscuridad que la cerrazón de los blancos los hacía ver como maldad, pero que simplemente era poder divino. Muchas veces se había ofrendado Aguilar al escudo humeante de Tezcatlipoca; se había entregado a él. Unas veces le pidió la muerte, y otras, la inmortalidad... Y el dios, hijo de Ometéotl, lo bendijo y lo castigó con ambas situaciones: morir como todos y vivir eternamente. Ahora le suplicó por Juan, el niño al que crio como si hubiera sido su propio hijo... Pero tampoco tuvo respuesta.

La desesperación lo condujo de nuevo a los húmedos y oscuros dominios de Coyolxauhqui, la única divinidad que se había dignado hablarle... Sin embargo, esta vez no respondió. Pedro Aguilar comprendió: aquellos dioses exigían sacrificios, demandaban sangre, pedían sumisión y veneración, pero no ofrecían nada a cambio. Eran dioses y debían ser adorados. Eran dioses y no tenían por qué involucrarse en la vida de criaturas tan insignificantes como los humanos. Así pues, Tonantzin enmudeció. A Tezcatlipoca de nuevo le ofrendó su alma a cambio de vida eterna o hasta poder liberar a Juan. A Coyolxauhqui se atrevió a pedirle ayuda en retribución por sus servicios como fiel guardián. En respuesta, sólo obtuvo el silencio.

Pedro Aguilar ni siquiera sabía dónde estaba su hijo. Y aunque estuvo tentado a presentarse ante el virrey, ante la Inquisición, o ante quien fuera necesario, al final hizo caso a los Morell: buscaban a todos; habían querido atraparlos a todos, pero sólo lograron hacerse de Juan y Paula. No tenía caso presentarse ante la autoridad y entregarse inermes para ofrendarles un sacrificio sin sentido. No, Andrés, Juan y Pedro debían estar libres para buscar la forma de recuperar a sus hijos.

Pedro Aguilar salió de las cavernas secretas de sus dioses sin que nadie lo notara. Se escabulló por los rincones de la catedral. Estaba por salir cuando vio de reojo al Niño Cautivo, la imagen del dios de los blancos cuando era pequeño, aquella que mucho tiempo atrás fuese robada por piratas y mantenida bajo secuestro, y que finalmente, después de varios años, llegó a salvo a la Nueva España. Sin saber por qué se dirigió hacia él. ¿Fe, confusión, desesperación? Entonces había mucha gente en la Nueva España que se acercaba a aquel dios niño para pedir por personas desaparecidas o encarceladas. Pedro se arrodilló ante él y le dirigió una oración.

Era 13 de agosto, día funesto en que se conmemoraba la caída de Tenochtitlan, pero también día glorioso en que Juan Morell había dejado a su pequeño hijo bajo su cuidado; la fecha en la que, para Pedro, había nacido Juan… su sucesor. El tiempo le dejó claro que conforme aquel niño se convertía en hombre, la misión divina de sus ancestros quedaba en el olvido y al final moriría. Mucho se decepcionó al ver que el espíritu de Pedro Aguilar no vivía en él… Pero era como su hijo y nunca dejó de quererlo.

Pasó horas postrado de rodillas en espera de lo imposible, hasta que el dios niño le habló. ¿Realmente le habló? El dios niño le dio una respuesta. Pedro salió de la catedral y, tal como le recomendó Andrés y Juan, se cubrió al estilo español con capa y sombrero para no ser descubierto por nadie. Ya no tenía su casa; por lo menos no había podido volver a ella desde el fatídico día en que los guardias virreinales intentaron capturarlos, el día en que Juan y Paula estaban tan indefensos en la plaza contemplando la develación de la estatua de Carlos IV, el día en que le fueron arrebatados.

Los señores Morell parecían no estar escasos de recursos y alquilaron una casa fuera de la ciudad, en el camino a Tacubaya. Desde entonces ahí vivían los tres, desde que sus hijos fueron capturados y desde que la esposa de Pedro simplemente salió huyendo para no volver nunca más.

Hacia allá se encaminaba Pedro Aguilar; pero antes debía llevar a cabo, de una buena vez, la encomienda que le dictara el Niño Cautivo: enfrentar a don Alonso de Ávila.

Don Alonso Martín de Ávila siempre había hecho lo correcto: cumplió con todas sus obligaciones de noble caballero y defensor de la fe; fue un fiel creyente y un súbdito devoto, un caballero respetado, un viudo que encauzó el golpe de la fatalidad que le arrebató a su esposa, que se regaló a sí mismo la oportunidad de vivir en santa castidad dedicado a la oración, un cumplidor miembro de la Orden de Santiago y un maravilloso integrante de la cofradía del Santísimo Sacramento, a la que hacía frecuentes y generosos donativos.

Mientras Dios le permitió la dicha de tener a su esposa fue un buen marido, excelente proveedor, amoroso y respetuoso; nunca pretendió saciar con ella su lujuria sino que tuvieron los encuentros íntimos estrictamente necesarios para procrear a sus hijos para mayor gloria de Dios. Había sido un buen padre, cuidó celosamente la virtud de su hija y la había casado, y muy bien casada, con un noble español, y tenía a su hijo recibiendo la mejor educación que la corte madrileña podía proporcionarle.

Hizo don Alonso lo que se esperaba de un prohombre de su tamaño. Siempre siguió el camino correcto y nunca sucumbió a la tentación; actuó movido por razones nobles y no por bajos instintos... Y a sus cuarenta y tres años vivía solo en una gran mansión, de sirvientes. Asistía a misa todos los días... Era profundamente infeliz. En el fondo no tenía más opción que admitirlo: veía su pasado y no encontraba gloria en toda su vida.

Era un hombre alto, que se mantenía erguido sin que la edad hubiese causado estragos en su complexión; su cabello estaba canoso a medias, pero las ojeras se juntaban con las bolsas debajo de sus ojos. Su rostro se veía cansado y su mirada perdida. No tenía dolencias físicas como consecuencia de una vida sin trabajo, pero adolecía de los estragos de aquella condición de ocio: su cintura crecía cada año, le dolía el cuerpo al caminar y a veces padecía fuertes dolores en los pies.

Pero poco podía hacer don Alonso. Generaciones y generaciones de ilustres ancestros habían hecho grandes sacrificios para que su familia gozara de los privilegios que tenía. Y él no era nadie para cuestionar siglos de tradición. Sin embargo, nada de aquello le proporcionaba consuelo. Tan sólo le alegraba la idea de que, cumplidas todas sus misiones, y mucho más allá de la mitad de su vida, el creador tuviera a bien llamarlo pronto a su lado.

Aquel 13 de septiembre de 1796 don Alonso vestía de negro, como siempre, y se encontraba sentado en una gran estancia, junto a la chimenea, pues con los años también se había vuelto más sensible al frío. Agitaba delicadamente entre sus manos una copa de coñac. Nadie lo habría pensado, pero estaba celebrando. Aquel día era el cumpleaños de Ángel. Y aunque su vástago estuviera tan lejos y ninguno le hubiera escrito al otro, festejaba que su único varón con vida cumplía diecinueve años de edad.

Todo era silencio hasta que de pronto un ruido en el tejado de su casa lo sacó de sus pensamientos, un ruido casi imperceptible, pero que la quietud de su hogar delató enseguida. Se levantó y llevó la mano derecha a la empuñadura de su espada. ¿Ladrones? Bien podían ser bandidos, estando los tiempos como estaban. Quizás aquella era la respuesta de Dios a sus plegarias de encontrar pronto la gloria celestial; pero por Dios que la encontraría luchando.

Aguzó su oído. No se equivocaba: alguien pisaba el techo de su residencia y se movía sigilosamente. Lo siguió con el oído, desenvainó suavemente su espada y se puso en guardia. Los pasos se acercaban a la orilla. El ladrón seguramente buscaba las ventanas. De pronto un estrépito rompió la ventana frente a la que ya estaba listo don Alonso Martín de Ávila, quien adelantó el estoque... Y nada. No había nadie frente a él, pero su ventana estaba hecha añicos. Entonces pudo ver una gran piedra tirada en el piso de la estancia.

—¡Don Alonso!

Pedro Aguilar había engañado a Ávila, pues lanzó una piedra por una ventana mientras él se deslizaba sigilosamente por la otra. La voz del intruso sorprendió a Alonso Ávila desde la espalda.

—Ahora sé muy bien dónde estamos, Paula —dijo Juan—. No sé si sea buena o mala noticia, pero éstas no son las cárceles de la Inquisición. Hemos estado encerrados todo este tiempo en el Palacio Virreinal, en las mazmorras del sótano, cerca de la fachada norte.

—¿Y cómo podría eso mejorar o empeorar la noticia? Estamos encerrados y ni siquiera sabemos cuánto tiempo llevamos aquí. Por lo que a mí respecta, me han parecido años.

—Casi uno, Paula; sólo eso.

Juan y Paula llevaban algún tiempo indefinido compartiendo la misma celda, aunque no habían estado juntos desde el principio. Juan recordaba con dificultad aquel día. El brazo alrededor de su cuello, la voz que le susurraba al oído que no se moviera, el golpe detrás de su cabeza… y la oscuridad total. Despertó en medio de la penumbra con un fuerte dolor de cabeza. Estaba desorientado y sin saber cuánto tiempo había pasado desde aquel ataque. Sólo recordaba que había ocurrido el día de la inauguración de la estatua ecuestre del rey Carlos IV.

Era imposible saber quién lo había hecho, con qué intenciones y dónde estaba. Evidentemente no sabía cuánto tiempo había estado inconsciente, pero la lógica le dio una respuesta: le seguía doliendo el golpe, por lo que no podía haber pasado mucho tiempo… Y se le ocurrió revisar sus uñas: estaban tan cortas y pulcras como en la mañana del 8 de diciembre; así pues, después de la agresión de que había sido objeto, al menos habría pasado un día.

No sabía dónde estaba ni había una sola rendija que dejara pasar la luz del sol. Y tenía mucha hambre, pues no recibió una miserable ración de agua y pan hasta después de algún tiempo. Asumió que era la noche de aquel infausto día. A partir de ese momento intentó contar el tiempo con base en las dos comidas que le proveían con regularidad, asumiendo que sería una por la mañana y otra por la noche y señalando en la pared con pequeños puntos, agrupados de siete en siete, los días de encierro. En esa soledad pasó varias semanas sin saber nada.

Aproximadamente después de lo que él supuso un mes, recibió la visita de un religioso, franciscano según delataba su hábito, que estaba ahí, según manifestó, para escuchar su confesión. Juan no tenía pecados que confesar y así se lo dijo al religioso, quien volvió puntualmente una semana después, lo que hizo adivinar a Juan que aquel día también era domingo. Revisó punto por punto aquellos grupos de siete que había marcado en la pared, tomando como partida el 8 de diciembre, y llegó a la conclusión de que llevaba dos meses prisionero.

No tenía pecados que confesar. Ésa fue su respuesta al interrogatorio del franciscano... No más que los de la propia Iglesia o los del virrey, o de quien estuviera detrás de su cautiverio. Un mes completo pasó sin la nueva visita del religioso... Hasta que finalmente un fraile volvió a visitarlo en su celda. Cuando lo vio, la sangre se le heló: la capucha en la cabeza y el tradicional y temido hábito en blanco y negro denotaban que se hallaba ante uno de los perros de Dios.

—Sabemos que eres culpable —aseguró la siniestra figura, después de lo cual guardó silencio sepulcral.

Ésa era la táctica tradicionalísima de los inquisidores desde los inicios de la institución. Los *Domine cannis* llegaban a un pueblo y declaraban: "Sabemos que son culpables". Después concedían tres días de gracia para que cada quien delatara sus culpas voluntariamente. Claro, ante una acusación tan amplia, todos se declaraban culpables y acusaban al prójimo, pues sabían que el delator no podía ser culpable.

—Es hora de confesar —repitió el dominico—. Sabemos que eres culpable.

—No tengo nada de que declararme culpable ni a nadie a quien acusar —respondió Juan.

—Tenemos a tu cómplice. Sabemos que son culpables. Tarde o temprano alguno de ustedes confesará o delatará a su compañero.

—No sé de qué habla —fue la única respuesta del reo.

El dominico inquisidor dio dos pasos adelante hasta quedar a escasos centímetros de la cara de Juan. La antorcha que llevaba con él iluminó su rostro. Se quitó la capucha. Juan creyó descubrir a un demonio, a una bestia de mirada salvaje, alguien sin alma. Le habló de frente. Un asqueroso hedor invadió el rostro de Juan Aguilar.

—Te estamos dando la oportunidad de arrepentirte; de que confieses, de que reconozcas en privado tus faltas, lejos de los tribunales del Santo Oficio.

Juan Aguilar permaneció en silencio antes de acercarse aún más al rostro del perro de Dios y se hizo de valor para soportar la pestilencia de su aliento.

—No tengo miedo de la Inquisición. Y tampoco tengo nada que confesar.

Después de aquel encuentro ningún religioso volvió a la celda de Juan. La calidad de la comida empeoró, si es que eso era posible. Y a la tortura del aislamiento, el hambre y la incertidumbre, se sumó el fantasma de la locura que comenzaba a rondarlo. Así permaneció varios meses hasta que un día —o una noche, daba igual— una guardia virreinal se presentó en su celda para sacarlo de ahí.

Pensó en la muerte... No podía esperar otra cosa que la muerte. No sabía dónde estaba, encerrado por orden de quién ni por causa de qué, aunque imaginaba que detrás de aquel atropello se hallaba don Alonso... No podía ser de otra forma y ahora había llegado el momento de morir sin saber la razón y sin volver a ver a sus seres queridos... Y quizá sin volver a ver la luz de sol. Hubiera preferido un auto de fe. De ese modo por lo menos hubiera podido ver la catedral por última vez.

Pero lo que advino no fue la muerte. Ese día lo condujeron por una serie de pasillos hacia otra celda en la que lo arrojaron como si fuera una bestia salvaje. Daba igual una prisión que otra. Allí descubrió —cubierta tan sólo por un sayal, sucia, arrinconada en el piso y tapando su rostro con su cabello— a Paula.

Habían estado juntos desde entonces, en total aislamiento, lejos del sol, con dos miserables porciones de comida al día y sin saber la razón de su encierro, aunque evidentemente tenía que ver con sus familias. Oficialmente, Juan era el hijo de Pedro Aguilar y en el pasado don Alonso ya había intentado capturarlo. En el caso de Paula, era difícil saber si alguien había descubierto que ella y Juan eran hermanos y, por lo tanto, nietos ambos de Esteban Morell.

Muy poco le pudo decir Paula cuando se encontraron en la misma celda. Ella estaba en la plaza el día en que se inauguró la estatua de Carlos IV. De pronto simplemente fue atacada por la espalda. Más tarde despertó en una celda oscura. Después de algún tiempo recibió la visita de un religioso de la orden de San Francisco. "No tengo nada que confesar", fue la respuesta de la mujer en tres ocasiones, hasta que un día apareció un fraile dominico para decirle: "Sabemos que eres culpable". Tampoco él obtuvo su confesión.

Juan comprendió: los habían mantenido aislados y a ambos intentaron sacarles información a través de la confesión, y después a través del miedo, al presentarles a un religioso de la orden inquisidora. A cada uno le hicieron saber que tenían al otro y en ambos casos trataron de hacerles creer que el otro había confesado "su" culpa. También era evidente que ni Pedro Aguilar ni los hermanos Morell habían sido capturados... Todo lo demás era incertidumbre. Imposible saber dónde estaban, quién los había llevado ahí, que harían con ellos, y si sus padres intentarían rescatarlos. Así pasaron Juan y Paula varios meses.

Al principio fueron dos sombras silenciosas. Él no sabía qué sentir hacia aquella desconocida que había resultado su hermana. Le había tomado estima desde el día que la conoció; había sentido un especial vínculo hacia ella; la visitó en Veracruz. Tanto a ella como a don Andrés les pidió respuestas que sólo le dieron a medias. De pronto se enteró de que Pedro Aguilar no era su padre ni Ana María su madre, y que todos, menos él, sabían la verdad... Y en aquella soledad forzada no quería hablar sobre ese tema, ni de nada. Todos sus sueños habían sido destruidos por un pasado que ni siquiera le pertenecía.

Pero siguió contando los días, vio pasar las semanas y los meses. Y las conversaciones con Paula se volvieron cada vez más largas y profundas. Al principio fue así tan sólo por evadir la locura que acompaña a la soledad, pero con el tiempo comenzó a comprender, a olvidar el rencor, a conocer su historia... Y a recuperar el tiempo, a aprender a tener una hermana.

—¿Casi un año? ¿Llevamos aquí casi un año? ¿Cómo lo sabes?

—Exactamente poco más de ocho meses. He llevado las cuentas desde el principio… De hecho, creo que hoy es mi cumpleaños… O solía serlo. Ahora sé que no cumplo diecinueve sino veintiún años y que en realidad no nací un día como hoy, sino que esta fecha representa el día en que fui entregado a Pedro Aguilar… por el señor Juan, nuestro padre.

—Él siempre hizo todo para salvarte a ti y a mí. Y estoy segura de que lo volvería a hacer.

—Podríamos intentar salir por nuestra cuenta. Creo saber dónde estamos y cómo escapar. Sin embargo, no tenemos a dónde ir…

—¿Cómo puedes saber dónde estamos y cómo salir?

—Porque antes he estado aquí, Paula… Y conozco una salida.

Don Alonso de Ávila permaneció inmóvil; había sido tomado por sorpresa. Estaba firme, de pie, con la espada en guardia, pero Pedro Aguilar lo había desconcertado, pues entró por una ventana distinta a aquella en que se produjo el rompimiento de los vidrios. Permaneció inmóvil.

—Digno de uno de tu estirpe, Aguilar. Siempre a hurtadillas, como una rata. Más bien como un zorro, acechando a traición y por la espalda. Haz lo que tengas que hacer, Aguilar. Mátame si es lo que pretendes, cobarde.

Advino el silencio. Pedro Aguilar no contestó. Pasaron algunos segundos interminables hasta que finalmente Ávila volteó adonde había escuchado la voz de Aguilar. No había nadie. Se dio la vuelta completa, con la espada en la empuñadura y volteando con rapidez a todos lados, como un animal a punto de ser cazado. No había nadie en la habitación; dio algunos pasos hacia la ventana por donde se colaba el viento.

—¡Don Alonso!

La voz sonó a sus espaldas. Ávila volteó de inmediato y vio a Pedro Aguilar frente a él. En una mano sostenía la piedra con la que había roto el cristal para llamar su atención, y en la otra, una pistola.

—Digno de tu estirpe, Aguilar. Dispara pues.

Quedaron frente a frente. Pedro Aguilar tenía veinte años más que don Alonso, pero se veía grande, fuerte como un roble; su rostro no reflejaba su edad: no tenía arrugas, ni canas, alto e imponente. Parecía un guerrero. Aguilar dio unos pasos por la habitación, seguido en todo momento por la mirada de Ávila. Se detuvo junto a una mesa en la que depositó la piedra y la pistola.

—No he venido a matarte, Ávila. No lo quiero hacer hoy ni lo he querido hacer nunca. No deseo y jamás he deseado hacerte el menor daño. He venido a hablarte.

—¡Sé muy bien quien eres, Aguilar! No hay olvido ni perdón. Eres un hechicero pagano, un traidor, un hereje y un asesino. Sé muy bien quién eres.

—No, no sabes quién soy. Nunca lo has sabido. Me temes, Ávila. Y le temes a mis dioses, a mi poder, a mi inmortalidad. Te temes a ti mismo, a tu pasado. Y tienes miedo de enfrentar tu dolor. No tienes idea de quién soy Ávila... En cambio, yo sí sé quién eres, sé quién es tu familia; sé cuáles son tus orígenes. Conozco las mentiras de tus ancestros tan bien como las de los míos.

Alonso Ávila abrió los ojos con sorpresa y sujetó con fuerza su espada. Volteaba a todos lados en busca de apoyo, aun a sabiendas de que estaba solo en aquella casa, a merced de aquel hombre. No le temía a su arma, que al fin y al cabo había dejado sobre la mesa. Y sí, le temía al pasado, al dolor... A la verdad.

—¿Qué es lo que quieres, miserable?

—Ya te lo he dicho, don Alonso. Lo sé todo de ti. Y sólo he venido a hablar. Ya hay mucho rencor en este reino, ya hay muchas rencillas. Pero todo cambiará: los ídolos de piedra que escondí hace siglos ya fueron lanzados por la tierra; nuestros dioses murieron cuando llegaron tus antepasados, cuando tu ancestro pisó este suelo junto a Hernando Cortés. Vi con lágrimas cómo Tonatiuh fue sacado de su escondite y obligado a postrarse ante tu dios; vi con llanto en los ojos cómo capturaron a Coatlicue, la madre del dios de los mexicas... Pero ahora he entendido todo. Nuestros dioses han vuelto. Todo va a cambiar. Este reino va a cambiar; no será lo que fue ni lo que es ahora, sino algo distinto. Todo va a cambiar, Ávila. Mi mundo llegó a su fin el 13 de agosto de 1521. Y el tuyo está por terminar muy pronto.

—¡Blasfemias!, ¡herejías!, ¡necedades! Estás loco, Aguilar.

—Quizá. Pero ni yo soy quien tú piensas, ni tú eres quien dices ser. Pero te aseguro que tu mundo está por terminar, Ávila. El que nacerá puede ser mejor o peor, puede legar las eternas rencillas del pasado o dar cabida al diálogo para buscar entendimientos. No he venido a matarte. He venido a hablar contigo, a perdonarte y a pedir tu perdón... Y he venido a rogarte que ya no heredes el odio que te carcome el alma, que ya no dirijas tu venganza contra un inocente... contra dos inocentes. Porque eso son los dos jóvenes a los que acusaste y por cuya causa permanecen encerrados. Sabes muy bien que no han cometido ninguna falta; por eso no los has presentado ante una autoridad formal. He venido a implorarte que aniquilemos de una vez por todas ese pasado que nos ha trastornado durante tantas generaciones... He venido a suplicar por la vida de dos inocentes. Y sé que vas a interceder por ellos. Porque yo sé quién eres.

Una lágrima rodó casi imperceptiblemente por la mejilla de don Alonso de Ávila, quien pareció rendirse y soltar la pesada losa que cargaba sobre su espalda. Miró fijamente a Pedro Aguilar y dejó caer su espada al suelo.

—¿Cómo es eso de que has estado aquí antes, Juan? ¿Has estado prisionero donde sea que estemos?

—No, pero sí he estado aquí antes, sin que nadie lo sepa, ni siquiera mi padre... o quien pensé que era mi padre. Estamos en los sótanos del Palacio Virreinal, probablemente junto a la fachada norte, o muy cerca. Estamos a unos cuantos metros de la catedral y cerca de las piedras que aún quedan del antiguo templo mexica dedicado a Tláloc y a Huitzilopochtli. Estamos al lado del adoratorio de Quetzalcóatl, casi junto al borde de la puerta que divide los cielos y del inframundo, muy cerca del escondite de los ídolos de piedra. Estamos junto al pasado, Paula... Y creo saber cómo salir de aquí, aunque intentarlo puede resultar más peligroso que permanecer aquí.

—¿Cómo puedes saber dónde estamos?

—Hay tantas cosas debajo de estas ruinas que te sorprenderías. Gran parte de lo que fue el mundo de los mexicas aún sigue oculto: piedras de su ciudad y de sus templos que todavía permanecen escondidas... Dioses ocultos hace siglos por mis... por los ancestros de mi padre. Durante más de diez años he entrado casi todos los días a la catedral, donde Pedro Aguilar me reveló muchos secretos. Incluso hice cosas que me prohibió hacer porque yo era muy pequeño; pero más de una vez lo seguí por los pasadizos que se hallan debajo del altar mayor, por los pasajes secretos que dicen que no existen, pero que efectivamente conectan la catedral con el Palacio Virreinal. He recorrido estos laberintos de fango, salitre y piedra. Y alguna vez, por azar, esos caminos me trajeron hasta aquí. Casi estoy seguro de eso.

—¿Y qué esperamos? ¿Qué puede ser más peligroso que estar aquí?

—No creo que haya peligro en estar aquí: tenemos ocho meses encerrados. Ya nos hubieran hecho algo más que matarnos de hambre y amenazarnos... Pero la verdad no conozco bien esos pasajes; podríamos cambiar esta celda permanente de piedra y hierro por una perpetua celda de piedras sagradas. Además, primero debemos buscar si desde esta jaula hay alguna forma de acceder a los pasajes secretos. Y debemos hacerlo por la noche.

—¿Cómo puedes saber si en este momento es de día o de noche?

—Porque llevo muy bien las cuentas de los días y de las comidas. Tengo mucha hambre porque hace horas nos trajeron la última, el desayuno si no me equivoco; no deben tardar en traer la próxima, lo cual significa que ya es noche. Entonces este lugar quedará vacío. No estamos en una prisión civil ni religiosa sino en las mazmorras del Palacio Virreinal. Quien sea que nos tiene aquí, no ha comenzado un proceso contra nosotros.

—¿Entonces nuestro encierro es completamente ilegal?

—En este país no hay leyes, Paula. Sí hay recomendaciones y sugerencias obligatorias para algunos sectores sociales pero opcionales para los que ostentan el poder, quienes hacen lo que quieren con ellas. En realidad ésa es la mala noticia: tú y yo sabemos que no somos culpables de nada. Así pues, quien nos mantiene en cautiverio busca a nuestros padres. Y sabe que si nos enjuician saldríamos libres, quizá pagando una penitencia menor. Por el momento creo que hay que esperar.

Paula se sentó en el piso de la prisión. También para ella era nueva aquella experiencia de tener un hermano. Y le agradó... Más aún cuando confirmó que él era un hombre fuerte, valiente, inteligente; sin querer quitarle méritos a la educación que pudo haber recibido por medio de Pedro Aguilar, veía en él la fortaleza de espíritu de la familia Morell.

—Hace tiempo que me debes una historia, Juan —él la miró con extrañeza—. Hay que ocupar el tiempo en cualquier cosa para no volvernos locos. Cuéntame algo. Hace mucho tiempo, cuando éramos niños, ibas a contarme una de esas historias de la catedral que tanto te gustan... Pero nos interrumpieron. Era algo sobre un niño cautivo. Y en la situación en la que nos encontramos creo que es un buen momento para relatarla.

"La del Niño Cautivo es de estas historias que se mezclan con la leyenda y ocurrió alrededor de 1622. Aquellos eran tiempos complicados en la Nueva España, una época en que se confundía la bonanza con la carencia. En realidad ya era un reino estable que comenzaba a atraer a diversos grupos de personas del Viejo Mundo, principalmente católicos, desde luego. De la riqueza novohispana ya se hablaba en todo el mundo. Y monedas de nuestra plata circulaban por todos los mercados del planeta.

"Pocos años atrás, la riqueza minera del reino no era un atractivo suficiente para realizar el viaje a América, pues los piratas asolaban los mares, principalmente el Caribe, pero muy especialmente los puertos españoles. Campeche y Veracruz eran blancos constantes de ataques corsarios. Y tierra adentro la situación no era mejor. Aún continuaban las exploraciones por el vastísimo territorio del norte y todavía las guerras contra los pueblos nómadas chichimecas aterraban a la gente. En aquellos tiempos se estaba terminando de formar la Nueva España y sólo los aventureros con poco o nada que perder decidían probar suerte de este lado del océano.

"Pero después de 1610 todo fue distinto; lo pueblos del centro habían sido sometidos, mucho más con la cruz que con la espada, y con conquistadores mucho más eficaces que los soldados: los frailes. Entonces ya se habían formado grandes ciudades. El reino se consolidaba como puente comercial entre Europa y Asia, ya que las islas Filipinas se habían vuelto propiedad de la Corona española. Fueron descubiertas muchas vetas de plata y la explotación minera dejó ver su abundancia.

"En aquellos tiempos, como en éstos, los grandes señores de la aristocracia lavaban sus obscenas conciencias con generosos donativos a la Iglesia... Y justo aquí comienza la historia del Niño Cautivo. En 1622 estábamos lejos de tener una catedral. Ni siquiera había sido dedicada, pues aún no estaban terminadas las capillas, no había torres y las cinco naves del edificio no estaban techadas de manera permanente. Ya había algunos altares y contados retablos, pero ninguno tenía la magnitud y la belleza del Retablo de los Reyes, creado por don Jerónimo de Balbás. Precisamente aquélla fue la época en que la bonanza minera comenzó a reflejarse en la catedral.

"Así pues, Francisco Sandoval Zapata, canónigo del templo, decidió utilizar parte del dinero de las donaciones para encargar una escultura de Jesús niño a uno de los artistas de temas religiosos más renombrados de España en aquel tiempo: Juan Martínez Montañez. En 1622 llegó por carta la noticia de que la escultura estaba lista. Entonces el canónigo viajó a España para recibirla en persona de manos del escultor, pagar los costos y escoltarla en dirección a la Nueva España.

"Los mares estaban llenos de enemigos de España: franceses, ingleses y neerlandeses. Pero quienes más atemorizaban a los barcos hispanos eran los moros, que dominaban las costas de África del Norte, que en algún momento del pasado arrebataran a la propia España.

"Sandoval Zapata zarpó de Sevilla con la escultura, pero en el camino entre Cádiz y las islas Canarias, la embarcación fue secuestrada por piratas musulmanes, que se llevaron, con toda la tripulación y la mercancía, a la ciudad de Argel.

"Un clérigo no valía mucho para los piratas, mucho menos una imagen religiosa. Entonces aquellos mercenarios del mar decidieron pedir un rescate. Sandoval vio cómo los piratas se repartían el botín y almacenaban en bodegas lo que a su juicio podrían vender en otros puertos. Temió por la escultura, que finalmente representaba a Dios; así que suplicó a los piratas que respetaran la imagen sagrada y le permitieran mantenerla a su lado mientras llegaba el dinero del rescate. Los moros accedieron a su petición, pero avispados por la importancia que el sacerdote le confería a aquella simple figura, decidieron duplicar el monto del rescate. Su lógica fue simple: si para los cristianos esa escultura debía recibir veneración y ser tratada como un dios, para ellos era como si tuvieran secuestradas a dos personas. Por lo tanto, debían exigir un rescate doble.

"No se sabe cuánto dinero pidieron los piratas para liberar a sus rehenes, pero Sandoval Zapata y la escultura del niño Dios estuvieron secuestrados durante siete años en Argel. Desde entonces en la Nueva España la escultura ya era conocida como el Niño Cautivo, por quien el pueblo juntó donativos para hacer posible el rescate.

"Durante los años de cautiverio el religioso enfermó gravemente y temió morir en tierra de infieles sin haber llevado a cabo su misión de llevar al Niño Cautivo sano y salvo hasta la Nueva España. Así que comenzó a rezarle a aquella escultura, suplicándole a Dios que le concediera permanecer vivo el tiempo necesario para llegar a ver libre a la imagen. Dios se lo concedió; el dinero del rescate llegó a su destino y los moros permitieron a Sandoval embarcar hacia América con la imagen sagrada… Sin embargo, aun cuando el Señor le concedió a Sandoval la gracia de atestiguar la liberación de la escultura, no le permitió llegar con ella a su destino, pues en el camino hacia la Nueva España el sacerdote falleció.

"Corría el año de 1629 cuando llegó a Veracruz un barco que conducía los restos de Sandoval y la escultura del niño Dios. El pueblo que pagó el rescate recibió la figura con fiestas y oraciones. Y tanto el religioso como la obra de arte fueron trasladados a la catedral.

"A la escultura se le colocó un grillete en la mano derecha y desde entonces recibe veneración popular. Al Niño Cautivo se encomiendan los que pugnan por la libertad física o espiritual de un ser querido, desde aquel cuya alma ha sido capturada por el demonio, pasando por aquel cuyo cuerpo se encuentra prisionero de los vicios, hasta a aquellos que literalmente están cautivos... presos como tú y yo."

Paula escuchó con suma atención el relato de su hermano. Le impresionaba la pasión con la que Juan hablaba de las cosas que concernían a la catedral.

—Pues aquí estamos: cautivos. ¿Por qué no le rezas al Niño Cautivo para que interceda por nosotros?

Juan miró a Paula con incertidumbre, sin saber si hablaba en serio o si estaba jugando, quizá con miedo a responder algo que lo comprometiera y que lo pusiera en peligro. Al final recordó que Paula era su hermana, su cómplice, una hereje como él y que además estaban encerrados lo mismo el uno que la otra.

—Yo no creo en eso, Paula. No creo que una imagen pueda interceder por los seres humanos. En este mundo estamos solos. La libertad de la que tanto hace alarde la fe católica es una maldición, pues implica que el destino depende de nuestros actos y de los actos de los demás... Y yo dudo mucho que un niño de porcelana pueda cambiar el rumbo de las cosas. Tú lo sabes mejor que yo... Eso es lo que crees, ¿no?

—Mis ancestros… Nuestros ancestros eran protestantes, Juan. Pero la verdad es que yo creo que la fe ha sido el mejor pretexto para las guerras, las persecuciones y los odios perpetuos. Coincido con la ética protestante, pero nada más. ¿Pero qué me dices de ti? Tu gran sueño es terminar la obra de la catedral de la ciudad de México. Es obvio que sabes todo sobre ella.

Juan la miró y esbozó una sonrisa.

—Yo no creo en la religión, Paula. Y no se necesita ser creyente para admirar el arte arquitectónico. En efecto, mi sueño es concluir la catedral, como una obra artística, como el trabajo de todo un pueblo, como resultado de un proceso histórico y motivado por mi sueño de llegar a ser un buen arquitecto. Fui educado por frailes que me hablaban de un amor y una bondad que nunca he visto en la Iglesia, que pregonan una pobreza que contrasta con la riqueza de los arzobispos… Fui educado por Pedro Aguilar para creer en dioses que no son más que ídolos de piedra. Estudié historia y confirmé que quienes adoran a los dioses se matan entre sí. No, Paula, no creo que los dioses antiguos hayan necesitado los corazones de sus víctimas, ni que el dios cristiano, sus vírgenes y sus santos, necesiten el dinero del pueblo. Los dioses no tienen necesidades; sólo las tienen quienes se erigen como sus representantes en la tierra.

—Por lo que hemos platicado, mucho me temo —agregó Paula con una sonrisa en los labios— que sí somos culpables de lo que nos acusan y que sí hay razones suficientes para que nos hayan encerrado.

—¿Cómo dices?

—La Nueva España es la Edad Media, Juan. Aquí está prohibido no ser católico; éste es el reino de la intolerancia y el fanatismo. Es obligatorio creer en Dios y hacerlo como lo dicta la Iglesia, con todas sus absurdas leyes humanas y de ninguna otra forma. Tú y yo somos apóstatas: en consecuencia, SOMOS CULPABLES.

—¿Dónde está mi hijo, Ávila?

Don Alonso escudriñó con la mirada la silueta de Pedro Aguilar de arriba abajo. Por momentos no veía en él a un enemigo legendario, sino a un padre desconsolado, a un ser humano sufriente... Pero lo había prometido: para su estirpe no habría olvido ni perdón.

—¿Qué te hace pensar que yo lo sé?

—Lo sé, Ávila, que te baste con eso.

—¿Y por qué habría de decírtelo?

Pedro Aguilar guardó silencio unos minutos antes de responder, calculando muy bien lo que debía de decir:

—Porque eres padre... Porque conoces el dolor que implica la pérdida de un hijo...

Una mezcla de dolor, tristeza y rabia se apoderó de las facciones de Alonso de Ávila.

—No te atrevas a...

—¡Sí me atrevo, Ávila! Me atrevo a recordarte que perdiste un hijo y que sufres. Me atrevo a recordarte que nada ni nadie pudo salvarlo a él y a tu esposa. No conozco tu dolor ni puedo comprenderlo, pero no puedes culpar al mundo por tu sufrimiento, por un designio de tu dios.

—Jamás debí hacerte caso, Aguilar... En medio de mi desesperación te creí...

Don Alonso Martín de Ávila se interrumpió. Las lágrimas nublaron sus ojos y los sollozos quebraron su garganta. Se dio la vuelta. No podía demostrar su flaqueza ante su enemigo. Caminó unos pasos y se dejó caer en un sillón con la cabeza entre las manos. Pedro Aguilar se acercó y se hincó frente a él. Con sus toscas manos de trabajador tomó las finas manos de Ávila.

—El dolor nos motiva a hacer cosas terribles... Pero en el fondo de tu corazón sabes que Esteban Morell hizo lo humanamente posible por salvar a tu esposa y a tu hijo. Lo intentó con todas las herramientas de la ciencia moderna, de la misma manera que mi mujer lo intentó con sus hierbas. Nada podía salvarlos.

Ávila levantó la cabeza y atravesó a Aguilar con la mirada.

—No menciones a ese hereje en mi presencia.

—Yo no sé qué es un hereje, Ávila; pero sé qué es un buen hombre. Y Esteban Morell lo era. Curó a muchas personas en su vida. Tú, por tu parte, mal aconsejado por el dolor y el resentimiento, acusaste a un inocente Ávila. Lo llevaste ante la Inquisición y a la hoguera. ¿Mitigó eso tu dolor? ¿Te devolvió a tu esposa y a tu hijo? ¿Te los devolverá la venganza con mi hijo? He venido a perdonarte y a que me perdones. Y si así lo deseas, a que me mates. ¡Mátame!, mátame si crees que toda tu amargura desaparecerá con ese acto, pero no te desquites con dos jóvenes inocentes —advino un silencio absoluto en la habitación que sólo fue interrumpido por el llanto contenido de don Alonso—. Perdóname por no haber podido salvar a tu hijo. Yo te perdono por todo lo que has intentado hacer en nuestra contra desde entonces, pues sé que ha sido tu dolor el que te ha inducido. Te pido que perdones a mi hijo. Te ofrezco mi vida por su vida.

Don Alonso Martín de Ávila sacó con violencia una pequeña daga que llevaba en la cintura y la elevó por encima de su cabeza, al tiempo que Pedro Aguilar agachaba la suya ofreciendo al verdugo la parte de atrás de su cuello. La daga quedó suspendida sobre la cabeza de Aguilar. La mano de Ávila temblaba. Aguilar permanecía inmóvil. En un brusco movimiento lleno de rabia, Ávila dejó caer todo el peso de su brazo armado y la daga se hundió hasta la empuñadura en el sillón donde él estaba sentado. Aguilar levantó la vista y los ojos de ambos enemigos quedaron frente a frente, clavados los de uno en los del otro como nunca antes, a escasos centímetros.

—¿Por qué no puedo matarte, Aguilar?

—Porque no tienes un pretexto, que es lo que siempre has necesitado. La gente como tú no busca respuestas sino pretextos. Te sentirías bien si el brazo armado de los conquistadores, la diabólica Santa Inquisición, diera cuenta de mí entre las llamas, con Dios como pretexto. Entonces pensarías que eso es la justicia. Pero si el puñal está en tus manos... sabes que cometes un asesinato.

—No... no... No debió morir —Ávila descargó su peso y su torso cayó encima de Aguilar, quien lo detuvo con fuerza—. No debió morir, Aguilar; no debieron morir... ¿Por qué tu esposa no pudo salvarlos?

Los sollozos se transformaron en llanto. El dolor de todos esos años comenzó a salir del corazón atormentado de Alonso de Ávila. De pronto, sin darse cuenta, abrazó a Pedro Aguilar y golpeó su espalda con los puños crispados.

—No pudo hacer nada por ellos, don Alonso; por la misma razón que no pudo hacer nada Morell con todos sus conocimientos... Porque su enfermedad rebasó las capacidades humanas para salvarlos.

—¡Pero alguien debe ser culpable!... ¡Alguien!

—Eso es lo que siempre has buscado, Ávila, un culpable... Y tu dolor no ha disminuido, sino todo lo contrario. Quizás Esteban Morell sí era culpable de lo que han dado en llamar herejía... No lo sé... Pero tú sabes bien que ésa no fue la razón que te movió para presentar una acusación en su contra. Fue por venganza... una venganza que, hasta donde entiendo, la proscribe de sus enseñanzas tu dios. Y es posible que incluso quieras vengarte de él... Tú que has dedicado tu vida a ser un protector de la fe, sientes que Dios tiene una deuda contigo. Pero te equivocas, pues los dioses dan y quitan por razones que los hombres no podemos entender.

Aquella era una noche especial en la ciudad de México; una noche con luna llena, cuya luz se filtraba por la ventana por donde había entrado Pedro Aguilar y por la ventana rota. La habitación estaba en penumbras, salvo por la luz que salía de la chimenea. Ahí, en medio de la sala, los eternos enemigos se encontraban, uno sentado y otro de hinojos, en una actitud que no por suplicante dejaba de ser desafiante.

—Viniste a mi casa a abrir las llagas de mi dolor, Aguilar. A eso y a pedir perdón mientras sigues profiriendo herejías en mi presencia. Quizá no pueda matarte con mis propias manos, pero no dejas de darme razones para que sea la Inquisición la que lo haga. ¿Por qué habría de hacer algo por ti y por tu familia?

—Porque intuyo que en el fondo eres un buen hombre; porque sé que temes a ese lugar al que llamas infierno, al que estarías condenado irremediablemente por condenar a unos inocentes; porque espero que el dolor te purifique... Porque en el dolor todos somos iguales, Ávila; desde tu supuesto linaje sin mancha hasta el más empobrecido de mis hermanos los indios. Pero si todo lo anterior no te bastara, Ávila... te pediría que lo hagas porque yo sé que ocultas un secreto, porque conozco la historia real de tu linaje y porque, si no regreso con vida, alguien más se encargará de divulgar la verdad.

Pedro Aguilar se había jugado su última carta. Nadie sabía dónde estaba ni qué hacía. Nadie más conocía el secreto de Ávila; pero éste eso no lo sabía. Abrió los ojos lleno de sorpresa y caló a su némesis con la mirada mientras el dolor y el miedo se debatían en su alma.

—Tú no mataste a mi mujer y a mi hijo, Aguilar... Lo sé... Pero no puedo pedirte que me perdones.

—Eso no importa, Ávila. Lo que yo... y mi mujer más que yo, queremos, es acabar de una vez por todas con ese odio eterno que nos ha podrido el alma por varias generaciones. Podemos hacerlo ahora.

Don Alonso de Ávila trató de recomponerse; se secó las lágrimas y se enderezó en su sillón mientras con un ademán invitaba a Pedro Aguilar a que se sentara a su lado.

—¿Qué crees saber de mí, Aguilar?

—Que no eres don Alonso de Ávila. No en la forma en que dices serlo, no un descendiente directo del conquistador, no un noble de una familia sin mácula. Sé que sólo has perpetuado la mentira de uno de tus ancestros. Pero yo no soy nadie para juzgarte.

—¿Qué es lo que crees que no sé de ti?

—Que yo no soy Pedro Aguilar... No como tú lo piensas. Desde hace mucho tiempo se extinguió la descendencia de María, hija de Chimalpopoca, homicida de su marido y madre de un niño al que bautizó con el nombre de Pedro Aguilar para continuar un legado que los descendientes varones de Chimalpopoca dejaron de perpetuar.

—Pero tú eres un hechicero, Aguilar.

—Ustedes llaman brujería a todo lo que no comprenden: tanto a la ciencia de Esteban Morell como a la herbolaria de mis ancestros; pero no lo es.

—Eres un pagano que rinde tributo a dioses de piedra.

—Soy el hijo de un guerrero águila que se negó a ver el fin de su mundo. Yo no resguardo sus dioses, sino un pasado que ustedes temen y al que simplemente quieren enterrar... Pero eso ya es imposible, pues la tierra ya lanzó a mis dioses. Constátalo tú mismo: Tonatiuh quedó empotrado en una pared de la catedral... ese templo al que mis hermanos los indios acuden a venerar a sus dioses antiguos en la forma de las figuras de cerámica de tus santos. No importa cuánto tiempo haya pasado: no puedes aniquilar el espíritu de su cultura.

Don Alonso de Ávila guardó silencio. Había escuchado atentamente al que consideraba su enemigo, concentrado en sus respuestas. Probablemente nunca comprendería sus ideas, pero ese hecho ¿era suficiente para convertirlos en rivales?

—¿Tú sabes dónde está mi hijo, Ávila?

—Sí, lo sé.

—Él es inocente. Y más inocente todavía es la señorita Paula del Moral, de la que seguramente también tienes noticias.

—¿Del Moral?

Ávila interrogó con la mirada a Aguilar, quien mantuvo los ojos fijos en los de su rival. ¿Qué tanto sabría don Alonso sobre la familia Morell, sobre Juan y Andrés? Todo indicaba que no había huellas que relacionaran a Esteban Morell con sus dos hijos, que el disfraz de pertenecer a otra familia había funcionado... Pero, entonces, ¿por qué capturaron y encerraron también a Paula?

Don Alonso conocía la historia centenaria de Pedro Aguilar y su relación con aquella extraña familia, ¿pero sabría algo de lo que temía que supiera? ¿Tendría pruebas?

—Paula del Moral, don Alonso... Ése es el nombre de la mujer que fue capturada el mismo día que mi hijo. Es hija de un comerciante del puerto, Juan del Moral, un anticuario que trabaja con su hermano Andrés.

—Ellos estaban en tu casa contigo aquel día, Aguilar.

—Así es... Son los hijos de Esteban Morell, el hombre que intentó sin éxito salvar a tu esposa y a tu hijo, el hombre al que enviaste a la hoguera mal aconsejado por tu dolor y por tu deseo de venganza.

—Entonces son unos herejes...

—Son dos buenas personas. Y la hija de uno de ellos. Dos personas trabajadoras que nunca le han hecho dañado a nadie, Ávila. No merecen la hoguera, como tampoco la merecía su padre. Esteban Morell los alejó de él desde pequeños para darles otra identidad, otra vida y otro destino... Justamente como lo hicieron tus ancestros. No son más culpables que tú.

—¡Pero yo soy un caballero de Santiago! Tengo obligaciones con Dios.

—He oído a los franciscanos hablar de Dios, porque educaron a mi hijo y siempre han hablado de bondad y misericordia. ¿No es esa la principal obligación que tienes con tu dios? ¿Estás libre de pecado para arrojar la primera piedra o para prender el primer leño de la hoguera de los Morell?

Advino el silencio. Ávila se llevó las manos al rostro y agachó la cabeza. Toda su vida había sido fiel a sus ideas y a sus compromisos de católico. Y ahora el hombre al que debía odiar lo confrontaba como nadie nunca antes lo había hecho.

—No perseguiré a los Morell. Tienes razón: mi sufrimiento llevó a la hoguera a Esteban, el último de la familia Morell... Además, yo no tengo nada en contra de esa familia... Del Moral. Comunicaré ese error al virrey y veré que esa señorita sea liberada de inmediato.

Pedro Aguilar nunca pensó que un encuentro razonable con don Alonso de Ávila resultara fructífero. La esperanza se dibujó en su rostro. ¿Tantos siglos de odio podían redimirse con diálogo y entendimiento?... Quizá los dioses tenían razón y estaba por terminar un mundo y nacería otro, que quizás sería mejor.

—¿Y qué me dices de Juan, Ávila?

—No es tan sencillo, Aguilar...

Pedro Aguilar se levantó como impulsado por un resorte hasta quedar completamente erguido frente a un Ávila que no se movió de su asiento.

—Si no te basta el dolor, ¿tengo que recodarte que puedo evidenciar tu pasado... y el de tu hijo?

—Debes entender, Aguilar. Puedo decirle al señor virrey que cometí un error con Paula del Moral... Y que me consta que Esteban Morell fue el último de su estirpe... Pero no puedo retractarme de las acusaciones que he vertido sobre ti y tu familia; no sin levantar sospechas, no sin que se manche mi honor y mi reputación. Si no salvo a tu hijo serás tú quien desvele mi pasado. Y si pretendo salvarlo tendré que revelar mi secreto yo mismo.

Una vez más el guerrero águila se hizo presente y habló con una voz de trueno que hizo temblar a don Alonso.

—¿Dónde está?

—Está bien y a salvo

—¿Dónde está, Ávila? No olvides que todo lo que sé de ti puede manchar tu nombre y tu reputación y dejar mancillados a tus hijos.

—Nadie te creería.

—No te arriesgues... Además, sabes bien que Juan no es culpable de nada más que de ser... mi hijo.

Ávila se puso de pie, frente a Pedro Aguilar, recuperando el aplomo.

—La Inquisición no sabe nada de este asunto. Es un arreglo que negocié con el virrey. Tu hijo y la señorita Paula están presos en el Palacio Virreinal sin que se les haya abierto un proceso en su contra, ante ningún tipo de autoridad. Mañana mismo hablaré a favor de ella... Deberás tener paciencia. Sé que tu hijo no es culpable... Me aseguraré de que esté cómodo, de que lo alimenten bien... Déjame buscar una forma de terminar con esto sin deshonrar mi nombre, el de mi familia y el de mis hijos.

—Mi paciencia es poca, Ávila.

—Deberás ejercitarla, Aguilar... Sólo ten en cuenta que te he hecho una promesa y que un caballero de Santiago siempre cumple sus promesas.

—Y tú no olvides que Pedro Aguilar siempre cumple sus amenazas. Te sugiero que no lo olvides.

—¿Y cómo puedo saber que no ejercerás venganza de cualquier forma con lo que sabes... con lo que aseguras saber de mí?

—Tú sabes que es verdad, Ávila... Además, he compartido contigo el secreto de los Morell. Y compraré tu silencio con el mío. Ahora, aparte de enemigos, somos cómplices.

Pueblo de Tacubaya, septiembre de 1797

Como consecuencia de la intervención de don Alonso de Ávila, Juan y Andrés Morell terminaron oficialmente su cambio de identidad y se transformaron en Juan y Andrés del Moral, y su hija Paula fue liberada de inmediato del calabozo en el que permaneció casi un año, en los subterráneos del Palacio Virreinal.

Los hermanos Del Moral, prósperos comerciantes del puerto de Veracruz, habían sido injustamente confundidos con familiares del hereje Esteban Morell. Pero ya se había aclarado ese error.

Pedro Aguilar siguió siendo el descendiente de una estirpe de herejes y blasfemos, hecho por el cual no dejaba de ser sospechoso y de estar bajo vigilancia, pero absuelto porque no podían acusarlo por las faltas de sus ancestros.

Don Alonso de Ávila —lo rumoraba la alta sociedad— se había alejado del círculo de la corte y cada vez salía menos de su casa, ni siquiera para asistir a la misa diaria, que ahora recibía en su domicilio.

Muy inadvertida pasó la noticia de que un integrante de la Real Audiencia, el doctor Arango de la Villa y Salmerón, había sido encontrado muerto en su propia casa después de tres semanas de padecer malestares que lo alejaron de sus labores.

En una casa del rumbo de Tacubaya, en las afueras de la ciudad de México, tres hombres y una mujer mantenían una conversación:

—Jamás podremos terminar de agradecerle lo que hizo, don Pedro —dijo Juan del Moral—. No entiendo cómo pero logró la libertad de nuestra querida Paula...

—¡Que no quería salir de esa mazmorra! —atajó la aludida—. Es maravilloso estar libre, pero no quería abandonar a Juan. Quién sabe qué destino le espera en esos terribles sótanos.

—No tuve más remedio que aceptar ese orden de los acontecimientos —dijo Pedro Aguilar—. Ávila me ofreció tu libertad inmediata y retirar las acusaciones y las sospechas vertidas sobre tu familia. Ahora son Del Moral, sin duda alguna, y pueden volver a su casa en el puerto de Veracruz.

—No nos iremos de aquí hasta saber qué sucederá con Juan —añadió Andrés—. Tú has liberado a nuestra hija y nosotros haremos todo lo necesario para liberar... a tu hijo.

Pedro Aguilar observó a Juan del Moral con una mirada melancólica.

—Tú me encomendaste a tu hijo hace muchos años... Y yo velaré por que sea liberado. Ávila me lo prometió.

—Juan es tu hijo, Pedro. Nunca podré agradecerte lo que has hecho por nosotros. Si hay algo que podamos hacer por ti, no dudes en decírnoslo.

—Sólo quisiera saber por qué volvieron... Es decir... Juan ya sabe la verdad, ¿vinieron para llevarlo con ustedes?

—No, don Pedro. Sólo queremos darle opciones y que decida libremente qué hará con su vida... Nosotros hemos contemplado la posibilidad de volver a Europa, quizás a Ámsterdam. La revolución de los franceses y Napoleón, que tanto atemorizan al Viejo Mundo, para nosotros son señales de esperanza. Estoy seguro de que el antiguo régimen se desploma en Europa y de que adviene un mundo mejor.

Todos se miraron entre sí. Para Pedro Aguilar no había más objeto que su eterna misión sagrada que, ahora estaba seguro, Juan jamás asumiría como suya. Un nuevo mundo, eso creían los Morell que se gestaba en Europa, y ese mensaje divino había recibido Aguilar: el mundo en que vivía llegaba a su fin y muy pronto comenzaría uno nuevo. Quizá todo lo que ocurría en la vieja Europa terminaría por influir en los acontecimientos del Nuevo Mundo. Pero sabía que en ese nuevo mundo por venir no había cabida para él... Y le inquietaba saber qué papel decidiría tomar quien durante tanto tiempo había sido su hijo.

—Pero Juan sigue cautivo —agregó Juan Morell—. ¿Debemos conformarnos con esperar? ¿No hay manera de sacarlo de ahí ahora que sabemos que lo tienen encerrado en el Palacio Virreinal?

—Sí hay una forma —dijo Paula, visiblemente emocionada—. Dijo saber la localización de la mazmorra. Me contó que los pasajes secretos que se hallan debajo de la catedral comunican con el Palacio Virreinal y que él los conocía —volteó a ver a Pedro Aguilar—. Asegura que usted conoce esos pasajes y que él sabe de su existencia porque lo siguió varias veces. Si eso es cierto, podemos sacarlo de ahí desde la catedral. No hay un proceso contra él, la Inquisición no está involucrada en el asunto y aparentemente Ávila no haría nada al respecto.

—Juan debió estar alucinando —atajó de inmediato Pedro Aguilar, quien ahora se enteraba que Juan conocía los pasajes secretos, pero no podía permitir que nadie más descubriese el escondite de los ídolos de piedra—. No existen tales pasajes. Tal vez te lo dijo para que no perdieras la esperanza.

—¡Pero él se veía convencido…!

—¡No existen esos pasajes! Si en verdad existieran, ya habría sacado a Juan de ese lugar y ya habríamos huido.

—Lo importante —dijo Andrés— es que ahora sabemos dónde está y que tenemos derecho a visitarlo. En realidad no entiendo por qué don Alonso de Ávila no pudo obtener su liberación… Pero la verdad es que no comprendo cómo usted, don Pedro, pudo obtener algo de Ávila.

—Hice algo que sus ancestros me recomendaron hace siglos, cuando vi arder a Andrés Morell en la hoguera. Pedro Aguilar tenía la sangre envenenada por el odio y el rencor, y ellos, los hermanos de Andrés, tenían el suyo lleno de amor y de perdón. —Entendí que debía enfrentarme a don Alonso con esas mismas armas: perdón y amor. Jamás creí obtener resultados positivos.

—¡Yo no me resigno a no hacer nada por sacar a Juan de inmediato! Lo que él dijo lo podemos confirmar tan sólo con visitarlo —gritó Paula—. Es su hijo, Pedro… Es tu hijo, papá. ¿No vamos a hacer nada?

—Creo que don Pedro tiene razón; por desesperante que sea la situación hay que tener paciencia —intervino Juan—. Pero sigo sin entender cómo logró pactar con su peor enemigo.

—Somos cómplices. Cada uno sabe secretos del otro. Y a él le duelen más los suyos que a mí los míos. Me prometió liberar a Juan. Y por extraño que resulte, creo que cumplirá su promesa. Ávila es un enemigo derrotado. Tan sólo pidió tiempo para salvar la honra de su nombre. Estoy dispuesto a concederle eso aunque signifique unas semanas más de cautiverio para mi hijo... Para Juan.

El estridente sonido de una campana, seguido por varios aldabonazos contra la puerta interrumpió la reunión. Todos se voltearon a ver entre sí, extrañados. Nadie conocía la nueva ubicación de Pedro Aguilar y de la familia Morell. ¿La calma aparente llegaba a su fin? ¿Los habían seguido las autoridades cuando condujeron a Paula del Palacio Virreinal a la casa? ¿Era Ávila, que se había arrepentido de su gesto humanitario y volvía a atacar?...

Juan del Moral se dirigió a la puerta y la abrió. Frente a él había sólo un hombre acompañado por un criado y un carruaje que esperaba. El hombre con difícilmente cuarenta años vestía con un estilo afrancesado, llevaba el cabello corto, patillas no muy largas, rostro plano, nariz pequeña y tenía todo el porte de un gran señor.

—Tengo razones para pensar que Juan Aguilar, o por lo menos su padre, vive aquí. Me ha llevado mucho tiempo encontrarlos, pero mi criado los siguió el día que liberaron a esa mujer —dijo, dirigiéndose a Paula con un gesto cortés—, a la amiga de Juan. Si me hace el favor, quisiera hablar con el señor Aguilar. Mi nombre es Manuel Tolsá.

Ciudad de México, septiembre de 1797

Un mundo fue construido sobre otro en todos los sentidos posibles: la ciudad de México había sido levantada sobre la gran Tenochtitlan; la Nueva España sobre los escombros de las culturas originales de América; el cristianismo sobre el paganismo antiguo; la catedral sobre los antiguos templos. Una ciudad sobre otra, que nunca terminaba de estar construida, sobre una ciudad que jamás terminaba de desaparecer. Tenochtitlan, la gran ciudad de los canales y los lagos aún amenazaba con resurgir, pues los españoles no tuvieron la pericia de los mexicas para contener y controlar las aguas.

Pero lo que se había construido sobre las cenizas antiguas no terminaba de consolidarse como una nueva civilización; mientras las antiguas cenizas mexicas no acababan de apagarse. Dos mundos tan opuestos y tan semejantes habían chocado en 1521 y, a más de dos siglos del encuentro más épico de la historia, aún no se había fusionado nada nuevo. El choque, el encuentro violento, la confrontación, parecían seguir siendo el sello de aquel amasijo de culturas.

Juan Aguilar representaba todo ese conflicto: fue educado en las tradiciones indígenas y en el conocimiento de los dioses paganos, aunque siempre se declaró mestizo y admirara las obras artísticas de corte europeo. Cierta idea de veneración por los antiguos ídolos de piedra se fundía en sus venas con el adoctrinamiento del dios católico. Además ahora sabía que su verdadero padre, aunque era novohispano de nacimiento, tenía sus raíces en el norte de Europa y que su historia, la de los Aguilar, la de los Morell, la de los Ávila, se remontaban al gran siglo de las exploraciones y de las persecuciones religiosas.

Se arrastraba Juan entre la tierra y el salitre, con piedras a su alrededor, por recovecos casi inasequibles; por agua estancada, entre hongos y humedades, entre dos mundos. Reptaba Juan Aguilar entre la Nueva España y Tenochtitlan buscando los pasajes secretos y tratando de alejar sus pensamientos del miedo, divagando sobre su vida.

Había transcurrido un mes desde que Paula fuera liberada de la prisión que compartían y de que a él lo trasladaran a una mazmorra menos incómoda, cerca del nivel del suelo de la ciudad, menos fría, con una cama y con mejor alimentación: tres veces al día. Aunque Paula se negó a dejarlo a su suerte, finalmente la convencieron de que obedeciera. Dos días después recibió la visita de Andrés y Juan, por medio de quienes se enteró de la forma en que Pedro Aguilar había logrado la liberación de Paula y obtenido la promesa de liberarlo lo antes posible a él.

Juan, Andrés y Paula se turnaban para visitarlo. El que jamás lo visitó fue Pedro Aguilar, por precaución. Sólo él podía obligar a Ávila a cumplir su promesa y no se podía arriesgar a que mediante algún tipo de traición lo apresaran también a él. En su nueva prisión no tardó mucho tiempo Juan Aguilar en encontrar un rincón donde la humedad había erosionado y debilitado algunas piedras, y no demoró en ingeniárselas para quitarlas y hallar un hueco, el cual agrandó y apuntaló con otras piedras. Sus estudios como constructor debían servirle de algo en aquella coyuntura.

Pronto sería liberado. Lo había prometido Ávila y así se lo hicieron saber los Morell. Sin embargo, Juan Aguilar no sabía si aquella noche estaba buscando escapar cuando comenzó a remover el piso de su celda. No sabía si buscaba una salida, evadirse de la realidad… o una respuesta. Sí, una respuesta… No sabía exactamente a qué, pero algo en su interior le decía que debía penetrar en las entrañas de la tierra. Todos los días bajaba a explorar ese mundo subterráneo que mediaba entre la Nueva España y Tenochtitlan. Cada día y cada noche seguía su exploración, marcando y apuntalando el camino. No sabía qué buscaba o adónde se dirigía, pero creía obedecer una especie de llamado.

Aquella noche, que él calculaba era una de mediados de septiembre, descendió a los dominios de la más terrible oscuridad, y después de escurrirse entre rocas hispanas y piedras indígenas, entre el agua empantanada que se filtraba de los residuos de un lago, entre salitre y sudor, encontró lo que creyó reconocer como uno de los pasajes secretos.

Las horas pasaban sin que Juan Aguilar encontrase un camino y sin que aquella misteriosa voz que lo lanzara a la aventura se manifestara de nuevo. Se había perdido en las entrañas de la tierra y trataba de ocupar su mente divagando sobre mil cosas para que éstas no dejaran espacio a la locura.

No tenía idea de dónde estaba, atrapado entre dos mundos: debajo de los edificios españoles y encima de los templos mexicas; cerca de las figuras de piedra de los dioses paganos, sin conocer el camino que pudiera conducirlo a la libertad y sin recordar cómo volver a la mazmorra de donde había partido.

Divagaba sobre los azares de la vida y de la historia, sobre cómo los hechos del pasado influyen en la vida de las personas. Sus ancestros de raíces protestantes creían en el destino, pero la educación católica que recibió pugnaba por la libertad.

Juan ya no sabía en qué pensar. Descreía que el futuro estuviese señalado de antemano, pero estaba convencido de que el pasado sí había determinado su vida en gran medida: si Boabdil el Chico hubiera derrotado a los católicos; si Hernando Cortés no hubiese tenido agallas para emprender la aventura a la que se arrojó; si Lutero no hubiera escrito sus noventa y cinco tesis; si Calvino no hubiera llevado a cabo su propia reforma, y si Enrique VIII no hubiese desconocido la autoridad papal, el mundo sería otro y él, Juan Aguilar, con toda certeza, no habría existido.

Miedo, oscuridad, silencio... locura. Atrapado en las profundidades de la tierra ya sólo pensaba en regresar a la seguridad de su celda, pero no sabía cómo hacerlo. Se había extraviado. Sin embargo, de pronto se encontró en un espacio amplio, una cámara secreta, no tan grande como para ponerse de pie, pero sí lo suficientemente extenso para estirar sus extremidades y erguirse a medias. Entonces la vio frente a sus ojos: de piedra, misteriosa, atemorizante y descuartizada. No podía ser otra más que la hermana de Huitzilopochtli. Estaba frente a Coyolxauhqui.

Juan sabía que no debía de estar en ese lugar, pero antes de que intentara retornar, presa del miedo, escuchó la voz estruendosa de la divinidad. No podía asegurar si en verdad la oía en la caverna o sólo resonaba en su interior.

—Se acerca otro fin del mundo, Pedro Aguilar.

Instintivamente Juan cayó de hinojos. ¿Cómo se habla con los dioses? ¿Cómo se atienden sus llamados? No importa cuántas generaciones hayan pretendido transmitirse un legado mítico y un conocimiento encriptado. Él nunca pensó que sería el elegido, a quien se dirigieran los ídolos de piedra; menos aún ahora, cuando estaba seguro de que no era hijo de Pedro Aguilar.

Su estirpe había recibido un legado y una misión. Y el espíritu de ese legado habitaba el alma de Pedro Aguilar sin importar la época. No obstante, él, Juan Aguilar, no se sentía poseído por ese espíritu y, además, no creía en el renacimiento de los dioses paganos... Pero había penetrado en las profundidades de la tierra arrastrado por un llamado inexplicable... Sin embargo, se negaba a creer en las evidencias que cada vez tomaban más cuerpo. ¿Era posible que los ídolos de piedra estuvieran vivos?

—Se acerca otro fin del mundo, Pedro Aguilar. ¿Cuál será tu papel en ese nuevo mundo? ¿Volverás a ser inmortal?

La voz retumbaba contra las piedras de la caverna. Y Juan no atinó a hacer otra cosa más que permanecer postrado, tal vez por miedo, quizá por respeto. Ahí estaba frente a él aquella divinidad, tal como había sido arrojada del cerro de Coatepec: desmembrada. Ahí estaba degollada la diosa con la cara pintada de cascabeles, la madre del gran colibrí de la guerra. Entonces llegó a la conclusión de que su padre, Pedro Aguilar, no estaba loco. Aunque cabía la posibilidad de que la locura se hubiera apoderado también de él.

—No soy Pedro Aguilar —alcanzó a balbucear Juan.

—Intuyo en tu corazón el espíritu de Pedro Aguilar, que sobrevive, aferrado al mundo, firme en su pasado.

—Sé quién es Pedro Aguilar. Y yo no soy esa persona. Además, no poseo el espíritu de su estirpe.

—Entonces, ¿qué te condujo a las puertas del Mictlán? —preguntó la voz tenebrosa—. ¿Qué haces en el umbral de los dos mundos? ¿Qué te ha traído a los cimientos del cielo?

—No lo sé; no lo entiendo.

—El mundo antiguo que fue destruido se fusiona con el nuevo mundo que nunca se terminó de construir. Muy pronto todo cambiará: serás testigo del nacimiento de un nuevo sol.

—¿Por eso resurgió de la tierra Tonatiuh? —preguntó Juan, temeroso.

—Ollin Tonatiuhtlan representa todo nuestro mundo, nuestra visión del cosmos; en él vive nuestra historia y nuestros dioses.

—¿Y dónde está Tláloc? —inquirió Juan a la divinidad pétrea—. ¿Dónde está Quetzalcóatl, Huitzilopochtli, Tonantzin, Tezcatlipoca?... ¿Dónde se halla Ometéotl?

—Todos moran en el nuevo Templo Mayor, ése que debes terminar de construir.

Juan sabía que a las divinidades no se les cuestiona. Sus órdenes simple y llanamente se acatan. Sin embargo, no tenía plena conciencia de lo que estaba ocurriendo. Y razonaba: los dioses no existen; si existen, no hablan, y si hablan, no pueden ser comprendidos.

—Pero el Templo Mayor ya no existe. Sólo quedan sus ruinas bajo tierra y sus piedras son el cimiento de la catedral... el templo del dios de los blancos.

—Sólo hay un dios, un Señor del Cerca y del Junto, de quien procede todo y al que todo regresa al final. Dios no necesita templos. Por esa razón puede vivir en cualquier lugar. Todas sus divinidades asociadas pueden morar en el nuevo Templo Mayor.

—Pero las esculturas que crearon los blancos son de barro... Los ídolos de piedra de los indios fueron derribados hace muchos siglos y permanecen ocultos... o fueron descubiertos y extraídos de la tierra, como Tonatiuh.

—Ollin Tonatiuhtlan no fue descubierto; él dejó su escondite para renacer. Dime, ¿no reside incrustado en una de las paredes del nuevo templo? Los ídolos de piedra no tienen vida; tampoco los de barro. Sólo el hombre puede infundir el aliento vital a los dioses.

—Entonces, ¿debe terminar de construirse el nuevo templo?

—Un nuevo Templo Mayor para un nuevo mundo. Todos los dioses morarán en él sin importar cómo los representen los hombres.

—¿Eres… la hermana de Huitzilopochtli?

—Soy un símbolo del pasado que se niega a morir.

Una lágrima rodó por la mejilla de Juan Aguilar. Estaba por nacer un nuevo mundo y él se hallaba en el centro del que sería su corazón. La catedral de todos los dioses debía ser terminada. Se levantó, sudoroso, lleno de sal y tierra. Desconcertado, observó el gran disco que representaba a la desmembrada hermana de Huitzilopochtli. Parecía tener vida. Sin embargo, en ese momento no supo distinguir si se encontraba frente a una diosa o a una simple piedra. Intentó salir de aquel lugar, pues lo invadió el miedo y la angustia. Temía por su cordura. El oxígeno comenzaba a escasear.

—¿Y tú quién eres? —retumbó la voz en sus adentros—. ¿Por qué puedo hablar contigo si no eres Pedro Aguilar?

—Soy su hijo, el hijo del último guerrero águila, pero también soy el hijo de trescientos años de historia, el hijo de los hombres que creen en otro dios; el hijo de los conquistados pero también de los conquistadores.

Soy el hombre en quien terminan las misiones divinas. Soy el constructor de un nuevo templo para todos los dioses que vaticinan un nuevo mundo.

Una fuerza extraña guio su camino de regreso, quizá su instinto de supervivencia, la escasa luz del sol que comenzaba a filtrarse por los túneles y el aire que llegaba como agua viva a sus pulmones para aliviar su mente enloquecida. Finalmente volvió al inicio de aquel túnel. Experimentó una paradójica sensación de libertad al reconocer su celda. Era muy temprano, según podía adivinarse por la iluminación matutina.

Respiró profundamente, estiró sus músculos y caminó por su celda, que efectivamente era más cómoda y amplia que la anterior; dejó que sus ojos se acostumbraran a la claridad y que su mente volviera a la realidad. ¿Qué había ocurrido allá abajo? Sólo pudo haber sido un episodio de locura, los estertores alucinatorios de una mente que se presume al borde de la muerte. La voz de la diosa seguía retumbando en su mente cuando de manera intempestiva otra voz estalló a sus espaldas.

—No puedo creer que sea tan difícil encontrarte en la estrechez de esta celda. ¿Dónde estabas?

—En la entrada del Mictlán, debajo de la Nueva España y sobre Tenochtitlan... En los cimientos del cielo.

Juan Aguilar respondió instintivamente lo anterior, aún envuelto en la bruma de la somnolencia que precede a las pesadillas, sin saber a quién se estaba dirigiendo. Su sorpresa fue mayúscula cuando giró la cabeza y vio, sentado en la única silla de madera de aquel lugar, del otro lado de los barrotes, a Manuel Tolsá.

—Parece interesante. Quizá deberías invitarme a ese recorrido.

Juan se ruborizó. No esperaba encontrarse con nadie. En el mejor de los casos, sólo con Andrés, Juan o Paula; pero ver a su maestro ahí, en la prisión, lo desconcertó. Una vez que pasó el sobresalto se ruborizó. Manuel Tolsá lo veía tras las rejas.

—Permítame explicarle, maestro...

—No tienes nada que explicar, Juan —lo interrumpió Tolsá—. Los señores Del Moral, y tu padre, ya me contaron todo.

Juan sonrió para sus adentros y quizás algún esbozo de aquel gesto se hizo evidente en su rostro. "Le contaron todo." Ese "todo" pensó que habría sido una versión muy reducida de los hechos, pues estaba seguro de que nadie podía contar todo lo que le ocurría. Desde luego, no contradijo a su maestro. Lo que fuera que le hubiesen contado, seguramente era lo que la familia Morell había creído conveniente, aunque era claro que Manuel Tolsá estaba al tanto del cambio de identidad de aquella misteriosa familia.

—Conozco muy bien a España, Juan, y la Nueva España no ha de ser muy diferente. Y estoy seguro de que tu presencia en este lugar no tiene que ver con un crimen.

—Así es, maestro. Más bien tiene que ver con una venganza.

—Pronto saldrás de aquí, Juan. Al parecer, tu padre confía mucho en que así será. Además, tendrás mi apoyo en todo lo que sea posible.

Tranquilizaba a Juan el hecho de que Manuel Tolsá creyera en su inocencia, pero no podía dejar de sentirse avergonzado por el hecho de que lo encontrara en esa penosa situación. Y lo llenaba de incertidumbre y de un poco de ansiedad pensar qué le habrían contado Pedro Aguilar y la familia Morell: ¿acerca de la misión de no terminar la obra de la catedral?, ¿sobre el protestantismo de su nueva familia?, ¿en torno del paganismo idólatra de quien fungió como su padre?, ¿la verdad sobre su verdadero progenitor?... ¿Qué pensaría ahora de él Manuel Tolsá?

La voz del maestro lo sacó de sus cavilaciones:

—Y, entonces, ¿dónde estuviste toda la noche?

—En los cimientos del cielo, maestro, como le dije; debajo de la catedral y en medio de los muros de la antigua Tenochtitlan, en un mundo que se niega a desaparecer.

—De verdad espero que me lleves algún día.

—Maestro... sería un honor, y es extremadamente sencillo. Todo ese mundo antiguo se encuentra debajo de la catedral. Por lo menos la entrada.

—¿La catedral cuya construcción no debe ser terminada?

Juan Aguilar sintió una punzada en el estómago. Así que le habían contado esa parte de la historia al maestro Tolsá. ¿Habrá pensado: cómo es posible tener de ayudante, aprendiz y alumno al hijo de un lunático que considera que no terminar la obra de la catedral es una misión sagrada?

—Ése es el sueño, o el delirio, de mi padre, señor.

—Es curioso, hubiera jurado que Pedro Aguilar era el que padecía esa obsesión, definitivamente insana, pero no me pareció que tu padre tuviera algo en contra de la edificación de la catedral. De hecho, creo que le interesa como admirador del arte y de las antigüedades—. Juan se quedó sorprendido. No se atrevía a preguntar qué era exactamente lo que le habían contado, pero tenía claro que había sido demasiado; Manuel Tolsá cambió el tema de manera radical—: No te había visto desde hace casi un año; desde diciembre del año pasado, cuando se estrenó la escultura ecuestre de Su Majestad Carlos IV. Como comprenderás, he tenido que continuar con el trabajo sin ti…

—No diga más, maestro. Entenderé si me releva como su aprendiz.

—Déjame terminar, muchacho. Todo este año he trabajado en las obras del Colegio de Minería, del Palacio del Marqués del Apartado y, desde luego, de la catedral… Y no sé cómo hacerlo si no estás ahí para ayudarme. Todos estos meses he tenido la ayuda de aprendices que no tienen la mitad de tus competencias. Así que he venido a decirte que, en cuanto sea que logremos sacarte de aquí, al día siguiente espero verte en la academia.

—¿Me está diciendo que aún tengo un lugar en la academia?

—En la academia y en la obra de la catedral.

Juan Aguilar hubiera querido abrazar a Manuel Tolsá, pero la reja se lo impedía. Se conformó con acercarse a los barrotes y extendió su brazo hacia el exterior para estrechar la mano de su mentor.

—Gracias, maestro. Le aseguro que en cuanto salga de aquí me presentaré a trabajar. No le fallaré.

—Sé que no lo harás, muchacho… Aunque no quisiera estar en tu lugar, pero quizás podamos hallar el modo de cumplir tu sueño sin frustrar el de Pedro Aguilar…

Ciudad de México, 28 de mayo de 1798

Juan Morell salió de la cárcel del Palacio Virreinal, después de visitar a su hijo, con quien la relación aún era difícil. Y era lógico, pues Juan Aguilar había vivido toda su vida en el seno de una mentira, agobiado por una misión que pretendía imponerle su padre adoptivo. Juan entendía los motivos de su verdadero padre y estaba consciente de que no debía juzgarlo... Y en verdad trataba de no hacerlo. Sin embargo, aquella situación no era fácil para ninguno de los dos.

Juan Morell caminaba por la plaza, agobiado y enfurecido. Lo desesperaba ver a su hijo encerrado, quien efectivamente recibía buen trato y parecía no correr peligro, pero no dejaba de estar cautivo de una manera injusta y tan sólo por el capricho de un aristócrata que, para colmo, justificaba Pedro Aguilar.

¡Alonso de Ávila había sido su eterno enemigo y ahora sacrificaba meses de libertad de Juan Aguilar para que el señor mantuviera incólume su reputación! Y a fin de cuentas, Juan era su hijo y no de Pedro, por lo que tomó la decisión de sacarlo de ese lugar a como diera lugar y sin importar que su intento significara que toda la familia tuviese que huir de nuevo. Ensimismado como estaba en sus pensamientos no vio al pequeño paje que se le acercó hasta que casi tropezó con él.

—¿Es usted el señor Juan del Moral? —preguntó el pequeño criado de unos doce o trece años de edad.

—Soy Juan del Moral, ¿quién desea saberlo?

—Mi amo me ha pedido que le entregue este recado.

Sin esperar la reacción de Juan del Moral, el pequeño le dejó un pequeño papel en las manos y salió corriendo hasta perderse entre la multitud de la plaza. Juan Morell miró a su alrededor para cerciorarse de que no era observado y desdobló el pliego:

Tendremos nuevo virrey. Mañana, el marqués de Branciforte abandonará por última vez el Palacio Virreinal. Su sucesor, don Miguel de Azanza, no ocupará el edificio hasta un día después. Éste es el momento adecuado para que Juan "escape". Todo estará listo a la medianoche.

Les debo mi honor, sobre todo a Pedro Aguilar.

Ávila.

Madrid, España, enero de 1801

Querido y estimado padre:

Europa se cae en pedazos. Le llaman el Viejo Mundo quizá porque se encuentra en agonía. Sólo queda agradecer al Creador el habernos dado América para que sea el reino de Dios en la tierra. Acá, todo el orden establecido se desmorona; el mundo cambia, la revolución de Francia y sus heréticas ideas se extienden por todas las monarquías y el artillero Bonaparte muestra su verdadero talante al dar un golpe de Estado contra el gobierno del que formaba parte.

Ahora sí creo que el fin del siglo trajo consigo el fin del mundo, particularmente después de enterarme de todas las vejaciones a las que ese maldito revolucionario sometió al santo padre Pío VI. No les bastó a los franceses con quemar la efigie del pontífice en 1791 y hacer mofa de Su Santidad por medio de dibujos obscenos, sino que, guiados por Bonaparte, decidieron someter al prelado católico a todas las humillaciones imaginables.

En 1796 Bonaparte anunció su intención de invadir la ciudad eterna y tuvo el descaro de atacar los Estados papales y obligar a su titular a pagar veintiún millones de escudos y a que permitiera el saqueo de cientos de obras de arte y de manuscritos antiguos. ¡Un robo al papado! Eso es un sacrilegio que fue ignorado por las monarquías, por lo cual el Anticristo actuó de nueva cuenta y al año siguiente exigió al papado treinta millones de escudos a cambio de no tomar Roma.

Pero no se puede confiar en la palabra de los apóstatas, pues las tropas francesas tuvieron el descaro de entrar a la ciudad santa el 15 de febrero de 1799, año que no me atrevo a señalar como del Señor, pues no conformes con el saqueo de la Santa Sede, los demonios galos arrestaron al pontífice. ¡Eso fue como pretender arrestar a Dios! Si la santidad de la investidura de Pío VI no detuvo a los franceses, no es posible esperar que hayan tenido con él las atenciones cristianas que se deben a todo enfermo convaleciente. Sin importar su precario estado de salud fue llevado a Francia en calidad de prisionero, cuando la mitad de su avejentado cuerpo de ochenta y un años ya no respondía.

Murió Su Santidad el 29 de agosto y como buen cristiano rogó a Dios por el perdón para sus verdugos. Yo pido a Dios que no escuche sus plegarias, pues no conformes con la humillación que le infligieron en vida, los malditos franceses prosiguieron con la afrenta tras su muerte. No sólo negaron cristiana sepultura al santo cadáver del prelado católico sino que anunciaron públicamente esta blasfemia: "Falleció el ciudadano Braschi, quien ejercía profesión de pontífice".

El 9 de noviembre de 1799, que los pretensiosos galos, con su nuevo calendario llaman 18 de Brumario, Napoleón Bonaparte derrocó al gobierno y se proclamó primer cónsul de Francia... Y de ese modo infausto un plebeyo sin derechos divinos se convierte en algo parecido a un rey. Ese jacobino traicionó a los suyos y los acusó de intentar destruir el orden social, como si no hubiese sido destruido desde hace muchos años por ellos mismos. Con ese pretexto ha comenzado a cazarlos por toda Francia y ha usado al ejército para usurpar el poder de manera absoluta.

Nuestros eternos enemigos, los británicos, son los únicos que han logrado dar batalla a semejante impostor, que no conforme con incendiar Europa llevó la guerra hasta Egipto e incluso visitó la Tierra Santa. ¡Habrase visto semejante hereje en el Santo Sepulcro de Nuestro Señor! Afortunadamente fue imposible que lograra la victoria en Egipto. No obstante, su poder en Europa crece día con día.

Desde el 14 de marzo de ese terrible 1800, el cardenal Barnaba Chiaramonti fue electo como sumo pontífice con el nombre de Pío VII, para honrar a su desafortunado antecesor, pero hay quienes aseguran que el papado ha muerto. La prensa de muchos países del mundo se refiere al papa Braschi como Pío VI, el Último. Finalmente, aunque haya nuevo papa, éste seguirá sometido a las fuerzas revolucionarias que dominan Austria e Italia. Las fronteras de Francia prácticamente llegan hasta el río Rin; España está sometida e Inglaterra, agobiada.

El mundo se torna peligroso. Me he tomado la libertad de narrar los últimos acontecimientos para explicar por qué he decidido que ha llegado el momento de volver a la Nueva España, si es que usted, padre, no tiene objeción. No son los mejores tiempos para cruzar el océano, pero son los menos propicios para estar tan cerca de Francia.

Don Ángel Martín de Ávila.

Ángel nunca se extendía en una misiva dirigida a su padre, pero la ocasión lo ameritaba. Aunque a decir verdad no pensaba esperar la respuesta de su tutor, pues estaba decidido a partir poco tiempo después de haberla enviado. Una descripción pormenorizada de los terribles acontecimientos europeos era un pretexto perfecto para convencer a su padre de que estaba haciendo lo correcto. En realidad, tras la barrera de los Pirineos la ruta era segura, pero Ángel necesitaba dar una impresión de extrema gravedad.

Ángel Ávila nunca había terminado por sentirse bien en España. Al principio todo había sido sorpresas y novedades: la parafernalia de la corte; la posibilidad de conocer al rey en persona, y, desde luego, la idea de ser ordenado caballero de Santiago, lo mantuvieron ocupado; sin embargo, pasadas todas aquellas dulzuras la vida comenzó a parecerle tediosa, repetitiva y llena de protocolos. Además, ahora se daba cuenta, los criollos en la Península Ibérica eran vistos como arribistas que sólo hacían el viaje a Europa para tratar de escalar en la pirámide social... Más o menos como ocurría en realidad... Pero vivirlo día con día no era grato.

Por si fuera poco, algo más atormentaba el corazón del señorito Ávila: tratar de comprender sus motivaciones. No tenía nada que lo atara al Viejo Mundo, pero tampoco había nada que lo esperara de vuelta en la Nueva España. En cualquiera de las Españas era un esclavo del pasado de su familia y de la tradición. En ambos lados del océano tenía prohibido perseguir sus sueños; en ambos mundos lo encadenaban las costumbres, las misiones, los legados.

La única ventaja que veía entre Europa y América era que en este último continente podría gozar de una mayor estatura social. Esa idea, desde luego, lo seducía, pero al mismo tiempo le parecía ridícula, pues significaba que, del lado del océano en el que decidiera quedarse, estaría atrapado en un laberinto de convencionalismos sociales.

Quería a su padre, pero no lo extrañaba. A su madre simplemente no la recordaba. El único amigo que había tenido se había convertido en su enemigo por causas que a veces no comprendía. En realidad no había nada para él en la Nueva España... excepto, quizá, Paula.

A veces se aventuraba a tejer pensamientos románticos en torno a Paula del Moral, a sabiendas de que una relación con aquella mujer era imposible; en primer lugar, porque ella parecía no tener ningún interés en él; en segundo lugar, y esto era lo más importante, porque él estaba mucho más arriba que Paula en la escala social, lo cual lo obligaba a buscar una mujer de su propio estrato. ¡Y aun así Paula no lo entendía!, pues se había dado el lujo de rechazarlo a sabiendas de que ella era la favorecida de que un caballero de su nivel se fijara en su persona.

Además, sus elucubraciones eran una quimera, pues su padre jamás permitiría semejante unión y él estaba seguro de que, si tomaba a Paula como esposa, todo su estatus, alcanzado gracias a su educación cortesana, se derrumbaría con el mismo estrépito con el que el orden establecido se venía abajo en Europa.

Él no tenía derecho a ser egoísta, pues debía tener presente que muchas generaciones de sus ancestros habían edificado un nombre puro para él y no podía mancillarlo con un capricho. No debía ser el eslabón débil en la cadena del linaje Ávila.

La última noticia que había tenido de Paula era que la habían detenido en la Nueva España, acusada de apostasía. Cuando pensaba en ella era feliz y cuando evocaba su rostro tenía la valentía de sentirse libre, capaz de adueñarse de su propio destino. Quizás era eso lo que más le atraía de aquella extraña mujer: su espíritu libre, que tanta envidia y admiración le despertaban.

A veces, invadido por un aire de rebeldía, pensaba que hubiera sido mejor para él no haber nacido con la bendición de la nobleza... No obstante, eso lo había decidido Dios y era imposible ir contra su voluntad.

Quizás el único acto libre de Ángel Ávila hasta ese momento de su vida había sido escribir aquella carta, comunicar sus intenciones de volver y preparar su equipaje para el regreso. Toda la rebeldía de la que era capaz estaba concentrada en ese sencillo acto. Ya en América vería que podía hacer con respecto a Paula. Estaba claro que desposarla era imposible, pero una mujer tan libre quizás aceptase convertirse en su querida.

Del otro lado del océano, una conversación íntima de la familia Morell estaba a punto de echar por la borda el único acto de libertad que Ángel Ávila se había atrevido a desplegar en toda su vida. Juan y Andrés Morell platicaban con Paula y de Juan acerca de la posibilidad de abandonar la Nueva España. Podían volver a Ámsterdam, de donde partieron sus ancestros y donde tenían familia lejana, o podían retomar el rumbo que un naufragio les quitó a sus ancestros y dirigirse a Norteamérica, que había dejado de ser una colonia inglesa y ahora se había convertido en un país libre. Por fortuna el mundo estaba cambiando, aseguraba Juan Morell, pero era evidente que esos cambios no cruzarían pronto el océano.

CÚPULA

Ansias de libertad

Ámsterdam, 1648

Era prácticamente imposible saber cuándo comenzó a incendiarse el mundo, pero el infierno en la tierra había terminado y ese fin sí tenía una fecha muy clara: el 24 de octubre de 1648, cuando en la ciudad de Munster, en la región de Westfalia del Sacro Imperio Romano Germánico, se firmó un acuerdo definitivo de paz. Una paz cristiana y universal, decía el tratado; una amistad sincera, auténtica y perpetua; una paz y una amistad que deberían ser cultivadas con celo. Y para que eso fuera posible: un olvido y un perdón general, una amnistía absoluta por medio de la que todas las afrentas del pasado fueran enterradas en el olvido eterno.

La religión nunca fue la causa pero siempre fue el pretexto para lanzar a las masas a luchar; por eso algunos decían que todo había comenzado el 31 de octubre de 1517 cuando el doctor Martín Lutero clavó sus noventa y cinco tesis contra las indulgencias en la puerta de la iglesia del Palacio de Wittenberg. Él no lo sabía, pero ese clavo penetró en lo más profundo de los cimientos del cielo y quebró para siempre la unidad religiosa europea. Cuatro décadas de guerra se sucedieron en el Sacro Imperio, guerra que poco a poco fue contagiando a casi todos los países europeos.

La guerra comenzó en diferentes momentos en cada rincón de Europa, pero terminó en casi todos con aquella paz firmada en Westfalia en 1648. Para casi todos los alemanes, la guerra comenzó con el acto de rebeldía de Lutero; para los habitantes de los Países Bajos, por ejemplo, los conflictos empezaron en 1568, cuando, con el pretexto de la fe, dio inicio la revuelta de libertad contra Felipe II de España, y para franceses, suecos, checos, moravos, eslovacos y muchos otros alemanes, todo comenzó cuando tres personas fueron arrojadas por una ventana de Praga el 23 de mayo de 1618.

Una defenestración fue el pretexto, la religión fue el discurso, pero como en todas las guerras la única y verdadera causa fue el conflicto por el poder. La tolerancia para cristianos, católicos y reformados, se había establecido en los territorios imperiales desde la Paz de Augsburgo, en 1555; pero durante varias décadas siguieron los conflictos de poder entre la nobleza católica y la protestante. En 1618 el nuevo rey de Bohemia, y sacro emperador, Matías de Habsburgo, intentó imponer el catolicismo en Praga, lo que suscitó una revuelta entre la nobleza y el pueblo protestantes.

Matías de Habsburgo huyó de Bohemia, pero dejó a dos gobernadores imperiales: Jaroslav Martinitz y Wilhelm Slavata, quienes, junto con su secretario, Philip Fabricius, fueron capturados y maniatados por la población, para después ser arrojados por una ventana del castillo Hradcany de Praga sobre un montón de estiércol. Los tres sobrevivieron, pero ese símbolo de desacato a la autoridad imperial desató una guerra civil que con el tiempo involucró a casi todos los países de Europa occidental a lo largo de treinta años.

En 1648 la familia más poderosa del mundo firmaba la paz, una paz que se pretendía establecer en términos de igualdad, pero que marcó el principio del fin del poderío español, la independencia de las Provincias Unidas de los Países Bajos y el fin de la autoridad real del sacro emperador y del papa, mientras que Francia y Suecia se alzaban como las nuevas potencias europeas. Todo el orden establecido por tantos siglos terminó de desplomarse en Westfalia.

El mismo día en que se firmó el documento, la noticia se esparció como reguero de pólvora por Ámsterdam: tanto el papa como el emperador, lo mismo que los demás reinos firmantes, reconocían el estatus de Estado independiente a la Unión de Utrecht. ¡Libertad tras ochenta años de guerra! Libertad tras ocho décadas de enfrentarse al reino y a los monarcas más poderosos del mundo. Caía la monarquía, la libertad religiosa se convertía en ley y nacía la República de las Provincias Unidas. Las ansias de libertad de una sociedad de comerciantes se habían impuesto al gran poderío de los Habsburgo.

Pero no sólo nació un nuevo país, sino una potencia, ya que a lo largo de ochenta años de guerra los ejércitos neerlandeses se habían hecho fuertes y numerosos; sus modernos barcos navegaron por todo el planeta y los comerciantes luteranos y calvinistas arrebataron territorios a Portugal y a España en todo el orbe. Fue tan aplastante la derrota de los Habsburgo, que incluso reconocieron a los Países Bajos la posesión de todas las colonias conquistadas. Málaca, Sumatra, Java y Borneo ahora eran propiedad neerlandesa, mientras que territorios españoles como las Filipinas quedaron aislados y a merced de los nuevos colonizadores.

Antes de que terminara aquel vertiginoso año de 1648 la independencia de los Países Bajos era una noticia que se comentada en voz baja, incluso en la Nueva España. Nacía un país sin rey y con libertades. Y antes de que terminara ese glorioso año, el 30 de diciembre, Pablo, Martín e Isabel Morell, hijos de Paul, nietos de Jean y Ann, descendientes directos de Jean Morell, quien falleció en la hoguera de la intolerancia religiosa en 1521, desembarcaban en el nuevo país libre, provenientes de la medieval Nueva España. Un siglo después la familia volvía a casa.

Ciudad de México, Nueva España, 1648

Los descendientes de Chimalpopoca se habían dividido en dos ramas y ahora un Pedro Aguilar era enemigo de otro Pedro Aguilar, simbolizando un mismo espíritu partido en dos cuerpos, ambos con la certeza de que eran depositarios de una misión sagrada, pero con diferentes interpretaciones acerca de ella. Uno era parte del gremio de los canteros y picapedreros de Nueva España, gracias a lo cual entraba diariamente en la catedral, un edificio que después de más de cien años de construcción aún no veía sus mejores días. El otro era un conspirador y un saboteador en eterna lucha, en cierta medida causante del escaso avance de aquella construcción.

Ambos representaban dos formas muy distintas de entender la muerte del quinto sol y de su mundo. El primero era descendiente de Pedro Diego y había asumido su misión con la perspectiva de la fusión y el sincretismo, según la cual un mundo debe extinguirse para dar origen a otro. El otro era descendiente de María, hermana de Pedro Diego, y había entendido su misión como una oposición eterna y una lucha constante contra ese nuevo mundo que se gestaba; su posición implicaba una negación perpetua de la realidad. El primero era un constructor; el segundo, un destructor educado en el rencor eterno.

Ahí, en la catedral, Pedro Aguilar el cantero había escondido en diversos pasadizos los ídolos de piedra, tal como le habían encomendado sus ancestros. "Los dioses no habitan en sus representaciones de piedra —le había dicho una vez su padre—; viven en los corazones de aquellos que los veneran." Las mismas piedras que formaron el Templo Mayor de los mexicas habían cimentado la catedral —al fin y al cabo otro templo mayor— y las esculturas de los dioses antiguos moraban en esos cimientos, por lo que su espíritu llenaba la catedral y la hacía la morada de todos los dioses.

Además, sus hermanos indios seguían hablando el náhuatl. Y aunque se arrodillaran ante las figuras de cerámica de los santos, en el fondo seguían venerado a los mismos dioses de antaño. El cantero Pedro Aguilar tenía una misión divina: proteger a los ídolos de piedra del fin de su mundo, guardar su recuerdo, y eso era exactamente lo que hacía al trabajar en la catedral: construía un nuevo templo para un nuevo mundo, pero donde oraban y eran venerados los dioses antiguos. Así lo aprendió de su padre y así lo había enseñado a su hijo.

El cantero Pedro Aguilar tenía cincuenta años pero aparentaba cuarenta. Era grande y bien formado, y como consecuencia de toda una vida cargando piedras, era fuerte y de espaldas anchas, firme como un roble. Su hijo, del mismo nombre, no había cumplido los treinta años aún y ya era cantero como él, pero al mismo tiempo que heredaba una misión divina, Pedro Aguilar no quería que su hijo tuviera limitadas sus oportunidades, por lo cual desde que era muy joven había aceptado la oferta de Juan Morell para enseñarle a leer, a escribir y, lo más importante, a pensar: a conocer el nuevo mundo que ya era una realidad.

Pero el otro Pedro Aguilar, el conspirador y saboteador, no estaba de acuerdo con el cantero. Él también debía cumplir una misión divina: resistirse a la conquista y al fin de su mundo, evitar el triunfo definitivo del dios de los blancos, para lo cual había un solo camino: evitar que la construcción de aquella catedral fuese terminada. Además había venganzas que llevar a cabo y más batallas que librar; por algo era descendiente del último guerrero águila, para quien no existía la derrota. "¡Gracias a nuestras flechas y a nuestros escudos existe la ciudad!" Eso había aprendido de su padre y se lo transmitía a su hijo. La guerra continuaría indefinidamente; nunca aceptarían la derrota. Antes era preferible la muerte.

El saboteador Pedro Aguilar estaba del lado de todo lo que oliera a rebeldía. El odio eterno fue heredado de generación en generación. Por eso él sólo pensaba en destruir la catedral y evitar el desarrollo de aquel mundo. ¡Qué fácil era interpretar de manera distinta el mismo pasado!

El cantero y picapedrero Pedro Aguilar salió de la catedral al atardecer, como hacía cada día, después de recorrer los pasajes secretos y revisar que los ídolos de piedra permanecieran ocultos, muchos debajo de las capillas que se iban construyendo, dedicadas a las divinidades cristianas. Un dios debajo de cada santo, una diosa detrás de cada virgen; el creador Quetzalcóatl detrás de cada representación de Jesucristo, el espíritu del único Ometéotl impregnando toda la casa de Dios.

Finalmente se había terminado de construir la bóveda y la catedral ya estaba techada en su totalidad, aunque en algunas partes aún era necesario sustituir la madera por piedra; pero por primera vez, en aquel 1648, ya se podía hablar de un templo completo al que sólo le faltaban los detalles.

Corría el 8 de diciembre de ese año. Había sido terminada de construir una capilla más, dedicada al Señor del Buen Despacho, con el dinero donado por el gremio de los plateros, cuyos miembros colocaron en la capilla dos imágenes de plata maciza, una de la Purísima Concepción y otra de san Eligio.

En el camino a su casa, el cantero Pedro Aguilar fue interceptado por el saboteador del mismo nombre:

—Eres una vergüenza para tus ancestros, que son los míos. Con cada piedra que ayudas a colocar en el templo del dios de los blancos, clavas una puñalada más en la memoria de Cuautlanextli.

—Con cada piedra que coloco, protejo más a los dioses de nuestros ancestros —respondió el cantero al saboteador—. Tú has decidido dedicar tu vida a regenerar el odio. Y eso no lo enseñaban nuestros dioses, ni nuestros ancestros, ni el nuevo dios de los blancos. Lo siento por la memoria de nuestros padres y por la vida que legarás a tus hijos, Pedro Aguilar. Eres un testarudo; el mundo cambia, se mueve, como el quinto sol, que era precisamente el sol del movimiento. Si tú no te mueves con él, terminarás por ser una piedra más dura que la que se usó para construir los dioses que yo resguardo. Puedes ser parte del presente o vivir en el pasado, construir o destruir. Pero hay un nuevo mundo que existe aunque te niegues a ser parte de él.

—Un mundo en el que somos objeto de una conquista es un mundo en el que no pienso vivir.

—Tú vives en esa conquista; tú que eres tan pasivo, tú que tienes aprisionada la mente y has optado por el pasado, por la muerte, por la destrucción. Yo soy libre, pues no me someten los españoles más de lo que los señores mexicas hicieron con su pueblo. Insisto: soy libre, decido mi destino y he tomado la decisión de construir, mientras tú envenenas tu alma con rencores añejos. Ésa es mi misión y mi legado.

—La debilidad habla por tu boca. No cumples ninguna misión divina, no eres digno de llamarte Pedro Aguilar... Algún día, después de acabar con los Ávila, terminaré contigo.

—Tú sabes que los hijos de don Alfonso de Ávila son inocentes. ¿Tu misión es matar inocentes? Además, sabes bien que Alfonso de Ávila es un farsante que usurpó la historia de un conquistador del pasado. Ojalá el odio que representas muera contigo, Pedro Aguilar.

El cantero Pedro Aguilar no quiso perder más tiempo frente a su pariente del mismo nombre. Prosiguió su camino a casa mientras el otro Pedro Aguilar seguía profiriendo maldiciones en su contra, execraciones sin sentido que no tenía caso seguir escuchando.

Al llegar a casa, el cantero Pedro Aguilar encontró a su hijo sentado junto a la ventana, a la luz de un quinqué y en compañía de Juan Morell. Éste era un hombre mayor que ya rondaba los sesenta años y cada día de su vida se reflejaba en su rostro. Maestro y alumno estaban concentrados en un libro de arquitectura y no escucharon el abrir de la puerta, hasta que Aguilar la azotó para hacerse notar.

—Bendigo el día en que los dioses hicieron coincidir los caminos de nuestros ancestros, señor Morell. Y agradezco como siempre el hecho de que se tome la molestia de seguir enseñado cosas nuevas a mi hijo; sólo lamento que tanto meterse en las letras lo distraiga de las piedras, que son las que nos dan sustento a todos en esta casa.

Morell sonrió a su anfitrión.

—La memoria de sus dioses se preservará mejor en los libros que en las piedras, don Pedro. Además, el conocimiento no hace daño. Más bien nos vuelve más libres y, desde luego, más responsables.

—Tanto las letras como las piedras pueden guardar la memoria eterna —terció Pedro Aguilar hijo—. Y eso es justamente lo que aprendo en este momento, padre, lo que hay detrás de esas piedras que cargamos todos los días.

—De cualquier forma —intervino de nuevo Morell— los estudios, por lo menos los estudios guiados, deberán esperar por un tiempo. Mañana me voy a Veracruz, don Pedro. Mis sobrinos, Pablo, Martín e Isabel, junto con toda su familia, partirán mañana mismo al Viejo Mundo.

—¡Pero si Europa lleva más de cien años en guerra, señor Morell!

—Ya no más —declaró Morell con una sonrisa—. La noticia llegó hace poco al puerto. Se firmó una paz general en Europa. Y no sólo eso: Ámsterdam, la tierra de nuestros ancestros, ahora es parte de un nuevo país, un país libre, sin reyes, que garantiza la libertad de pensar, de leer y de profesar la fe. Como bien sabe, mi padre, John Morell, llegó de aquella ciudad, junto con Paul y con Andrés, quien, como sabe, murió en la hoguera. Tras ochenta años de guerra, Ámsterdam se ha liberado de España, y en torno a esa ciudad se construye una nueva nación de libertades. Mis parientes han decidido probar suerte allá; tras consultarlo con mis hijos, Juan y Andrés, nosotros hemos tomado la decisión de quedarnos aquí.

—¿Y qué hay con la misión que tiene su familia?

—Ahora la podrá cumplir mejor que nunca, don Pedro. Mis sobrinos y sus hijos se instalarán en las Provincias Unidas. Y si en verdad son tan libres como se presume, allá podrán encontrar libros con los que no se puede ni soñar de este lado del mundo. Nos dedicaremos al comercio de ideas, don Pedro; ellos las enviarán y mis hijos y yo las traduciremos aquí. Mientras no cambien las ideas, este país siempre será sometido.

Ámsterdam, diciembre de 1701

Querido Andrés:

Mucho lamentamos todos aquí la muerte de Andrés, tu padre, a principios de este año, pero nos regocijamos de su encuentro con el Señor, tras ochenta años de vida próspera. Nos alegra saber que la vida de ustedes allá en la Nueva España parece estar finalmente estable y segura, pero una vez que tu hermano Juan y tu hermana Paula decidieron venir a vivir a Ámsterdam, ahora eres, junto con tus hijos Juan y Esteban, el único miembro de la familia que vive en América. Por esa razón todos aquí me han pedido que nuevamente les extienda la invitación a venir a vivir a esta hermosa República de las Provincias Unidas, un país destinado a ser el más libre y avanzado de todo el mundo.

Desde Ámsterdam ahora se está colonizando y civilizando al mundo. Nuestros barcos son los más ligeros y modernos y el comercio con Asia es más próspero que nunca. De hecho, mis hijos, Espen y Jan, han decidido establecerse en Malasia, el punto fundamental del comercio entre Europa, Asia y América. Ellos se pondrán en contacto contigo para entablar comercio con la Nueva España por tu conducto, si es que decides permanecer allá.

Como siempre, junto con la mercancía y los libros, es un placer enviarte noticias, aunque en este caso vuelven a ser terribles; los vientos de guerra soplan nuevamente por el Viejo Mundo, aunque afortunadamente parece que ésta no llegará a las Provincias Unidas. Una vez más, decenas de miles de personas morirán por el poder de muy pocos y los intereses de casi nadie.

Como sabrás, hace un año murió Carlos II de España, último eslabón de la dinastía Habsburgo en la península. Y, como se esperaba, el trono vacante ha movido a todas las potencias europeas.

Al acercarse la muerte sin herederos, Carlos II legó el reino en testamento a Luis Felipe de Borbón, duque de Anjou, nieto de Luis XIV de Francia y heredero directo de aquel trono. El rey de Francia apoya a su nieto para asumir el trono español mientras que los Habsburgo de Austria lo reclaman como propiedad familiar y proponen al archiduque Carlos como sucesor.

La guerra por la sucesión española comenzó cuando Luis Felipe entró a Madrid el 18 de febrero de este año. El pueblo madrileño lo recibió con júbilo, pues hartos de los abusos de la dinastía de los Austrias, ven una posible renovación en ese joven Borbón de dieciocho años de edad. Pero Inglaterra ve como una amenaza la posibilidad de que una misma familia, y en su momento quizás un mismo rey, gobiernen Francia y España.

Los Borbón se presentan como la dinastía sucesora de los Habsburgo en todos los aspectos, no sólo porque serán la nueva casa reinante de España, sino porque se perfilan como la nueva gran familia de Europa, ya que no está lejana la posibilidad de que un solo monarca Borbón ciña en sus sienes la Corona española y la francesa.

Luis XIV de Francia echó más leña al fuego al declarar que su nieto no pierde el derecho a la sucesión francesa, aun si tiene el trono español.

Los franceses, en muchos sentidos, son más modernos que los españoles, aunque más pretenciosos y arrogantes; habrá que ver cómo le viene el cambio de casa real a la propia España y, desde luego, a los virreinatos americanos. Un poco de ideas nuevas no vendrían mal por allá. Quizás el advenimiento de los Borbón como casa reinante de España mejore las cosas para bien del otro lado del océano. Lo que es un hecho es que las cosas cambiarán radicalmente.

Andrés, quizás ha llegado el momento de dejar de soñar en misiones quiméricas. Recuerda que de este lado del océano tienes una familia que espera que te decidas a hacer el viaje. Te envío un abrazo y otro a tus hijos.

Con afecto:

Adriaan van Morell.

Ciudad de México, 1701

Lo último que hizo José de Sarmiento y Valladares, conde de Moctezuma y Tula, y trigésimo segundo virrey de la Nueva España, antes de despedirse del virreinato, fue asistir a misa en la Catedral Metropolitana de la ciudad de México. Ocurrió el 4 de noviembre de 1701, cuando el conde terminó su encargo, y con él, toda una era del Imperio español. Don José de Sarmiento fue el último virrey novohispano designado por la casa real de los Habsburgo.

Pedro Aguilar, un cantero hijo de otro cantero, encargado de resguardar a los viejos dioses, quiso saber si había en todos estos acontecimientos alguna señal divina. Fue uno de los pocos guardianes que tuvo la osadía de recorrer los pasajes ocultos y llegar hasta la morada de Tonatiuh, donde permaneció postrado durante varias horas debajo de la tierra, atrapado en la humedad salina del lago de Texcoco, que aún reclamaba sus dominios.

—No está lejano el día en que surja un nuevo sol de la penumbra —creyó escuchar Aguilar la voz cavernosa de una divinidad—, pero aún no ha llegado ese momento. Antes del amanecer suele haber un periodo en que la oscuridad es mayor. Cuando los signos del fin de este mundo sean evidentes, el sol saldrá de las entrañas de la tierra.

—¿Y falta mucho para que eso ocurra? —Pedro Aguilar balbuceó temeroso la pregunta, a sabiendas del terrible sacrilegio que implicaba cuestionar las razones de una divinidad... por lo cual creyó conveniente aclarar su atrevimiento—. Las misiones se desgastan con el paso de los años. Es claro que el mundo pasado no volverá jamás, pero hoy vivimos en la confusión de no saber nada, de adorar a dioses extraños, de constatar que no termina de nacer un nuevo mundo.

—Son tiempos de opacidad, Pedro Aguilar. Hace tiempo que murió el mundo antiguo y aún no nace nada nuevo, pero es una realidad que se está gestando un nuevo mundo. Todos los dioses serán venerados, todos los colores serán uno mismo, todas las divinidades tendrán por morada el mismo templo. Nacerá un nuevo sol, Pedro Aguilar, y el primer signo de ese hecho ocurrirá cuando Tonatiuh salga de las entrañas de la tierra y se presente al mundo.

Pedro Aguilar recorrió los pasajes ocultos hasta volver a la cripta de los arzobispos y sus pudrideros. Ahí estaba en el centro, sereno en el sueño eterno de la muerte, descansando sobre un altar pagano, Juan de Zumárraga, enterrado entre el Templo Mayor y la catedral, entre Tenochtitlan y España, suspendido entre dos mundos, junto al corazón del universo.

Los blancos veían aquella catedral como la casa de Dios, de su dios. Aguilar, por su parte, sabía que aquella era la morada de todos los dioses y contemplaba satisfecho el recinto que, finalmente, parecía ya un templo en toda su magnificencia. Los conquistadores no comprendían su propia religión: alertaban contra el politeísmo y la idolatría, y sin embargo aquel templo estaba lleno de divinidades, niños, vírgenes y santos que recibían veneración como si fueran dioses. Su dios crucificado estaba presente casi siempre junto a Tonantzin Guadalupe, y cada capilla era como un adoratorio. Existía poca diferencia entre el Templo Mayor de los mexicas y aquella catedral: ambos eran un templo para todos los dioses.

También hablaban contra la superstición y los amuletos; sin embargo, el mayor orgullo de la catedral era la supuesta astilla de la mismísima cruz en que el dios hombre había padecido por la humanidad. Aquella astilla de la cruz de Cristo, depositada en una cruz de plata con incrustaciones, era lo más sagrado que poseía el templo desde 1573 en que dicho amuleto, porque Aguilar no lo concebía de otra forma, fue obsequiado por el papa.

Pedro Aguilar caminó despacio por los rincones del recinto, para no ser visto, para no ser escuchado, para no perturbar la ceremonia, pero también para contemplar la majestuosidad de aquella catedral. Había sido dedicada a la Asunción de la Virgen María, en 1656, en tiempos del virrey Francisco Fernández de la Cueva, duque de Albuquerque; pero por cuestiones de vanidad, burocracia y corrupción, fue dedicada por segunda vez, en 1666, siendo virrey Antonio de Toledo y Salazar.

Aguilar salió a la plaza sucia y maloliente, centro neurálgico de toda la Nueva España, como lo había sido de las culturas antiguas. Contempló la majestuosa catedral desde afuera: dos torres sin campanarios y un tanto derruidas, hundidas por su propio peso en el suelo fangoso de la cuenca de Texcoco. Casi doscientos años de trabajo y parecía que esa catedral nunca sería terminada de construir. Observó el suelo lodoso de la plaza a la altura de donde sabía que estaba resguardado Tonatiuh. "¿Cuándo será el día?", se preguntó a sí mismo... Y las palabras del sol retumbaron nuevamente en su interior: "Nacerá un nuevo sol, Pedro Aguilar, y el primer signo de que así será ocurrirá cuando Tonatiuh salga de las entrañas de la tierra y se presente al mundo".

Puerto de Acapulco, Nueva España, 1736

Cuando la nave atracaba en Acapulco la llamaban *Galeón de Manila*, y cuando lo hacía en Manila, la llamaban *Galeón de Acapulco*. Cubría la ruta comercial más larga del mundo y una de las más prósperas. El viaje constante de ida y vuelta entre el puerto de Acapulco y el puerto de Manila fue inaugurado en 1565, cuando el marinero español Andrés de Urdaneta descubrió la corriente marítima del Pacífico Norte que permitía el tornaviaje desde las Filipinas a América. El trayecto de la Nueva España a Filipinas incluía escala en la isla de Guam y tardaba unos tres meses, mientras que el regreso llevaba de cuatro a cinco. El galeón quedaba anclado en los dos puertos finales de la ruta durante unos dos meses, que se convertían en los puntos más activos del comercio entre Asia y América durante ese periodo.

Las más exóticas novedades de Oriente llegaban a Nueva España desde Manila: productos de Malasia, China, Japón y hasta de Damasco, hacían de Málaca, en el centro de ese rincón del mundo, uno de los puertos que más se beneficiaban con dicho comercio. Ahí en Malasia, Espen y Jan van Morell se convirtieron en los comerciantes más prósperos de la Compañía de las Indias Orientales Neerlandesas. Su buena fortuna se convirtió en la buena fortuna de Juan y Esteban Morell en Nueva España, que ahora tenían negocios en la ciudad de México y en los dos principales puertos del virreinato: Veracruz y Acapulco.

En las antípodas del planeta, a medio mundo de distancia de España, Málaca era el puerto de entrada al más exótico de los mundos, el punto de encuentro entre Europa y el Lejano Oriente, y uno de los puentes entre las verdaderas Indias Orientales, aquellas que buscaba Colón, y América, que a pesar del evidente error del almirante del Mar Océano en 1492, seguía siendo llamada también Indias Occidentales.

Los portugueses fueron los primeros europeos en llegar a las llamadas "Islas de las Especias" a finales del siglo XV, y desde finales del XVI sus dominios fueron alcanzados por navegantes neerlandeses como Jan Huygen Linschoten y Cornelius Houtmanen, quienes comenzaron a comerciar con condimentos de la isla de Java. Lenta y discretamente, los neerlandeses fueron posesionándose de territorios portugueses, hasta que en 1602 crearon la Compañía Neerlandesa de las Indias Orientales, en una época en que Portugal era parte de la Corona española y la población de los Países Bajos luchaba por su independencia respecto de España.

En 1641 los colonos neerlandeses dominaban Málaca y poco a poco fueron tomando absoluta posesión de Sumatra y Java, mientras que los ingleses, sus aliados, iban adquiriendo el dominio de los puertos indios, con lo cual comenzó un próspero intercambio de pimienta por algodón. Tras la firma de la Paz de Westfalia, en 1648, y reconocida la independencia de los Países Bajos, también comenzó un próspero comercio con Filipinas, por donde llegaba al Oriente la plata americana, que servía como moneda universal para el comercio en todos los rincones del mundo.

Juan y Esteban Morell prácticamente tenían que vivir en Acapulco durante los meses que el galeón atracaba en el puerto, ya que éste era su único medio de contacto con Malasia, y por lo tanto con sus parientes en aquella lejana colonia neerlandesa. Cada año acudían al puerto en busca de mercancía exótica, particularmente antigüedades y libros, y cada año veían llegar por el Océano Pacífico los productos más extravagantes que ofrecía el misterioso Oriente, como aquellos cajones que llegaron desde Macao años atrás, con toneladas de una extraña aleación de oro, plata y cobre que los chinos llamaban tumbaga y que estaban destinadas para forjar la reja del coro de la catedral de México.

Sin embargo, no era el comercio lo que los llevaba al puerto en aquella ocasión, sino los viajes, y no era mercancía lo que enviarían en el galeón, sino al propio Juan, que ese año partía de Acapulco con rumbo a Manila, para viajar hasta Malasia y reunirse con sus parientes.

Aquel Juan Morell, descendiente del Jean Morell que muriera abrasado en la hoguera en Worms, siglos atrás, era uno más de la familia Morell que finalmente también se decidió a abandonar la Nueva España, cansado del atraso de las ideas, de las persecuciones, de la Inquisición y de la intolerancia. Tenía poco más de cuarenta años y se podría decir que no estaba en edad de realizar un viaje de esa magnitud, pero era sano y fuerte como un roble, por lo que no sólo decidió irse de la Nueva España a Ámsterdam, sino además hacerlo por el camino largo, el que rodeaba el planeta y que prometía un sinfín de aventuras.

—Me he cansado de decirte que no te vayas, Juan —dijo Esteban—, que vas a lugares incógnitos y que no conocemos a aquellos Morell de las Indias, por más que sean nuestros tíos y nuestros primos lejanos, pero supongo que ya nada puedo hacer para detenerte. Es un viaje muy arriesgado a tu edad.

—Precisamente por mi edad lo haré, Esteban. Ya he vivido y no pierdo nada con este riesgo. No tengo una familia que dependa de mí y además creo que es más riesgoso permanecer en la Nueva España, donde nunca hemos dejado de ser señalados como sospechosos. Y aquí basta con eso para que ardan las hogueras de la Inquisición; no creo que nuestra familia necesite otro mártir sin sentido. En realidad creo que tú sí deberías irte.

—A diferencia de ti, Juan, yo sí tengo que cuidar a un hijo. Mi pequeño Esteban tiene sólo seis años y no lo puedo someter a un viaje de ese tipo. Además confío que con el tiempo este país se modernizará. Me gustaría mucho que mi Esteban sea científico, o médico, y que colabore en esa modernización.

—Ojalá que así sea hermano; sin embargo, sabes bien que mientras no cambie la mentalidad de sus habitantes, el país no cambiará.

Juan y Esteban Morell se abrazaron por última vez, el primero para lanzarse a la aventura de las Indias Orientales, y el segundo para emprender una aventura menos agitada pero quizás más difícil: modernizar a la Nueva España.

Ciudad de México, Nueva España, 1736

El saboteador Pedro Aguilar, el conspirador hijo de otro conspirador, moría sin dejar descendencia, sin un heredero que pudiera dar continuidad a su misión divina, con la amargura de que con él también moriría su legado. Pedro Aguilar, el cantero hijo de cantero, era su único pariente, el único que cuidó de él en sus últimos días y el único que lo acompañó en sus momentos finales antes de emprender su último viaje.

Ambos, conspirador y cantero, eran depositarios de una misión divina que cada uno de sus ancestros había interpretado de forma distinta; el primero dedicó su vida al odio y a la destrucción, mientras que el segundo la dedicó al cuidado de sus dioses. Cada uno, evidentemente, estaba convencido de que tenía la razón en la interpretación radicalmente opuesta de sus misiones. Y esa discrepancia incluso había llevado a sus ancestros a odiarse.

Un buen día, el cantero y el conspirador decidieron dejar que los dioses les dejaran saber quién tenía la razón. Hicieron un pacto; aquel con la razón en su mente y su corazón sobreviviría para siempre, y su misión con él; el otro dejaría de existir para siempre, sin descendencia. Y ahí estuvo el cantero Pedro Aguilar, acompañando en sus últimos momentos al conspirador del mismo nombre, que moría sin dejar descendencia...

El conspirador Pedro Aguilar murió el mismo año en que el cantero del mismo nombre vio nacer a su único hijo, a quien puso por nombre, evidentemente, Pedro Aguilar. El legado de Cuautlanextli y de Chimalpopoca volvía a estar depositado en un solo espíritu y en un solo cuerpo. Una sola misión divina.

—Lo único que siempre quise hacer fue servir a nuestros dioses —dijo el conspirador antes de morir.

—Nuestros dioses han muerto y nosotros moriremos con ellos —respondió el cantero—. Ése fue el lamento final de la diosa Cihuacóatl, lamento que los dos, cada quien a su manera, nos hemos dedicado a ignorar. Nuestros dioses han muerto, Pedro.

—¿Entonces tengo que aceptar que termine nuestro mundo?

—No existe el fin del mundo. El tiempo es cíclico: un mundo muere y de sus cenizas nace uno distinto. Nuestros dioses, como nosotros los conocimos, han muerto... Pero de una forma distinta vivirán para siempre en el nuevo mundo que ya se está gestando.

—Y si los dioses han muerto —preguntó el moribundo conspirador al cantero—, ¿por qué les encomendamos nuestro destino... el destino de nuestras misiones divinas?

El cantero Pedro Aguilar cerró los ojos durante unos segundos antes de responder. Finalmente los abrió mientras extraía de su morral una flor de colores rojo, amarillo y naranja, vivos como el fuego. Le dijo al conspirador:

—El destino no llega a los que sólo lo esperan; el destino se forja todos los días. Debemos tomar el destino en nuestras manos, no encomendárselo a nuestros dioses.

Los ojos del conspirador Pedro Aguilar se abrieron reflejando la sorpresa y el rencor que llenaron su alma en ese momento. Reconoció de inmediato la flor que el cantero tenía en sus manos, esa engañosa flor con colores llenos de vida, pero que sólo significaba la muerte: la flor burladora, la chontalpa, esa terrible yerba que causaba la muerte a las tres semanas de haber sido consumida, razón por la cual en la lengua de los conquistadores se le había dado el nombre de veintiunilla.

—Así es que has sido tú y no nuestros dioses —exclamó el conspirador con la poca fuerza que le quedaba.

—Nuestros dioses han muerto, Pedro, y tú con ellos.

—Nuestros dioses no han muerto—balbuceó débilmente el conspirador moribundo—. Te maldigo, Pedro Aguilar, a ti y a tu recién nacido. Será tu único hijo y morirá sin descendencia... Morirás igual que yo.

—Todos hemos de morir alguna vez —dijo en silencio el cantero, mientras cerraba los ojos del conspirador, que había muerto al exclamar con odio sus últimas palabras: "Morirás igual que yo".

"Todos hemos de morir —pensó el cantero Pedro Aguilar—. Y ya que es así, quizás valga la pena vivir libre de misiones divinas."

TERCERA PARTE

Un templo para todos los dioses

Ciudad de México, 8 de diciembre de 1803

Con treintaicuatro años de edad, Friedrich Wilhelm Heinrich Alexander Freiherr von Humboldt ya era considerado uno de los hombres más sabios e ilustrados de su tiempo y también quizás uno de los que más había viajado. La Nueva España no solía recibir extranjeros y los permisos para viajar al virreinato y en su interior eran muy limitados; no obstante, era imposible plantear una negativa a aquel explorador especializado en todas las ramas de las ciencias naturales: física, química, zoología, oceanografía, astronomía, geología, geografía, mineralogía y botánica eran sólo algunas de las especialidades del barón Von Humboldt, digno hijo de la Ilustración.

Lo cierto era que, tras más de dos siglos de dominar América, muy poco había hecho España en esfuerzos por conocer todos sus dominios y sus recursos, ya que todos sus intereses se concentraban en la minería. Así pues, la Corona decidió otorgar permiso a Humboldt para recorrer todo el Imperio español, a cambio de que compartiera con la Corona todos los descubrimientos y los conocimientos adquiridos en sus viajes y, muy importante, que no los compartiera con el país que había nacido al norte, en lo que fueron las colonias británicas de América.

Cuatro años llevaba Humboldt viajando por las Américas, desde el verano de 1799 en que zarpó de La Coruña, con escala en las Canarias, hasta el virreinato de Nueva Granada, donde escaló varios volcanes y recorrió el río Orinoco, así como los afluentes que lo comunican con el Amazonas; después de lo cual, tras una escala en Cuba, llegó a Cartagena de Indias, desde donde se internó en el virreinato de Perú y escaló volcanes como el Chimborazo y el Cotopaxi, para posteriormente, tras atravesar de lado a lado el continente, llegar al puerto de Guayaquil, de donde finalmente se embarcó con rumbo a Acapulco, lugar al que arribó el 22 de marzo de 1803. Y tras recorrer la sierra y las minas de Taxco, llegó a la capital novohispana, en la que se dedicó al estudio detallado de la Piedra del Sol.

La intención de Humboldt era volver a cruzar América de océano a océano y zarpar desde Veracruz hacia La Habana, para seguir su viaje al norte del continente, hacia Estados Unidos. Era el barón prusiano toda una leyenda cuando llegó a la ciudad de México y su presencia en la ceremonia de inauguración de la estatua ecuestre de Carlos IV despertó la curiosidad de toda la alta sociedad.

La Plaza Mayor estaba abarrotada desde muy temprano. Al centro, detrás del gran óvalo enrejado y sobre el gran pedestal, se podían ver, cubierta con sedas, las formas de jinete y caballo, ahora de bronce, que sustituían a aquella escultura provisional de madera. El virrey José Joaquín Vicente de Iturrigaray y Aróstegui ocupaba el lugar de honor en el balcón del Palacio Virreinal; en la plaza, junto al pedestal, se podía ver, acompañando al barón Von Humboldt, la figura orgullosa y altiva de Manuel Tolsá, con una sonrisa y un brillo en los ojos como de quien es plenamente consciente de haber realizado la más perfecta de las esculturas ecuestres.

La gran aristocracia novohispana, con sus mejores perfumes, vestidos y pelucas, más vistosos a veces los de los hombres que los de las mujeres, estaban presentes para tan magno evento y no podía faltar entre los invitados de honor la noble figura de don Alonso Martín de Ávila, cuya presencia en público era comentada por casi todos.

Ya nunca se veía en público a don Alonso. Había diversos rumores acerca de su estado de salud, y otros tantos comentarios mal intencionados sobre el posible mal estado de su mente. Pero aquella ocasión ahí estaba en primera fila, con sus cincuenta y un años de edad, luciendo más joven, sano y vigoroso que en años anteriores. Se veía ojeroso pero sin parecer cansado; delgado, pero no consumido, y lo más importante de todo: se le veía de buen ánimo.

La razón de su alegría tenía que ver porque estaba acompañado de su hijo Ángel, quien había regresado, meses atrás, de una larga estancia en España, y se dejaba ver en público junto a su progenitor por vez primera desde su regreso.

Alejados del bullicio de tan magno evento, Juan Aguilar y Paula del Moral, se encontraban dentro de la catedral, muy solitaria en ese momento, en la nave principal, junto a la reja del coro, a unos metros del altar. La presencia de Juan en el templo no extrañaba a nadie. Todos los religiosos, y los creyentes asiduos, lo conocían a fuerza de verlo ahí prácticamente todos los días, vigilando hasta el último detalle de la construcción. Bien sabido era por todos que ningún otro discípulo de Manuel Tolsá ponía tanto empeño en aquella obra, como si Juan Aguilar hubiese tomado como misión personal la culminación del magno edificio.

—Estamos en el corazón de la catedral, Paula.

—¿Aquí, en el pasillo entre el coro y el altar?

—Aquí, junto a la reja de tumbaga del coro —respondió Juan—. Éste es un templo lleno de supersticiones y amuletos. Todas las cosas que prohíbe la Iglesia católica están en este edificio. Cada santo, cada arcángel, cada virgen y cada niño dios, no son más que amuletos y supercherías. La religión que trajeron los españoles no se distingue en ese sentido de ninguna de las que ya había, basadas en la adoración de ídolos, aunque no sean comprendidos. Por eso este edificio puede ser el templo de todos los dioses, porque todos están vivos aún detrás de estas imágenes cristianas.

—¿Y por qué dices que este lugar en el que estamos parados es el corazón de este templo?

—Porque la propia Iglesia ha caído en la idolatría que persigue. Mira allá arriba —dijo Juan mientras señalaba hacia el remate de la reja del coro—. ¿Ves esa cruz de metales y piedras preciosas con las que se remata la reja? Esa cruz es un relicario, como muchas más aquí adentro, que contiene algún vestigio de la religión católica. Pero esa cruz contiene la más importante de todas las reliquias para la Iglesia.

—¿Pues de qué se trata?

—En esa cruz está depositada, según dicen, una astilla de la Santa Cruz, la cruz en la que murió Jesús hace unos mil ochocientos años.

—¿Y tú crees eso?

—Paula, en el mundo hay suficientes astillas de la cruz de Cristo como para construir un palacio de madera. Pero se supone que ésta es auténtica, pues fue enviada en el siglo XVI por el papa en persona.

—¿Y eso la hace real?

—No necesariamente, pero ningún feligrés va a cuestionar la palabra de su pontífice. Para las propias autoridades de la Iglesia, ésa es una cruz en la que hay una astilla original de aquella en la que Jesús fue clavado. Por eso éste es el corazón de la catedral.

Paula parecía estar absolutamente desinteresada en ese tipo de historias de superstición divina y sin ocultar mucho su hastío decidió cambiar el rumbo de la conversación.

—¿Y de qué cosa extraña dijiste que está fabricado este enrejado?

—Esta reja es una obra de arte de la metalurgia —dijo Juan—. Se trata de una aleación llamada tumbaga, cuyo secreto sólo conocen algunos maestros chinos. Dicen que tiene propiedades místicas. Como bien sabes, yo tampoco creo esas cosas, aunque no por eso la reja deja de ser hermosa.

—¿Místicas? —preguntó Paula, abriendo los ojos con sorpresa—. ¿Cómo puede una mezcla de metales tener propiedades místicas?

—Sabes bien que la gente de este lado del mundo se deja impresionar por todo lo que venga de Oriente, como si fuese algo mágico. Algunos aseguran que sólo esta mezcla de metales, en una proporción específica, puede generar una vibración especial que es idéntica a la del universo. Un lindo mito que podría mandar a cualquiera a las hogueras de la inquisición, por sólo mencionarlo.

—No sé si sea mística o mágica, pero debería serlo, pues seguramente es la más costosa —añadió Paula.

—Oro, plata y cobre, seguramente si es la aleación más cara. En 1723 los capitanes españoles Juan Domingo Nebra y José Morales pagaron por ella diecisiete mil pesos duros de oro. El maestro

Balbás comenzó a ensamblarla en 1724 y no la tuvo lista sino hasta 1730; de hecho tuvo que cortar muchos sobrantes, con los que se fabricaron sortijas que fueron vendidas a los aristócratas. Seguramente con eso se recuperó el dinero... Y hasta sobró para los negocios del virrey Juan de Acuña y Bejarano.

—Ese apellido... Bejarano... me resulta familiar.

—Es uno de los políticos más conocidos de este país por sus malos manejos y sus corruptelas... Y, desde luego, por la impunidad con la que se le permitió obrar.

—Hay cosas que nunca cambian por más que pasen los años... O los siglos.

—Y ahí, en el centro del coro —continuó Juan, evadiendo el tema político que tanto le disgustaba, para volver al artístico—, se encuentra un hermoso facistol giratorio que fue enviado como obsequio por las autoridades religiosas de Manila en 1762.

—Juan —lo interrumpió Paula—, ¿cuándo dejarás de ser un aprendiz para convertirte en un arquitecto? Es decir, tienes veintisiete años, trabajas con Manuel Tolsá desde hace más de diez y estoy segura de que no hay nadie que sepa de arquitectura y de catedrales más de lo que tú sabes.

A Juan se le subieron los colores al rostro. Esbozó una sonrisa.

—Eso es lo que sucede cuando no hay escuelas formales y se debe aprender al estilo medieval... Las cosas tardan más. Pero en realidad, esa noticia la guardaba como una sorpresa: el maestro Manuel Tolsá considera que estoy plenamente capacitado para trabajar como escultor y constructor. Al comenzar el año entrante firmará los papeles que me acreditan como arquitecto... Incluso quiere recomendarme para que estudie y trabaje en España; ya sabes, para que me adentre más en el arte neoclásico.

—¡Qué gran noticia! —gritó Paula eufóricamente mientras abrazaba a su hermano—. Es una gran oportunidad. ¿Y tú quieres irte?

—No sé. En realidad quisiera permanecer en la Nueva España hasta concluir los detalles de esta catedral. Y créeme que aún hay mucho más que hacer. Antes pensaba que nunca terminaríamos de construir este templo. Y ya ves. Ahora creo que es la ciudad de México la que nunca terminaremos de construir. Por otro lado, siento que nada me ata a este país, mucho menos ahora que ustedes se van a Ámsterdam.

—Una vez más te lo digo, Juan: ven con nosotros. Todos te hemos reiterado la invitación. Somos tu familia.

Juan suspiró y Paula pudo ver el conflicto de su alma reflejado en su rostro.

—Lo sé, Paula; poco a poco he ido acoplándome a esa idea. Tú sabes que nada te reprocho a ti, ni a Andrés, ni a mi padre. Pero durante muchos años Pedro Aguilar fue mi padre. Ahora, además de viejo, está triste y cansado, sin ánimos de vivir. Presiento que sólo esperará a que me vaya de aquí para morirse... Y a él le debo prácticamente toda mi historia.

—Lo sé. ¿Sigues sin establecer una buena relación con él?

—Algo así. Al principio yo me distancié, tanto de él como de Juan Morell; estaba confundido, enojado. Después ha sido él quien está molesto y distante... Y yo no puedo ni quiero irme de aquí en estas circunstancias.

Juan se levantó sin decir nada y comenzó a caminar. Paula lo siguió hasta el centro de la catedral, la única parte del edificio que aún mostraba partes inconclusas. Y eso porque, después de mucho insistir ante las autoridades, Manuel Tolsá consiguió el permiso para derribar la cúpula, que a su entender era muy chica, y construir una más alta, con tendencia neoclásica, que se llevara mejor con las torres y sus campanarios. Esa manía que tanto molestaba a Juan: destruir para volver a construir.

—Tienes que intentar hablar con él, Juan; deben superar el pasado y seguir adelante.

—Eso es lo que tú no entiendes, Paula. Para Pedro Aguilar no hay nada en la vida más importante que su pasado. Sus ancestros, su mundo, sus misiones divinas. A veces siento que tiene un inmenso rencor contra mí, contra Juan Morell... Como si entre los dos le hubiésemos arrebatado su única razón de vivir.

—Juan, no sé cómo decir esto pero es parte de la realidad... Pedro Aguilar tiene setenta años y debe hacerse cargo de su vida...

que ya es poca. Tú tienes veintisiete y un futuro promisorio. Es más, tú quieres un futuro; Pedro Aguilar ya no lo quiere.

—¡Es mi padre, Paula! Aunque no haya sido mi progenitor es mi padre.

—¿Le has dicho que piensas eso?

—Se lo he dicho, pero el dolor lo ha convertido en una piedra, como la de los ídolos que prometió cuidar… hace ya casi trescientos años.

—Juan, ahora ya conoces la historia de Pedro Aguilar. Mi padre te la contó completa; por lo menos lo que él sabe. Tú sabes que no ha vivido los siglos que asegura haber vivido; sabes que se heredaron un legado de generación en generación, y sabes también que desde el principio esa misión fue tergiversada. Asimismo, sabes que tu misión nunca consistió en que esta catedral no llegara a terminarse. Tú mismo me lo has dicho, la quieres terminar porque, al fin, un mismo edificio puede ser el templo de todos los dioses.

—A mí no me interesan las misiones del pasado, Paula; ni los delirios de todos esos hombres que obstinadamente se han llamado Pedro Aguilar. Sólo me interesa la misión de mi padre. Por eso quiero terminar este templo, para que todos sus dioses sean adorados… Pero al mismo tiempo quisiera que esta construcción nunca fuera terminada, para que Pedro Aguilar pudiese tener esa satisfacción y finalmente pueda descansar.

—¿Otra vez con eso, Juan? Ha habido diez generaciones de ancestros llamados Pedro Aguilar, que incluso pelearon entre sí. Tú ya conoces la historia. Y el que sería tu abuelo, el padre de Pedro Aguilar, decidió que era momento de ser libre. Eso fue lo que le heredó a tu padre: libertad… Pero la gente que vive atada al pasado no puede ser libre. Tú no te ates, por favor.

—No sé, Paula. Es decir, sí, en efecto, ahora conozco la historia de la familia Morell desde que Jean murió en la hoguera, y a través de ellos, la historia de Pedro Aguilar a lo largo de diez generaciones. Sé que él ha sido distintas personas. Mejor aún, sé que mi padre, Pedro Aguilar, es inocente de cualquier crimen… Lo que pasa es que, a veces, sólo a veces, creo que… quizás sí: todos son un solo espíritu.

Era mediodía en la ciudad de México. El bullicio era total en la plaza, como siempre. No necesitaba pretexto el pueblo para dejar de trabajar y entregarse a la fiesta y, desde luego, poco pretexto necesitaba el gobierno para entregar al pueblo el pan y el circo con el que sometía sus mentes. Una de las mejores esculturas ecuestres de todos los tiempos adornaba la plaza que veinte años atrás era un muladar. Pero la gente no festejaba eso: el pueblo simplemente se entrega a la fiesta para no tener que enfrentarse contra sí mismo. Eso sí, ya estaba en boca de todos que el gran sabio, Alexander von Humboldt, había declarado que, en efecto, la estatua ecuestre de Carlos IV era la mejor en su tipo, en toda la historia, igualada sólo por la escultura de Marco Aurelio en Roma. Poco importaba si alguien sabía dónde estaba Roma o quién era Marco Aurelio; más importaba que un extranjero ilustre había lanzado un piropo al país.

La gente de bien ya se había retirado de la plaza y ahora estaban en la catedral, pues pocos pretextos requerían las autoridades religiosas para hacer misas solemnes y de nueva cuenta pasar la bandeja de las limosnas, las cuales se destinaban casi siempre a satisfacer las necesidades de los pobres monseñores, siempre tan orondos y rubicundos, que era difícil imaginar que pudiesen tener alguna necesidad. Juan y Paula llegaron hasta la escultura.

—Sí que es hermosa —opinó Paula.

—Hermosa, desde luego. Y además es un derroche de arte, técnica y talento, digno de un hombre como Tolsá. El maestro en persona fabricó el molde, tomando como modelo el gran percherón de un hacendado poblano. La parte más complicada comenzó hace poco más de un año, el 2 de agosto del año pasado, cuando el molde fue recalentado para llenarlo de cera y se prendieron los hornos para fundir trescientos quintales de bronce, que para el día 4 se habían convertido en un líquido incandescente. El vaciado del metal líquido al molde se realizó en una sola operación que tardó tan sólo quince minutos. Y hasta cinco días después, cuando el metal se enfrió y había llenado el molde, pudimos constatar que la operación había sido un éxito.

—Yo hubiera pensado que un escultor se limitaba a cincelar y a pulir la piedra y el metal, pero por lo visto su trabajo es mucho más complicado que eso.

—Vaya que lo es —respondió Juan con una sonrisa—. El arte es una ciencia. ¿Sabes cuántas personas caben adentro de la escultura?

—Desde luego que no... ¿Tú lo sabes?

—Veinticinco personas. Y no es una teoría. Efectivamente veinticinco personas entraron en el interior del caballo.

—¿Y por qué hicieron semejante cosa?

—En realidad sólo para ver cuántas cabían... El virrey tenía esa curiosidad. Y la verdad es que todos en el taller del maestro Tolsá también la teníamos. Se hizo un agujero en la grupa del caballo para vaciarlo de los restos del metal, después de que el maestro terminó de pulirlo. Por el agujero cabía un trabajador que podía entrar a sacar esos restos; el virrey se encontraba en esos momentos en el taller y preguntó cuántas personas cabrían en el interior del molde... Y sólo había una forma de saberlo. Yo no podía quedar al margen de aquel experimento. De hecho, fui el último en entrar: el número veinticinco. Cuando comenzamos a salir tantos hombres del caballo, alguien tuvo la ocurrencia de decir que era un caballito de Troya. Y ese nombre le quedó de cariño: El Caballito.

Paula se mostraba encantada cada vez que su hermano comenzaba a dar explicaciones de arte, escultura y construcción. No sólo sabía de todo, sino que era evidente que el tema lo desbordaba de pasión.

—Es una pena que no hayamos estado en la inauguración.

El rostro de Juan Aguilar cambió de manera abrupta: su sonrisa se convirtió en una mueca, sus ojos dejaron de irradiar pasión y un suspiro lastimero escapó de su garganta. Tardó varios segundos antes de responder.

—Yo sabía que don Alonso de Ávila estaría ahí... Y sabía que estaría con Ángel. Regresó de España en abril de este año. No se les había visto en público desde entonces aquí en la ciudad, y aunque mucho se rumoraba acerca de la mala salud de don Alonso, en realidad estaban recorriendo las provincias para pasear por sus propiedades. Me parece que don Alonso ya está dejando a Ángel a cargo de todos sus asuntos.

—Lo cual quizás signifique que sí está mal de salud, ¿no crees?

—Creo que la mayor parte de sus dolencias las padecía en el alma. Y pienso que ya se recuperó de muchas de ellas al volver a ver a su hijo. Desde que supo que emprendería el regreso, estaba feliz.

—¿Y tú como sabes eso?

—Puede parecer extraño, pero poco tiempo después de haber salido de la prisión... fui a visitar a don Alonso.

—¡Qué!

—Es extraño, lo sé. Porque sé que él fue quien ordenó que nos arrestaran... Y a fin de cuentas también fue él quien se encargó de que saliéramos. Sentí que debía darle las gracias.

—¿Darle las gracias?, Pero, Juan; aunque él nos haya liberado, nada habría pasado si no nos hubiera mandado encerrar. Y, además, lo hizo en secreto porque sabía que no era legal lo que hacía.

—Lo sé, Paula, lo sé... No obstante, creo que no fue don Alonso sino su dolor mal encauzado el que lo obligó a actuar de esa manera. No es un mal hombre. Es, al igual que su hijo, un prisionero de sus propias ideas y de sus convicciones añejas, de su tradición y de su linaje. En el fondo es un hombre solo y confundido.

—¿Hablaste con él?

—Mucho más de lo que pensé. Conversamos durante horas la primera vez que lo fui a ver... Me pidió que volviera. Te lo digo, es un hombre solo. Volví en dos ocasiones a conversar con él. La última vez me dijo que Ángel volvería. También me contó que mi padre lo confrontó cuando estábamos presos; que hablaron, que lloraron juntos. Por eso salimos libres. Al parecer, don Alonso comprendió que actuaba ciegamente, mal aconsejado por sus penas —Paula no respondió nada y se limitó a esbozar un gesto de incredulidad, en vista de lo cual Juan continuó con su relato—. Don Alonso creía que Ángel no iba a regresar. Él lo quería de vuelta, pero como casi no se comunicaban, nunca se lo dijo. Quizás por eso me confesó los pormenores de su encuentro con Pedro Aguilar y su versión de la historia... Y también me contó la historia de los Ávila. Me sorprendió tanto que lo hiciera, sobre todo por las revelaciones que me hizo... Él... no es descendiente del conquistador Alonso de Ávila. Al parecer, hace mucho tiempo uno de sus ancestros inventó esa farsa; él mismo no sabía la verdad hasta hace algunos años. Es una historia que no quiere contarle a Ángel. Recuerda que esas familias viven del prestigio y del pasado y no desea que Ángel lo juzgue. Y evidentemente no quiere destruir ese prestigio. Le juré que no le diría nada a nadie. Y ahora necesito que tú me prometas a mí lo mismo.

Su hermana seguía del todo asombrada por lo cual tardó algunos segundos en poder responder.

—Juan... eso significa que tú y Ángel no tienen que ser enemigos. Es decir, nunca ha habido una verdadera razón para que lo sean. ¿Te das cuenta de lo absurdo de todo esto? Pedro Aguilar no es culpable de nada y la familia Ávila no es lo que pensaba que era. No hay razón para seguir incubando el odio que Ángel comenzó a construir en torno a ti. Ustedes pueden volver...

—No podemos hacer nada —interrumpió Juan—. No, Paula. Le prometí a don Alonso de Ávila que guardaría ese secreto. Yo podría contarle la verdad a Ángel para recuperar su amistad; pero precisamente porque lo quiero no puedo contarle nada. La verdad lo destruiría.

—Pero su vida está construida sobre una mentira.

—Muchas historias están construidas sobre mentiras. La vida es más importante que la verdad... No sé, Paula; quizás Ángel deba saber la verdad, pero no puede enterarse por mí. Yo lo he prometido y necesito que tú me prometas que tampoco serás ese conducto.

Paula del Moral guardó silencio antes de responder. Su mirada quedó clavada en el piso, como evadiendo la de Juan Aguilar. Finalmente, lo miró fijamente a los ojos y dijo:

—Te lo prometo, Juan, el secreto de los Ávila no saldrá nunca de mis labios. Pero pienso que tú deberías contarle todo a Ángel...

Creo que el joven que se fue hace muchos años de la Nueva España es muy distinto del hombre que ha vuelto: un fanático religioso y conservador... Y por eso creo que corres peligro, Juan.

—¿Y tú como sabes todo eso Paula?

—No quería decírtelo, pero ahora considero que es necesario hacerlo. Ángel nunca dejó de escribirme desde que se fue a España. Escribía poco y dejó de hacerlo, supongo que a fuerza de constatar que yo no le respondía. Pero después decidió volver a América y ha vuelto a escribirme... Y me buscó en cuanto llegó a la ciudad de México.

Juan Aguilar quedó sorprendido ante las declaraciones de su hermana. No daba crédito a lo que escuchaba.

—¿Y por qué, Paula, por qué te escribe y te busca?

—Ángel Ávila tiene una especie de obsesión conmigo. Me dijo que me ama.

—¿Y tú...? —interrumpió Juan, escandalizado.

—¡No, Juan! —respondió Paula sin dejarlo terminar la pregunta—. Ni se te ocurra mencionarlo. Pero ése no es el problema.

—¿Y cuál es entonces?

—Que las mentiras y los secretos nos enredan cada vez más. Ángel Ávila está obsesionado conmigo. Piensa que me ama, aunque yo tengo claro que es una obsesión. Y las obsesiones son mucho más peligrosas que el amor. Ángel no sabe que somos hermanos, Juan. Nadie lo sabe y nadie debe saberlo... Y Ángel Ávila está convencido de que es el mejor partido con el que una mujer pueda soñar. Regresó con unas terribles ínfulas de nobleza... Y ante mi rechazo, en su mente torcida presume que sólo hay una explicación para haberlo desairado y que él corrobora cada vez que nos ve juntos: que tú y yo estamos enamorados.

—Un momento, Paula... ¿Cómo es eso de que cada vez que nos ve juntos? Nosotros no hemos visto a Ángel desde que volvió. Quiero decir, ahora veo que tú sí... Pero lo que sí es un hecho es que nunca nos ha visto juntos.

—Siempre nos ha visto juntos, Juan.

—¿Qué quieres decir con eso?

—Que realmente está obsesionado. Su mente debe estar muy confundida. Supongo que en el fondo recuerda la amistad que tuvieron, pero una parte de él te odia, o intenta odiarte. Él se fue de aquí con un rencor hacia ti, convencido de la historia que sabía de ti, de Pedro Aguilar y de toda su familia; convencido de que son herejes, así como está convencido de que su familia es defensora de Dios desde siempre. Tiene la mente llena de todas esas mentiras de las que tú no quieres desengañarlo. Alimenta su alma de rencor, tal como lo hacía su padre... Y ahora que ha vuelto, convertido en un fanático caballero de Santiago —me parece que traumatizado por los acontecimientos europeos—, no deja de pensar que tiene una cuenta pendiente contigo.

—Sí, sí, sí... Está obsesionado con el pasado, atado a sus misteriosas misiones sagradas... Pero ¿por qué dices que siempre nos ha visto juntos?

—Tú no querías estar hoy en esta ceremonia porque sabías que él estaría allí. Y seguramente él pensaba encontrarte. Ángel se ha convencido a sí mismo de que tú eres la única razón de que yo lo rechace. Y supongo que vernos juntos tanto tiempo sólo lo convence más, en vista de que no sabe la verdad. Él nos ha visto juntos desde que volvió, Juan; siempre está donde estamos. Tú nunca lo has notado y supongo que él piensa que yo tampoco, pero lo he descubierto más de una ocasión observándonos desde lo lejos... como ocurrió hoy mismo en la catedral.

Ciudad de México, febrero de 1804

Los cimientos del cielo se derrumbaban al comenzar el siglo XIX; todo el mundo cambiaba, todo el orden establecido caía de manera estrepitosa y era imposible saber qué acontecimientos resultaban más escandalosos. El fin de la monarquía francesa, quizás la más antigua y tradicional de toda Europa, era un hecho consolidado; con el título de cónsul vitalicio, puesto que ahora además se pretendía como hereditario, Napoleón Bonaparte consolidaba su poder absoluto, prácticamente como un rey, e incluso había dejado por escrito en una carta su absoluta negativa a la reinstauración de la monarquía en la persona del que se ostentaba como Luis XVIII.

Pero además toda Francia crecía en poder, pues Napoleón había extendido sus conquistas prácticamente hasta la frontera rusa, con lo que era dueño de recursos ilimitados. Además, había vendido el inmenso territorio americano de Luisiana al nuevo presidente de Estados Unidos, Thomas Jefferson, otro hereje impenitente, masón como todos los fundadores de aquel país, que había sido construido sobre la base del despojo a otra monarquía antiquísima como era la inglesa.

Dicha negociación entre Francia y los estadounidenses los hacía poderosos a ambos, pues Napoleón obtenía dinero para seguir sufragando sus guerras y Estados Unidos duplicaba su territorio, que recorría su frontera desde el Misisipi, extendiéndose por toda la América del Norte, prácticamente hasta los territorios españoles de Texas y Nuevo México. Imposible saber dónde terminaría la ambición expansionista, tanto de los herejes franceses como de los estadounidenses.

Pero lo más peligroso era que todos esos vientos de sedición, amparados por la idea de la libertad, seguían extendiéndose por el Nuevo Mundo como una peligrosa peste. Justo en el primer día de aquel año, los esclavos de la colonia francesa de Haití habían proclamado la libertad y la independencia de aquel campo de esclavos como un nuevo país soberano. Si bien era cierto que esa proclamación era un pequeño golpe a la Francia rebelde, la idea de esclavos pretendiéndose libres e independientes era mucho más terrible. Y lo peor de todo era que aquello no ocurría del otro lado del mundo, sino en la propia América. ¿Ahora cualquiera podía proclamar la libertad?

Don Alonso de Ávila platicaba de todos esos escabrosos temas con su hijo Ángel. Ya no era una simple conversación sobre la defensa de la fe y las buenas costumbres, ni sobre las ideas ilustradas, con las que el propio don Alonso llegó a coincidir en alguna ocasión. Ahora se trataba del peligro que implicaban las ideas de emancipación que llegaban al Imperio español, tanto por el norte como por el océano.

—Hoy más que nunca es necesario estar alertas, Ángel. Las ideas tarde o temprano llevan a los actos. Y esos actos en la Nueva España terminarán por convertirse en ansias de libertad, muy seguramente en las mentes de las personas menos adecuadas. No hablamos de un combate a las nuevas ideas, sino de una amenaza directa a nuestros intereses.

—Lo sé muy bien, padre. Por eso no entiendo su postura en torno a los Aguilar. Cuando me fui de la Nueva España usted los odiaba; aseguraba que eran peligrosos. Usted mismo me prohibió cultivar mi naciente amistad con Juan Aguilar, hasta que yo mismo comprendí las razones de su veto. Y ahora, sin darme una buena explicación, simplemente me dice que no tenemos nada en contra de ellos.

—¿Le estás exigiendo explicaciones a tu padre? Bien se ve que no recibiste tan buena educación como yo pensaba.

—Sé que no puedo ni debo exigirle explicaciones, padre. Y sé también que debo limitarme a cumplir a cabalidad el cuarto mandamiento…

—Parece que lo olvidas, Ángel; honrar a tu padre es una ley divina —interrumpió don Alonso.

—Lo sé, padre. Pero no es que pretenda cuestionarlo; simplemente no entiendo su actitud.

—No tienes que entender nada, Ángel; debe bastarte con una orden de tu padre. Pero ya que violas las leyes de Dios al interrogarme, debe bastarte con saber que en estos años de soledad me he dedicado a examinar mi alma, de lo cual resultó que encontré en ella sentimientos que podrían ser interpretados como odio, algo que Dios nos prohíbe albergar en nuestros corazones. Comprendí que faltaba al mandamiento de amar al prójimo, aunque éste no me agrade, y que estaba juzgando por adelantado, cuando juzgar corresponde sólo al Señor.

—Pero, padre...

—Sin peros, Ángel. Los ancestros de Pedro Aguilar han muerto y ya han sido juzgados en el cielo. En cuanto a los vivos, no tenemos el derecho de juzgarlos. Comprendí que Pedro Aguilar no nos ha hecho nada, personal ni directamente. Por lo tanto, no hay justificación para instrumentar una venganza. Es posible que sea un hombre repugnante, pero no ha mancillado nuestro honor. Y mientras él o su hijo no mancillen el tuyo, nada debes hacer en su contra. ¿Me has comprendido bien?

Nada podía saber el joven acerca de las verdaderas intenciones de su padre, que simplemente pretendía protegerlo ocultándole la verdad. Ángel Ávila heredaría un nombre sin mancha y un linaje impoluto. Si desconocía la verdad, sobre él jamás caería la culpa de la mentira. Tuvo que contener su rabia.

Sólo podría cobrar venganza contra Juan si éste mancillaba su honor, el cual ya consideraba agraviado por el hecho de que fuera por su causa que no pudiese tener el amor de Paula... Pero bien sabía Ángel que no podía esgrimir ese argumento ante su padre, pues peor deshonra a su nombre habría sido el solo hecho de pensar en la posibilidad de sostener una relación formal con una mujer inferior a él, y más deshonra aún podían ser las pecaminosas intenciones de Ángel al pretender establecer una relación informal con Paula.

—Lo he comprendido, padre; le pido que me disculpe por ofenderlo.

—No se diga más, Ángel. Estás disculpado.

Ángel Ávila salió cabizbajo del salón en el que había conversado con su padre. Lo consumía la rabia y necesitaba despejar su alma, carcomida en ese instante por un sentimiento de animadversión contra Juan Aguilar. Sin embargo, no podía deshonrar a su progenitor, quien en el fondo tenía razón. Con el ánimo turbado se dirigió al patio principal de la casa.

—¡Pantaleón! —gritó Ángel—, ensilla mi caballo.

El criado personal de Ángel Ávila se presentó de inmediato en el patio.

—¿Va a salir el señor?

—Sí, Pantaleón, voy a salir. Necesito aclarar mis ideas.

—Pido al señor que perdone mi atrevimiento. ¿Me permite unas palabras?

—¿De qué se trata?

—Como bien sabe, he servido a su padre desde que soy un niño. Y antes de mí lo sirvió mi padre. Y ahora, desde que la gracia de Dios lo trajo de regreso, lo sirvo a usted.

—Lo sé, tu familia siempre ha sido leal. ¿Qué es lo que tienes que decirme?

—Quise recordárselo para que comprenda y perdone mi atrevimiento. Lo que sucede es que no pude evitar escuchar parte de su conversación con su padre; primero, porque estaba limpiando el pasillo, y después, porque hablaron a gritos

—Continúa —dijo Ángel, a sabiendas de que está en la naturaleza de la servidumbre prestar más oídos de los debidos a las conversaciones de sus amos.

—Lo que sucede es que su padre ha estado muy extraño durante los últimos años. Casi siempre anda solo…

—Absolutamente solo, hasta donde yo sé. Ésa es una de las razones por las que decidí volver.

—No ha estado solo del todo solo, señor.

—¿Qué quieres decir?

—Bueno, señor, creí que era importante que supiera que, por lo menos hasta hace un año, ese hombre del que hablaban, Juan Aguilar, ha visitado a su padre, visitas de varias horas, por lo menos dos… quizá tres ocasiones.

Puerto de Veracruz, 15 de marzo de 1804

Los Morell se encontraban en el puerto: Andrés, Juan, Paula, incluso Juan Aguilar. Se trataba de una despedida, por lo menos temporal. Andrés se embarcaba ese mediodía con rumbo al Viejo Mundo en una fragata inglesa que haría escala en Jamaica y, tras cruzar el Atlántico, en las Islas Azores, para luego llegar a Inglaterra, de donde Andrés zarparía con rumbo a Ámsterdam.

Juan y Andrés Morell habían tomado la decisión de viajar a los Países Bajos. El mundo estaba cambiando, y la historia les había enseñado que cuando soplan los vientos de cambio, suelen venir acompañados de terribles tempestades de intolerancia. Lo tenían bien claro porque, a fin de cuentas, así había comenzado la larga historia de la familia, trescientos años atrás, cuando los vientos de cambio soplaron por el Viejo Mundo e incendiaron el continente... y la hoguera de Worms, en la que murió Jean Morell.

Ahora el mundo volvía a experimentar uno de esos cambios radicales en los que todo el sistema se viene abajo para dar lugar, por lo menos por un tiempo, a uno mejor. Los conservadores siempre se han aterrado ante los cambios, los consideran una catástrofe, un final apocalíptico. Por eso son intolerantes y reaccionarios.

Cuando en el siglo XVI la estructura medieval se vino abajo, su derrumbe terminó de precipitarse cuando las doctrinas de Lutero traspasaron las fronteras de Europa. La reacción la encabezó la Iglesia: anatemizó las ideas, prohibió los libros e inmoló a las personas que pensaban diferente.

Tres siglos después, el orden monárquico que se había impuesto al orden feudal comenzaba a desquebrajarse. La reacción no se haría esperar y con toda certeza sería más terrible en el Imperio español que en cualquier otro lado. Los vientos de cambio y las ansias de libertad habían cruzado el Atlántico. Los hombres de ideas serían el primer blanco de los retrógrados y los Morell no se obstinarían en quedarse en la América hispana para contemplar cómo las hogueras se encendían de nuevo en torno a uno de ellos.

Juan y Andrés tenían parientes en Ámsterdam. Y si bien el contacto entre ambas ramas de la familia era cada vez menor, la invitación para reunirse con ellos estaba abierta desde que los Morell comenzaron a emigrar de América a principios del siglo XVIII. Los dos hermanos consideraron que ya no tenía caso esperar más, por lo cual Andrés se lanzaba en avanzada para entrevistarse con los Morell de Holanda. Posteriormente, cuando todo estuviera en orden, le escribiría a Juan para notificarle que emprendiera el viaje.

—Hasta luego, Paula querida —dijo Andrés al tiempo que abrazaba a la sobrina que cuidó como una hija durante toda su vida—. Espero que antes de que transcurra un año podamos reunirnos en Ámsterdam. Cuida mucho de estos dos Juanes. No creo que puedan sobrevivir mucho tiempo sin ti.

Paula rompió en llanto al abrazar a Andrés. Al fin y al cabo siempre fungió como su padre. En ese momento comprendió los sentimientos contradictorios de su hermano en torno a Pedro Aguilar... Aunque Andrés no fuera su progenitor, siempre había sido su padre.

—Cuídate mucho, papá. Si Europa no es un lugar seguro, no dudes en volver.

—No te preocupes, hija, todo estará bien. Recuerda que los cambios son señal de esperanza. Todo estará bien.

Sin soltar a Paula, Andrés abrió sus brazos para que Juan se sumara al abrazo.

—Cuídate mucho, muchacho; cuida a Paula y déjate cuidar por ella. Y nunca olvides que siempre tendrás un lugar entre nosotros. Somos tu familia, Juan. No obstante, entiendo que para ti no haya más padre que Pedro Aguilar. Así lo quiso el destino, pero nunca olvides que siempre veremos por tu bienestar. Ojalá pronto decidas embarcarte rumbo a Holanda con Juan y Paula.

—Gracias, tío Andrés. Estaré bien. Mi lugar es éste. Debo cuidar a mi padre y, lo más importante, no quiero perder la esperanza de que este país tiene un futuro promisorio.

Tras unos minutos de abrazos, Andrés se dirigió a su hermano para despedirse:

—Hermano, cuídalos mucho. Y recuerda que no te puedes dar el lujo de hacer tonterías, ni de convertirte en mártir o héroe. Estás a cargo de tus dos hijos. No te arriesgues a que la Inquisición ponga los ojos en ti. Déjate ver poco, platica menos aún y no expreses con tanta vehemencia tus ideas. Arreglaré todo lo antes posible para que nos reunamos en Ámsterdam.

—No te preocupes, Andrés. Todo saldrá bien; tenemos dinero suficiente para vivir más de dos años si fuera necesario. Te prometo que no me haré notar, no venderé libros, no traduciré nada. No llamaré la atención. Confía en mí.

Se abrazaron efusivamente por un largo tiempo hasta que los separó el último llamado para abordar el barco. Entonces Andrés sacó unos objetos de su bolsillo y llamó a su lado a Juan y a Paula.

—Juan, Paula: tanto Juan como yo estamos de acuerdo en que éste es el momento de que ustedes conserven estas cosas.

Al tiempo que hablaba, Andrés Morell mostró dos hermosas argollas que depositó en las manos de Juan y de Paula.

—Estas argollas —dijo Juan Morell, mientras Andrés animaba a los jóvenes a probárselas—, han brillado en las manos de los Morell durante muchas generaciones. Ahora que ambos conocen la historia de la familia, saben lo importantes que son: que representan el amor que se prometieron Jean Morell y Paula, su mujer. Una la usó Jean hasta el día de su muerte en la hoguera; la otra adornó la mano de Paula hasta el día en que se la entregó a su hijo, el día de su boda.

—No creo conveniente que yo deba tener una —dijo Juan Aguilar—. No me malinterpreten... Por lo que sé, estas argollas han pasado juntas de generación en generación... Y bueno, si yo permanezco en la Nueva España quedarán separadas, quizá para siempre.

—Nunca es tarde para cambiar las tradiciones —dijo Andrés con una sonrisa—. Quizás algún día viajes a Europa. Y si no lo haces, la argolla siempre te recordará quién eres.

Los dos jóvenes se colocaron sendas argollas. Juan, Paula Morell y Juan Aguilar permanecieron atentos mientras el barco acabó de alistarse, zarpó y terminó por desaparecer en el horizonte. Andrés emprendió el regreso a casa, casi trescientos años después de que comenzó la historia de su familia. Y Juan, el último de los Morell en América, no quitó su vista del océano hasta que el sol comenzó a ocultarse.

Ciudad de México, junio de 1804

Difícilmente alguien podría haber visto la catedral desde la perspectiva que Juan dominaba en ese momento: desde todo lo alto y desde el centro. Era una obra de arte por donde se le viese: sus altares, sus retablos, sus columnas, su sillería coral de madera labrada; los altares menores de las capillas, la herrería, los ventanales de la parte alta. Simplemente era majestuosa. Y no tenía Juan más remedio que admitir que gran parte de esa belleza se debía al orden neoclásico que Manuel Tolsá había impreso a todo el templo.

Juan nunca había estado a favor de la idea de destruir para volver a construir sobre lo ya hecho. Pero ahora, después de varios años, todas esas decepciones se convertían en alegrías. A veces es necesario destruir el pasado para seguir labrando el futuro, pensó Juan desde las alturas. La nueva cúpula, obra de Manuel Tolsá, sólo requería algunos detalles. Ahora comprendía a su maestro: el diablo está en los detalles, se dijo a sí mismo.

Juan Aguilar y Manuel Tolsá estaban juntos a varias decenas de metros de altura, en el único andamio que aún colgaba debajo de la gran cúpula central. Maestro y discípulo se encargaban de pulir los últimos detalles. Todo está listo, pensó Juan, ahí, desde la cúpula que Tolsá se empecinara en reconstruir, al tiempo que veía todo el edificio desde su posición inmejorable: desde el Altar de los Reyes —cerca del ábside— hasta el Altar del Perdón —cerca de la entrada—, y equidistante entre ambos, la reja de tumbaga rematada por esa hermosa cruz que resguardaba el corazón de la catedral: la astilla de la Santa Cruz.

—¿Cree usted que la astilla de la Santa Cruz sea auténtica, maestro? —Tolsá miró a Juan sin responder—. Quiero decir —continuó el aprendiz—, con tantas catedrales que se han erigido en Europa desde hace más de mil años, con esa obsesión que hubo por las reliquias en la Edad Media, y con tantos príncipes y reyes compitiendo por una mejor colección de reliquias, ¿es posible que aún existan astillas auténticas de la cruz de Cristo? Y si eso es posible, ¿cómo podemos saber que ésta lo es?

—La obsequió el santo padre, Juan...

—Pero ¿si fuera falsa? Con esto no quiero decir que el papa haya mentido, pero ¿cómo el santo padre pudo tener la certeza de que la astilla era auténtica?

Tolsá mantuvo la vista fija en las ventanas de la cúpula, como midiendo y realizando cálculos en su mente. Luego respondió:

—Eso no importa, Juan. Los feligreses tienen la obligación de creer que es auténtica. Y lo harán con gusto, no tanto por amor a la verdad sino por lealtad al consuelo. A nosotros debe bastarnos saber que un papa le concedió a la ciudad de México el honor de resguardar esa reliquia divina. Y seguramente el pontífice estuvo convencido de haber obsequiado una verdadera reliquia de la Santa Cruz a nuestra ciudad. Y no te preocupes, al fin y al cabo nadie la verá nunca.

—¿Qué quiere decir, maestro?

—Tal como lo dije, Juan. No creas que en ese relicario en forma de cruz haya un pedazo de madera. No, señor; la astilla que obsequió el papa es tan minúscula que no puede verse.

—Si no puede verse, ¿cómo sabemos que está ahí?

—En eso reside la fe, muchacho, en tener certezas aunque uno no pueda corroborarlas con los sentidos. La fe es un bien intangible, Juan; un bien que sólo puede valorar aquel que lo posee. Los católicos de este reino no tienen que ver la astilla de la Santa Cruz para sentir gozo. El papa la obsequió y los creyentes tienen fe. El corazón y la fe son objetos intangibles. La fe tiene el valor que le den sus creyentes, ni más ni menos. Así pues, el corazón de esta catedral es intangible. Por lo que a mí respecta, no es necesario indagar. Sé que aquí en la catedral tenemos una astilla auténtica de la Santa Cruz.

Ciudad de México, 13 de agosto de 1804

Poco importaba ya cuándo fuese su cumpleaños. Juan Aguilar siempre lo había celebrado el 13 de agosto y aquel día tenía mucho que festejar: la catedral estaba prácticamente concluida. Y no sólo eso, sino que él mismo había sido partícipe del proceso, algo con lo que no hubiera soñado años atrás. Cumplía veintiocho años y el sueño de su vida estaba realizado. Además, ese mismo día Manuel Tolsá le entregó los documentos que lo acreditaban como arquitecto y escultor ante las autoridades del Imperio español.

Había sido un arduo día de trabajo, tanto en la academia, donde Juan tenía algunos alumnos y talleres a su cargo, como en la catedral, donde aún había detalles que pulir. Poco podía pedir Juan a la vida, aunque aún sentía la pesadumbre en el alma por no poder compartir sus alegrías con Pedro Aguilar, de quien ignoraba su paradero

Así pues, con pequeños pesares, pero muy feliz, Juan terminaba un día de trabajo, y se encaminaba hacia el óvalo de la plaza donde se ubicaba El Caballito para encontrarse con Paula. No tenía ganas de ver a nadie, pero su hermana había insistido en que quería verlo el día de su cumpleaños y no pudo negarse.

No le gustaba salir de la catedral. Mucho tenía que hacer ahí y muy poco o nada, que no fuera estudiar, tenía que hacer en su casa. Pero ese día se convenció de dejar el templo cuando vio entrar a una comitiva luctuosa. Y la imagen de un muerto era lo último que quería para festejar su cumpleaños. Salió de la catedral. Cuando se hallaba en el centro de la plaza vio a lo lejos —encorvado, cansado, con mirada profunda y rostro inexpresivo— a Pedro Aguilar, quien sin dar un paso esperó a que Juan fuera a su encuentro:

—Me da mucho gusto verlo, padre.

—No soy tu padre, Juan. Lo sabes.

—Y usted sabe que siempre lo consideraré así; se lo he dicho muchas veces. No me haga esto. Es mi cumpleaños.

—No vine aquí por eso.

—¿Y que lo trae por aquí entonces? Hace mucho que no sé nada de usted.

—Cosas malas, Juan, cosas malas.

—Dígame de que se trata, por favor.

—Se trata de don Alonso de Ávila: murió ayer. Algo le reventó en las entrañas. Permaneció varios días con fuertes dolencias y ayer murió.

—En verdad me apena saberlo.

—Su cuerpo fue velado en su casa todo el día de ayer y durante la noche. No te dije nada porque no había nada que hacer en esa casa; sin embargo, hoy sus restos fueron depositados en el cementerio y ahora mismo habrá una misa en su honor en esta catedral que tanto te gusta. Pensé que deberíamos ir a presentarle nuestros respetos.

—No creo que eso sea posible, padre. Usted mejor que yo sabe el odio que siempre nos profesó, por lo menos hasta hace pocos años. Y también sabe que Ángel Ávila heredó ese odio. Sería imposible intentar acercarnos.

—Don Alonso era un noble. Toda la alta sociedad estará presente para manifestar sus condolencias. La catedral es grande y la conoces bien; podemos pasar inadvertidos.

De pronto, la tarde se tornó lluviosa, primero, y luego tormentosa, como solía ocurrir en el verano en la ciudad de México. Y como en cada tarde lluviosa, las inundaciones estaban a la orden del día, por más que las autoridades declararan que se habían realizado las obras pertinentes para evitarlas.

Pedro Aguilar y su hijo ingresaron al templo por la fachada poniente para evitar a los feligreses. Se instalaron cerca del altar mayor. A lo lejos, como una caterva de cuervos, las ropas negras y los rostros enjutos de la alta sociedad novohispana daban su último adiós al alma de don Alonso de Ávila, en una modesta misa en la capilla de los arcángeles, que servía de base y soporte a la torre poniente.

—No estoy seguro de que debamos estar aquí, padre. Ángel podría considerarlo una falta de respeto...

—Estoy seguro, a pesar de todo, y dadas las últimas cosas que vivimos, de que la muerte de don Alonso nos duele más a nosotros que a todos aquellos que en este momento fingen unas cuantas lágrimas.

—Lo sé, padre. Pero por esa razón no era necesario estar aquí. Finalmente don Alonso está muerto, y poco importa dónde estemos nosotros.

—No puedo creer lo que escucho. Su espíritu viajará en busca de su última morada y sólo los rezos bien intencionados pueden guiarlo...

—No lo creo, padre. No creo que los espíritus viajen; no creo que las almas, si es que existen, puedan perderse o requieran una guía; pero menos aún creo que los rezos a los dioses antiguos puedan guiar a su descanso final a un devoto del dios cristiano.

—Ya no crees en nada ni en nadie, Juan. Te desconozco.

—No lo tome a mal, padre. Es sólo que he estudiado y aprendido mucho. Y pienso que, si existen los dioses, no se ocupan de los asuntos humanos.

—¡Claro que sí hay dioses...! ¡Mira nada más el daño que te ha hecho la familia Morell.

—¡Los señores Morell enseñaron a leer a tus ancestros, Pedro Aguilar! Si no tuvieras la mente nublada con tonterías del pasado, podrías comprender a esas personas, que sólo quieren hacer el bien a través del conocimiento.

Juan Aguilar nunca le había hablado así a su padre. Siempre se había dirigido a él con respeto, sin subir la voz, sin confrontarlo. Jamás se había atrevido a hablarle de manera informal. Pero la desesperación que a veces le provocaba esa alma vieja, atada al pasado, lo sacó de quicio...

—Entiendo, Juan. El mundo cambia y tú has cambiado con él. Yo soy un simple vestigio del pasado...

Pedro Aguilar hizo un ademán para retirarse. Se encaminó por la nave contraria a donde marchaba la comitiva luctuosa. Juan lo alcanzó.

—Espere, padre, no quise hablarle así... Lo lamento.

Pedro Aguilar se detuvo y quedó frente a frente con su hijo. Sus rostros estaban a muy poca distancia. Pedro clavó su mirada profunda en los ojos de Juan. En ese momento, se dibujó una sonrisa en sus labios mientras la tristeza hacía estragos en sus ojos. Habló con lentitud y suavidad, como nunca antes lo había hecho al dirigirse a Juan. No había el menor vestigio de resentimiento en su actitud.

—Sé que lo lamentas, Juan. Sé que no quisiste ofenderme. Sé que tu corazón es bueno y que está confundido. Sé también que tu mundo es mucho más amplio que el mío y que anhelas la libertad que Pedro Aguilar no disfrutó. Te lo digo sin rencor, Juan: aunque yo te haya educado como a un hijo y tú me veas como a un padre, no eres mi hijo. Mi vida no es tu vida, Juan; mis proyectos no son los tuyos y mis condenas no deben ser tus condenas.

—No hable así, padre; usted y yo tenemos un vínculo más allá de la propia sangre.

Pedro Aguilar sonrió.

—Fue bueno ser tu padre, Juan. El mundo de Pedro Aguilar llegó a su fin, porque tú tienes otro espíritu que no tiene nada que ver con él. Hoy es tu cumpleaños y quiero hacerte un regalo: tu libertad. Ya no tienes ningún vínculo conmigo, Juan. Además tienes un futuro promisorio; tu familia te quiere en Ámsterdam; Manuel Tolsá te quiere en España. Yo soy hijo de un mundo que ha muerto; en cambio, tú eres el hijo de un nuevo mundo, en el que ya no existen los dioses.

Un trueno sacudió el cielo y la lluvia comenzó a caer de manera torrencial, como si Tláloc emitiese su lamento final, su réquiem por los dioses y su viejo mundo. Pedro Aguilar y su hijo eran cada vez más distintos: tenían otros ojos, otro rostro, otro cuerpo y, definitivamente, otro espíritu. Permanecieron unos segundos así, en silencio, en la penumbra de la catedral, casi en el pórtico.

—No lo dejaré, padre —dijo Juan, después de la larga pausa.

Pedro Aguilar le dio la espalda y comenzó a caminar, salió del templo y cruzó el atrio. Juan lo alcanzó y lo tomó del hombro.

—No me iré a ningún parte sin usted, padre.

Pedro Aguilar se volteó y una vez más clavó su mirada en los ojos de su hijo. Pero esta vez sus ojos desataron una tormenta peor que la que caía sobre la ciudad.

—¡No lo entiendes! ¡No quiero verte de nuevo, Juan Morell!

Pedro Aguilar se alejó en medio de la tormenta. Tláloc siguió llorando sobre él, sobre Juan, sobre los feligreses que salían del templo... sobre Paula, que a lo lejos había sido testigo de aquella escena. Tláloc lloraba por el fin del mundo, por todos los dioses, por el pasado. Juan se mantuvo firme, contemplando cómo la silueta de su padre desaparecía entre la gente que corría para guarecerse de la tormenta.

Se sentía triste, pero también liberado.

Intempestivamente una idea cruzó por su mente y le dio la certeza de lo que debía hacer. "La obra de la catedral nunca debe ser terminada." Las palabras que tanto tiempo atrás le repetía Pedro Aguilar en ese mismo templo llenaron su cabeza. ¿Cómo conjugar sueños diametralmente opuestos? Pedro Aguilar soñaba con una catedral inconclusa; Juan, por su parte, añoraba terminarla y convertirla en un templo para todos los dioses. Y en ese instante encontró la fórmula para que los sueños de ambos se realizaran no obstante que se contrapusieran. Y empapado como estaba, entró de nueva cuenta a la catedral, que había sido el centro de su mundo durante toda su vida. No vio a Paula, que desde el Portal de los Mercaderes intentó saludarlo y se lanzó bajo la tormenta para alcanzarlo; no vio a Ángel Ávila, quien sí notó su presencia desde la capilla de los arcángeles, y no se percató del encuentro violento que se suscitó entre su hermana y el que fuera su amigo de la infancia.

Una sola imagen estaba en la mente de Juan Aguilar: la reja de tumbaga.

Gracias a que conocía cada rincón y cada secreto del edificio, y gracias a las pocas cuerdas, andamios y poleas que aún había en el templo, Juan Aguilar pudo llevar a cabo su plan con rapidez y sin ser visto.

Había decidido estrenar el regalo de cumpleaños que Pedro Aguilar le había dado y ser libre, pero no sin rendirle un homenaje final en agradecimiento. Con esa idea en mente, volvió a salir al atrio catedralicio en busca de su padre.

Sin embargo, un golpe seco y duro en la espalda lo distrajo de su propósito. Y no se dio cuenta de qué había ocurrido hasta que estuvo en el piso, cubierto de lodo: frente a él, vestido completamente de negro, con la rabia en la mirada, Paula atrapada en su brazo izquierdo, y con una daga en su mano derecha, Ángel Ávila lo increpaba.

—¿Qué haces tú aquí? —preguntó el señorito Ángel Ávila antes de que Juan pudiese levantarse —. Tú presencia no augura nada bueno aquí.

—Vine a presentarle mis respetos a tu padre cuando supe que había muerto.

—¡Mientes! Eres igual que la mujerzuela que te conseguiste.

Una luz y un estruendo ocuparon el cielo de la ciudad de México. En ese momento Juan pudo notar que Paula tenía un golpe en el rostro.

—No sabes lo que dices, Ángel. Deja ir a Paula. Esto es sólo entre tú y yo —gritó Juan mientras se ponía de pie.

—Eres un ladrón, Juan Aguilar, y seguramente un asesino. Digno hijo de tu padre. No seas cobarde y defiéndete —gritó Ángel al tiempo que lo amenazaba con su daga y arrojaba a un lado a Paula.

—No voy a pelear, Ángel. No tengo nada por qué pelear contigo.

—Claro que no tienes nada por qué pelear, si ya te lo has llevado todo —vociferó Ángel.

En ese momento, Ángel Ávila se acercó hasta quedar a unos centímetros de Juan Aguilar. No se habían visto en años y ahora volvían a encontrarse, después de diez años, bajo el cielo tormentoso de la ciudad de México. Ávila era un hombre grande y fuerte, pero Juan lo rebasaba por una cabeza. Juan no tenía ningún resentimiento hacia Ángel, pero descargó toda su fuerza contra el rostro del señorito con un puñetazo que casi lo derriba.

—No vuelvas a tocar a Paula. ¿Me entiendes?

—Te quieres quedar con todo, ¿verdad, Juan Aguilar? ¿Así es como quieres vengarte de mí? ¿Quitándome todo?

—Yo no te he quitado nada, Ángel Ávila, pero si quieres pelear, arroja esa daga y defiéndete como hombre.

—¿Eso quisieras, verdad? Pero no, Juan Aguilar... Te voy a matar aquí mismo.

Al tiempo que decía esas palabras, Ángel Ávila sacó otra daga entre sus ropas y la arrojó al piso a los pies de Juan.

—Si tienes algo de honor, ¡defiéndete, cobarde!

—¿Éste es el honor de un caballero de Santiago, Ángel? ¿Retar a un duelo con armas en las que eres diestro a un hombre que nunca la has empuñado?

Juan Aguilar pateó la daga que había caído cerca de sus pies hasta que quedó junto a las paredes de la catedral, pero antes de que pudiera reaccionar sintió el puño de Ángel en su rostro. Sin embargo, no era fácil derribar a alguien del tamaño de Juan quien era alto por herencia familiar, y por los años de trabajar como cantero al lado de Pedro Aguilar, era fuerte y firme.

—No tengo nada tuyo, Ángel Ávila, ni lo quiero tener. No tengo ninguna relación con Paula del Moral y tú no podrías tenerla nunca.

—¿Relación? —dijo Ángel entre carcajadas—. Ustedes no han comprendido nada. Yo sólo quería hacerla mi querida... mi mujerzuela. Pero veo que tú la has convencido primero. Está bien, Juan, son de la misma ralea.

Paula seguía en el piso, recargada contra la pared, débil por el golpe y con mucho miedo, pero ya había tomado la daga que Juan había arrojado con el pie. Desesperada, vio cómo los dos hombres se liaban a golpes, hasta que Ángel esgrimió su daga de nuevo.

—Si no quieres defenderte, te mataré de cualquier manera. Al fin y al cabo esto no es un duelo sino un ajuste de cuentas. No hace falta honor para ajusticiar a un ladrón.

—No sé de qué me hablas, Ángel; yo no te he robado nada.

—Entonces, dime una cosa, ¿qué hacías en la casa de mi padre?

Aquella pregunta lo tomó por sorpresa. Sus escasas visitas a don Alonso de Ávila estaban en el más absoluto de los secretos; era imposible que aquél le hubiese confesado a su hijo todo lo que se había conversado durante esas entrevistas, todo lo que le hizo prometer a Juan que nunca le diría a Ángel. Instintivamente volteó a ver a Paula, en el piso, quien negó con la cabeza a la pregunta que estaba implícita en la mirada inquisitiva de su hermano.

—No sé de qué me estás hablando. Sólo sé que con el tiempo tu padre dejó de odiarnos, Ángel. Algo que tú debiste haber aprendido.

—¡No me des lecciones sobre mi padre! —dijo Ángel con rabia mientras se lanzaba con furia, daga en mano, hacia Juan Aguilar, quien logró esquivar el golpe fatal y empujar a Ángel, que cayó al suelo, donde permaneció unos segundos, mojado, sucio, enlodado y con un hilo de sangre escurriéndole por la boca, mientras que Juan se llevaba la mano al brazo izquierdo, que le sangraba por la herida de un rozón de la daga.

—Este odio no tiene razón de ser, Ángel. Estás triste y furioso por la muerte de tu padre.

—Por la extraña muerte de mi padre. ¿Qué hacías visitando a mi padre cuando yo no estaba? Uno de mis criados te vio y me lo contó. ¿Qué hacías en mi casa, Juan Aguilar? ¿Qué asuntos tenías que tratar con mi padre? ¿Con qué hechizos lo engañaste?

Sin terminar de hablar, Ávila se lanzó de nueva cuenta contra Juan, quien logró detener el puño enfurecido de Ángel, con la daga, a pocos centímetros de su rostro. Tomó toda su fuerza y lo arrojó de nueva cuenta al suelo. Era evidente que Juan era más fuerte que Ángel, pero éste arremetía contra Juan con la fuerza del odio y una daga en la mano.

—Huye —le gritó Juan a Paula—, vete de aquí de inmediato.

—Juan, tienes que decirle la verdad a Ángel —gritó Paula.

—¡Vete de aquí, ya! —volvió a gritar Juan mientras echaba a correr perseguido por Ángel Ávila.

Juan estaba desarmado, pero estaba en sus dominios. Nadie conocía la catedral mejor que él. Corrió hacia la base de la torre oriente, donde había un recoveco que conducía a unas escaleras. Subió por ellas y Ángel comenzó a perseguirlo. La lluvia seguía azotando la ciudad y el sol se había hundido en su ocaso sin que nadie lo notara, opacado por la oscuridad de la tormenta.

Juan no quería enfrentarse a su atacante. Quería evadirlo, esconderse para evitar una tragedia. Y los laberínticos techos de la catedral eran el mejor lugar para lograr su propósito. Subió por las escaleras de la torre oriente hacia el primer campanario, desde donde podía acceder a la otra torre y a la cúpula, pero Ángel logró asirlo del pie y lo derribó.

—Si no quieres decirme qué hacías en casa de mi padre, ladrón, dime, pues, ¿por qué tu nombre y el de tu mujerzuela aparecen en el testamento de mi padre?

Las palabras de Ángel tomaron por sorpresa a Juan. Jamás hubiera pensado en aquella posibilidad. ¿Acaso don Alonso, sintiendo cerca la muerte, intentaba limpiar su consciencia dejándoles sus propiedades a Juan y a Paula? ¿Acaso con una herencia pretendía obtener el postrer perdón por haberlos encerrado en las mazmorras del Palacio Virreinal por años de odio sin sentido? ¿O acaso quería comprar su silencio incluso después de su muerte?

—No me interesa nada tuyo, Ángel. No sé por qué tu padre puso mi nombre y el de Paula en sus últimas voluntades. Quizás quería terminar con el odio que ha destruido a nuestras familias durante tantos años... Y no tienes que darme nada. Ya te dije que no quiero nada tuyo. Sólo deseo que nos dejes en paz.

—Esto no tiene nada que ver con el dinero, Juan. Mi padre era muy rico y me heredó su fortuna y todas sus propiedades. A ti y a tu mujerzuela tan sólo les dejó una parte ínfima de sus bienes, suficiente para que ustedes vivan sin preocupaciones.

—¡Ni siquiera quiero eso, Ángel! Quédate con todo. Es tuyo.

—Ya te dije que no se trata de dinero, ladrón. Visitaste a mi padre en mi ausencia, en varias ocasiones, sin que nadie lo supiera. Qué casualidad que luego muera de manera tan sorpresiva y ustedes aparezcan en su testamento. Sé que lo visitaste para envenenarlo. Seguramente eres responsable de su muerte.

Mientras terminaba de proferir aquella frase, Ángel Ávila arrojó con fiereza su daga contra el pecho de su enemigo, que aún yacía en el piso del primer campanario; pero Juan volvió a moverse a tiempo y la daga se impactó contra el muro de piedra de la torre, lo cual le dio tiempo para escapar por el primer lugar que vio cerca: las escaleras que conducían hacia el campanario. Subió con toda la presteza de que fue capaz hacia las campanas de piedra que remataban la catedral. Ángel recuperó su daga y subió tras él.

Los dos hombres llegaron a lo que entonces era la máxima altura de la ciudad de México. Forcejeaban con la plaza a sus pies y con la tormenta como testigo. Intercambiaron golpes hasta que Ángel acorraló a Juan contra las rejas del campanario. La ciudad estaba completamente sumergida en la penumbra y era imposible escuchar otra cosa que no fuesen los estruendos la tormenta.

—Tienes razón, Juan: es hora de terminar con este odio y sólo hay una manera de hacerlo.

Dicho lo anterior se lanzó con toda su fuerza contra Juan Aguilar. Con daga en mano dejó caer todo el peso de su brazo sobre el rostro de quien había sido su amigo de la infancia. Juan logró detener el ataque de su adversario con su mano derecha. La afilada daga de Ángel Ávila brillaba cerca de los ojos del cantero, quien hacía sus mayores esfuerzos por alejarla de su cara.

—Y es cierto, Juan Aguilar —dijo Ángel con furia al tiempo que nuevamente trataba de hundir su arma en el rostro de Juan—. Sí llegué a soñar con Paula del Moral… Eso fue lo primero que intentaste quitarme cuando éramos niños. Por eso debería estar agradecido contigo, por haberme evitado esa maldición. Pero lo que sí no puedo perdonarte es lo que sea que le hayas hecho a mi padre.

—No tienes idea de lo que ocurre, Ángel… Yo aún te aprecio.

Los ojos de Ángel Ávila se llenaron de sangre con las palabras de Juan, que en ese instante estaba por rendirse a su destino.

—No me vengas con sentimentalismos, maldito hereje.

Ángel echó su brazo hacia atrás y se preparó para descargar toda su furia sobre Juan…

El golpe fue duro, directo, certero, imposible de esquivar. La sangre comenzó a manar de la cabeza de Ángel, quien instintivamente se apartó de Juan al sentir aquel golpe contundente. Se llevó la mano a la parte posterior de su cabeza sin entender lo que había pasado.

Estaba desorientado, pero pudo ver a Paula, con la daga en la mano, sujeta al revés, quien lo golpeó con la empuñadura. En ese momento comprendió que el golpe que recibió no había sido fatal y trató de recomponerse para volver al ataque, pero todo le daba vueltas. Dio dos pasos hacia atrás y tropezó con la pierna de Juan quien, débil por el forcejeo, yacía en el piso.

Ángel perdió el equilibrio, pues la superficie sobre la que reñían era muy estrecha, la mayor parte de la cual la ocupaba la campana mayor, y se precipitó al vacío.

Paula gritó. Juan cerró los ojos para no ver la caída, pero Ángel logró reaccionar y sujetarse de una soga que colgaba de lo alto del campanario.

—De prisa, Juan —gritó Paula—. Ángel está bien, no cayó al vacío.

Ángel permanecía sujeto de la soga, a más de cuarenta metros del suelo de la catedral. Juan tomó otra cuerda y la ató a su cintura mientras le pedía a Paula que amarrase el otro extremo a la herrería del campanario. De ese modo Juan pudo inclinarse sobre el vacío, en el enorme hueco bajo la campana, y extender su mano hacia Ángel para ayudarlo.

—Sujétate, Ángel —gritó Juan.

Ángel Ávila se había recuperado lo suficiente como para darse cuenta de su situación desesperada y para sujetarse con fuerza de la cuerda. Dio varias vueltas a la soga en torno a uno de sus brazos para asegurarse de que no caería.

—Tienes que decirle la verdad, Juan —gritó Paula.

—Sujétate, Ángel, por favor —insistió Juan al tiempo que extendía su brazo cuán largo era para reducir la distancia que lo separaba de su amigo de la infancia.

"Tienes que decirle la verdad." La voz de Paula resonaba por todo el campanario. Juan se dio cuenta de que su hermana tenía razón; de que no quería decirle la verdad para no lastimarlo. Pero ahora su vida estaba en peligro. Si Ángel quería sobrevivir tendría que sobreponerse a la verdad. Alargó su brazo nuevamente hasta que quedó a poca distancia de la mano libre de Ángel.

—Tienes que soltarte y tomarme del brazo. La soga nos resistirá a los dos. Debes confiar en mí.

"Tienes que decirle la verdad." La voz de Paula ahora resonaba en la confundida cabeza de Ángel Ávila. ¿La verdad?

—¡Cuéntaselo todo! —gritaba Paula, desesperada.

—¡Sujétate, Ángel! ¡Hazlo ya!

Ángel Ávila volteó a ver a Paula y a Juan; enseguida dirigió su mirada hacia el vacío. La oscuridad no permitía ver el final. Tuvo miedo.

—No puedo permitir que me salves. No puedo contraer esa deuda contigo…

—Tienes que saber la verdad, Ángel —gritaba Juan sin dejar de extender su brazo hacia quien fuera su amigo de la infancia.

—¡Sujétate, Ángel! —secundó Paula—. Sujétate y escucha a Juan.

Ángel Ávila volvió a mirarlos, alternativamente. No sabía qué hacer: quería extender el brazo y salvarse, pero algo en su mente le impedía hacerlo.

—Escúchame bien, Ángel —gritó Juan, en un intento desesperado por convencer al señorito Ávila de que le diera la mano—. Paula y yo somos hermanos.

Ávila miró con sorpresa a los jóvenes que intentaban salvar su vida. No daba crédito a lo que acababa de escuchar.

—¿Qué tipo de mentira es ésa, Juan Aguilar?

—Es la verdad, Ángel. Somos hermanos, casi nadie lo sabe. Yo no soy hijo de Pedro Aguilar. No lo sabía cuándo éramos niños. El padre de Paula se llama Juan Morell, y también es mi padre. Tú conociste a su tío Andrés, en Veracruz… Andrés del Moral. ¿Te acuerdas?

Ángel replegó el brazo que había comenzado a extender hacia su salvación.

—Andrés Morell se fue a Europa para recibir allá a su familia. Paula partirá para Holanda… y yo también. No volverás a verme… ¡Ahora, te lo suplico, toma mi mano!

—¿Qué le hiciste a mi padre?

Juan suspiró. Hubiese querido salvarlo sin que hubiera necesidad de decirle aquella parte de la verdad que muy probablemente Ángel no podría soportar. Ahora, estaba seguro, tenía que contarle todo.

—Tu padre nos encerró a Paula y a mí en un calabozo del Palacio Virreinal —por la sorpresa que se reflejó en la mirada de Ángel, Juan pudo darse cuenta de que don Alonso nada le había contado sobre aquel suceso—. Paula estuvo presa sólo algunos meses, pero yo permanecí encerrado todo un año. Pedro Aguilar fue a ver a tu padre y hablaron... Se perdonaron. Entonces tu padre liberó a Paula. Tardó en sacarme a mí porque no quería manchar su nombre y su reputación por haber hecho una acusación falsa. Pedro Aguilar le permitió urdir esa artimaña.

—¡Mientes! —gritó Ángel, ya con las lágrimas en los ojos—. ¡Mientes!

—¿Para qué lo haría? ¿Para salvarte? No gano nada con salvarte...

—Tienes que estar mintiendo.

—Escúchame bien —continuó Juan—. Pedro Aguilar y tu padre conversaron sobre sus diferencias. Don Alonso descubrió que Pedro Aguilar no era culpable de nada de lo que lo había acusado toda la vida.

—¡Mi padre tenía cuentas pendientes con ustedes! ¡Mi familia tiene cuentas pendientes con ustedes!

—No es así, Ángel. Tu padre habló con Pedro Aguilar... Él... tú... en realidad no son descendientes de Alonso de Ávila; uno de tus ancestros inventó esa mentira. No hay tal línea sanguínea que los una a Alonso de Ávila, el conquistador. Tu padre siempre lo supo y decidió ocultar esa invención para heredarte un nombre y un linaje. Y Pedro Aguilar siempre lo supo.

Ángel resbaló ante los gritos de terror de Paula, pero logró rehacerse y se asió con más fuerza de la soga que lo sujetaba.

—No resistiré más, Ángel. ¡Por favor, sujétate de mi brazo!

—¿Por qué mi padre compartiría un secreto de esa magnitud con Pedro Aguilar?

—Porque él también compartió un secreto con tu padre. Paula no se apellida Del Moral sino Morell. La familia Morell llegó a la Nueva España en el siglo XVI; no son católicos, lo cual en este país es un delito. Lo han ocultado durante varias generaciones y más de uno de sus miembros ha muerto en la hoguera... El último fue su abuelo. Tu padre lo acusó ante la Inquisición. Esteban Morell fue el médico que no logró salvar a tu madre de la muerte. Y la esposa de Pedro Aguilar también intentó hacerlo. Pero ambos fallaron. Las cuentas pendientes de tu padre no tienen que ver con las de nuestros ancestros. Su odio provino del dolor de haber perdido a sus seres queridos. ¡Pero hubo perdón entre tu padre y Pedro Aguilar, Ángel!

—No puedo creerte, Juan Aguilar... No puedo. Tu padre inventó toda esa historia.

—Yo fui a visitar a tu padre, Ángel. Él me lo contó todo a mí. Fui a verlo después de que planeó mi liberación. Se sentía solo. Por eso me pidió que volviera a visitarlo en otra ocasión. Tu padre cometió una injusticia contra Paula y contra mí. Y supimos perdonarlo. Quizá por eso sintió la obligación moral de incluirnos en su testamento.

El rostro de Ángel Ávila mostraba un sufrimiento terrible, un tanto por lo que escuchaba y otro tanto por el dolor que le provocaba la cuerda en el brazo. Su mundo se estaba resquebrajando.

—Eso es todo, Ángel. Paula y yo prometimos guardar el secreto. El pasado no es como lo concebías, pero piensa que hay un futuro que puedes construir para ser feliz. Puedes tomar mi mano y ser libre para vivir y hacer con tu futuro lo que quieras. Eso es todo, Ángel. Tu linaje no está libre de mancha... Ninguna familia está exenta de mancha. No eres lo que creías que eras. Pero tienes una vida que puedes guiar al puerto que quieras.

Ángel Ávila lloraba. Sus lágrimas caían por sus mejillas; su rostro reflejaba una absoluta desesperación mezclada con incertidumbre. Estaba enredado en una cuerda que lo ataba a la vida. Volteó a ver a Juan y a Paula.

—No puede ser verdad —balbuceó Ángel.

—En el fondo sabes que sí, Ángel. La verdad no tiene que gustarte; sólo tienes que asumirla... Y seguir adelante. Podemos hablar de esto cuando quieras. Pero ahora, por favor, toma mi mano.

El brazo de Ángel Ávila comenzó a desenredase de la cuerda, lentamente, con dolor y con miedo. La tormenta inundaba su alma. Los rayos, los truenos y la lluvia seguían invadiendo la plaza. La mano de Juan Aguilar estaba extendida hacia el vacío para sujetar al señorito. Todo su cuerpo estaba sobre el agujero del campanario, atado a la reja por la cintura, mientras Paula también lo sujetaba.

—Dame tu mano, Ángel. Todo ha terminado.

El brazo de Ángel Ávila terminó de desenredarse de la cuerda. Miedo e incertidumbre era todo lo que sentía y lo único que le deparaba el futuro. Volteó a ver a Juan y luego a Paula. Miró en su interior.

—No puedes salvarme, Juan… Yo no sé cómo vivir en este mundo… Perdóname.

La oscuridad de la noche fue perfecta; la tormenta y su estruendo, también. La plaza estaba vacía. Y si en algún momento hubo alguien, jamás hubiese podido distinguir las siluetas que se movían en el campanario.

El cielo rugió de tal modo, que nadie hubiera podido escuchar el grito desesperado de Paula cuando Ángel Ávila decidió soltarse de la soga que lo mantenía en vilo. "Yo no sé cómo vivir en este mundo… Perdóname." Ésas fueron las últimas palabras de Ángel. Con su última mirada, suplicó y otorgó perdón.

El amanecer del 14 de agosto de 1804 sorprendió a la población de la capital novohispana con una noticia terrible, que al mismo tiempo se convirtió en la habladuría de semanas. El joven Ángel Ávila, recién regresado de Europa, incapaz de soportar la repentina muerte de su padre, se quitó la vida arrojándose por el hueco del campanario de la torre oriente de la catedral.

Sólo Juan y Paula sabían la verdad, una verdad que jamás revelarían al mundo. Inventado o no, el linaje de los Ávila desapareció de la Nueva España; los últimos descendientes del conquistador español, así se hablaba de los Ávila en toda la ciudad, habían muerto el mismo día, uno de muerte natural, y el hijo, por mano propia. No estarán juntos en la otra vida, es lo que se rumoraba; Dios castiga el suicidio eternamente en las llamas del infierno.

Si hay un dios, no puede castigar a alguien eternamente por el pecado de vivir desesperado y confundido. Juan y Paula lo tenían claro. Los cimientos del cielo se tambaleaban en todo el planeta, todo un mundo llegaba a su fin... Sin embargo, mientras todo cambiaba en Europa, nada se movía en la América española.

Aquel día Juan estuvo sentado durante varias horas frente a la catedral; lamentaba la muerte de don Alonso y la estúpida muerte de Ángel. Era increíble que alguien prefiriese morir antes que aceptar que el mundo era distinto a como lo concebía.

Contempló la catedral. Al fin parecía que estaba concluida. Pero eso ya no le interesaba. El mundo estaba cambiando y aquel edificio representaba el pasado. Las grandes catedrales europeas comenzaron a ser erigidas hacía mil años y fueron concluidas hacía siglos. En la Francia revolucionaria los templos estaban siendo desocupados, la tolerancia religiosa era una ley fundamental y la separación entre la Iglesia y el Estado era un hecho consumado. Juan no podía dejar de sentirse feliz al observar aquella magna construcción, aunque de pronto experimentaba cierta inconformidad con lo que representaba.

Ya le había comunicado a Paula su decisión de embarcarse con ellos en su viaje al Viejo Mundo, aunque en principio no viviría con los Morell. También ya había hablado con Manuel Tolsá para aceptar su propuesta de estudiar y trabajar en España.

Ahora necesitaba tiempo para aclarar sus ideas: quién era y en qué creía. A Pedro Aguilar ya no pudo localizarlo. Ni a nadie que le diera razón de su paradero. No lo buscó más, pues sabía que no tenía sentido hacerlo. Le hubiera gustado verlo ahora que tenía entre sus manos la garantía de que la catedral estaría inconclusa por siempre. Recordó lo que le dijo Ángel Ávila cuando lo vio en la catedral la noche anterior: "Tú presencia no augura nada bueno aquí". Una sonrisa nostálgica se le escapó de los labios junto con una lágrima. Ángel tenía razón.

Puerto de Veracruz, enero de 1805

Finalmente llegó la carta que los Morell estaban esperando. Juan Morell y sus hijos, Juan y Paula, se encontraban en el puerto de Veracruz desde noviembre del año anterior, listos para emprender el viaje con rumbo a Inglaterra, de donde Juan Morell y su hija partirían rumbo a Ámsterdam, y Juan rumbo a España, de donde partiría para conocer todas las catedrales del Viejo Mundo. Habían escrito a Andrés y sólo esperaban su respuesta, que por fin llegó el último día del mes de enero.

Querida familia:

Todos los esperamos con gusto. La familia está encantada con la noticia. Yo ya me siento como en mi casa. Y aquí haremos lo posible para que ustedes se adapten de inmediato; sé que les gustará. Los conflictos de Europa también involucran a los Países Bajos; pero afortunadamente no hay guerra. Y efectivamente me encuentro en una tierra de libertades, donde el conocimiento es apreciado, donde no hay hogueras ni Inquisición, en el que pensar y tener ideas diferentes a las de los demás no es una herejía.

El mundo al que llegarán es completamente distinto al que puedan imaginarse. Todo se desmorona, pero creo que para bien. La noticia que ha conmocionado a Europa los conmocionará también a ustedes: el día 2 de diciembre 1804, Napoleón Bonaparte fue coronado como emperador de Francia, aunque nadie conoce cuáles son exactamente los límites de esa nación, que por el momento parece llegar de los Pirineos hasta Varsovia, incluyendo Ámsterdam, desde luego.

Las reacciones son opuestas; algunos lloran el fin del mundo, otros dan la bienvenida al nuevo.

Napoleón es emperador, pero con todas las formas republicanas que promovía la Ilustración. Muchos se empeñan en ver en la coronación de Bonaparte un regreso al pasado, pero no ven todos los simbolismos con que el emperador se encargó de adornar la ceremonia en la que fue ungido

En el siglo IX, Carlomagno, emperador de los francos, fue coronado por el papa en suelo francés. Carlomagno se arrodilló ante el pontífice, representante de Dios en la Tierra y depositario legítimo de todo el poder. La soberanía de todo residía en Dios, ésa era la idea, y por eso no había más autoridad terrenal que el papa, quien representaba el poder eterno de Dios; pero era necesario que alguien detentara el poder de forma temporal, y de ese modo el pontífice depositó el poder, simbolizado en la corona, en Carlomagno.

Así pues, aunque Carlomagno y su padre hubiesen conquistado todos los territorios que ahora gobernaba, el poder sólo le era legítimo porque Dios, representado por el papa, se lo otorgaba. Con la coronación de Carlomagno comenzó la gran tradición monárquica de un poder otorgado por Dios; en contraparte, la coronación de Bonaparte es un símbolo absolutamente contradictorio: representa el triunfo de la soberanía popular sobre la divina.

El papa Pío VII estuvo presente en la coronación, así como lo estuvo también en los ensayos previos, y aceptó todo el protocolo de la ceremonia. No es que tuviera mucha opción después de la forma en que Napoleón supo tratar a su antecesor. El emperador ocupaba el lugar de honor en la catedral de Notre Dame de París; junto a él estaba su mujer, detrás de ambos el papa, y a la derecha la cámara de diputados de Francia, encabezada por su presidente, Lucién Bonaparte.

El papa, representante de Dios, tenía la corona, símbolo del poder, en sus manos. El pontífice se la entregó al presidente de los diputados franceses, los representantes del pueblo. En el momento en que el papa hizo entrega de la aureola a Lucién Bonaparte, fue como si Dios le entregara el poder al pueblo. El poder y la soberanía ya no residen en Dios sino en la gente.

Una vez que el presidente de los diputados tuvo el poder en sus manos, en representación del pueblo se lo entregó a Napoleón, quien tomó la corona y la puso él mismo sobre su cabeza, simbolizando con ese gesto que ese poder entregado a él por el pueblo lo había adquirido por mérito propio y no por herencia o sangre, como ocurría en el antiguo régimen. Una vez coronado emperador, procedió a coronar a su mujer, investido como estaba con el poder del pueblo para hacerlo.

Napoleón Bonaparte nos ha heredado la soberanía popular, ya no como una idea ilustrada sino como una realidad. No tengo la menor duda de que Napoleón I representa, mejor que nadie, el fin de este mundo antiguo y el nacimiento de uno completamente distinto. Todo el orden medieval, que comenzara a desmoronarse con Martín Lutero, acaba de llegar a su fin en Francia.

Todos los cambios son difíciles, pero ha llegado el momento de los hombres ilustrados y libres. Todo estará bien.

Los quiere.

Andrés Morell.

Diario de viaje de Juan Aguilar Morell, 18 de mayo de 1813

Han pasado casi diez años desde mi partida. Muy poco contacto he tenido con mi patria desde entonces; escasamente con don Manuel Tolsá, a quien le debo gran parte de lo que soy. Recorrí España y Francia. El arte y la política siempre han estado relacionados, fue una de las primeras lecciones que recibí de Tolsá. Y lo pude constatar en el imperio de Napoleón, donde el apoyo al neoclásico, como estilo oficial del régimen, es total.

Lamento escribir que la estrella de Napoleón ha comenzado a apagarse, pero quizá sea por el bien de todos; Bonaparte nos ha legado un nuevo mundo, pero quizás una sola persona no deba mantenerse tanto tiempo en el poder, no en este nuevo régimen republicano. El ánimo del pueblo es voluble y los que gritaban vivas al emperador triunfante, hoy ya no recuerdan todo los que les dio y se voltean en su contra después de haber regresado absolutamente derrotado de Rusia. No creo que los ingleses dejen pasar esta oportunidad de destruirlo definitivamente.

Hasta España cambia, lo cual se debe, aunque de manera indirecta, a Napoleón. En 1808 impuso a su hermano José como rey de los españoles. Con él llegó la Ilustración a tan medieval reino, pero también la inconformidad del pueblo, que finalmente no deja de ver en Bonaparte a un usurpador. No obstante, las mejores mentes de España se reunieron en Cádiz, de lo cual ha resultado una Constitución liberal que intenta modernizar al reino.

¿Es posible modernizar a la Nueva España? Ése es mi mayor deseo ahora que estoy a dos días de volver a tocar tierra en Veracruz. Hoy es 18 de mayo de 1813. La gran noticia es que, al fin, en enero de este año, el tribunal de la Inquisición ha sido abolido en América. Quizá son los vientos de cambio los que me empujan hacia el puerto.

Mi mayor tristeza al partir fue alejarme de los dos hombres a los que más les debo en mi vida: Manuel Tolsá y Pedro Aguilar. Y no deja de ser curioso que el motivo de este regreso sea que tuve noticias de ambos en la misma carta. La poca correspondencia que mantengo con América es precisamente con Tolsá. Y aunque siempre me alegra recibir cartas y noticias suyas, en la última me comunica que Pedro Aguilar está muy grave de salud. Tengo sentimientos encontrados: me fui de la Nueva España sin saber nada de él. Y ése era mi mayor dolor. Ahora me alegra tener noticias suyas, aunque tristemente sean noticias malas.

También sé que no regreso en buen momento, ahora que los aires de libertad han llegado, y una lucha libertaria contra España es librada, quien lo diría, por un sacerdote, José María Morelos. Le deseo suerte. Gracias a la historia de los Morell, sé lo terrible que puede ser una guerra libertaria contra España, pero creo que es momento de volver y de quedarme. Tarde o temprano, la Nueva España será un país libre. Y yo quiero ser parte de esa aventura. Juan y Andrés Morell me han enseñado que no hay casualidades sino destino... Después de tanto revisar la historia no sé qué pensar.

Evidentemente en la historia hay muchas fechas que coinciden, o que dan la apariencia de ser interesantes coincidencias, incluso con carácter mítico. Pero la explicación de ese hecho es muy simple: todos los años han pasado cosas interesantes, y visto desde el momento presente, todo conjunto de hechos, con siglos de antigüedad, puede enmarañarse mañosamente en la misma telaraña.

Es cierto que el mundo de las culturas antiguas de América está lleno de leyendas y mitos, y de aparente magia. Por eso es un tema al que personalmente siempre le había dado la vuelta, un tópico que me parecía rodeado en exceso de misticismo fanático, del romanticismo de enaltecer a los pueblos del pasado, como parte de la humana manía de buscar utopías en vez de construirlas.

Pero en Europa me topé con esa fascinación. Los mayas son vistos con un respeto casi religioso; el último gran señor azteca, Motecuzoma II, como una leyenda de magnitudes inconcebibles, rodeado de misterio y magia. Y en el mundo de los vestigios materiales, hay una seducción increíble por los grandes monolitos como la Coatlicue, recluida en el edificio de la Pontificia Universidad, y como la llamada Piedra del Sol, no sólo descubierta recientemente, sino descifrada por Alexander von Humboldt, cuyas crónicas sobre su viaje americano eran tema de conversación de todos en la vieja Europa.

Mucho lo leí y otro tanto lo soñé. Casi pude ver el gran Templo Mayor de Tenochtitlan y esa escalofriante ceremonia que ofrendaba la vida a través de la muerte de miles y miles de guerreros. En cierto momento todos los pueblos se han sentido el centro del universo, de su mundo. Así es como los mexicas llamaban a su valle, el Cem Anáhuac, el Único Mundo.

Prácticamente todos los hombres en el pasado han dado por buena la diversa variedad de dioses que han poblado los distintos cielos e inframundos que han existido. Sólo el cristianismo decidió aniquilar a todos los dioses y establecer a un dios único, con una sola forma de venerarlo; por decirlo de alguna forma, fue el cristianismo el que legó al mundo la intolerancia religiosa, pues para él sólo hay un dios, sólo una forma de venerarlo y sólo una institución que la determina, y que además sentencia con la muerte entre las llamas al que tiene la osadía de pensar distinto.

Con el tiempo todos los dioses mueren. Y nada me hace pensar que el dios que rige nuestros días vaya a correr una suerte diferente con el paso de los años. Los mexicas vieron perecer a sus dioses bajo el yugo de una sola divinidad, más poderosa. Sin embargo, ese cristianismo que llegó procedente de Europa resultó plagado de dioses y divinidades como la más politeísta de las culturas: poseía centenares de versiones del único hijo del único Dios y otras tantas de su única madre, más una pléyade de miles de santos que, en muchos casos, no existieron, y en otros muchos, fueron dioses romanos que murieron y renacieron con aureolas de santidad.

De ángeles, arcángeles, potestades, querubines y demás seres mitológicos, ni hablar. Son tan abundantes como la imaginación de la gente que busca consuelo... Y eso que por lo común sólo hablamos de los dioses buenos, pero para todo hay una contraparte en el Tártaro, el Mictlán, el Seol, el Hades... esa mezcla de submundos fantasiosos a los que hoy simplemente llamamos el infierno.

El sincretismo se dio en la Nueva España como se ha dado en todo otro lugar del orbe al que haya llegado la palabra del único Dios. Esa religiosidad popular, repulsiva y atractiva a la vez, es herencia tanto de los pueblos indígenas como de los españoles... Y, desde luego, el centro de ese nuevo universo, los nuevos cimientos del cielo, se encuentran por encima de cualquier otro sitio, en la catedral, nuestro nuevo Templo Mayor.

Muchas veces hablé de ese tema en Europa, ante audiencias distintas, y siempre desde la perspectiva de la racionalidad absoluta. Pero sobre las olas que me traen de regreso, soñé con Dios y los dioses, y los vi formando parte fundamental de la historia. Tlacaelel impuso la costumbre del sacrificio humano, convencido de la necesidad de alimentar al sol. Con el mismo celo los cristianos prohibieron esos sacrificios. No deja de ser curioso que repudiaran una muerte simbólica para que la existencia siguiese existiendo y que al mismo tiempo quemaran en piras ardientes a todo aquel que contradecía mínimamente los dictados, no de Dios, sino de aquellos que han usurpado su lugar por casi dos milenios. ¿A fin de cuentas no son sacrificios humanos los que realiza la Inquisición?

En el mismo año de 1487, en que el *tlatoani* Ahuízotl ordenó sacar miles de corazones en honor al sol, los Reyes Católicos de la Península Ibérica ordenaron quemar a miles de personas inocentes, para mayor gloria de su dios misericordioso y benevolente. En 1509, Dios inspiró a Hernando Cortés a lanzarse en pos de la aventura incierta y ese mismo año la diosa Cihuacóatl pudo ser testigo de la magnificencia y el poderío del dios español, y se lanzó a las calles de Tenochtitlan a vaticinar la muerte de los dioses de aquel mundo.

Para mayor desconcierto, el conquistador de los mexicas tocó suelo americano en el año Uno Caña, el mismo en que un dios escamoso y emplumado, Quetzalcóatl, muy similar al dios cristiano, vaticinó su regreso. ¿Será posible?, ¿serán coincidencias?, ¿será el destino?... O lo más probable, ¿será simple azar?

Ciudad de México, 17 de junio de 1813

Juan entró a la nueva casa de Pedro Aguilar. Era una casa grande, cómoda y confortable en las afueras de la ciudad. El pétreo anciano se había resistido, pero Juan ni siquiera lo consultó. Aquel ya no era el padre al que debía hablar con veneración, sino un anciano con el que tenía una deuda de gratitud, al que terminó de convencer de que aceptara aquella vivienda como regalo, cuando le dijo que la compraba con el dinero que le había heredado don Alonso de Ávila.

El que había sido su padre adoptivo estaba en mucho mejor estado de salud que dos semanas atrás, cuando Juan lo vio por vez primera desde hacía diez años. No se podía decir que estaba enfermo. Después de todo tenía más de ochenta años y muy pocas ganas de vivir, aunque quizá lo mantenía con vida el hecho de que tampoco deseaba la muerte. No se sentía digno de enfrentarse a sus dioses, pero además no sabría qué hacer si lo llamaban a rendir cuentas de su misión.

—¿Cómo se siente, padre? —peguntó el hombre de treinta y siete años al entrar a la habitación en la que descansaba Pedro Aguilar.

—Me siento bien —respondió el anciano.

Juan Aguilar Morell besó la frente de su padre y se sentó a su lado.

—Y a ti ¿cómo te fue… hijo?

—He tenido sentimientos encontrados. Hace casi diez años me fui de aquí convencido de que la catedral estaba concluida, con toda la emoción que esa situación podía causarme a mí y las penas que podría causarle a usted.

—La catedral ha sido concluida finalmente, Juan; debes estar feliz.

—Lo estoy padre. Y usted también debe estarlo. Como le dije alguna vez, ahora es un Templo Mayor para todos los dioses, los suyos y el dios cristiano, en cuyos santos se ocultan los dioses antiguos. Lo que no puedo creer es que, diez años después de mi partida, apenas hoy se haya verificado la inauguración solemne del templo. Cuando partí, sólo era menester pulir algunos detalles... Pero Manuel Tolsá se empeñó en reconstruir la fachada poniente, lo que hizo durante la última década. No me gusta creer en las casualidades, pero siento como si la catedral hubiese esperado mi regreso.

—La ciudad debe estar de fiesta —exclamó el anciano.

—Lo está padre, lo está. Ya sabe que todo aquí es motivo de fiesta.

Pedro Aguilar suspiró y cerró los ojos. Cuando los abrió, una lágrima escapó de ellos. Nunca en toda su vida Juan había visto llorar a Pedro Aguilar. No obstante, creía comprender la razón de que sus ojos la hubieran vertido. Estuviera o no equivocado, la vida y la razón de ser de aquel hombre del pasado giraba en torno a la obsesión de que la construcción de la catedral nunca fuera concluida, lo cual fue factible durante mucho tiempo, si se piensa que su construcción duró casi trescientos años.

—Todos hemos cumplido nuestros sueños, padre —dijo Juan mientras tomaba la mano del anciano Pedro Aguilar.

—No veo en qué forma.

—Usted quería cuidar a los ídolos de piedra, la mayoría de los cuales aún descansa debajo de la catedral, donde sólo usted y yo sabemos su ubicación. Pero los dioses viven en sus creyentes. Por eso la catedral es el nuevo Templo Mayor, el templo de todos los dioses. Mi catedral está concluida, padre... Pero su catedral nunca será terminada, o mejor dicho, nunca estará completa.

—¿Qué quieres decir, muchacho?

Juan Aguilar Morell miró a su padre con ternura y extrajo de una bolsa una pequeña cápsula de vidrio, adentro de la cual había un muy pequeño pedazo de tela con un diminuto marco. Juan tomó el extraño objeto, lo depositó en la mano derecha de su padre, después de lo cual se la cerró con delicadeza.

—¿Qué es esto, Juan?

—Esto, padre, aunque invisible, es el corazón de la catedral... Con eso debe bastarle.

—Pero...

—Sin peros, padre. Nadie sabe acerca de la catedral más de lo que sé yo. Hace mucho tiempo, el 13 de agosto de 1804, el día de mi cumpleaños, el día en que murió Ángel Ávila... Ese día que lo vi a usted por última vez adentro de la catedral, antes de encontrarme con Ángel, yo tomé el corazón de la catedral... Y ahora lo pongo en sus manos.

Pedro Aguilar miró el objeto que tenía en su mano sin comprender a qué se refería su hijo.

—Nadie tiene que saberlo, padre; Pero usted tiene en sus manos el corazón de la catedral. No importa cuánto tiempo pase, o cuántas paredes se derriben y cuántas se vuelvan a construir: usted tiene el corazón de la catedral, sin el cual la catedral jamás estará completa, incluso si se termina su construcción.

Juan Aguilar Morell se puso de pie y de nuevo besó la frente de Pedro Aguilar.

—¿A dónde vas, hijo?

—Aún no lo sé, padre. Soy libre y tengo que improvisar todos los días para saber qué hacer con esta libertad.

El arquitecto se detuvo en el dintel de la puerta de la habitación. Los dos sonrieron como despedida. A solas, Pedro Aguilar miró nuevamente aquella pequeña cápsula de vidrio que le había dado su hijo, en cuyo interior sólo podía distinguirse un pequeño y desgastado pedazo de tela, diminutamente enmarcado. El corazón de la catedral, pensó... No tenía que comprenderlo. Le bastó con tener fe... Fe en su hijo. Pedro Aguilar apretó la mano en la que tenía el corazón de la catedral. Cerró los ojos. Descansó.

Personajes reales que aparecen en esta novela

Todas las generaciones de las familias Ávila, Morell y Aguilar son personajes de ficción, con excepción de Esteban Morell expresamente listado aquí, fallecido en la hoguera novohispana. Como corresponde a una novela histórica, lo que aquí se narra es una historia ficticia inserta en un contexto histórico real.

Ahuízotl: *tlatoani* mexica de 1486 a 1502.
Alexander von Humboldt: explorador y científico prusiano.
Alonso de Ávila: conquistador castellano contemporáneo de Hernán Cortés.
Alonso de Montúfar: arzobispo de la Nueva España.
Ana Bolena: segunda esposa de Enrique VIII.
Andrés de Urdaneta: navegante español que descubrió la corriente marítima del Pacífico Norte.
Andrés del Río: científico novohispano.
Antonio de Mendoza: virrey de la Nueva España.
Antonio de Toledo y Salazar: virrey de la Nueva España.
Axayácatl: *tlatoani* mexica de 1469 a 1481.
Boabdil el Chico: rey de la taifa de Granada.
Cardenal Cisneros: arzobispo de Toledo, regente de Castilla durante el gobierno de Juana la Loca.

Carlos de Gante: Carlos I de España y Carlos V del Sacro Imperio Romano Germánico.
Carlos II: rey de España de 1665 a 1700.
Carlos III: rey de España de 1759 a 1788.
Carlos IV: rey de España de 1788 a 1808.
Carlos María Isidro de Borbón: infante de España, hermano de Fernando VII.
Claudio de Arciniega: maestro constructor de la catedral de México.
Conde de Arandas: ministro de Carlos III y Carlos IV.
Conde de Floridablanca: ministro de Carlos IV.
Cornelius Houtmanen: navegante neerlandés.
Cristóbal Colón: navegante genovés que descubrió América.
Cuauhtémoc: *tlatoani* mexica de 1520 a 1521.
Cuitláhuac: *tlatoani* mexica en 1520.
Diego Colón: hijo de Cristóbal Colón.
Diego de Velázquez: explorador castellano y gobernador de Cuba.
Elizabeth I: reina de Inglaterra de 1558 a 1603.
Emanuel Kant: filósofo prusiano.
Enrique III: rey de Francia de 1574 a 1589.
Enrique IV: rey de Francia de 1589 a 1610.
Enrique VIII: rey de Inglaterra de 1509 a 1547.
Erasmo de Rotterdam: escritor y pensador neerlandés.
Esteban Morell: médico novohispano muerto en la hoguera.
Familia Carbajal: familia de rebeldes de la Nueva España, muertos en la hoguera.
Familia Salazar: familia de rebeldes de la Nueva España, muertos en la hoguera.
Felipe II: rey de España de 1556 a 1598.
Felipe III: rey de España de 1598 a 1621.
Felipe IV: rey de España de 1621 a 1665.
Felipe V: rey de España de 1700 a 1724.
Fernando Álvarez Toledo: tercer duque de Alba y gobernador español de los Países Bajos.
Fernando Cortés: cuarto y último descendiente masculino en línea directa de Hernando Cortés.
Fernando II de Aragón: rey de Aragón de 1479 a 1516.
Fernando VII: rey de España de 1808 a 1833.
Francis Drake: corsario británico.

Francisco de Montejo: conquistador castellano.
Francisco Fernández de la Cueva: duque de Albuquerque, virrey de la Nueva España.
Francisco Hernández de Córdoba: explorador castellano.
Francisco Pizarro: explorador y conquistador castellano.
Galileo Galilei: astrónomo italiano.
Gil de Ávila: padre del conquistador castellano Alonso de Ávila.
Giordano Bruno: filósofo italiano que murió en la hoguera.
Guillén de Lampart: aventurero irlandés que buscó independizar la Nueva España; fue quemado en la hoguera.
Guillermo de Orange: príncipe de Orange, líder neerlandés en los inicios de la Guerra de los Ochenta Años.
Hernando Cortés: explorador y conquistador castellano.
Ildefonso Núñez de Haro y Peralta: arzobispo de la Nueva España.
Isabel de Castilla: reina de Castilla de 1474 a 1504.
Jan Hus: teólogo y reformador religioso checo.
Jan Huygen Linschoten: navegante neerlandés.
Jaroslav Martinitz: legado imperial en Praga.
Jean Fleury: corsario francés.
José Damián Ortiz de Castro: maestro constructor de la catedral de México.
José de Sarmiento y Valladares: conde de Moctezuma y Tula, virrey de la Nueva España.
José Joaquín Vicente de Iturrigaray y Aróstegui: virrey de la Nueva España.
José María Morelos: insurgente novohispano.
José Morales: capitán español encargado de pagar la reja de tumbaga del coro de la catedral.
Josefina de Beauharnais: esposa de Napoleón.
Juan Calvino: teólogo y reformador francés.
Juan de Austria: hijo bastardo de Carlos V, gobernador español de los Países Bajos.
Juan de Grijalva: explorador castellano.
Juan de Ortega Cano Montañez y Patiño: arzobispo de la Nueva España.
Juan de Zumárraga: primer arzobispo de la Nueva España.
Juan Domingo Nebra: capitán español encargado de pagar la reja de tumbaga del coro de la catedral.
Juan Miguel de Agüero: maestro constructor de la catedral de México.
Juan Vicente de Güemes Pacheco de Padilla y Horcasitas: virrey de la Nueva España.

León X: papa de la Iglesia católica.
Luis de Velasco: virrey de la Nueva España.
Luis XIV: rey de Francia de 1643 a 1715.
Luis XV: rey de Francia de 1715 a 1774.
Luis XVI: rey de Francia de 1774 a 1792.
Luisa Sanz Téllez Girón: esposa de Manuel Tolsá.
Manuel Godoy: ministro de Carlos IV.
María Estuardo: reina de Escocia.
María la Sanguinaria: reina de Inglaterra.
Martín Cortés: hijo de Hernando Cortés.
Martín de Villavicencio (Garatuza): rebelde novohispano.
Martín Lutero: teólogo y reformador alemán.
Mauricio de Orange: príncipe de Orange que atacó Acapulco durante la Guerra de los Ochenta Años.
Maximilien Robespierre: abogado y revolucionario francés.
Miguel de la Grúa, marqués de Branciforte: virrey de la Nueva España.
Miguel Hidalgo: insurgente novohispano.
Miguel López Legazpi: explorador castellano que descubrió Filipinas.
Moch Couoh: señor maya.
Motecuzoma Ilhuicamina: *tlatoani* mexica de 1440 a 1469.
Motecuzoma Xocoyotzin: *tlatoani* mexica de 1502 a 1520.
Napoleón Bonaparte: emperador de Francia.
Paulo III: papa de la Iglesia católica.
Pío VI: papa de la Iglesia católica.
Pío VII: papa de la Iglesia católica.
Pedro de Alvarado: conquistador castellano.
Pedro Patiño Ixtlolinque: alumno de Manuel Tolsá.
Pericles el Grande: gobernante de Atenas.
Philip Fabricius: legado imperial en Praga.
Servando Teresa de Mier: religioso e insurgente novohispano.
Tizoc: *tlatoani* mexica de 1481 a 1486.
Tlacaelel: consejero de *tlatoanis* mexicas como Ahuízolt y Motecuzoma I.
Wilhelm Slavata: legado imperial en Praga.
William Park: corsario británico.
Juan de Acuña y Bejarano: virrey de la Nueva España.

Índice

PÓRTICO

Las misiones divinas

PRIMERA PARTE

Los ídolos de piedra

TRANSEPTO

Azares y destinos

SEGUNDA PARTE

El colapso del mundo

CÚPULA

Ansias de libertad

TERCERA PARTE

Un templo para todos los dioses

Los cimientos del cielo, de Juan Miguel Zunzunegui
se terminó de imprimir en agosto de 2015 en
Impresora Tauro S.A. de C.V.
Av. Plutarco Elías Calles 396, Col. Los Reyes
México, D.F.